二見文庫

危険な夜の向こうに

ローラ・グリフィン／米山裕子＝訳

Thread of Fear
by
Laura Griffin

ロイスへ

謝辞

この本を書くにあたって、リサーチに協力してくださった、クリス・ハーンドン、フィリス・ミドルトン、トレイシー・ピューランをはじめとする多くの方々にお礼を申し上げたい。特に、ロイス・ギブスンをはじめ、捜査用似顔絵の世界で活躍し、願わくば今後ますますその可能性を広げていってくれるであろう献身的なプロフェッショナルの方々に、心より感謝する。また、この物語を信じ、常にサポートし続けてくれたケヴァン・ライオンとアビー・ザイドルにも謝意を表する。

そして最後に、この世のありとあらゆる芸術を愛する心を教えてくれたレオナルド・フォルガレイトにも、心からの謝意を申し述べたい。

危険な夜の向こうに

登　場　人　物　紹　介

フィオナ・グラス	捜査用似顔絵画家。大学の美術講師
ジャック・ボウマン	グレインジャーヴィル警察署の署長
ギャレット・サリヴァン	FBI特別捜査官
シェルビー・シャーウッド	ジョージア州で行方不明になった十歳の少女
コルター・シャーウッド	シェルビーの六歳の弟
ネイサン・デヴェロー	オースティン警察署殺人課の刑事 ジャックの友人
アーロン・ローズ	フィオナの元恋人
マリア・ルース・アレヤンド(ルーシー)	過去のレイプ事件の被害者 ジャックの元恋人
カルロス	グレインジャーヴィル警察署の副署長
コートニー・グラス	フィオナの妹
ブレイディ・コックス	死体遺棄事件を目撃した九歳の少年
ランディ・ラッド	グレインジャー郡保安官
ナタリー・フエンテス	女子大生
ヴェロニカ・モラレス	六年前に行方不明になったメキシコ系移民の娘
ローウェル	ジャックの部下
シャロン	ジャックの部下の新米警官
マリサ・ピーコー	テキサス州上院議員の娘
レイ・サントス	FBI特別捜査官

プロローグ

＊＊＊　午後十一時二十五分　♡シルＢ　入室

♡シルＢ：だれかはなそ？
ジャスティン５：どうしたの、お嬢さん？
♡シルＢ：なんもかもサイアク
ジャスティン５：ずっときみを待ってたよ
♡シルＢ：あとだれがいる？
ジャスティン５：うちらだけ
♡シルＢ：ＮＹのカイルは？
ジャスティン５：知らん。きみの写真ないね
♡シルＢ：そっこーアップする
ジャスティン５：よいね。きみセクシーっぽいな。でしょ？
♡シルＢ：ｗｗｗウケるー

ジャスティン5：マジで
♡シルB：どーも
ジャスティン5：きみの親はこんな時間に起きててもOK？
♡シルB：ママだけ。ママはほーにん
ジャスティン5：パパは？
ジャスティン5：おーい
♡シルB：きょねんしんだ
ジャスティン5：シャレ？
♡シルB：ちがう、マジ
ジャスティン5：どうして？
♡シルB：くるまでジコった
ジャスティン5：ひどいな
♡シルB：ママはいねむりっていうけど、ほんとはよっぱらい。ママはウソばかり
ジャスティン5：なんかヘンだね
♡シルB：そっちは？
ジャスティン5：ぼくの父親も去年交通事故でイッた
♡シルB：ウソ

ジャスティン5：気が合いそうだ。会いたいな
♡シルB：あたしも
ジャスティン5：家はどこ？
♡シルB：ママきた、いかなきゃ!!
ジャスティン5：またあとで

＊＊＊午後十一時三十二分　♡シルB　退室

1

水曜日　午後四時五分
ハーツフィールド＝ジャクソン・アトランタ国際空港

フィオナ・グラスは、人の顔を観察するトレーニングを積んできた。しかし、そんな経験がなくても、この顔にはすぐに気づいただろう。

混雑した大通路《コンコース》の向こうから彼女を見ている男は、後退しつつある前髪前線から子供のような血色のいいほっぺに至るまで、対照的なものを寄せ集めたような容姿をしていた。髪はフィオナと同じ赤味がかった金髪《ストロベリーブロンド》。一度折られたように見える鼻の上を、まばらなそばかすが覆っている。

とりわけ彼女の注意を引いたのはその目だった。その茶色い瞳は真剣な表情でまっすぐにフィオナを見据えている。

フィオナは到着ゲートを出たところではたと足を止めた。彼女の背後では、飛行機を降りてきた乗客たちが、行く手をふさがれて詰まってしまった。

「すみません」彼女は口ごもり、黒いキャリーバッグを引き寄せて道を開けた。

「ミス・グラスですか？」

顔を上げると、たった今彼女のことを穴のあくほど見つめていた茶色い瞳が間近に見えた。

「FBIのギャレット・サリヴァンです」彼は言い、手を差し出した。

そうか、この人が特別捜査官だったのだ。チャコールグレーの地味なスーツに、特徴のないネクタイを見れば、真っ先に気づくべきだった。フィオナは握手に応じるため、コートを腕にかけ、アタッシェケースのストラップを肩まで引き上げた。

「わざわざ迎えに来てくださるとは思いませんでした」握手を終えて手を引っ込めながら言った。「タクシーを使うつもりだったんですけど」

サリヴァンは口角をほんの少し引き上げた。「迷われても困るのでね」

「まっすぐ警察署に行くんじゃないんですか？」

「計画変更です」彼はフィオナのキャリーバッグを無言で奪い、先に立って人の流れに突っ込んでいった。彼のところで人波が分かれ、フィオナには歩きやすい道ができた。サリヴァンは長身ではない。百七十五センチくらいだが、かつての運動選手の体型が崩れたような感じで、がっしりしている。

「預けた荷物は？」彼は肩越しに振り返って訊《き》いた。

「ありません」

彼は明らかにまだ事件の説明をするつもりがないようだ。フィオナはしかたなく彼のあとについてコンコースを歩いていった。足早に行き交うビジネス目的の旅行者に目を走らせながら、フレンチブレイドに編み込んだ髪を撫《な》でつけ、襟元を直す。スーツはあまり好きではないが、大半が男ばかりの警察やＦＢＩの関係者に会うのに、スーツ以外の服装は考えられない。こういう仕事のときは、愛車にいつも積んでいるキャリーバッグに備えた、冴《さ》えないノーアイロン加工の服が役に立つ。今日のグレーのスーツは前合わせがダブルになっていて、体型をうまく隠してくれるという利点もある。これならば端正で、保守的で、プロっぽく見える。

サリヴァンの同類に見えているだろう。

「これから例の家へ行きます」特別捜査官はようやく説明した。「マスコミが五時のニュースに向けて新たな映像を欲しがっているんで、二十分後に警察本部で記者会見が開かれる予定なんですよ。今なら家のほうは静かだから、お連れするにはちょうどいいと思ってね」

「わかりました」フィオナはため息をつき、この晩についての心づもりをし直した。本来なら、問題の子供に会うまでに、事件について詳しい説明を聞いておきたかった。準備不足は望ましくない。その男の子について聞かされているのは〝ひどく傷ついている〟ということだけで、あまりに漠然としすぎている。

ふたりは地階に下りるエスカレーターの前を通り過ぎた。「こっちじゃ――」

「ここから出ます」

サリヴァンは彼女をロープで仕切られた場所に連れていった。そばには金属探知機やX線検査装置が並んでいる。乗客が蛇のようにうねった長い列を作り、搭乗券や身分証明書を提示している。警備員のひとりが、サリヴァンに向かってうなずき、ナイロン製のロープをスタンドから外してふたりを通した。一分もしないうちにフィオナは白のフォード・トーラスを前にして、歩道の縁石に立っていた。この車は乗降レーンに違法に停《と》められていたようだ。サリヴァンは、歩道をパトロールしているオレンジのベストを着た警備員に手を振って合図し、フィオナのために助手席側のドアを開けた。

彼女は車に乗り込んだ。予定の変更については混乱していたが、空港からすんなり連れ出してもらったことについてはありがたかった。フィオナは空港が苦手だ。空港はその性質上、両極の人々がひしめいている。ストレスで半狂乱になっているか、退屈で生気を失っているかのどちらかなのだ。

フィオナはアタッシェケースとコートを足元に置き、シートベルトを締めた。トーラスの車内は暖かかった。つまりサリヴァンがターミナル内で彼女を待っていたのは短いあいだだったということだ。そう考えるとなぜかほっとした。サリヴァンは彼女のキャリーバッグをトランクに収め、運転席側のドアを開けた。冷たい風が吹き込んでくる。ジョージア州の冬は、とりたてて寒さが厳しいわけではないが、今現在、アメリカ南部は急激な寒気に覆われている。テキサス州オースティンでさえ、今夜は雪になるそうだ。

フィオナは運転席に座ろうとしているサリヴァンを眺めた。歳《とし》は三十八、いや、四十くらいだろうか。

「事件について教えてください」彼女は言った。

彼はヒーターを入れ、車を出した。

「シェルビー・シャーウッド、十歳。弟に最後に目撃されたのが、月曜の午後だ」

「自宅から連れ去られたんですか？」

「ああ、男が玄関に迎えに来た。ベルを鳴らしたと考えられている」

これまでのところ、サリヴァンはフィオナが今朝のCNNのニュースで見たことを繰り返しているだけだ。ふだんはニュース番組は見ないようにしているのだが、天気予報が知りたいと思ってチャンネルを回しているとき、この事件の報道がふと目に入った。あのときは、自分が数時間後『西洋美術概論』の講義を放り出して空港へ急ぐことになるとは思ってもいなかった。

「目撃者について教えてください」彼女は言った。

サリヴァンは後部座席からなにかを取ろうとして身をよじった。そのあいだも車はずっと州間高速85号線に乗るべく走りつづけている。

「コルター・シャーウッド、六歳。学校から帰ってリビングで『パワー・レンジャー』を観ていたとき、誰かが来てシェルビーが玄関へ出たということだ」彼は膝の上でファイルの中身をめくった。道路から完全に目を逸《そ》らしているので、フィオナははらはらした。「グリーン・メドウズ小学校の一年生。お姉ちゃんと同じ学校だ」

サリヴァンはマニラ紙のフォルダーにクリップで留められていたものを外し、フィオナに渡した。シェルビーのスクールアルバムの写真のコピーだった。この写真は今朝、各局のテレビがこぞって紹介していた。シェルビーはまっすぐな茶色い髪を肩よりも長く伸ばし、パープルとピンクのストライプのTシャツを着ている。その写真を見ているうちに、フィオナは落ち着かない気分になった。シェルビーの表情は、ごくふつうの十歳の女の子の屈託のない笑顔ではない。もう少し上のジュニアハイスクール生にありがちな、反抗期特有のぶすっとした顔でもない。それはかなり自意識過剰な緊張気味の微笑だった。フィオナは少女のしっかり閉じた唇を観察した。

「歯列矯正器《ブレース》をしてるんですか？」

サリヴァンは驚いたような顔で彼女を見た。「なんでわかったんです？」

「写真を見ればわかります。なんでお化粧なんかしてるのかしら」

サリヴァンは視線を道路に戻した。「わたしもそれは気になりました。年齢からいったら、不適切でしょうかね？」

「五年生で？　そうでしょうね。同じ年齢でもジュニアハイに通っているような子ならまだしも、さきほどおっしゃっていたように、まだ小学生ですから。シェルビーがブレースを見せている写真を入手して、それを配布したほうがいいですよ。大至急」

「探してはいるんですよ。ただ、ブレースをつけてから、シェルビーはカメラに向かって笑ったことがないらしくて」

「この写真はいつ撮られたものですか？」

「去年の九月でしょう」

最近髪を切ったり染めたりしたのなら別だが、四カ月では、少女の外見に大きな変化はないはずだ。それでも、ブレースをつけた写真でなければ印象がかなり違う。

サリヴァンがふたつの車線を行ったり来たりしているので、後続車にクラクションを鳴らされた。フィオナは後ろを振り返った。

「何か、約束でも？」

「マスコミが会見に気をとられている隙に、家に連れていこうと思って。あなたがここに来ていることは誰も知らない。できればそうしておきたいんでね」

「今夜捜査対象のスケッチを発表するわけですから、それは難しいんじゃありません？」

「スケッチを発表するならね。弟が何か目撃したかどうか、まだわからないんです」

フィオナは驚いて写真から目を上げた。「だったらなぜわたしが呼ばれたんです？」

「コルターのお手玉《ビーンバッグ》チェアはテレビの前にあった。玄関から五メートルと離れていない。だがコルターはその男を見ていないと言っている」

「なぜそれを嘘《うそ》だと思うんです？」

「母親が仕事を終えて帰宅したとき、コルターはかなり取り乱していた。シェルビーがいなくなったというのに、弟は『あんなやつ見なかった』と言いつづけていた。ここ二日間、彼が口にした言葉はほとんどそれだけだ。コルターからそれ以上のことを聞き出すのは誰にもできなかった。母親も、警官も、うちが連れていった精神科医もね。とにかく半狂乱なんだ。わたしらは何か見たに違いないと踏んだ。だからあなたを呼んだんですよ」

フィオナはスクールアルバムの写真を見下ろし、かぶりを振った。

「どうしました？　自信がなくなったのかな？」

フィオナが顔を上げると、サリヴァンはにんまりした。

「まさかね」彼は言う。「あなたはショックを受けた子供たちにも魔法をかけるって評判だ。ファイルにちゃんとそう書いてあった。捜査用似顔絵界のスターじゃないですか」

フィオナは唇をむっと引き結び、目を逸らした。「これを最後に引退するんです」

サリヴァンがこの言葉を理解するあいだ、車内は沈黙に包まれた。彼が突っ込んで訊いてきませんように、とフィオナは願った。説明するのも面倒だ。とにかく今は、さっさと仕事を終え、帰りの飛行機に乗りたかった。

ちらりと様子をうかがってみた。サリヴァンは信じられないと言いたげな愉快そうな目で彼女を見ている。

「引退だって？　今いくつです、三十？」

「二十九です」

彼はのけぞって笑った。フィオナは背筋を伸ばし、つんと澄ました。理解できないであろうことはわかっている。だからといって説明するつもりもない。

「コルターは今誰といっしょにいるんですか？」話題を変えた。

サリヴァンの笑みが消えた。「母親と祖母です」

「父親は？」

「亡くなりました。一年ほど前に飲酒運転で」

「そうですか」

「母親は月曜の夜からずっと家にいる。電話が入った場合に備えて、待機しているんだ。母親はシェルビーが携帯電話を持って出たと考えているようだが、わたしらのほうではまだ確認はとれていない」

「母親も容疑者？」

サリヴァンが横目で彼女を見る。「母親はいつだって容疑者のひとりだよ」

「いえ、そういう意味じゃなくて。妙なそぶりはないですか？　素性のおかしな恋人とかは？」

「今のところはないね。これまでに集めた情報は、ことごとく見ず知らずの人間に誘拐されたことを示している」

つまり、サリヴァンはなんらかの手掛かりを握っているが、それを教えてはくれないということだ。フィオナとしては別段驚かなかった。視覚的なものも、それ以外のものも含め、調査対象者から引き出した情報を捜査チームに伝えるのが、彼女の仕事だ。情報というのは、得てして一方向にしか流れない。これまで彼女がいっしょに仕事をした捜査員のほとんどは、知りたいという基本的な欲求に基づいて動いている。似顔絵画家は描くことに直接的に関わる情報以外、知る必要はない。

くぐもったヴィヴァルディのメロディが、フィオナの足元から聞こえてきた。コートの下からアタッシェケースを出し、なかを探って携帯電話を取り出した。発信者番号にはテキサスの局番がついている。今日同じ局番が表示画面に現れたのはこれで四回目。また例の警官に違いない。その警官は短いメッセージをすでに三件残しているが、フィオナは折り返し電話するのを先延ばしにしていた。ここできちんと断ったほうがいい。

「フィオナ・グラスです」きびきびした口調で応えた。

「はじめまして、グレインジャーヴィル警察署のジャック・ボウマンといいます」彼はここで、フィオナが何か言うのを期待しているかのように言葉を切った。電話を返さなかった言い訳をすると思ったのだろうか。彼女は黙っていた。

「つかまえるのに苦労しましたよ」

「どういったご用件でしょうか、ミスター・ボウマン」フィオナの胃はきりきりと締めつけられた。彼が次に発する言葉を思うと恐ろしかった。殺人、誘拐、逃走中の連続強姦魔……。

「実は、殺人事件がありまして、お力をお借りしたいんです」口調はリラックスしていた。間延びするようなテキサス訛《なま》りがほんの少しある。フィオナはボウマンの声からそれ以上のものを感じ取った。どこか、揺るぎない決意のようなものを。この男は断っても簡単には引き下がりそうにない。

「ミスター・ボウマン、申し訳ありませんが、お力にはなれません。今、別の捜査に協力してまして」言いながら、サリヴァンの視線を感じた。「誰か他の方を当たってください」

しばしの沈黙。思っていたよりも、ずっと難しい。フィオナは息を殺し、ボウマンが被害者について口にしないでくれますようにと祈った。

「問題はそこなんです。他にいないんですよ」

フィオナは咳払いした。「オースティン警察署のネイサン・デヴェローに連絡してみてください。彼なら適任の――」

「彼にあなたを紹介されたんです」

フィオナは電話を握りしめた。ネイサンには引退するとはっきり言ったのに。どういうつもりなのだろう？

　車は州間高速を降り、急に速度を落とした。信号のある交差点をふたつ三つ過ぎたところで、フィオナは車窓に目をやった。車は住宅街に入ったようだ。アメリカの都市の周辺ならどこにでも見られる、ありふれた郊外の住宅地だ。ショッピングセンターや巨大店舗や牧草地から成る風景が続いている。電柱や信号機には、ことごとく黄色いリボンと、シェルビー・シャーウッドの写真を載せた行方不明者捜索用のビラがつけられていた。

「もしもし？」ジャック・ボウマンの声がし、少女の顔を見つめていたフィオナははっとした。

「すみません、ミスター・ボウマン。お力にはなれません」

　携帯電話をぱちんと畳み、アタッシェケースに押し込んだ。ファスナーを閉じる手が震えている。フィオナは掌《てのひら》を太腿の上に広げ、ひとつ深呼吸した。目の前の任務に集中しなければ。これがわたしの最後の事件になる。きちんとやり遂げよう。

　殺人事件がありまして——これと同じ台詞《せりふ》を、今まで何度聞いただろう？　数えきれないほどだ。あまり考えたくはなかった。ジャック・ボウマンが言わなかった言葉について、想像を巡らせたくはない。すでに何度も繰り返し聞かされた言葉だから。州内全域から、そして最近では、全米各地から、捜査員たちが電話してきて、フィオナに同じことを言う。〝若い女が〟と切り出されるのが常だ。その女は、レイプされたり、殺されたり、死にそうになるまで殴られたりする。彼女の子供がその様子を目撃することもある。——目撃者はひどくショックを受けていまして、あなたはそういうケースがお得意だと……。

サリヴァンは交差点に差しかかると、左折車線に車を乗せた。

「ここですか？」彼女は尋ねた。

「ああ」

フィオナは身を乗り出し、住宅街を見渡した。どの家も似たように見える。赤煉瓦《あかれんが》の小さな平屋で、正面のガレージがやけに目立っている。住宅街への入口に立つ木蓮《もくれん》の若木には、〈ローリングヒルズ〉の看板がかかっていた。

フィオナはたった今通り過ぎた小規模なショッピングセンターのほうを振り返った。コンビニエンスストアが見える。

「Uターンしていただけます？」彼女は頼んだ。

「いいですけど、どうして？」

「この服じゃだめだわ。着替えなくちゃ」

子供が行方不明になった家には、独特のエネルギーが満ちている。息子や娘を待つ親たちは、想像を絶することを思いめぐらす。彼らの必死さが、電流のように部屋に漲《みなぎ》る。そのエネルギーはあまりにパワフルで、見ず知らずの他人を何十人も突き動かして、森を一斉捜索させたり、ビラを撒《ま》かせたり、リボンを結ばせたりする。しかし、これも永遠には続かない。

数日、数週間、数カ月と、時が過ぎるにつれて、エネルギーは衰えてくる。

フィオナには、その確率がどれほどのものかわかっていた。一年後、シェルビーの家を訪ねたら、十中八九、そのエネルギーは完全に失われているだろう。たった一本の電話で、かき消されてしまうのだ。

車回しを歩いてシャーウッド邸に近づきながら、家の様子を観察した。正面玄関へ通じるコンクリートの小道に、事件現場の立ち入り禁止のテープが張られている。ドアベルのボタンと玄関の側柱には、万が一を期待する捜査員の指示だろう、指紋採取用の粉末がついている。前庭は、葉の落ちた一本の若木が立っている以外、特に見るべきものもない。その細い木の幹には、大きな黄色いリボンが結ばれていた。

数人の記者たちが残っている。同僚が町の中心部で記者会見の取材をしているあいだ、見張りを任された二軍なのだ。大半は快適なバンのなかで、様子をうかがいながら待機しているが、歩道をぶらぶらしながら話したり煙草を吸ったりしている者も二、三、見受けられた。サリヴァンは彼らの問いかけるような眼差《まなざ》しを無視し、フィオナを脇に従えて、ゆっくりと車回しを歩いていった。その足取りは、べつに目新しいことは何もない、話しかけてもネタはないよと言っているかのようだ。

「うちのCARD《カード》チームから、もうひとりこっちへ向かってる」サリヴァンが声を低めて言った。「似顔絵を発表するのは彼女の役目だから、この面談のあと、彼女のほうからあなたにいくつか質問したいと言ってくるはずです」

「あなたもＣＡＲＤの一員なんですか？」

「ああ。この事件には四名派遣されました」

「地元警察にとっては、頼もしいですね」フィオナは感心した。ＦＢＩの幼児誘拐緊急展開班、通称ＣＡＲＤはエリート集団だ。サリヴァンが今まで自分からそのメンバーだと名乗らなかったのは意外だった。

ふたりは裏口の階段を上がった。プラスチック製の柊《ひいらぎ》でできたクリスマスリースが、裏口の扉に飾られたままになっている。サリヴァンはリースの下のガラスの枠を軽く叩《たた》いた。フィオナは彼の後ろで階段の途中に立ち、くたびれたフェンスの向こうの裏庭を眺めた。狭いテラスと、黄ばんだ芝生、青と白のブランコが見えた。

茶色い革のアタッシェケースの持ち手をつかむ冷たい指に、思わず力がこもった。コートは他の荷物といっしょにトーラスに置いてきた。さっきまで着ていたパンツスーツは、きちんと畳まれてキャリーバッグに収まっている。フィオナは、ジーンズと白い〈ケッズ〉のスニーカー、数年前にアナハイムのディズニーランドで買った紺色のミッキー・マウスのトレーナーに着替えていた。きちんとフレンチブレイドに編み込んでいた髪は、ほどいて肩に下ろしている。

ドアがきしみを立てて開いた。痩せた黒っぽい髪の女性が、戸口に立っていた。頬がこけた逆三角形の顔の周りを、メッシュ状に入れた金髪が縁取っている。背後に向けた手には煙草を持っていた。彼女は、シェルビーをいくぶん大人にした程度で、大差がないように見えた。母親の若さと、本人が出迎えたことに、フィオナは驚いていた。通常、こういう状況に置かれた母親には、親類縁者が付き添って世話を焼くものだ。

「こんにちは、ミセス・シャーウッド。こちらは前にお話しした、捜査用似顔絵画家のフィオナ・グラスです」サリヴァンは一歩横にずれてフィオナのために場所をあけた。

母親は挨拶代わりに軽くうなずいた。眼差しに疲れは感じられるものの、よそよそしさはない。「お入りください」彼女は言い、ドアを広く開けた。

フィオナは小さな朝食用のダイニングに入った。たった今モップがけが終わったかのように、パインソル洗剤の匂いがする。ブラインドはしっかり閉められ、部屋を照らしているのはキッチンの流しの上の照明だけだった。行方不明者を待つ家は、薄暗いのが常だ。家族は明るい光を避けるようにして暮らしている。フィオナはこれまで、こうした現象を何度も目にしてきたので、おそらくなんらかの心理学的な説明ができるのだろうと思うようになった。とはいえ彼女自身は心理学者ではないので、その説明がどういうものかはまったくわからない。

家のどこかで、掃除機が唸《うな》りはじめた。シェルビーの母親は合成樹脂《フォーマイカ》のカウンターにもたれた。彼女はローライズのジーンズと、長袖の黒いTシャツを着て、ベージュのウールのソックスを履いている。

「何か食べます？」彼女は言い、カウンターを顎で示した。リング状に焼かれたブントケーキやキャセロールなど、差し入れと思《おぼ》しき料理の皿がずらりと並んでいる。「あたしとママとコルターだけだから、とてもじゃないけど食べきれなくて」

「いいえ、けっこうです」サリヴァンが言った。「コルターはどんな様子です？」

母親は考え込むようにして煙草を長々と吸い込んでから、手を伸ばして流しに灰を落とした。「あいかわらずです。今朝は〈フルートループス〉のシリアルが食べたいって言ったけど、それっきりで。今はシェルビーの部屋で遊んでます。あなたたちが来るってことは言ってあるので」

「もしお差し支えなければ、息子さんと一対一で話したいんですけど」フィオナは柔らかい口調で言った。「そのほうがうまくいくみたいだから」

若い母親は煙い草の吸殻を流しに投げ入れ、しばらくフィオナをじっと見ていた。彼女は何か言いかけたものの口をつぐみ、床に目を落とした。そして腕を組み、咳払いをしてから顔を上げ、潤んだ青い瞳をフィオナに向けた。このときフィオナは改めて母親とシェルビーがとてもよく似ていると思った。

「ミセス・シャーウッド、もちろん、ご希望ならばドアは開けたままにしておきます。でも、できるだけ気が散らないようにしたいので」

「アニーって呼んで」彼女は言い、頬を手で拭った。「あなたのしたいようにしてくれてかまわないわ」彼女はもたれていたカウンターから離れ、キッチンを出た。

母親のあとについて家のなかを歩いていく途中、サリヴァンは足を止め、玄関からすぐ入ったところにあるリビングをフィオナに見せた。リビングにはロイヤルブルーのユニット式ソファと、楢材《ならざい》のコーヒーテーブル、それと揃いのテレビボードがあった。棚に収められた大型テレビにはCNNのニュース番組が映っているが、音は消されている。

「コルターはそこに座っていたんだ」サリヴァンがテーブルの横のデニム地のビーンバッグ・チェアを指差した。

「明かりはどんな具合だったんですか？」フィオナは尋ねた。

「ブラインドは開いてました」戸口からアニーが言った。「天井の明かりも点《つ》いてたわ」彼女は壁のスイッチを入れ、状況を再現した。室内はかなり明るくなった。

フィオナはビーンバッグ・チェアのところから玄関を見た。

サリヴァンの言うとおりだ。少年は、間違いなく何かを目撃している。

アニーはふたりを寝室が集まっている一角へ案内した。そちらはいっそう薄暗く、饐《す》えた煙草の臭いがした。「ママときたら、ひたすら掃除しまくってて」家の奥から聞こえる掃除機の騒音が近づいてくると、彼女は言った。「月曜の夜に、はるばるオールバニーから車を飛ばして来たんです」

ひとつ目の戸口の前で、アニーは立ち止まった。「ねえ、コルター、画家のお姉さんが会いたいって来てくれたよ」

フィオナは寝室を覗《のぞ》き込んだ。黄味がかった金髪《サンディブロンド》の男の子が、カーペットに胡坐《あぐら》をかいている。緑色の『インクレディブル・ハルク』のパジャマを着ているが、もう寝る準備をしているのか、朝からずっとこの格好なのかはわからない。男の子は目下取り組んでいる最中のプロジェクトを見下ろしたきり、顔を上げようとはしない。それは、何層にも重ねたレゴ・ブロックで、彼が持っているたくさんのプラスチック製の恐竜が、次なる作戦に向かう前に集結する待機場所のように見えた。

アニーはしばらく息子を眺めてから、フィオナに注意を向けた。「それじゃ、お任せします」

フィオナはうなずき、部屋へ入った。ライラック色に塗られた壁は、シェルビーのツインサイズのベッドの花柄のベッドカバーや枕カバーと色を揃えている。窓際に、白い籐《とう》のデスクが置かれている。窓枠に灰色の汚れがあることにフィオナは気づいた。誰かが、肉眼では見えない指紋を探そうとしたのだろう。ベッドの横のもうひとつの窓も、同じように粉末がかけられていた。その窓枠には、二・五センチくらいの間隔で金色の画鋲《がびょう》が並び、それぞれの下に鮮やかな色の刺繍糸《ししゆういと》を編んで作ったミサンガ風のブレスレットが下がっている。複雑な模様に編まれたブレスレットは、作り始めから完成したものまで様々だった。フィオナは自分が子供のころに夢中で作ったものと同じだろうかと思いながら、しばらくそれを眺めていた。

彼女はコルターが彼の空間を侵されたと感じないよう、ある程度離れた場所を選んだ。コルターはあいかわらず恐竜たちを見つめたまま視線を上げず、訪問者が来ていることに気づいているそぶりすらない。

「やあ、コルター」くだけた感じで声をかけ、彼の真似《まね》をして胡坐をかいた。「わたし、フィオナっていうの。もしよかったら、少しのあいだここにいさせてもらっていいかな？」

コルターは何も言わなかったが、前髪の奥からちらりと彼女のほうを盗み見た。

フィオナは革のアタッシェケースを開け、画板を取り出した。真鍮《しんちゅう》の蝶番《ちょうつがい》でつながれた四枚の板から成る折り畳み式の画板だ。畳めばおよそ三十センチ四方になり、機内持ち込み用のバッグにも楽に入る。フィオナは畳んだ板を開き、真鍮製の留め具を滑らせて固定し、およそ六十センチ四方の作業台を用意した。この画板は去年の夏、フィオナの祖父が彼の木工場で作ってくれたものだ。巧みな工夫が施された逸品だと、使うたびに感心していた。板を固定する真鍮製の金具は、クリップの役割も果たしており、写真その他の参考資料を挟むこともできる。鉛筆を置くための浅い溝や、上部には必要とあらばライトを取りつけるための切れ込みもある。

コルターは顔を上げようとはしないものの、手の動きは止めた。

フィオナはボール紙製の筒を取り出し、巻かれていた水彩用の厚手の模造皮紙を一枚開いた。それを画板に留めたあと、ケースからグラファイト鉛筆と、〈プレイ・ドー〉と呼ばれる子供向けの合成粘土の小さな容器を取り出した。さらに、『FBI人相識別カタログ』を探し出し、カーペットの手の届くところに置いた。本来は使わないほうが好みだが、幼い子供や英語を母国語としない人が、見たものを表現できずに言葉に詰まっているときなどには役に立つ。六歳の少年では〝貧弱な顎〟と言ってもぴんとこないだろうが、写真を指差すことはできる。

フィオナはここで、手持ちの〈ビーニー・ベイビーズ〉という小さなぬいぐるみのコレクションのなかから、淡いグリーンのドラゴンを選び出した。背中には紫色のスパイクがある。彼女の持ち物のなかでは、せいいっぱい恐竜に近いものだ。そのドラゴンを画板の上に立たせ、手早くスケッチしてコルターのほうをちらりと見た。彼の注意はフィオナが描いている紙に釘づけになっている。

「好きな恐竜の種類は？」尋ねてみた。

コルターは首をかしげ、質問についてじっくり考えている。

「わたしはトリケラトプスだな」フィオナは言い、ささっと絵を描いた。出来あがりは恐竜というより犀《さい》に近かったが、コルターの関心を引くことには成功した。

「ぼくはヴェロキラプトル」彼はつぶやいた。

フィオナの心臓はどきんと鳴った。それを表に出さず、力強くうなずいた。「わたしの知らない種類みたいだけど、今手に持っているのがそう?」

「これはパキケファロサウルス」

驚いた。六歳児の語彙をあなどるなかれ。フィオナはプラスチックの恐竜たちにふたたび注意を向け、ふたつの陣営に分けられていることに気づいた。フィオナの古生物に関する知識はすっかりおぼろげになっているが、コルターが彼らを肉食恐竜と草食恐竜に分けているだろうことは想像がついた。

コルターは恐竜をいくつかすくい上げ、滑るようにしてフィオナのそばに来た。「ほら」彼はフィオナの近くのカーペットに恐竜をどさっと落とした。「こいつらがいちばんすごいんだ」

彼女はコルターに質問しながら、プラスチック製の恐竜をひとつひとつ描いていった。情報が泉のように彼の口から出てきた。

「わたし、ときどき人間も描くのよ」Tレックスに濃淡をつけながら言った。「月曜日、きみが学校から帰ってきたあとに、玄関のところに来た人を描いてみたいんだけど。手伝ってくれる気はあるかな?」

コルターは今やフィオナの正面に来ていた。彼はうなだれた。

フィオナは恐竜の絵を外し、新しい紙を用意した。コルターが絵を見て気を散らさないよう、膝を立ててそこに画板を置いた。「手伝ってくれる、コルター？」

「ぼくは見てない」彼はつぶやいた。

フィオナは努めてリラックスした口調を保った。コルターにプレッシャーを感じさせたくない。もっとも、彼がすでに感じているのは明らかなのだが……。「だいじょうぶ。なんでもいいから話してみて」

彼はぐったりと座ったまま動かない。

「コルター？　月曜に、誰か来たのは覚えてる？」

彼はわずかながらうなずいた。

「どんな髪の色だったか覚えてる？」周辺的な特徴について尋ねるほうが、怯《おび》えさせずに済む。また、髪色は、目撃者の大半が最初に口にする特色でもある。

「茶色」囁《ささや》くような声だ。

髪は茶色。

「わかったわ」フィオナは彼の小さな声を聞き取ろうと、身を乗り出した。「他に何が見えた？」

「大きかった」

「そう。その調子よ、コルター」まだ描きはじめない。座っている子供にとっては、たいていの人は大きく見える。恐怖を抱いていればなおさらだ。「顔はどんな感じだったか、思い出せる?」

コルターは膝に目を落としたままで、沈黙の時間だけが過ぎていく。パジャマのズボンに涙がぽつんと落ちた。彼はそれを幼さの残るずんぐりした親指でこすった。フィオナの胸は締めつけられた。

「話すなって言われた」

「わたしには話してもだいじょうぶよ、コルター。他に何か覚えていることはある?」

「そいつはシェルビーを泣かせてた」少年は声を詰まらせ、背中を丸めた。

「だいじょうぶ」胸が張り裂けそうだった。「ゆっくりでいいのよ」

「ぼくの顔にナイフを突きつけたんだ!」小さい身体の奥底から感情をほとばしらせるかのように、彼は泣きじゃくった。「誰にも言うな、でないと舌を切り取りに来るぞって」

2

ジャックは彼女がこれほど若いとは思わなかった。

彼は明かりを落とした教室の後ろからフィオナ・グラスを眺め、細かな特徴を集めては脳内にファイルしていた。身長百七十二センチ。体型は標準的に見えるが、スーツを着ているのでよくわからない。髪は明るいブラウン。肌は透き通るように白い。ふっくらした薄紅色の唇が、スライド映写機の眩《まばゆ》い光に照らされている。

彼女は演台のそばに立ち、スイッチを押してスライドを切り替えている。ジャックは話の内容に注意を払うでもなく彼女の声音に耳を傾けていた。彼女の声は澄んでいて、その口調には自信が溢《あふ》れている。目立つアクセントはない。カリフォルニア出身だということはわかっているが、彼女のビジネスライクな姿勢は、彼の抱く同性愛者《フルーツ》と奇人《フリーク》と変人《ナッツ》の名産地から来た美術教師というイメージにはそぐわない気がした。

フィオナは学生たちのほうに顔を向け、大教室のいたるところでだらしなく座っている肉体にさっと視線を走らせた。その手はレーザーポインターでスクリーン上の何かを示している。口調から察するに、彼女はそれに興奮すら覚えるようだ。だが、窓のないこの教室は暖かくて薄暗い。ジャックは彼自身の大学時代を振り返ってみても、そのふたつの組み合わせがいかに容赦なく人を眠りに誘い込むかをよく知っていた。夜半過ぎまでビールを飲んでいた場合はなおさらだ。

彼女は学生たちがうとうとしていることにはまったく動じず、ヒューマニズムについての彼女の持論を滔々《とうとう》と説きつづけている。フィオナはもう一度教室内を見渡した。今回、その視線はジャックのほうに向けられた。彼女はほんの一瞬口ごもった。なんでこんな歳の男がいきなり大教室に現れ、フィレンツェの画家たちに関する講義を立ち聞きしているのだろうと不思議に思っているに違いない。

廊下でベルが鳴り、教室内はいきなり活気づいた。生徒たちは立ち上がり、あくびや伸びをし、バックパックを肩に背負って次なる試練へと向かう。

ジャックは壁にもたれ、最後まで残っていた手際の悪い女子学生があたふたと出ていき、フィオナ・グラスとふたりきりになるのを待った。

彼女は髪を凝った編み込みにしてまとめている。てきぱきした仕草で回転式スライドトレイをボール箱に収め、ブリーフケースにしまった。それが済むと彼女は、コートを腕にかけ、カーペットの敷かれた教室の後ろまで歩いて、ドアのそばにいるジャックの前に立った。

「何かご用ですか？」

「ご用かどうかは、まだわからない」ジャックは答え、上から下まで、彼女の全身を見回した。遠くから見たときには税務専門の弁護士のようだったが、こうして近くで見るとだいぶ印象が違う。さえない茶色に見えていた髪は、よく見ると赤味を帯びた金色だ。標準体型だと片付けた身体もなかなかのもので、スーツのしかるべき場所がいい感じに盛り上がっている。

「わからないとは？」彼女は苛立《いらだ》ったような眼差しで彼を見た。外見をチェックされたのが癇に障ったようだ。

「きみがフィオナ・グラス？」

「ええ」

「ジャック・ボウマンです」彼は手を差し出した。「このあいだ電話で話した」

彼女は彼の手を見下ろしたものの、握手には応じなかった。その態度に興味をかき立てられつつ、ジャックは肩で壁にもたれ、腕組みをした。

「はっきりお返事申し上げたつもりですけど」彼女はそっけない口調で言う。「今はもう、事件の協力はお引き受けしておりません」

「このあいだとは話が違う」ジャックは指摘した。「あのときは別の捜査に協力していると言っていた。だからおれとしては、そっちの件は片付いたものと考えた。昨日の『フォックス・ニュース』できみの描いた絵を見たからね」

彼女はふんと大きく息を吐いた。「ミスター・ボウマン――」

「ジャックでいい」

彼女は目を剝《む》いた。「ジャック――」

「コーヒーでも飲みに行かないか。事件について説明するよ」

「電話でも言ったとおり、お力にはなれません。他の人を探してください」

ジャックはフィオナの顔をつぶさに見た。彼につきまとわれて迷惑だと思っているのは明らかだが、それ以外に、別の何かがあるような気がした。理由はわからないが、彼を怖がっているかのような……。

まあ、当然と言えば当然だろう。百八十センチを優に超える男に職場まで押しかけられ、話がしたいと迫られているのだ。ああそうか、彼女は変質者や殺人犯をスケッチすることを生業としている。男に対して用心深くなっているのかもしれない。

ジャックはリーバイスのジーンズの尻ポケットから革財布を取り出し、それを開いて角の折れた名刺を引き抜くと、彼女に渡した。生まれ故郷に帰ってからというもの、名刺を使う機会はほとんどなくなった。仕事絡みで会う人も、一目見ただけで彼が何者かわかってしまうのだ。だがこの女には安心を与えるようなものが必要だろう。

「おれはここから二時間ほど南に下ったところにあるグレインジャーヴィルという町で、警察署長をしてる。連絡先はそこに書いてある。きみが忙しいのはわかる。だが、ネイサン・

デヴェローはおれの古くからの知り合いで、きみならば助けになってくれるだろうと言っているんだ。おれは彼の言葉を信じている。他の人ではだめなんだ」

うつむき加減でじっと名刺を見つめるフィオナの顔に一筋の遅れ毛がかかった。どうやら迷っているようだ。ここはいったん引くことにした。

「よく考えてから電話してくれ」

彼女は顔を上げた、榛色《はしばみいろ》の瞳には心配そうな表情が浮かんでいる。彼女の頭のなかではふたつの相反する気持ちが闘っている最中なのだろう。

「その……あなたがおっしゃっていた殺人事件ですけど……目撃者がいるんですか？」

よし、つかまえた。

だが、ここで事実をあからさまに述べ、恐怖のあまり逃げ出されては元も子もない。「おれはそう考えている。以前に襲われて、命が助かった女性がいる」

彼女はしばらく考え込むような顔をしてから、大きく息を吸い込んだ。「わかったわ。お話はうかがいます。でも、今はまだ何もお約束はできません」

ジャックは、つい笑みがこぼれそうになるのを抑えることができなかった。捜査はすっかり暗礁に乗り上げている。彼にとってはフィオナが唯一の頼みの綱だった。

「ありがとう」彼は頭を下げた。

フィオナは腕時計に目を落とした。「次の講義まで四十五分あるわ。どこか座って話せるところへ行きましょう。事件について説明してください」

〈ジャヴァ・ショップ〉という名のその店は、キャンパスの向かいにあり、カフェインや、無料のＷｉ‐Ｆｉ接続や、だらだらする時間を求める学生たちで溢れていた。フィオナは週三日、担当する二クラスの美術史の授業のあいだにここに来るのが習慣になっている。まったく面識のない男と会うには最適の場所だ。

「あのコミュニティ・カレッジではいつから教えているんです？」席に着いたところで、ジャックが尋ねた。

彼は横向きに座らなければならなかった。長すぎる脚が、ちっぽけなテーブルの下には収まりきらないのだ。ムートンの襟がついた茶色い革ジャンを脱ぎ、グレーのフランネルのボタンダウンシャツ一枚になっている。シャツの裾はきちんとジーンズに収められていた。茶色の髪は軍人《ミリタリー》カットと見まがうほど短く刈られている。傷だらけのワークブーツは、カフェのシックな北欧家具に囲まれてひどく場違いに見えた。

「今、四学期目です」フィオナは無脂肪乳のカフェラテを吹いて冷ましながら店内を見回した。多くの女たちの視線が、ジャックに集中している。「月、水、金の三日間、概論の授業をして、それ以外の日は自分のアトリエで過ごしています」少なくともそれが目標ではある。最後に丸一日、何にも邪魔されずに絵を描いたのはいつだったか、もう思い出せない。

ジャックは長い指でごくふつうのブラックコーヒーのカップを持った。彼の手は農夫の手だ——力強く、日焼けしていて、たこができている。言われなければ、警官だとは思わないだろう。結婚指輪はしていない。フィオナは、彼に結婚歴はあるのだろうかとふと思った。

ジャックの灰色がかったブルーの瞳は、彼を見つめているフィオナを、コーヒーカップの縁の向こうから観察している。その視線は射るようにまっすぐだ。この人には何かを見過ごすなんてことはないのだろう。そう思いながら、ラテをごくりと飲んだ。泡交じりの液体が喉に焼けつくように感じられた。

「警察の仕事をする時間はあまりなさそうですね」

「今は創作に集中したいんです。最近、ふたつ三つ作品が売れて、もうすぐ画廊で個展を開くことになっていて……」

それに対して、彼は何も言わなかった。ただ湯気の立つコーヒーカップを手にし、一口飲んだだけだった。フィオナはふたり分のコーヒー代を支払った。彼に借りを作りたくなかったからだ。予想していたことだが、その行為にジャックは苛立ちを感じているようだった。彼にはどこか古風な雰囲気がある。

ジャックはしばらくじっと彼女を見ていた。フィオナは、椅子の上でもじもじしそうになるのをなんとかこらえていた。

「立ち入ったことを訊くが、きみほどの評判の人が、なぜ仕事を変えようとしているんだい？」

確かに立ち入った質問だが、それに動揺しているところは見せたくなかった。魅力的な男性とコーヒーを飲むことにも慣れていないし、もっと言えば、人づきあい全般が得意ではなかった。

「わたしは絵の勉強をするために六年を費やしました。捜査用の似顔絵描きは、必要な糧を得る手段にすぎなかったんです」

ジャックが眉間に皺《しわ》を寄せる。「今はそれなしでも食べていけるようになったということか？　もうそっちの金は必要ないと？」

フィオナはむっとした。彼の口から出ると、あまりにも薄っぺらに聞こえる。まるで、すべて金のためだったような口ぶりだ。まあ、その程度のことしか話していないのだから、そう思われてもしかたがないのかもしれない。画家になりたいというフィオナの情熱を、誰ひとりとして理解してくれる人はいない。とりわけ、彼女の知り合いの警察官はひとり残らずそうだ。フィオナがこの仕事によってどれほどの精神的な犠牲を払っているかを話せば、この男も理解を示してくれるかもしれないが、それについて打ち明けるつもりはない。言えばきっと、弱い人間と思われるだろう。

フィオナは背筋をしゃんと伸ばした。「事件について話すためにここへ来たんじゃないんですか？」

ジャックは椅子の背にもたれ、腕組みをした。筋肉の発達した胸と広い肩幅とのバランスが素晴らしい。この手のことについ注意を引かれてしまうのは、画家の宿命だろう。フィオナはまた、彼の顎がやや角ばってたくましいことや、その先端にわずかなくぼみがあることにも目を留めていた。唇もなかなかいい。

「遺体が発見されたのは火曜だ」

フィオナはついあらぬ方向に逸れてしまう思考をいったん捨て去って、彼の話に注意を向けた。「身元はわかっているんですか?」

「検屍医によれば、ヒスパニック系の女性で、十六、七歳だろうということだが、今のところわかっているのはそれだけだ。性的な暴行を受け、絞殺されて、町外れの草地に遺棄されていた。条件が合致するような行方不明者の届出もない。もちろん、行方不明になってもすぐには届け出ない場合も多いが」

「でも未成年者なら話は別だわ」フィオナは言った。「子供が家に帰らなければ、たいていの親はすぐに通報するものでしょう」

彼は首を傾げた。「確かにそうだが、家出少女か、あるいはメキシコからの不法移民ということも考えられる。年齢についても、現段階ではあくまでも推測だ」

「そうですか。それで、さきほどおっしゃっていた、命を取り留めた被害者というのは?」

彼はコーヒーを見下ろし、うなずいた。「彼女も十代後半、メキシコ系移民の娘だ。監禁され、数日間にわたって性的暴行を受けた。繰り返し殴られ、首を絞められたが、なんとか逃げ出したそうだ」

　彼はずっとうつむいていた。経験を積んだ警察署長にしては珍しいとフィオナは思った。年齢は三十代後半だろうか。あるいはもっと若いかもしれない。警察の仕事というのは人を老けさせるものだ。フィオナが以前出会ったあるロサンジェルス警察署員は、二十三歳にして、大方の田舎の保安官よりも多くの惨劇を目撃していた。ジャック・ボウマンの小さな町では、殺人事件などめったに起きないのかもしれない。他の地域でもそうあってくれたらどんなにいいだろう。

「つまり、連続殺人犯を追っているということですか」フィオナは尋ねた。「十代の娘を狙う人物を」

　彼は視線を上げた。「その可能性はある。現時点ではまだ直感にすぎないがね。この直感が当たっていないことを証明できたら、どんなにいいかと思うよ」

「凶悪犯逮捕プログラム《ViCAP》には当たってみたんですか？」

「ヒットしなかった」

「一件も？」フィオナは驚いた。ＦＢＩがまとめた凶悪犯罪者のデータベースは膨大なものだ。

「実は一件だけあったんだが」彼は眉根を寄せた。「十二年も前だった」

「それで？」

「その事件の犯人として有罪判決を受けた男は、禁固四十年を言い渡されたが、去年の春ハンツヴィルで死亡している」

「FBIの見解は？」

彼の顎に力がこもるのが見えた。「わからない」

「でもFBIは通常、連続殺人の捜査に関わりたがるものでしょう？」

ジャックはふんと鼻を鳴らした。「今のところ、こっちの手元にあるのは、安置所に置かれたまま誰も取りに来ない死体がひとつだけだ。大規模な捜査をしろと騒ぎ立てる人間は皆無に等しいからね」

にもかかわらずこの署長は自らオースティンまで車を飛ばしてきて、似顔絵画家の協力をあおいでいる。フィオナは、たとえ身元不明であろうが、被害者のために正義を追求しようというジャックの決意に尊敬の念を覚えた。

「サンアントニオ警察が協力してくれるんじゃないかしら」彼女は言った。「いちばん近い都市は、サンアントニオですよね？」

ジャックが彼女の顔をじっと見る。ここでまたフィオナは、彼の灰色がかったブルーの瞳が持つ威力を感じた。「きみはこの近辺の出じゃないね？」

彼女はごくりと喉を鳴らした。「カリフォルニア育ちよ」

「ミズ・グラス、おれの住んでいる町は、メキシコ国境のリオ・グランデ川から車でわずか二時間なんだ」

「フィオナと呼んでください」

彼はうなずいた。「フィオナ、この州、特におれが住む地域の法執行機関は、どこも麻薬密売や、ギャングの抗争や、不法移民を相手にするんで手いっぱいなんだ。もちろん、どこにでもある麻薬中毒者や小児性愛者の問題もある。今のところ、おれの手元にあるのは身元不明の遺体ひとつだけだ。以前起きた強姦事件の犯人と思しき男を捜し出したいと言ったら、どれほどの協力が得られると思う?」

「あまり期待はできなそうね」

ジャックはまたうなずいた。「だからきみの助けが必要なんだ。おれはふたつの事件はつながっていると考えている。誰か、そういう技術を身につけ、場数を踏んだやつの仕業じゃないかと。証明はできないが」

「だけどわたしがスケッチしたところで、なんの証拠にもならないわ。単なる捜査方法のひとつでしかないもの」

「それもわかっているが、ひょっとしたらそれが捜査の進むべき道を示してくれるかもしれない」

フィオナはため息をついた。ジャックが身を乗り出してくる。「頼む。その男の似顔絵を描いてもらって公表したいんだ。やつがまた別の娘を殺したいと渇望しはじめる前にね。唯一の目撃者は、地獄のような辛《つら》い経験をした。きみは子供やレイプ被害者に接することに長《た》けていると評判だ。似顔絵画家は他にもいるが、おれはきみに頼みたい」

フィオナはふたたびラテを口に運び、ひどく苦く感じて、カップを押しやった。

朝方には陽射しが暖かい穏やかな日だと思っていたのが、寒々としたうら悲しい天気に変わってしまったような気分だった。またひとつ殺人が起き、またひとり目撃者と対峙《たいじ》することになる。そしてまたしても、ひとりの女の人生にとって最も恐ろしい瞬間にまつわる記憶を根掘り葉掘り探って、とことん苦しめなければならない。

「協力してくれるかい?」

フィオナは顔を上げ、ジャック・ボウマンに目を向け、決然と引き結んだ唇を見た。電話で話したときからわかっていた。この男にノーと言うのは容易ではないと。彼の人柄の魅力が、彼女を強く惹《ひ》きつけていた。

いや、人柄だけではない。彼女はコーヒーカップを握る彼の手に目を落とした。そしてふたたび、彼には誰か大切な女性がいるのだろうかと思った。いたとしても、別にどうということはない。フィオナは警察関係者とは付き合わないことにしている。それは彼女が苦い経験から学んだことだ。もう二度とあんな思いをするのはごめんだった。フィオナは顔をそむけた。

引き受けようかと迷っている自分が信じられなかった。ほとんど見ず知らずの男のために……。自分の人生を変えようと、決意を固めたはずじゃなかったの？　今度こそ、こんな世界から抜け出そうと決めたんでしょう？　どこへ行っても死や暴力や凶悪な顔がついて回るような生活はもう嫌だって。今ここでやめなければ、一生やめられない。

「フィオナ？」

「考えさせてください」彼女は言った。「返事はのちほど電話します」

その晩、フィオナがオースティンの中心街にあるロフト形式のアパートメントに戻り、ドアを開けようとしているときにも、ジャック・ボウマンの言葉はあいかわらず耳に響いていた。ブリーフケースとコートを玄関脇の木製ベンチに置き、実用的なフラットシューズを脱ぎ捨てた。それからドアをロックし、チェーンをかけた。

憩いの我が家だ。

二秒でスーツのジャケットを脱いだ。シルクのキャミソールの裾をスラックスから出し、リビングを横切り、郵便物をキャビネットの石の天板にのせた。このキャビネットがキッチンとロフトの残りの部分を隔てるカウンターの役割を果たしている。アパートメントのなかを歩いているだけで、気分がよくなってきた。ここはフィオナにとっての静かなる楽園だ。越してきた最初の週に、壁を青磁色に塗り、小麦色のサイザル麻のラグを買って、サルティヨタイルの床に温かさを添えた。柔らかな色合いに囲まれていると、リラックスできる。

冷蔵庫を開け、中身がわずかに残ったソーヴィニヨン・ブランのボトルを見つけ、ほっとため息をついた。うんざりするほど長い一日だった。二時間に及ぶ教授会のあと、三時間図書館にこもり、月曜の講義に使うスライドをかき集めた。願わくばこれで緊張をほぐし、絵を描く気分に切り替えたいところだ。

フィオナはボトルに残ったワインをグラスにあけ、カウンターの前のスツールに腰かけて郵便物をチェックした。いつもの広告や請求書に加え、近くのウィンバリーという町に住む祖父からの一通があった。祖父の手紙はすぐわかる。黒のインクで書かれた飾り気のない手書きの文字が並んでいるからだ。さらに、封筒には住所を書く前に定規で引いた薄い鉛筆の線がある。元技術者の祖父は、競争心が強くて短気という、A型行動様式の人間の特徴が極端に出ているタイプだが、そんな祖父がフィオナは好きだった。家族のなかでいちばん好きなくらいだ。年が五十歳離れているにもかかわらず、フィオナと祖父はお互いをよく理解していた。その証拠に、フィオナは祖父からのこの封筒の中身が、開けなくてもわかる。どこかで独り暮らしをしていた独身女性に降りかかった災難を伝える地元紙『サンアントニオ・エクスプレス・ニューズ』の記事の切り抜きが入っているのだろう。中身はそれだけ。手紙はもちろん、粘着メモ用紙の一枚だって付いていない。それを読んだフィオナがどこかの好青年と結婚して落ち着く気になってほしい——祖父の願いを込めた記事が、一枚ぺらりと入っているだけなのだ。

フィオナはため息をつき、手紙を脇にどけた。他に彼女の興味を引いたのは、シンプルな白のビジネス用封筒だけだった。宛名は手書きで〝グラス〟と書かれている。差出人の住所はテキサス州ビンフォードで、フィオナには心当たりのないものだった。まな板の上に置かれていた果物ナイフを手に取り、上部を切り開けた。

小さな紙切れが床に落ちた。ポケットサイズのメモ帳から切り取った紙のようだ。フィオナはそれを拾い上げ、紙面いっぱいに殴り書きされた不揃いなブロック体の文字を読んだ。

〝覚悟しろ、クソ女。おまえに会いに行く〟

フィオナが咄嗟に手を離すと、紙はカウンターに落ちた。彼女はもう一度封筒を手に取り、差出人の住所を見た。〝ビンフォード〟と書かれている。消印も〝ビンフォード〟。彼女が知る限り、あの町に刑務所はないはずだが、だからといって、これを書いたのが囚人ではないということにはならない。これとは異なるが、ロサンジェルスにいたころにも恨みのこもった手紙を何通か受け取ったことがある。フィオナを不安に陥れたその手紙は、服役中の殺人犯の兄弟が送ってきたものだった。テキサスに引っ越してきてからはもう届くこともなかった。ここ二年は、脅迫めいたものはひとつも受け取らずに済んでいたのだが……。

またあんな思いをしなければならないのだろうか？　この先半年間、常に後ろを振り返り、郵便物を取りに出るときにさえびくびくするようなことになるの？　もう、あんな思いには耐えられそうにない。

　カウンターの上のコードレス電話を取り、今ではもう暗記してしまった番号を押した。

「デヴェローだ」

「ネイサン、フィオナよ」

「噂《うわさ》をすれば、だな」彼は陽気な調子で答えた。つまり、今は勤務中ではないということだ。

「訊きたいことがあるの。テキサス州ビンフォードに、留置場か刑務所はある？」

「ビンフォード？」彼の口調が急に真面目になった。「テキサス東部だな。いや、刑務所はない。監房ひとつに寝台ひとつの町中の留置場の話をしているんなら別だが。なぜだい？」

　フィオナは口ごもった。話したくはないが、殺人課の刑事として十年の経歴を持つ男に嘘を言ってもしかたがない。「手紙が来たの」

「脅迫状か？」

　彼女は唇を噛《か》んだ。「嫌がらせと言ったほうがいいかもしれないけど」

「何と書いてあった？」

「見せに行くわ」フィオナは咳払いした。人に頼みごとをするのは得意ではない。でも、オースティン警察署の仕事を引き受けるようになってからというもの、ネイサンの頼みは山ほど聞いてきたのだ。「おたくの署でわたしが担当した事件のリストを持っていったら、ビンフォードに関連する人物がいるかどうか、調べていただける？」

「お安いご用だ。明日は勤務だから、リストと手紙を持ってくるといい。指紋を採取してみよう」

フィオナはほっとため息をついた。「ありがとう」

「触るんじゃないぞ。袋に入れて――」

「わかってるわ」

「ところで」ネイサンが切り出した瞬間、彼女は次に何を言われるかがわかった。「ジャック・ボウマンにおとといおいでと言ったそうだな」

「おとといおいでなんて言ってない。協力するのをお断りしただけよ。職場の留守電に、ダラスにいる知り合いの似顔絵画家の連絡先を入れておいてあげたし……」

「ジャックはきみに頼みたがってる。きみは腕も超一流で、性犯罪の被害者にも真綿でくるむように接してあげられると思っているんだ」

「まいったわね。どうしてそういう考えになるのかしら」

ネイサンは笑った。「おれが暇さえあればきみのことを自慢して歩いているからね。きみはうちの署にいる刑事の半分の功績を足したより、たくさんの事件を解決してるんだ」

「わたし、本当に生活を変えたいのよ、ネイサン。わたしに必要なのは――」

「きみに必要なのは何か、おれにだってわかるよ。家に引きこもって孤独に過ごす時間じゃないってことだけは確かだ。ボウマンにもう一度電話しろ。やつに力を貸してやってくれ」

フィオナの苛立ちは募った。男というのはどうしてわたしがすでに決めたことにあれこれ口出ししたがるのだろう。まるでわたしには、自分自身の気持ちがわかっていないかのように。これまで付き合った男たちとも、こうした問題で関係が悪化したケースがたびたびあった。

「お褒めにあずかって光栄だけど、もうこれ以上、仕事を紹介しようとしたりしないでください」いや、それ以上に、警察官を紹介されるのはもうごめんだ。

電話が鳴った。別の着信を知らせる音だ。体よくネイサンの話から逃れるチャンスだった。

「それじゃ、続きは明日署でということでいいかしら？　他の電話が入ったみたいなの」

「ああ、それじゃ明日」

次の電話に切り替えると、〝もしもし〟と言う間もなく、相手の質問が耳に飛び込んできた。

「何してるの？」妹の声だ。

「今？」

「そう、今、この瞬間」

フィオナは口をつけていないワイングラスを見た。もう温まってしまっているだろう。それにこの一杯を飲んでしまえば、今夜はもう気を紛らせてくれるものもない。「特に何も」むっとして答えた。

「ちょうどよかった！　いっしょに〈コンティネンタル・クラブ〉へ行こう」

フィオナは呻《うめ》いた。混雑して騒々しいそのナイトクラブには、ロックスターの熱狂的なファンがひしめいている。彼女にとっては、今夜いちばん行きたくない場所だ。コートニーがこうして誘うのだって、〝今週のお気に入りの男〟がレーダーにかかり、口説くまでのあいだ、話し相手が欲しいというだけのことだろう。

あるいは、車がまた故障して、足が必要なのかもしれない。

「フィー？　聞いてる？」

「今夜は都合が悪いわ、コートニー。レポートに点数をつけなきゃならないの。そのあとは絵を描いて――」

「フィオナったら、歳いくつ？　八十のおばあちゃんじゃあるまいし。いつだってそうやってくだらない用事にかまけたり、ちまちま手仕事に精を出したりして――」

「ちょっと！」

「ねえったら。わたしがおごってあげるから」

フィオナは唇を噛んだ。多少そそられないでもない。今夜自分を待ちかまえている、ヨーロッパのルネサンスに関する四十二通のレポートのことを考えた。イタリアのフレスコ画を語るのに、またしてもダン・ブラウンの小説を原拠とするものが出てきたら、怒りのあまり金切り声をあげてしまいそうだ。

それに今日は金曜。なんとなくもの寂しさに襲われる。今日の午後ジャック・ボウマンとコーヒーを飲んだのは、デートとは言えないまでも、ここ数カ月で、最もデートに近いものだった。自分が本格的な引きこもりになってしまったような気がする。

「わかった。行くわ」

鼓膜をつんざくようなすっとんきょうな歓声が聞こえた。「フィオナなら、付き合ってくれるって思ってた！　ちゃんとイケてる格好をしてね、いい？　大統領夫人みたいなのは勘弁してよ」

フィオナは歯ぎしりしてこらえた。

「あ、それから、わたしの車、ちょっと調子が悪いから、フィオナの車で来てね」

ジャックはフィオナ・グラスが住む気どったアパートメントのエレベーターに乗り込み、おれはいったい何をやっているんだろうと考えていた。こんなことをしている時間はないはずだ。グレインジャーヴィル警察の彼の机上には、書類仕事が山積みになっている。警官のひとりが産休をとっていて人手不足だ。そして、未解決の殺人事件も待っている。にもかかわらず、丸一日無駄にしてこんなところまでやってきて、気難しい美術教師のご機嫌取りをしているとは。

エレベーターのドアが軽やかな電子音とともに開いた。ジャックは廊下を見渡した。この階には六戸のアパートメントがあり、フィオナの部屋は左手のいちばん奥だ。ここの住所は、テキサスバーベキューの専門店〈カントリー・ライン〉で、湯気の立つ牛胸肉のバーベキューを食べながらネイサンが教えてくれた。その直後、フィオナからネイサンの携帯に電話が入り、脅迫状を受け取ったことと、もうこれ以上仕事を紹介しないでほしいという要求を伝えてきた。

それを知りながら、ジャックはここまで来てしまった。

彼は物心ついたころから、人に断られて素直に引き下がるタイプではなかった。ジャックの母は彼にこう教え込んだのだ。〝本気で何かが欲しいと思ったら、相手のところに直接出向き、丁寧に頼みなさい。それでもだめならもう一度頼んでごらんなさい。それでもだめならまたもう一度、必要とあらば何べんでも頼むのです〟これはボウマン家の家訓だった。この家訓のおかげで、ジャックの姉と妹は、町のガールスカウトのなかで誰よりもたくさんのクッキーを売ることができた。彼女たちの部隊は毎年十分な寄付金を集め、春休みにはサウス・パドレ島へキャンプ旅行に行くことができた。ボウマン家の人間がその気になれば、乳牛に牛乳を売ることだってできるのだ。ジャックとしては、一度断られただけでおめおめと引き下がるわけにはいかなかった。彼は〝4A〟と書かれたドアの前で足を止め、せいいっぱいの笑みを用意した。

ジャックが手の甲の関節で叩こうとしたとき、扉がぱっと開いた。

フィオナが驚いて飛びのく。「ここで何してるんです？」

こいつは驚いた。彼女は昼間のスーツ姿からは打って変わっていた。劇的な変化だ。ジャックは口をあんぐり開け、ふっくらと盛り上がった滑らかな皮膚の双丘が、紫色の布地の合わせ目に消えていくあたりをじっと見つめた。次の瞬間、なんとか視線を彼女の胸の谷間から引きはがしたものの、今度は艶めく赤い唇に捕まった。アイスクリームサンデーの上に載ったチェリーの色だ。

「ジャック？」

フィオナはここで廊下に出てきた。ジャックは彼女のブーツに気づいた。グレインジャーヴィルの女たちのなかにも、ブーツを履いている者は多い。たいていはウエスタンブーツだ。だが、フィオナのは黒い革製のレースアップブーツで、膝下まである長いものだった。ぴかぴかのヒールは十センチはありそうだ。黒のミニスカートが彼女の腰をぴったり抱くように覆っている。

「応答せよ、こちら地球。ねえ、ジャック、どこまで行っちゃったの？」

彼ははっとして彼女の顔に注意を戻した。「ずいぶん……印象的な出で立ちですね、教授殿」

フィオナは彼をひと睨みしてから黒いロングコートを着込んだ。残念ながら、顎から下がすっぽり覆われてしまった。彼女はジャックに背を向け、ドアに鍵をかけた。

髪はウエーブを描きながら肩に垂れている。赤味がかったブロンド。あるいは金色がかった赤毛というんだろうか？　こういう髪色を言い表す言葉があったはずだが、血流が脳ではなく他のところへ行ってしまっている状態では、思い出すのもままならない。

フィオナは彼のほうを振り向いた。「もうグレインジャーヴィルにお帰りになったものだとばかり思っていたわ」

ジャックは咳払いした。「これから帰るところだ。ひとつ言い忘れたことがあってね」

彼女はわざとらしく腕時計に目を落とす。「妹を迎えに行かなきゃいけないんだけど、遅れているの」

「車はどこに？」

「ガレージよ」

ジャックはにっこりした。「それじゃ、車のところまで送っていくってことでどうかな？それ以上は煩《わずら》わせない。約束するよ」

フィオナは苛立ちを抑えるかのように、ふんとため息をついた。彼女はジャックを前にすると、頻繁にこれをやるようだ。

「わかったわ」フィオナは鍵をポケットに入れ、廊下を進みはじめた。「それで、言い忘れたことって？」

「ひなげし《ポピー》について話すのを忘れていてね」

「ポピー……」彼女はエレベーターの前で足を止め、ボタンを押すと、彼のほうを振り向いて眉をひそめた。「ポピーとは？」

「おれの町には、州随一のポピーの名所があるんだ。市街地をちょっと出たところに。画家や写真家がいろんなところからやってくる。ポピー祭りもあるんだよ」

フィオナはあんた頭がどうかしてるんじゃないのと言いたげな顔で彼を見ている。まあそれも当然だろう。いくら売り込み文句でも、かなり外した感は否めない。

フィオナが眉を吊《つ》り上げる。「わざわざわたしにそれを知らせるべきだと思ったのよね。なぜ？」

「ネイサンから、きみは風景画家だと聞いたものでね」それにしてもなんてきれいな唇なんだ。ジャックは、彼女が今夜その唇で触れる予定の相手はいるのだろうかとふと思った。

「いちばんいい群生地は幹線道路から少し離れたところにある。なんならおれが案内してもいいと思ってね。きみは絵の道具を一式持ってくるといい。展示会に向けて、いいのが描けるかもしれないから」

エレベーターのドアが開き、フィオナはロビーを横切って脇の入口に向かった。彼女のブーツのヒールが大理石の床に当たる軽やかな音が響く。その音を聞きながらジャックは、女性をデートに誘うなどという面倒なことを最後にしたのは、いったいいつのことだったろうかと考えていた。

彼はフィオナのためにドアを開け、ふたりは屋根付き通路を通ってガレージへ向かった。一陣の寒風が彼女の髪を肩から吹きあげる。駐《と》めてある車に向かうあいだ、ジャックは周囲に目を光らせていた。このガレージは薄暗く、防犯カメラもない。

フィオナは白のホンダ・シビックの前で足を止めた。もちろん、ハイブリッド車だ。さすがにエコに敏感と見える。「今までのお話を整理すると、わたしが捜査のお手伝いをすると約束したら、あなたはポピーの群生地へ案内してくれる。そういうこと？」

ジャックは顎をこすった。「おれとしては交換条件のつもりじゃなかったが、言われてみればいいアイディアだな。もちろん似顔絵の報酬も支払う。きみが通常受け取っている額をね」

「ポピーが咲くのって、春じゃなかった？」

「ああ、そうだけど？」

フィオナは呆れたようにかぶりを振ったが、その口元には笑みが浮かんでいた。彼女はポケットからキーチェーンを取り出した。ジャックはそれに警笛《ホイッスル》がついているのに気づいた。

彼は眉をひそめた。「催涙ガス《メース》のスプレーのほうが、ずっと効果的じゃないかな。金物屋ならどこでも売ってるだろう」

フィオナは小首をかしげた。「わかってるわ。でもしょっちゅう空港を通るから、このほうが邪魔にならなくていいのよ」

ジャック個人が護身用として所持しているのは、SIG《シグ・ザウエル》／P229自動拳銃だ。警笛と対決したら圧倒的に勝利するだろう。もっとも、リベラルなカリフォルニア・ガールのフィオナが銃を持ちたがるとは思えない。

彼女はドアを開けたまま、しばらく彼を見ていた。「あなたって、けっこうしぶといわね」

「ああ」

ジャックはドアに手をかけた。ふたりの指が触れ合った瞬間、電流のような震えが走った。フィオナがはっと怯えたような顔をする。

彼女はそそくさと運転席に乗り込み、エンジンキーを差し込んだ。

ジャックはシビックのルーフに前腕を預け、彼女のほうを覗き込んだ。もう少しで陥落しそうだ。じっと考え込むようにすぼめた赤い唇を見ればわかる。

「わかりました。お受けします」

ジャックはにっこりした。彼女はエンジンをかけた。

「明日十時でどうだい？　グレインジャーヴィル警察に来てくれ。ここから車で二時間。飛ばせば一時間四十分で着く」

フィオナがドアハンドルを引いたので、ジャックは邪魔にならないように一歩下がった。

彼女はドアを閉めてから窓を数センチ下げた。「十一時にして。今夜は遅くなりそうだし、朝一番で片付けなきゃならない用事があるの」

「帰りはひとりで運転するのかい？」よけいなおせっかいだが、訊かずにはいられなかった。ジャックは大都市の警察に九年間勤務した。夜中にひとりでバーを出る女は、格好のターゲットだ。

「あなたには関係のないことだわ」

彼女がギアを入れるのを見て、ジャックは車から離れた。「ああ、とにかく……気をつけて」

フィオナは笑顔で彼を見上げた。「わたしはいつだって慎重よ」

3

フィオナの部屋の窓の外は依然として闇に包まれていたが、彼女は寝るのをあきらめ、上掛けをはねのけた。

こんなことをしていても無駄だ。あと二時間ベッドで横になっていたところで、首が凝るのが落ちだろう。緑色のサテンのローブに身を包み、ビーチサンダルを履いて、コーヒーを淹《い》れにぶらぶらとキッチンへ向かった。コーヒーメーカーがシューシューゴロゴロと音をたてている傍らで、自分の足に目を落とした。

——なんで普通の人間のように裸足《はだし》で歩けないんだ？　きみって女は、異常なほどの肛門性格だよな。

アーロンの言葉が脳裏によみがえる。もうそれを気にする必要もないのだと思うとほっとした。裸足で歩くのが耐えられないからって、なんだっていうのよ？　大音量の音楽も、空の牛乳パックが冷蔵庫に入れっぱなしになっていることも我慢ならないけど、それがどうだっていうの？　これはわたしの好みの問題。わたしが肛門性格だろうが、気難しかろうが、いっしょに暮らすのが不可能な女だろうが、もう誰にもとやかく言われる筋合いはない。

ひとりでせいせいしてるんだから。

コーヒーの抽出が終わると、この日の予定を頭のなかで組み直しながらマグカップに注《つ》いだ。予定どおりオースティン警察署に寄るつもりだが、ネイサンに直接脅迫状を渡すのではなく、これまで協力した事件のリストとともに、受付に預けることにしよう。そうすれば今朝の長いドライブを早めにスタートできるうえに、ネイサンと話をするのも避けることができる。今はどうしても彼と話す気にはなれない。この仕事が済んだら——完全に終わってすっきりしたら——ネイサンのオフィスへ行って、これで正式に引退しますと言ってやろう。今後いっさい紹介などしてくれるなと。

それから一時間もしないうちにフィオナは警察署を出て車に戻った。あたりはまだ暗い。シビックに乗り込むと、ヒーターの温度を上げ、手袋を持ってくればよかったと思いながら手をこすり合わせた。車を暖めながら、インターネットの地図サイト〈マップクエスト〉からプリントアウトした地図を眺め、道順を確認した。予想される所要時間は二時間三十分とある。八時には、テキサス州グレインジャーヴィル、人口一万三百二十人の活気溢れる中心街に到着できるだろう。

うまくすれば、ジャック・ボウマンが出勤するより早く、警察署に着けるかもしれない。

なぜかはわからないが、こんなささやかなことでも、彼を出し抜くことができると思うと嬉《うれ》しかった。それはおそらく、フィオナの固い決意を彼によって崩されてしまったことに起因しているのだろう。当初は本気で、断固として、彼の依頼を断るつもりだった。そして、実際断った。にもかかわらずこの事件の被害者が十代の娘たちだと聞かされて、彼女の決意は揺らいだ。あとは軽く一突きされただけで、簡単に落ちてしまったのだ。

ジャック・ボウマンは最初からそのつもりだったに違いない。

一見タフガイ風に見えても、彼は警官にしては珍しく繊細な男のように見える。ジャックが彼の町で被害に遭った娘たちの話をするとき、あたかも個人的に責任を感じているかのような口調だったことに、フィオナは気づいていた。これまで数年のあいだ、献身的な捜査員は数多く目にしてきたが、その多くは、事件と彼ら自身とのあいだに一定の距離を置いているようだった。そうでもしなければ、日々過酷な任務をこなしていくことができないのだろう。けれどジャックにはそうした距離は感じられない。むしろ彼の全身全霊を捜査に注ぎ込んでいるように見える。フィオナにはそれがわかる。彼女自身も、似たような傾向があるからだ。それが犯罪捜査に関わるのをやめたいと思う理由のひとつでもあった。

流入ランプをのぼり、州間高速35号線の南へ下る車線に乗った。橋を渡るとき、コロラド川の水を堰き止めて作られた貯水池、タウン・レイクを眺めた。こんな早朝でも、街灯で照らされた水辺の遊歩道には、ジョギングをする人々の姿がある。

フィオナも今日は身体を動かす予定だった。けれど生活が目まぐるしくなるにつれ、ジムに行くことは、絵を描くことと同じように、予定表から弾《はじ》き出されるのが当たり前になっている。教授会や生徒との面談がなかったとしても、夜中にどこかの刑事から電話がかかってきて、切羽詰まった調子で助けを求められる。世間の注目を集める事件を二、三担当し、ドラマチックな逮捕劇に二、三関わったが最後、フィオナの捜査用似顔絵画家としてのキャリアは飛躍の一途をたどりつづけている。本業の美術教師の仕事も辛うじてこなしている状態で、大好きな絵を描くわずかな時間を見つけることさえも夢のまた夢だ。そしてエクササイズ習慣はといえば、もう何カ月ものあいだ、ランニングマシンの上に立ってもいない。またジムに通うようにしなければ。もっとも、昨晩ジャックが言葉を失っていた様子から考えると、男性の目を引く〝資源〟はまだ多少備えているようだが……。

バックミラーのなかで、一組のヘッドライトが光った。後ろの車は見る見る距離を詰めながら、強烈なハイビームの光でねめつけてくる。フィオナは思わず目を細めた。

「嫌なやつ」文句を言いながらバックミラーの角度を調節した。ひとつ星州《テキサス》のマッチョな男たちにいちばん人気の車種、ピックアップトラックのようだ。

後続車は依然として強い光を発し、フィオナの目を眩《くら》ませようとする。彼女はしかたなく車線を譲り、右側の低速車線に移った。

ピックアップトラックは追い越しざまに大音量のクラクションを鳴らしたかと思うと、今度は急に車線変更してフィオナの前に入ってきた。フィオナは思わず肩をこわばらせた。男性ドライバーは彼女に見えるように中指を立てて侮辱したあと、エンジンを吹かし、排気ガスをたっぷり吹きかけて走り去った。

テールランプが遠ざかるのを見て、フィオナはほっとため息をついた。世の中には前の車にぴったりつけてあおることを楽しむ輩《やから》がいるが、あれはまさにそういうタイプだ。彼女は深呼吸し、肩を回して、緊張をほぐそうとした。

ほどなくしてフィオナが州間高速を降りるころには、インクを溶かしたような紫の空も、東のほうから徐々に黄色に変わりつつあった。さびれたガソリンスタンドを何件か通り過ぎたあと、ようやくそこそこ新しそうで照明の明るい店を見つけた。何かカフェインが入っているものを摂《と》り、残りの行程を目をしっかり開いたまま走りとおさねばならない。

店に入るとき、ドアに取りつけられたカウベルがカランカランと音を立てた。

「おはようございます。何かお探しでしょうか？」

フィオナはカウンターのなかの店員に目をやり、首を横に振った。テキサスに越してきて二年になるが、見知らぬ人に思いがけず愛想よくされると、いまだにどぎまぎしてしまう。

ダイエット・コークを一本つかんでから、菓子売り場の〈ニュートリ・グレイン・バー〉の前で足を止めた。シリアルを固めたこのタイプのバーのほうがヘルシーなのは承知しているが、それを横目にキングサイズの〈スニッカーズ〉を選び、レジへ向かった。なんといっても、朝食は一日のうちでいちばん大切な食事なのだ。バッグのなかの財布を探っているとき、背後に人の気配がした。肩越しに振り返った瞬間、凍りついたように動けなくなった。

この男の似顔絵を描いたことがある。

それがどんな状況だったか思い出そうと、必死に考えた。オースティンでの事件？　それともロサンジェルスにいたころ？　視線をその男の顔に走らせ、手掛かりを探ろうとした。鉤鼻《かぎばな》、出っ張った額、薄くなりかけた茶色の髪……。間違いない。この顔を確かに描いた。

いや、本当にそうだろうか？

財布を取り出そうとしている男をじっと見つめながら、なんとか思い出そうとしていた。

「以上でよろしいですか？」

店員の声が響き、男がぱっと顔を上げた。彼はフィオナにじろじろ見られていることに気づき、眉を上げた。「なんだよ？」

いや、この顔を見たことはない。この男の似顔絵を描いたこともない。彼は手配中の逃亡犯などではなく、ただガソリンを入れに来ただけの一般人なのだ。

「お客様？」

店員にふたたび声をかけられ、フィオナはカウンターのほうを振り向いた。店員はにこやかに彼女の支払いを待っている。

「すみません」フィオナは五ドル札をカウンターに置き、逃げるように店を出た。

ジャックがわざわざ呼び寄せた全国的に有名な似顔絵画家は、やたらに朝早くやってきたかと思えば、しょっぱなから不機嫌だった。

「やっぱりコーヒーでも飲んでいかないか？」警察署の建物から出るとき、彼は尋ねた。

彼女はジャックを睨みつける。「いらないって言ってるでしょ。気が変わったらちゃんとお知らせしますので」

「どうぞご勝手に」ジャックは防寒用に支給されている上着――制服と同じカーキ色のウインドブレーカーに袖を通した。さほど厚みはないが、凍えない程度には温めてくれる。

ふたりは階段を下り、駐車場へ向かった。フィオナの吐く息は、ぴりっとした朝の空気のなか、煙のように白く流れている。その姿を見ながら、なぜ彼女はタートルネック一枚なんて薄着で現れたのだろうかと思った。もちろん、セーターが身体の曲線にぴたり沿う様子は、ジャックにとって目の保養になるが、それにしても本人は寒くてたまらないだろう。

ジャックは彼のピックアップトラックへフィオナを案内した。彼女は自分の車で行くと主張したが、さんざん言い争った末、いっしょに乗っていったほうが好都合だと言って、なんとか説き伏せた。ジャックとしては、彼女にこの町の雰囲気を感じてほしかった。そもそも、車にこだわるほど長い道のりでもない。

ところで、フィオナはそんな短い距離さえもおれといっしょにいるのが嫌なのだろうかとふと思った。

リモートキーでドアを開けた。少し前までツートンカラーのビュイックに十年近くも乗りつづけていたのだが、今ではフォードF250の誇り高きオーナーになった。フォード車のフルサイズ・ピックアップのなかでもさらに大きなスーパーデューティ・シリーズで、色はストーングレー、内装は本革仕様。実にいい車だ。今朝はあまり目立ちたくなかったので、パトカーではなくこの車で行くことにした。何もフィオナを前に見栄を張ったわけではない。だいたい今朝の彼女は、彼を冷たくあしらおうと決め込んでいるようだ。

ジャックは助手席側のドアを開けた。フィオナは運転台のなかを覗き込み、ため息をついている。高くて乗りにくいのかと手を差し伸べたが、あっさり払いのけられた。

ここまでやるか？

彼は車の前を回り、運転席に乗り込んだ。「誰かさんは今朝はずいぶんとご機嫌斜めのようだな」

フィオナがつんと澄ました顔で彼を見る。「大変な旅だったのよ」

ジャックはキーを回した。V型八気筒エンジンが息を吹き返す。「車が故障したのか？」

「いいえ、オースティンから出るとき、どこかのイカレ野郎に道から弾き出されそうになったの」

「きみに脅迫状が送られてきたとネイサンが言っていたが。そいつはまさか……」

「また別のイカレ野郎よ。ピックアップトラックを乗り回すのが楽しくてしかたがない、ただのお馬鹿さん」

なるほど。ピックアップトラックが大好きというわけではなさそうだ。ジャックは彼のピックアップトラックのヒーターの温度を上げ、送風口がフィオナに向くように調節した。駐車場を出るとき、メインストリートを横断していたロレイン・スネリーに手を振った。ロレインはジャックに軽く会釈をして挨拶した。助手席の女性が誰かと考えているに違いない。彼の新しい〝お友達〟は、ロレインの店のカウンターでランチをとる人々にとって、格好の話題になるだろう。ジャックはその動かしがたい事実を受け入れるしかなかった。

「目撃者について話してください」フィオナがきびきびした調子で言った。彼女が場面ごとに異なった口調で話すことに、ジャックは気づいていた。ちょうど、場所に合わせて服を着替えるのと同じだ。今日は松葉のような深緑のタートルネックセーターにジーンズを合わせ、茶色の実用的なアンクルブーツを履いている。ジャックとしてはゆうべのハイヒールの黒いブーツが拝めなくて少し残念だ。

ジャックは逸れてしまった思考を、なんとか彼女との会話に引き戻した。「名前は、マリア・ルース・アレヤンド。町をほんの少し出たところに住んでいる」

「そこもおたくの管轄内なの？」

「いや。それでも拉致されたのがグレインジャーヴィルだから、うちの事件ということになる」

「なるほど。事件の概要を教えて。彼女を刺激するようなことはしたくないの」

「刺激？」

彼女は持ってきた革のケースを開け、何かを探している。「彼女は性的な暴行を受けたと言っていたわね。レイプの被害者の大半は、心的外傷後ストレス障害《PTSD》に悩まされる。何かの拍子に襲われたときのことを思い出してパニックを起こすこともあるの」フィオナは革のケースの中から携帯電話を取り出し、何かの設定をしていた。「以前会った十代の女の子は、皮下注射でドラッグを打たれていたの。わたしはその翌日、病室で彼女の話を聞こうとしていたんだけど、ちょうどそこへ看護師が薬を投与しようと注射器を持ってやってきた。その子は半狂乱になってしまったわ」

ジャックは彼女のほうをちらりと見た。まだ事件についての重大な誤解を解いていないいままだということを思い出した。

その誤解は、ジャック自身が彼女に抱かせ、見過ごしてきたものだ。

「うちの目撃者にも注射するつもりかい？」

彼女は目を剝いた。「そうじゃなくて、わたしが言いたいのは、準備をさせてほしいってこと。彼女がどんな目に遭ったのか、できるだけ理解しておきたいの。事件についてわかっていることは？」

そろそろ白状するべきなのかもしれない。

「まず、彼女は深夜にここからさほど遠くない路上で連れ去られた。グレーのセダンで近づいてきた男が、家まで送ってやろうと声をかけた。彼女は寒かったから乗ることにした」

フィオナがかぶりを振った。おそらくこの手の話を以前にも聞いたことがあるのだろう。長年警察官として勤めるなかで、人が自らの安全に対してあまりにも無頓着になれることが、ジャックにはどうしても理解できなかった。

「男は彼女を家には送らずに、雑木林のようなところに車を停め、丈夫な緑の縒《よ》り紐《ひも》で彼女を縛り、目隠しをした。その後彼女を別の場所に連れていき、二日間そこに監禁した。暴行されているあいだ、彼女は意識が戻ったり遠のいたりを繰り返していたそうだ。男は彼女に無理やり何かを飲ませていた。彼女は咳止めシロップだったんじゃないかと言っている。ようやく意識がはっきりしたとき、男の姿がなかったので、紐を歯でほどき、服をつかんで逃げ出した。そしてここから六十五キロほど離れた場所で、鹿撃ちのハンターに保護された」

フィオナがため息をついた。「どうした？」

「鎮静剤を盛られていたとは知らなかったわ。彼女の描写力に影響が出るかもしれない」

「彼女は男の顔は最初にはっきり見たと言っている。意識が朦朧《もうろう》としたのはあとになってからだ。彼女は何度か意識を失うふりをしたこともあるそうだ。そのほうが手荒なまねをされずに済むということでね」

ジャックは町の外へと通じる幹線道路《ハイウェイ》を南に向かい、速度を上げた。道の両側には、見渡す限りの農地が広がっている。どの区画も水浸しで、荒涼としていた。

このところの寒波は、地域の農作物のいくつかに壊滅的な打撃を加えた。なかでも被害が著しかったのは柑橘類《かんきつるい》だ。町の南、一時間も離れていないところに、ネーブルオレンジとルビーレッド種のグレープフルーツの果樹園があるのだが、霜《しも》のせいで多くの木がだめになった。最初のうち、農家の人々は地温を上げるため、果樹園に水を流し入れ、大型の送風装置を使って温かい空気を送り込もうとした。しかし厳しい寒さが長引くにつれ、次第にその努力も追いつかなくなった。わずかながら救えるものを救い、残りは断腸の思いであきらめるしかなかった。

ジャック自身も農家の出なので、それがどれほど過酷な稼業かよくわかっている。しかし頭ではわかっていたとしても、いざ災難に見舞われたとき、楽に切り抜けられるわけではない。先週のように三日連続でマイナス七度以下にまで下がるような異常気象があると、地域全体でこの先何年ものあいだ、その影響を引きずることになる。

テハス果樹園の看板が前方に見えてきて、ジャックは少し速度を落とした。ふだんの一月なら、この農園は配送トラックや働く人々で賑《にぎ》わっているところだ。しかしつい先日、何百人という労働者が解雇され、箱詰め作業を行う小屋も、今は異様なほどに静まり返っていた。

「もうすぐだ」彼は言った。「他に何か、訊いておきたいことは？」

「あるわ。彼女は以前にも似顔絵画家と話をしたことはあった？」

その質問が来ることは予想していた。ジャックは運転席と助手席のあいだのコンソールボックスを開け、マニラ封筒を取り出した。

「当時、うちの署の警官のひとりが彼女に聞き取りをした。彼が作成したのがこれだ」

フィオナは封筒を開き、コンピュータで作成された画像を眺めた。二十五から四十のあいだくらいの白人男性が描かれている。穏やかで、これといった特徴のない顔立ちだ。ジャックはこれを見ると、昔小学校で読まれていた『ディックとジェーン』の教科書に登場する、一家の父親の挿絵を思い出す。唯一の違いといえば、この男に笑みはなく、ぼんやり宙を見つめているような表情をしていることだ。

フィオナは写真を見て眉をひそめた。「あまりにもありふれてるわ。どこにでもいる顔ね」

「わかってる。それを作成した警官は――ローウェルというんだが――性的暴行を受けた被害者に聴取するのはこれが初めてだった。荷が重すぎたんだろうな」

フィオナは愕然《がくぜん》とした表情で彼を見た。「なんでそんなことを許したの？　誰か経験豊富な人に話をさせるべきでしょう。しかも女性のほうが望ましい。署内にそういう人材がいないのなら、外部の人に頼んででも――」

「いや、おれもそれはわかってるんだ。だが、当時はまだおれが着任する前で――」

「それにこのコンピュータ・プログラム。こんなものを使おうなんてどうかしてるわ。使える似顔絵を手に入れるには、訓練を受けた画家が適切な聞き取りをすることが大切なの。下っ端をコンピュータの前に座らせて、ミスター・ポテトヘッドの人形で遊ぶみたいに、顔のパーツを組み替えさせてちゃちゃっと作っとけなんて、そんなんで済むわけがないでしょう？　女性がひとり、レイプされているのよ！」

どうやらフィオナの地雷を踏んづけてしまったようだ。ジャックはさきほどの彼の言葉を彼女が理解するまで黙って見守っていた。

フィオナは急に眉根を寄せた。「さっき、これが作成されたのは、あなたが着任する前って言った？」

ジャックは咳払いした。「おれはそのころ、ヒューストンで窃盗事件の捜査を担当していた」

「この拉致事件は何年前のことなの？」

「十一年」

フィオナはしばらく無言だった。車内にヒーターの低い唸りだけが響いていた。

ジャックは彼女のほうをちらりと見た。フィオナが彼のほうにまっすぐ顔を向ける。口をあんぐり開け、驚きに目を見開いている。

彼は道路に視線を戻した。アレヤンド家はこのすぐ先、線路を越えたところにある。ジャックはハイウェイの脇に車を寄せ、有刺鉄線のフェンスのそばに停めた。

「十一年」彼女は繰り返す。

ジャックは彼女に向き直った。フィオナの頬が赤く染まるのが見えた。怒られることは予想していたが、その度合いについては、だいぶ甘く考えていたのだと思い知らされた。今はその怒りを余すことなくぶちまけてもらうしかない。

ジャックはうなずいた。「そう、十一年だ」

彼女は笑った。無論、楽しさなどかけらもない笑いだ。事実、彼女の瞳には光るものがあり、おそらく涙だろうと思われた。

「信じられないわ」彼女は吐き捨てるように言った。「このことはネイサンも知っているの?」

「どういう意味だい?」

「ネイサン――わたしたちの共通の友人であるネイサンも、あなたが肝心なところをごまかして、わたしを無理やり連れてきたことを知っているの? あなたがわたしに嘘をついて、雲をつかむような捜査に協力させるために、ここまでおびきよせたのを知っているの?」

「雲をつかむような捜査なんかじゃないよ」

フィオナは座席に座る角度を変え、彼のほうをまっすぐ向いた。「雲をつかむような捜査じゃない? 自分を欺いてどうするの? 空想に基づいて殺人事件の捜査をしようとしてるのよ。十一年前の記憶に頼らなきゃならないなんて、捜査の助けになるような似顔絵を提供するのはとても無理だわ」

「なぜできない？」

「なぜですって？　あなたには似顔絵ってものが――」

「おれなりに下調べはしたよ。かの有名なユナボマーのスケッチは、七年前の記憶に基づいて描かれたものだ。似顔絵としても優れていた。捜査官はそれをテッド・カジンスキーの写真と照らし合わせて――」

「七年と十一年は違うわ」フィオナの頬は、今や真っ赤になっている。鼻の上にこれまで気づかなかった薄いそばかすがあるのがわかった。「もしも仮に、ちゃんとした似顔絵が描けたとしても――まあ、あり得ないくらいのもしもだけど――年齢を重ねていることを加味しなければ――」

「きみはそれにも秀でていると聞いているよ」ジャックは彼女の言葉を遮った。「アイダホであった少年の行方不明事件では、その手法を使ったそうじゃないか。おかげでその子の母親は、継父に連れ去られた息子を、取り戻すことができた」褒めそやすことで、なんとか切り抜けられますようにと祈った。ジャックがこれまで口にした言葉は、ことごとく彼女の怒りの火に油を注いだように見える。

「わたし相手にそういうくだらない真似はやめて」

これもだめか。「くだらない真似とは？」

「見え透いたお世辞でおだてようとすることよ！」

「これはお世辞なんかじゃなくて――」

「とにかくそんなおべんちゃらは聞きたくないのよ」フィオナは腕組みをし、フロントガラスのほうを向いた。「あなたは意図的にわたしを欺いた。舌先三寸でわたしを丸め込んで、ここに連れてきたんじゃないの」

「きみの言うとおりだ」ジャックは彼女の横顔を見つめた。「もうひとつの事件からどれほどの時間が経過しているか話したら、きみが引き受けてくれないんじゃないかと思った」

「そう、こんなのあり得ないのよ。あなたが望んでることは不可能なの」

「そうは思わない。きみだって本心じゃそう思っていないはずだ。本当はやってみたいんだろう？　だけど失敗するのが怖い。輝かしい功績に傷がつくのが怖いんだ」

フィオナはまた怒りに目をらんらんと輝かせ、彼のほうを向いた。「呆れた。どうしたらそんなことが言えるの？　わたしのことなんて、何も知らないくせに！」

「きみの腕がいいのは知っている」ジャックはきっぱりと言った。「その世界では超一流だ。きみが好むと好まざるとにかかわらず、高く評価されている。性的暴行の被害者に対しては特にね」

ジャックはフロントガラスの向こうに目をやった。フットボール場の長さほどは離れていない距離に、アレヤンド家の灰色のトタン屋根が見える。

「ルーシーは、辛い体験をした」彼は続けた。「事件のあと、何年も――」

「ルーシーって？」

「マリア・ルース」ジャックは彼女の顔を見やった。フィオナは耳を傾けている。「ルーシーと呼ばれてるんだ。地獄のような経験のなかでも最悪だったのは、彼女の言葉を信じない者が大勢いたことだ。連中は、ルーシーが作り話をしていると思っていた。注目されたいがゆえに、話をでっち上げたとね」

フィオナは眉を吊り上げた。「作り話？　だって、殴られたり首を絞められたり――」

「ああ、そのとおりだ」ジャックはここで口をつぐみ、どう説明したらいいかと考えた。この町の人々は、ここで生まれ育ったルーシーに対してひどい扱いをした。にもかかわらず、そんな町民たちをかばおうとしている自分が信じられなかった。

もちろん、ジャックとは異なった考え方の者もいる。彼としては、自らをこのコミュニティに属すると考える人々はすべてこの町の一員だと思っているが、なかにはそう考えない者もいるのだ。

「ルーシーは一時期、かなり反抗的だった」ジャックは説明した。「彼女の両親は敬虔《けいけん》なカトリック教徒で、常に信仰熱心だった。父親のほうは特にね。ルーシーは拉致される直前、父親と喧嘩して、家を飛び出した。二日間行方がわからなくても、大半の人々は家出したものと思っていた。鹿撃ちのハンターたちがルーシーを発見したとき、彼女が本人の意思に反して囚《とら》われていたということを信じない者もいた。そうした連中は、ルーシーがちょっと手荒な男に引っかかって、当然の報いを受けたくらいに考えていたんだ」

フィオナは首を横に振り、顔を逸らした。

「ルーシーは不当な扱いを受けたと言えるだろうな。警察からも、地域の人々からも」ジャックは奥歯を嚙みしめた。「実の父親からもだ。彼はいまだに娘の話を信じていないらしい。母親が彼女を説得して、警察に被害届を出させた。だがそのときにはもう、暴行から数日が経《た》っていて、性犯罪検査一式《レイプキット》を使って犯人の手掛かりを得ることもできなかった」

フィオナは座席に頭をもたせ、ため息をついた。「で、それをこのわたしに魔法のように解決しろと言うのね。今になって。十一年も経ってるのに。あり得ないわ」

「フィオナ、こっちを向いてくれ」

彼女はジャックを見た。そのとき彼は、まだ見込みはありそうだと直感した。彼の言葉は、フィオナに届いている。目を見ればわかる。

「おれは信じてる――いや、確信してると言ってもいい――ルーシーの事件は、もうひとつの殺人事件とつながっている。見過ごすには、あまりにも共通点が多いんだ。それが何を意味するかわかるか？　この町になんらかの関わりを持つ誰かが、強姦魔であり、殺人犯だということだ。その男は、このあたりの娘たちは無防備だから、好きなように痛めつけられると思っている。被害者が不法移民だったり、家族が警察を信用していなかったり、あるいは他のなんらかの理由で、表沙汰にならずにきてしまったのかもしれない。とにかく、そいつは経験を積んでいる。また繰り返すに違いない。次の被害者が出る前に、その男を逮捕しなきゃならないんだ」

フィオナはうなだれた。

「とにかく、ルーシーと話してみてほしい。もう彼女の家の前まで来てるじゃないか。一時間付き合ってやってくれ。何も出てこないようなら、きみは家に帰って、事件のことは全部忘れてほしい。恨みっこなしでね」

彼女は唇を噛んでいる。

「頼む」言いながら、自分がこうして人に頼みごとをするなどめったにないことだと気づいた。

フィオナは小さくうなずいた。

「ありがとう」ジャックはほっとため息をつき、トラックのギアを入れた。「だいじょうぶ。あっという間に終わるよ」

ルーシー・アレヤンドは、線路の踏切から石を投げれば届きそうな距離に住んでいた。白い羽目板の壁に、トタン波板の屋根の家だ。車回しには、埃《ほこり》まみれの黒のキャバリエが駐められている。狭い庭は、金網のフェンスに囲まれている。金網に〝猛犬注意〟の看板がかけられていることに、フィオナはすぐに気づいた。

ジャックが門扉《もんぴ》を開け、彼女をなかに入れた。彼は犬が襲ってくる危険性をまったく気にかけていない様子だ。しかしフィオナはそうはいかない。彼女には、心の底に染みついた犬への恐怖がある。子供のころ、スコティッシュテリアに首の肉を噛みちぎられて以来、キャンキャン吠《ほ》える子犬さえ恐ろしい。ふたりで砂利敷きの小道を玄関へ向かいながら、フィオナはジャックの後ろにぴったりくっつき、彼の上着につかまりたい衝動をなんとかこらえていた。

家は、第二次大戦後に数多く建てられたトラクトハウスと呼ばれる規格化された住宅の典型だった。線路と平行に列を成す近隣の家々とそっくりだ。よく似た外観の建物が何キロにもわたって建ち並んでおり、上空から見れば、トタン屋根が区画内にきちんと整列しているのが見えるはずだ。広大な土地のただなかにありながら、家々がここまで密集して建てられている様子は、なんとも場違いに感じられた。

フィオナは落ち着かない気分で庭を見回した。犬の姿はない。吠え声すら聞こえない。目につくものといえば、庭に影を落とす一本のペカンの大木だけだった。いちばん下の枝にはタイヤのブランコが下がっており、根元には錆《さ》びかかったおもちゃの赤い四輪車《ワゴン》が置かれていた。金網で囲まれているとはいえ、線路の近くで子供が遊んでいると思うと、フィオナは不安になった。

「だいぶ早く着いてしまったようだ」ジャックが階段をのぼりながら言った。「男たちは精油所へ行っているはずだから、問題ないだろうけどね」

彼の言葉が意味するところをフィオナが考える間もなく、キーと音を立てて玄関の網戸が開いた。顔を上げると、はっとするほど美しい若い娘が、赤ん坊を小脇に抱きながら戸口に立っていた。

娘はフィオナのほうをちらりと見てから、茶色の瞳をジャックに向けた。

「ずいぶん早いのね」彼女は不機嫌に言った。

「いいかい？」

「ダメってわけにもいかないでしょ？」

ふたりは意味深長な視線を交わしている。フィオナはたちまち居心地の悪さを感じた。彼女の知らない事情があるようだが、それをここで尋ねるわけにもいかない。

赤ん坊が身をよじり、沈黙を破るように喉をゴロゴロ鳴らした。

娘の視線はフィオナへ戻った。頭から爪先まで、値踏みするようにさっと一瞥《いちべつ》している。彼女はそれから家のなかへ後ずさり、ふたりに向かってうなずいて、入ってこいと合図した。

三人で玄関を入ったところに立ち、もじもじしていると、ジャックが咳払いした。「ルーシー、この人が前に話した似顔絵画家、フィオナ・グラスだ」

ルーシーは赤ん坊を正面に抱き替え、うまい具合に握手の可能性を排除した。フィオナはボディランゲージを読むことに長けている。ルーシーが発しているシグナルは明らかだった。

彼女は背を向け、家の奥へ入っていった。ジャックがそのあとに続く。ルーシーがどこへ向かおうとしているのかすでにわかっているような足取りだ。

フィオナはずり落ちてきた道具ケースのストラップを肩にかけ直し、ふたりのあとについていった。

〝男たち〟がいないことが、なぜ重要なのだろう？　ルーシー以外、この家には誰が住んでいて、彼らはこの面談についてどう思っているのだろう？　フィオナは緊張に胸が締めつけられるのを感じた。この仕事に関して、ジャックは隠しごとが多すぎる。フィオナとしては大いに不満だった。

三人が入ったのは、家の裏にある広々とした明るい部屋だった。増築した部分と見え、何かの作業場として使われているようだ。いちばん奥の一角には、卓上ミシンがあった。かすかに光る白い布が、ミシンから滝のように流れ、カーペットの床に落ちている。ミシンを載せたテーブルの奥には、白や、アイボリーや、薄いパステルカラーの生地の反物が、プラスチックの棚の一段に、きちんと並べて収められていた。部屋の中央は、ニスを塗ったなめらかな合板のテーブルが占めている。これが作業台なのだろう。一方の端には、様々な種類のビーズやスパンコールや人造パールを収めたプラスチックトレイが並んでいた。

「セバスティアンは昼寝中なの」ルーシーは言いながら赤ん坊をミシンの近くのベビーサークルに入れた。

誰もこの赤ん坊を紹介してくれる気はないらしい。ラベンダー色のフリースのスリーパーを着てお揃いの帽子をかぶっている。その子は下ろされるなり歯がため《ティーシングリング》をつかみ、口へ運んだ。乳歯が生えかけているということは、九カ月くらいだろうか。玩具に囲まれて座る赤ん坊を眺めながらフィオナは思った。目がくりっとして活発な、とても可愛《かわい》い女の子だ。

「ジャック！」

フィオナが振り返ると、黒髪の小さな男の子が部屋に飛び込んできたところだった。その子はジャックの膝に飛びつき、両腕で抱きかかえている。

「よう、あいかわらず威勢がいいな」ジャックは彼の髪を撫でてくしゃくしゃにした。「昼寝してるって聞いたのに」

男の子はジャックの手を取り、引っぱる。「ぼくのニンテンドーDS見せてあげようか？クリスマスにもらったんだ！」見たところ四つか五つくらいのその子は、憧れを全開にした表情でジャックを見上げている。

「そいつはいいな」ジャックは言い、ルーシーと目を合わせた。「ドロレスは？」

「仕事。みんなそうよ」ルーシーがフィオナのほうを向き、初めて話しかけた。「ふたりきりのほうがいいのよね？」

「通常はそれが望ましいわ」

「だったらジャックがセバスティアンを見てて」彼女はベビーサークルを顎で示した。「ヴァネッサは邪魔にならないから」

ジャックはこれ幸いとばかりにセバスティアンと部屋を出ていった。フィオナは彼を廊下へでも連れ出して二、三説明してもらいたいことがあったのだが、その余裕もなかった。

たとえば、ルーシーとの対面が、なぜ端《はな》から敵意に満ちたものに感じられるのか、とか……。

フィオナはルーシーのほうを振り向いた。年齢は彼女と同じくらいだろうが、ルーシーは十代のような格好をしていた。タイトなジーンズの折り返した裾は切りっぱなしで、糸がほつれている。グレーのTシャツは、彼女の豊かな胸の膨らみをぴったり包んでいた。左の耳には、五、六個の銀のスタッドピアスが並び、チェーンベルトとバレエシューズもシルバーで統一している。まっすぐな髪は、腰のあたりまで垂れ落ちていた。ミシンを使うとき邪魔にならないのだろうかと、フィオナは思った。

まあ、それもここが彼女の仕事場ならの話だが。

「デザイナーなの？」フィオナは室内を見回して尋ねた。

ルーシーは首をかしげてフィオナをしばらく眺めてから答えた。「仕立屋よ」

「でも自分でデザインもするんでしょう」フィオナはテーブル上に丁寧に並べられたデザイン画に目をやった。その隣にはかなり使いこまれた〈プリズマ・カラーペンシル〉の箱が置かれている。

「そうね」ルーシーは、フィオナの視線を追った。「お客の女の子のほとんどは、自分だけの一着を欲しがる。だからあたしの仕事も、当然それが中心になるの」

フィオナはテーブルに歩み寄り、道具ケースを置いた。「見せてもらっていい?」

ルーシーはうなずいた。フィオナは熟練の技術で描かれたドレスのスケッチ画を間近で見た。

「ウェディングドレス?」

「キンセニェラ」

フィオナはうなずいた。キンセニェラというのはラテンアメリカ文化圏で行われる女子の十五歳の誕生祝いのことだ。アメリカに住むメキシコ系の少女たちにとっても、この祝いはひとつの重要な節目となる。少女から大人の女性への一歩を踏み出したしるし。いわば、社交界デビューのようなものなのだ。

「とてもきれいね」フィオナはそこに描かれた繊細なビーズワークやドレープをじっくり眺めた。「きっとお値段も相当なものでしょうね」

ルーシーは肩をすくめる。「まあ、食べていける程度にはね」彼女は部屋を横切り、裏口の脇に置かれたミニ冷蔵庫からサンキストオレンジの缶を取り出した。「飲む?」

フィオナはうなずいた。喉が渇いているからというより、付き合いのためだった。ふだんは砂糖がたっぷり入った清涼飲料水は避けるようにしている。どうせ栄養のない〝空のカロリー″を摂るなら、チョコレートのほうがいい。

ルーシーはフィオナに冷たいオレンジソーダの缶を渡すと、彼女の、〈シンガーミシン〉の奥にあるクッション入りのオフィスチェアに腰を下ろした。フィオナは道具ケースを手に、ルーシーからは部屋を隔てて正面にあるベージュのソファに座ることにした。こうすればルーシーのほうが上から見下ろす格好になる。それによってルーシーがこの場の主導権は自分にあるのだと感じてくれることを祈っていた。フィオナはまた、ルーシーが仕事道具のそばにいることにより、いい意味で気を紛らわせることができればと願った。性犯罪の被害者は、聞き取り調査のあいだ、相手と目線を合わせない傾向にあり、手持ち無沙汰を紛らせてくれるものを求めることも多い。フィオナは暴行の詳細について尋ねることはせず、犯人の人相について聞き出すだけだ。しかし被害者が進んで暴行について語りはじめることも多く、勢い、やりとりは感情を伴ったものになる。

もちろん、ルーシーが襲われたのは十一年も前なので、フィオナとしても今回のこれは、未知の領域へ踏み込む経験だ。

サンキストオレンジのプルトップを開け、一口飲んだ。甘ったるい味に、中等学校《ミドルスクール》のころ、ランチの時間にテーブルの隅っこでひとりぼっちで過ごした辛い時間を思い出した。缶を足元の床に置いた。

ルーシーはミシンのライトを点け、椅子をミシンが置かれた机に近づけた。「セバスティアンとヴァネッサは姉さんの子なの。姉さんが働いてるあいだは、だいたいあたしが面倒みてるのよ」

「ここでいっしょに暮らしてるの？」

ルーシーがうなずく。「姉さんと、義理の兄さんと、兄貴。あと、うちの両親。今日はみんな仕事」

赤ん坊はベビーサークルのなかで上機嫌で喉を鳴らしている。ルーシーは彼女のほうを見やり、スペイン語でそっと話しかけた。

それから彼女は、フィオナに視線を向けた。表情がとたんに険しくなる。「ジャックから昨日電話があったとき、頭がどうかしたんじゃないのって言ってやった」

「わたしも同じことを言ったわ。十五分前に」

フィオナは今回、残酷なまでに正直に接しようと決めていた。ルーシーは単刀直入な性格のように見える。今日これからふたりですることについて、過度の期待は与えたくなかった。

ルーシーは口の端を少し上げた。「つまり話してもらってなかったってわけ？　これが大昔の事件だってこと？」

「今朝初めて聞かされたの」

ルーシーは呆れたようにかぶりを振った。「ジャックらしいわ」

彼女の口ぶりにジャックとの親しさを感じ、フィオナはかすかな苛立ちを覚えた。ジャックとルーシーのあいだには、なんらかの過去がありそうだ。ジャックは意図的にそれを隠している。フィオナは画板と鉛筆を準備するのに手を忙しく動かしながら、頭のなかではずっと彼に対して毒づいていた。仕事に関して、ここまで誤った情報ばかり与えられたのは初めてだ。

画板が準備できると、ひとつ深呼吸し、思考をすっきりさせようと努めた。これは自分にとって最後の事件で、おそらくは最も難しい挑戦になるだろう。集中しなければ。

「あの絵はまったくのでたらめ」ルーシーが言った。「警察の人たちに何度もそう言ったんだけど、まったく耳を貸さなかった」彼女は顎をつんと上げ、挑むような眼差しでフィオナを見た。「まあ、あたしはずぶの素人だからね。ただの目撃者にすぎないから」

「わたしも警察の人間じゃないわ」フィオナは言った。「あなたと同じ、アーティストなの」

ルーシーは肩をすくめ、白い糸の糸巻きをミシンに取りつけた。それから糸の端を舌で湿らせ、慎重に針の穴に通した。ルーシーの動作はしっかりしていて乱れがない。この種の聞き取り調査では珍しいことだった。ルーシーの足がフットペダルを押すと、ミシンは唸りをあげて動きはじめた。

「ジャックは本気でやつをつかまえたいみたいね」手元に視線を落としたまま、ルーシーは言った。

「あなたはどう?」

ミシンが止まった。ルーシーが目を上げる。その瞳に表れた表情は、フィオナにとって見覚えのあるものだった。獰猛《どうもう》なまでの怒り……。

「あのサド野郎に、あたしは丸二日ぶっ通しで拷問みたいなファックをされたの。あいつには地獄で焼かれてほしい」

フィオナはうなずき、鉛筆を選んだ。「その男の外見は、人相が言えるくらい覚えてる?」

ルーシーは唇をすぼめ、手元を見ろした。半透明の白い布に覆われ、フィオナの位置からは、針が霞《かす》んでいる。「うん」

「覚えていなくてもかまわないのよ。思い出せないならそう言って。できる範囲でやればいいから」

「覚えてる」ルーシーはかぶりを振った。「細かいところまで。たった今起こったことみたいに」

人の脳とは不思議なものだ。はるか遠い昔のことを記憶にとどめているかと思えば、つい昨日の出来事でもさっさと打ち捨ててしまったりする。フィオナは世界貿易センタービルが倒壊する様子を見たとき、自分が何を着ていたか、つぶさに思い出すことができる。あの朝の正確な空の色や、テレビの前に立ち尽くしながら手に持っていたコーヒーマグの模様まで、鮮明に覚えている。にもかかわらず、二週間前に映画を観に行ったときに何を着ていたかと訊かれても、まったく記憶にない。

心に受けた傷、とりわけ恐怖には、記憶を固定させる力がある。これは人間の肉体に備わった、生存のためのメカニズムのひとつなのだそうだ。

「その男の人相について話して」フィオナは言った。「思い出せることはなんでも」

ミシンが止まった。ルーシーの手は布を押さえたまま動かなくなった。彼女は窓の外に目をやり、寒々とした冬景色をぼんやりと見つめた。

「全部覚えてる」彼女は静かに言った。「脳に刺青《いれずみ》されたみたいに」


「それで、どうだったんだ？」

ジャックの右腕である副署長は電話の向こうでため息をついた。「思っていたほど簡単じゃなさそうだぞ、ＪＢ。場合によっちゃ令状が必要だと言われたよ」

ジャックはアレヤンド家のポーチを囲む木製の手すりに軽く腰かけた。腕時計に目を落とす。一時間四十分が経過したが、ふたりはまだあの部屋で似顔絵を作成しているようだ。

「だったらうまくやれ」ジャックは譲らない。「なあ、カルロス、これこそが小さな町の警察の特権じゃないか。お役所の形式主義なんかすっ飛ばせばいい」

カルロスはスペイン語で何やら毒づいた。「だったら署長が行って彼女と話してくれよ。うちじゃルックスで売れるのは署長だけなんだ。こっちはビール腹で六人の子持ちだからな」

ジャックはにんまりした。「妻持ちだってのも忘れるなよ」

カルロスがまた毒づく。

「わかった。ノーマは協力的じゃないんだな」ジャックは言った。「だけどテキサス《T》公園《P》野《W》生生《B》物局の職員は彼女だけじゃないだろう。メルヴィンはどうだ？」

カルロスは何も答えない。ジャックはしまったと思った。メルヴィンには人種差別的な傾向がある。あのじいさんは声高に差別を唱えることこそしないが、ジャックの署にいるヒスパニック系の警官ふたりと接するときは、明らかに見下すような態度をとるのだ。

「いや、やっぱりいい。おれから話をするよ」ジャックは言い直し、また腕時計を見た。今日は仕事が山積しているうえに、ここは思ったより時間がかかりそうだ。そのあとテキ《T》サス公園《P》野《W》生生《B》物局の地元支部へ出向き、メルヴィンの無駄話に一時間は付き合わされる羽目になるだろう。彼の機嫌をとりながら、十一年前に三郡地域で鹿撃ちの免許を申請していた田舎者の白人全員のリストを、なんとか手に入れなければならない。あるいはこの任務はローウェルに任せてもいいかもしれない。

手掛かりとしては、かなり心もとないものではある。しかしながら、ジャックは事件当時、警察がルーシーに事情聴取したときの記録や、彼女を保護したハンターたちの供述調書をここ二、三日のあいだに十回以上は見直してみた。ルーシーは、この町の北西にある人里離れた場所で発見されているのだが、そこへ至るのはわずかな道路だけで、何千エーカーもの平坦な低木林が周囲を取り囲んでいる。鹿の放牧地だ。当時の捜査担当者は、土地の所有者やここをハンティングに利用していた者について、調べようとはしなかった。ルーシーの供述によれば、彼女はある種の小型トレイラーに閉じ込められていたという。普通車に取りつけて引っ張るような小型トレイラー、鹿撃ちのキャンプでハンターたちの多くが利用するタイプのものだ。ルーシーの話では、彼女が逃げたとき、トレイラーは車に接続されていなかったそうだ。そのトレイラーが犯人の物とは限らないが、通常の捜査手順なら、少なくともそれが誰かの所有物だったのか、そして所有者がいたとしたら、こんな辺鄙《へんぴ》な場所で何をしていたのか調査する努力はすべきだろう。

そしてもしそのリストを、十一年前、グレーのシボレー・カプリスを登録していた者のリストと照合することができたなら……。

もちろん、ルーシーが証言した車が盗難車だったということも考えられる。あるいは、犯人がその車を所有していたとしても、ルーシーを連れていった土地にはなんのつながりもなく、ただ二、三日無断借用していただけということもあり得る。それでも、やってみる価値はある。やつは土地勘のある人間だ。ジャックはそれを確信していた。

車、付近の土地所有者、鹿撃ちのハンター——事件のこうした要素は、十年以上前につぶさに調べておくべきものだった。しかし、警察はそれを怠った。当時の捜査担当者の関心は、犯人がどこに隠れているかということより、今日のおやつのドーナツはどこの店で買おうかということに向けられていたのだろう。自分には過去を変えることはできないが、同じ過ちが繰り返されるのを防ぐことはできる。今度ばかりは、ずさんな対応やおざなりの捜査はあり得ない。今度こそ、グレインジャーヴィル警察の署員六名が一丸となって、職務を全うするのだ。

「JB？　聞いてるのか」

「すまない。なんと言った？」

玄関の網戸が開き、フィオナが家のなかから出てきた。

「被害者に残されていた、縒り紐が手掛かりになりそうだと言ったんだ。ルーシーの供述にもある、例の蛍光グリーンのやつだよ。以前は南西部全域の金物店と、あと、〈ウォールマート〉でも取り扱われてた」

ルーシーはヴァネッサを脇に抱えながら、フィオナのあとについてポーチに出てきた。ふたりとも、ジャックのほうには目もくれない。彼が様子をうかがっていると、フィオナが手を伸ばし、ルーシーの手を握った。すると、驚いたことに、ルーシーはフィオナをかき抱いて抱擁《ハグ》した。ふたりはしばらく何やら囁くような声でやりとりしてから、左右に分かれた。

「それが突破口になるかもしれない」カルロスが言う。

またやってしまった。「悪い。もう一度言ってくれないか？」

「もう売ってないって言ったんだよ！」カルロスはジャックの耳が遠くなったと思ったのか、

大声で怒鳴った。「今生産しているのは、二、三の得意先に下ろす分だけだそうだ。大規模な流通経路は、六年前に途絶えたきりだと言っていた」

ルーシーはジャックに向かってそっけなくうなずき、なかへ戻った。フィオナはポーチの階段を下り、彼に背を向けたまま庭先で待っている。

「つまり、売っているのは専門店だけってことだ。主には農業資材を売る店だ。ふつうの緑ならどこにでもあるんだが、この蛍光グリーンはよほど探さないと見つからない」

「いい手掛かりになりそうだ」ジャックは言いながら、吹きつける風のなか、フィオナが肩を震わせている様子を眺めていた。なんで彼女は上着を持ち歩かないんだ？

「これから署に戻る」カルロスに言った。「検屍報告書について話したいことがあるから、どこへも行かずに待っていてくれ」

「了解」

ジャックは携帯電話を切り、ポケットに収めた。フィオナはすでに歩道を歩き始めている。ジャックは遅れまいとして大股で歩いた。

「フィオナ？」

彼女は振り返ろうとしない。「とりあえず行きません？　寒くてしかたないの」

フィオナは門扉を開けると、道具を収めた革のアタッシェケースを握りしめ、震えながらトラックの横に立った。ジャックはロックを解除し、彼女のために助手席側のドアを開けた。

フィオナは彼と目を合わせないままケースを座席の下に入れ、乗り込んだ。そしてそのままっすぐフロントガラスを見つめていた。

「上着はどこにあるんだ？」

「車に置いてきたわ」フィオナが彼のほうを見る。「来る途中に染みをつけてしまったの」

彼女の鼻は赤かった。頬と目も赤い。泣いていたのだ。

ジャックは彼女の膝の上に身を乗り出し、後部座席から皺だらけのフランネルのシャツを引っぱり出した。それをばさっと広げてから彼女に渡した。

「これを着て」言ってからドアを閉めた。

運転席側に回り、車に乗り込みながら、たった今目撃したルーシーとフィオナのやり取りを思い出した。フィオナのことはよく知らない。いや、インターネットで調べたこととネイサンから聞いたこと以外はまったく知らないと言ったほうがいい。しかしルーシーのことならよく知っている。彼女は、ジャックの知り合いの女性のなかでは、ハグをしそうにない女のダントツ一位だ。抱きしめたり、キスをしたり、撫でたりというような、べたべたした交流を人前ですることなどけっしてない。相手が女であればなおさらだ。ルーシーは一匹狼でへそ曲がり。性悪女と言う人も少なくない。

にもかかわらず、フィオナとルーシーのあいだにはなんらかの絆《きずな》が生まれたようだ。

ジャックは車をハイウェイに乗せ、フィオナの様子を横目でうかがった。彼のシャツを着て、袖をまくり上げている。それでもまだだいぶ大きく、シャツにすっぽり呑み込まれてしまったように見えた。フィオナが洟《はな》をすすった。涙は見えないが、手の甲で洟を拭っている。ジャックはコンソールボックスを開け、〈デイリークイーン〉でもらったナプキンの束を取り出し、カップホルダーに入れて彼女に渡した。

「ありがとう」フィオナはナプキンを手に取り、お上品に洟をかんだ。「ごめんなさい。いつもはもっとうまくやれるんだけど」

「何がだい？」

「なんて言ったらいいのかな。ちゃんと線引きをすること」

「ひどい事件だからな」言いながら、〝ひどい〟なんて言葉じゃ足りないもいいところだと思った。ルーシーが受けた試練は、ジャックがこれまで見てきたなかでも、最も過酷なものだ。彼女が生き延びたこと自体が奇跡なのだ。今にして思えば、犯人は彼女を生きて帰す気などなかったに違いない。

フィオナは膝の上で手を組み、大きく息を吸った。「で……近くにモーテルはある？」

「あるよ。どうして？」

フィオナは彼に目を向けた。泣いていたせいで、瞳がエメラルドグリーンに見える。「静かな場所で仕事したいの。下描きしたものに手を入れたいし、加齢による変化も加えないと」

こいつはたまげた。「描けたのか？」ジャック自身、あまり期待するなと自分に言い聞かせていた。

「一応は」彼女は手に目を落とした。「問題は、使えるかどうかね。まだよくわからないの。もっと時間をかけてみてからわたしなりの判断をするわ」

ジャックは余裕のあるところを見せようと、道路に視線を据えていた。実際には、それはフィオナが判断すべきことではない。彼女に報酬を支払う以上、でき上がった似顔絵は、彼の好きに使えるはずだ。

「加齢による変化を描き足すのにどれくらい時間がかかる？　署で作業してもらってもかまわないんだが」

フィオナは窓の外を見ている。「気が散らないところのほうがいいわ。時間もだいぶかかるかもしれないし。もう一件描くことになるならなおのこと」

もう一件……？

フィオナが彼に目を向けた。「それもわたしに頼むつもりなんでしょう？」

ジャックは正直に答えるべきかどうか考えていた。彼女に対しては、最初からことごとく欺くようなことばかりしてきた。これも例外ではない。

「当てにしていたわけじゃないんだ」彼は言った。「もし嫌なら――」

「言い訳なんていいわ。身元がわからないんじゃ、殺人事件の捜査はできないもの」

彼女の言うとおりだ。被害者の身元は、このパズルを解くにあたって、必要不可欠なピースだった。とはいえ、フィオナは疲れきっているように見える。この事件が彼女にこれほどのショックを与えるなどとは予想もしていなかった。ジャックは罪悪感にさいなまれた。

「その前にモーテルへ行ったほうがいいんじゃないのか？　昼寝でもして少し休んだら？」

フィオナは首を横に振り、顔をそむけた。「昼寝なんか必要ない。いいから安置所に連れて行って」

4

シェルビー・シャーウッドの誘拐犯は、昨日の午後、合衆国南東部のミネソタ州ミネアポリスで、クライスラーのミニバンのレンタカーを借りた。

一時間後、彼は北東部メイン州バンガーの〈エコノ・ロッジ〉にチェックインし、今朝七時十五分には南西部アリゾナ州トゥーソンの〈シェル〉のガソリンスタンドで無鉛ハイオクガソリンを入れた。彼から二十ドル札を受け取ったというスタンドの店員は、その男はニュースで見た似顔絵にそっくりだった、唯一の違いは、少し太めで髪をポニーテールにしていたことだと語った。

ギャレット・サリヴァンは、トーラスの運転席で、サービスエリアで買ったコーヒーの残りを飲み干してから、ファイルを開けた。三日前、フィオナの描いた似顔絵がニュース番組で紹介されてからというもの、何百という目撃情報が寄せられている。テネシー州ナッシュヴィルにいた。違う、ヴァージニア州ロアノークだ。いや、イリノイ州ピオリアで、彼にスノータイヤを売ったという者から連絡が入ったらしい……。

献身的に働きつづける捜査チームやボランティアの人々は、何時間もかけてひとつひとつの情報を調べていった。信憑性《しんぴょうせい》のありそうなものは捜査官が足を運び、聞き込みで得られたごくわずかな情報が、犯人追跡の手掛かりとしてつなぎ合わされた。地味で単調であると同時に、緊張を強いられる仕事だ。なぜなら、うっかり見過ごしてしまった情報が、唯一犯人につながる手掛かりだったということもあり得るからだ。子供の誘拐事件を捜査する者は誰しも、ポリー・クラース事件の衝撃から、いまだに立ち直ることができないでいる。十二歳のポリー・クラースがパジャマパーティーから連れ去られてからわずか数時間後、ポリーの自宅から五十キロも離れていない場所で、警察が不法侵入の通報を受け、男を拘束した。しかし警察は、その男が仮釈放規定に違反して手配されていることにも気づかず、ご丁寧に溝にはまっていた彼の車を出してやる手伝いまでして解放してしまった。

リチャード・アレン・デイヴィスというその不法侵入者は、数週間後、ポリーの殺害を自供し、遺体のある場所へ捜査員を案内した。

子供の誘拐事件は悪夢だが、サリヴァンは今回、希望を捨てていなかった。その希望はフィオナ・グラスに因るところが大きい。彼は、フィオナの似顔絵に信頼を置いていた。ついにフィオナとともに仕事をする機会に恵まれ、彼女がこれほどまでの評価を得た理由がよくわかった。

霊感じゃないかと言う者がいる。また別の者は超能力だろうと言う。今回のような世間の注目を浴びる事件が起きると、こうした評判にマスコミはこぞって飛びつく。サリヴァンは魔法など信じない。彼が相手にするのは事実だけだ。フィオナは霊能者などではないが、天賦の才があるのは確かだ。犯人が捕らえられたとき、その男がフィオナの描いた似顔絵にそっくりだろうということに、サリヴァンはわずかな疑いも抱いていなかった。彼女には優れた直感力がある。彼は、描いているときのフィオナを見た。彼女がコルター・シャーウッドと面談しているとき、こっそりベッドルームの外に立ち、どんなやり方をするか盗み見ていたのだ。フィオナは人と接する際にその独自の直感力を発揮する。どうしたら巧みに相手の心を開き、必要とする情報を引き出せるかが本能的にわかるのだ。訊かれた者は、本人すらそんなものがあるとは知らなかったような記憶を、いつの間にか話している。

サリヴァンはファイルの書類をめくり、これから会う女性についての簡単な資料を探し出した。重要事項を二、三見直してから、ファイルを座席に置き、車を降りた。聞き込みは手ぶらですることにしている。人はメモをとられているとわかると口をつぐんでしまう傾向にあるからだ。しかし実際にはサリヴァンは絶えず頭のなかでメモを書いている。彼はトーラスをロックし、歩道を横切って〈セカンド・ゴー・ラウンド〉という名の店に入った。

古着専門店のオーナーは事前調査の際に言ったのと同じことを繰り返しながら、サリヴァンを店の奥へ案内した。

「ロンよ」彼女はきっぱり言った。「間違いない。電話で話した捜査官の人にも言ったんですけどね、わたし、人の顔を覚えるのが得意なの。百パーセント確信してる」

彼女はキャスター付きのハンガーラックを押しやり、狭い戸口を入っていった。サリヴァンは彼女のあとに続いて、薄暗いオフィスへ足を踏み入れた。

「散らかってて悪いわね」彼女は言った。

部屋は白カビとバニラの消臭芳香スプレーが混ざり合った臭いがした。〝散らかっている〟というのは、この状態を言い表すには、かなり控えめすぎる。コンクリートブロック製の壁に沿って、衣類の巨大な山が連なっている。シャツ、パンツ、ワンピース……。キャスター付きの大きな黒い桶《おけ》は、縁まで靴でいっぱいになっている。別の似たような容器には、子供用の上着やコートが入っている。いちばん奥の壁には、透明なプラスチックの箱が並び、ソックスやベルトやサリヴァンにはよくわからない品々で溢れていた。暗くてよく見えないせいもある。部屋の明かりといえば、フリンジのある黄色いシェードがついた古めかしいフロアランプひとつだけだった。

「以前は彼が商品を分類してくれてたのよ」店主は言った。「売るほうはなんだっていっしょくたにして置いていきますからね」彼女は服のない剝き出しのハンガーがびっしりかけられたいくつかのラックを顎で示した。「やめてしまってからは人手不足でね。特に年末年始は大量に運び込まれてくるから。みんなクローゼットやら棚やらの整理をするでしょう」

裏口は錆びついたショッピングカートで押さえて開け放たれていた。サリヴァンは、これは明かり採りのためなのか、あるいは換気のためなのだろうか、とふと思った。彼はメンズのセーターの山をまたいだ。「その人は採用申込書を書いたというお話でしたよね？　今もありますか？」

「もちろん」彼女は、書類が山積みになってほとんど表面の見えない黒いメタル製のデスクに歩み寄った。「どこかこの辺のファイルに入れておいたはずなんだけど」

サリヴァンは頭のなかで彼女の人相書きを作った。プラチナブロンドの髪は頭のてっぺんでねじり、おだんごのようにまとめている。デスクの上の物をせっせと動かしているうちに、縮れた遅れ毛が顔に垂れ落ちた。電話では年齢を四十九歳と言っていたが、サリヴァンが見たところ六十近いのではないかと思われた。

「あったわ！」彼女は引き出しの中から一枚の書類を引っ張り出し、彼に渡した。

「ありがとうございます」サリヴァンは書類を手に取り、明るい裏口の近くへ行った。

〝ロン・ジョーンズ〟手書きの文字は鋭く左に傾いている。〝エルムストリート、三三九番地〟電話番号が書かれていたが、何本もの線で消されていた。

かすかな期待が震えとなってサリヴァンの背筋を走った。この書面に書かれた情報は、ことごとくでっちあげだと考えてよさそうだ。

「内容を照会してみましたか？」サリヴァンは尋ねた。

「まさか。とにかく、応募者が来てくれただけでありがたかったのよ」彼女は拳《こぶし》を腰に当てた。「夢のように楽しい仕事ってわけでもないからね。最低賃金しか払ってあげられないし」

書面を入念に眺めながら、サリヴァンの脈は速まった。〝ロン〟なる男は十桁《けた》の社会保障番号を書いている。「彼の運転免許証は見なかったんですか？ 社会保障カードも？」

店主は首を横に振った。「カードはなくしたから新しいのをもらうんだって言ってたわね。だけどアメリカ人っていうのは確かでしたよ。顔を見ればそれくらいわかるもの。だから気にしなくっていいって言ったんです」彼女は申し訳なさそうに唇を噛んだ。「お給料も現金払いだったのよ。正直言って、税金の帳簿つけやらそういうのは、あんまり好きじゃなくてね」

サリヴァンはこれに対して何も答えなかった。店主のほうは気まずいのだろう、慌てて沈黙を埋めようとする。

「ごくふつうの人に見えましたけどね。それが先週突然やめてしまって、ちょっと変かなって……。郵便物の転送先も言わなかったのよ」

「仕事にはなんで来ていました？」

「バスです」彼女は天井を見上げ、何かを思い出そうとしているかのように、顎を指先で叩いた。「どの路線だったかは覚えてないわね」

サリヴァンは部屋を見渡した。「この店にパソコンはありますか？」

「ええ、表のほうに」

捜査官たちは、シェルビーが誘拐される前の数週間にわたりインターネットのチャットルームで何者かと接点を持っていたのではないかという推測に基づいて捜査を進めていた。

「彼が使っているのを見たことは？」

「暇があればときどき触っていましたよ。でもたいていの日は、この奥の部屋に入ったっきりでしたからね。本当に物静かな人で」

サリヴァンは裏口の外に目をやった。ドアの前には搬入路がある。彼の心臓は、手掛かりがうまくつかめそうなときにいつもそうなるように、激しく打っていた。

「この部屋の鍵を渡していたんですか？」彼は尋ねた。

「いいえ。でも、二、三回閉めるのを任せたことはあったわね。そのときは鍵を隠す容《い》れ物もいっしょに渡して、彼のほうもきちんと返してくれましたよ。さっきも言ったとおり、従業員としては問題のない人でしたから」

サリヴァンはドアから首を突き出した。

「車で運んできた服をここで受け取るんです」店主が説明した。「わたしが裏口へ出て、買い取り価格を言うの。それでよければ置いてくし、気に入らなきゃ持って帰ってもらうってわけ」

サリヴァンは周辺に目を走らせた。搬入路の向こうには細長い草地があり、その向こうは別の店の駐車場に接している。四十メートルほど先にあるショッピングセンターには、ヘメイルボックス・エトセトラ〉というビジネスコンビニのフランチャイズチェーンと、サンドイッチ店、そしてバレエスタジオがあった。三人の少女が建物の前に立っている。少女たちは分厚いジャケットを着ているものの、脚はピンクのタイツ一枚という格好で、寒さをしのごうとして身を寄せ合っていた。そのとき一台の白いスポーツ汎用車《SUV》が縁石の前で停まり、少女らを拾っていった。

サリヴァンは携帯電話を取り出した。上官は最初の呼び出し音で出た。

「サリヴァンです。バーミンガムに来てます」

「で？」

「どうやらこれは使えそうですよ」

フィオナは検屍解剖室の続き部屋に入り、ここの準備をしてくれた、今はもう姿の見えない職員に、心のなかで礼を言った。

彼女が入口でサインをし、訪問者証を受け取っているあいだ、その人物は身元不明の遺体を、冷蔵室から、摂氏十五度で比較的過ごしやすい解剖室へ移し、車輪付き寝台に乗せておいてくれた。シーツに覆われた遺体のそばには、フィオナのためにメタル製の折り畳み椅子が用意されていた。これよりずっと居心地のよくない状況で何時間も過酷な作業をした経験がある身としては、こうした配慮はとてもありがたかった。おそらくはジャックがそう命じてくれたのだろう。ジャックに案内されてグレインジャー郡合同庁舎に足を踏み入れた瞬間から、彼がこのあたりでなかなかの人気者だということがわかった。別段驚きはしない。彼は自信に満ち、なおかつ気さくな雰囲気がある。そのおかげで男たちは彼と冗談のひとつも交わしたくなるし、女たちはついつい上目づかいで見つめてしまうというわけだ。

フィオナは部屋を横切った。郡の遺体安置所にしてはとても静かなのがありがたい。周囲を見回し、ステンレス製の解剖台や流し、照明器具やホース、消毒済みの道具が整然と並んだメタル製のカートなどを眺めながら、妙に気分が落ち着くのを感じていた。郡から郡、州から州へと渡り歩いてきたが、こうした解剖室はどこも決まって同じだ。

持参した革のアタッシェケースから小さなプラスチック製の容器を取り出した。メントールの利いた〈ヴィックス・ヴェポラッブ〉を鼻の下に塗ってから腰を下ろす。ジーンズ越しに固い椅子の冷たさを感じた。ぶるっと身震いし、フランネルのシャツを貸してくれたジャックにもう一度、心の中で感謝した。

水色の手術用ゴム手袋をはめる。そして遺体の顔からシーツをゆっくり引き下ろし、娘の肩のあたりで折り畳んだ。手を動かしながら、胸のなかでは、この作業に挑むときには必ずするように、気持ちを落ち着かせるための言葉を唱えていた。ヒスパニック系女性。推定年齢十六もしくは十七歳。身長百五十七センチ。体重四十八キロ。氏名不詳。こうした詳細は、他の事項とともに予備検屍報告書に記載されており、さきほど検屍医が渡してくれた。報告書には、親切心でつけてくれたものの実際には使いものになりそうにないポラロイド写真が、何枚か添付されていた。

検屍の際の写真の多くは、被害者が横たわった状態で撮られている。尺度や照明や重力の影響についてはまったくと言っていいほど考えていない。使える写真を撮るには、撮影者はまず、死後硬直の時期が過ぎるのを待たなければならない。その上で遺体の上半身を立たせ、皮膚組織が自然に垂れ落ちるようにする。要所要所に物差しなど大きさの目安となるものを当てて撮影することも重要だ。しかしながら安置所の職員がこれだけの手間をかけてくれることはまずない。フィオナとしては、写真を見るより、可能なら直接遺体を見て描いたほうがいいということになる。

そして今、彼女はしばらく静かに少女を見つめていた。

美しい娘だったはずだ。一目見てそれはわかった。遺体を目にすることに慣れた者が見れば、唇や瞼が茶色く変色し、わずかにしぼんでいようと、彼女の本来の魅力は伝わってくる。額の右側と上唇には中度の裂傷がいくつか見られ、首を取り巻くように黒っぽい長方形の挫傷が連なっている。これは手で絞扼《こうやく》した証拠として、検屍報告書に詳しく記載されていた。そして絞殺を示す徴《しるし》がもうひとつ——目の縁に現れたごく小さな赤い斑点。頬全体や顎に見られる痣《あざ》は、娘の最後の数時間が苦痛に満ちたものだったことを物語っている。ルーシーの経験と同様だとすれば、そのひどさたるや推して知るべしだ。フィオナはここ数週間寒さに辟易(へきえき)していたが、今度ばかりはこの気候でよかったとつくづく思った。殺人事件の捜査関係者にとって、寒冷な気候はありがたい。特にテキサスでは、通常は暑さや湿気、無数の虫たち相手の対策をとらなければならないことが多い。今回はこのところの寒気のおかげと、発見が早かったことも手伝い、遺体の腐敗は最小限にとどめられていた。検屍医の推測では発見当時、死後八時間から十二時間が経過していたということだった。彼はまた、少女の首を取り巻く指の痕から見て、彼女を殺害した者はかなり大きな手をしているという点にも触れていた。

フィオナは、暴行の痕跡の向こうにある少女が生き生きしていたころの姿を捕らえようと、目を細めてその顔を見た。人相を識別する決め手となるのは、顔の造作の配置とバランスだ。ひとつひとつのパーツの細かい部分は、あまり関係ない。鼻や目の形を完璧に再現するよりも、正しいバランスで配置することがより重要になる。不鮮明な監視カメラの映像が手掛かりとなって犯罪者が逮捕されることがあるのはこのためだ。人の顔を認識するとき、もっとも大事なのは顔の全体的な印象なのである。

とりあえずの身元の目星がつけば、警察はより決定的な手法を使って確認することができる。ここでのフィオナの役目は媒介者だ。今から描くこの似顔絵が、孤独に世を去った少女を、どこかで存命中の家族と結びつける懸け橋になるかもしれない。少なくともフィオナはそう願っていた。

画材を選ぶのに多少の時間を費やしてから、立ち上がって描きはじめた。画板を身体の中心からずらして片方の腰骨に当て、少女の顔が覗き込めるようにした。まずはふっくらして顎先が尖ったハート型の輪郭を薄く描いてから、パーツを置く位置の目安をつける。次に上から下へと作業を進め、眉、目、繊細なラインの鼻を描いていった。それから少しずつ細かな点を描き加えていくと、かなり本人に似た印象になってきた。目と鼻をじゅうぶん描きこんだあと、口へと移った。

ゴム手袋に包まれた指で少女の唇をめくり、歯を観察した。上の側切歯がないが、検屍医はこの損傷を死の前後に起きたものだと結論づけていた。つまり、彼女の身元を突き止めるための特徴にはなり得ないということなので、これは無視する。遺体の顔が生前のものとかなり印象が違ってしまう要因のひとつに、顎の力が抜けて口が半開きになってしまうことがある。フィオナはこれを修正するため、少し時間をかけて顎の位置を調節した。求めていたイメージが得られたところで、できる限り自然な口の形を描き、少し離して出来栄えを眺めた。

悪くない。

そして最後に、最も描くのが難しいパーツを描き加えた。耳だ。フィオナが描く犯罪者の似顔絵は大半が男性なので、この仕事を始めた当初、本物らしい耳の形を描く技術をいやがうえにも体得しなければならなかった。今回も耳は大事なパーツとなるかもしれない。被害者はそれぞれの耳たぶにふたつずつピアス穴を開けている。身元を示す重要な特徴となる可能性がある。

フィオナは脚がこわばってきたのでふたたび椅子に腰かけてから色の濃淡をつけた。数分かけて茶系の色鉛筆を数種類使い、ハイライトや陰影を描き足していった。

「涼しくて気持ちいいかい？」

フィオナが顔を上げると、グレインジャー郡検屍医の穏やかな茶色の瞳が彼女を見下ろしていた。ドクター・ラッセル・ジャーミスンはいかにも優しいおじいちゃんといった雰囲気の白髪の老人で、球根のような大きな団子鼻が特徴だ。フィオナはここに着いたときに一度顔を合わせたのだが、彼はどこかへ出かけるところのようだったので、こうしてまた会えるとは思っていなかった。

「なんとかやってます」震えそうになるのをこらえて答えた。「今日は静かでいいですね」

彼はがらんとした解剖室を見回した。「今のところはね」彼はウインクした。「だけど予定を入れるわけにいかないんだ。今夜はなんとなく外で大仕事がありそうな予感がするんだよ。わたしは九時までに木と心中した環境保護活動家の遺体が一個出てくるほうに賭けるが、一口乗るかね？」

フィオナは眉を上げたものの、何も答えられなかった。彼女の経験からいえば、検屍医という人種は一風変わったユーモアのセンスを備えている。ジャーミスンの言葉を聞いて、彼が退屈を紛らせてくれるような事件を心待ちにしていると考える者もいるかもしれないが、フィオナとしては彼にその罪を着せるのは反対だった。ジャックの話では、彼は〝とても仕事熱心だ〟ということだ。細部にまで正確な解剖所見もまた、それを裏づける証拠のひとつと言えるだろう。

「ところで、タトゥーはなかったんですか？」フィオナはいつも顔以外の部分に彫られたタトゥーを別の紙に描くことにしている。そのうえで、その身体的特徴を公表するか否かを、捜査官にゆだねるのだ。

「ひとつもなかった」医師は言い、チノパンツのポケットに両手を突っ込んだ。中綿入りの緑のウインドブレーカーと、〈淡水稚魚愛好者協会〉の野球帽に身を包み、これから釣りにでも出かけそうな出で立ちだ。

「髪型は？　写真ではあまりよくわからなくて」

被害者、特に女性の被害者には気の毒だが、検屍解剖に際して遺体を洗浄するため、もとのヘアスタイルを再現するのはほぼ不可能になる。そして、ここでもまた、解剖前に撮影されたポラロイド写真は、なんの役にも立たない。フィオナとしてはそれを批判するつもりもなかった。

ジャーミスンが眉根を寄せる。「ひどい状態だった。血液と汚れで絡み合ってね。推測するとすれば、ストレートで真ん中分けじゃないかな」

フィオナはどっちつかずの返事をした。今日一日なるべく注意して観察していたのだが、この地域の十代の娘たちのあいだでは、今、横分けが流行しているようだ。他に有力な情報が得られない限り、そちらで行くことにした。

ジャーミスンがフィオナの椅子に一歩近づいてきたとき、彼女の首は緊張にこわばった。仕事をしている最中に肩越しに覗かれるのは好きではない。しかしそれに対して文句も言いたくなかった。

「まだこんなに若いのに、かわいそうに」ジャーミスンが彼女の背後でつぶやいた。「おまけに獣にまで……。長いあいだ放置されていたわけではないようだが、何かにやられたのは確かなようだ。おそらくは野良犬か、コヨーテだろうな」

フィオナの視線は、解剖の際にY字型に切開された痕のわずかに上、鎖骨を覆う皮膚のぎざぎざの裂傷に吸い寄せられた。報告書には、その傷は死後、動物の仕業によるものだと書かれていた。フィオナは描くことに集中するため、その事実をずっと頭からかき消そうと努めていた。

フィオナは突然目頭が熱くなり、慌てて目を瞬《しばた》いた。

「本当にかわいそうだよ」医師は繰り返した。「わたしにも同じくらいの年頃の孫娘がいてね……」

彼が何か話したそうにしているので、フィオナは口を挟まなかった。

「妙なお願いに聞こえるかもしれないいんだが……」彼は言う。

フィオナは咳払いした。「なんでしょう？」

「もしもできることなら、その……あんたが今描いてる絵のなかで、この子を笑わせてやるわけにはいかないいかな？」

ジャーミスンは感傷的な依頼をすることに気後れを感じているようだ。彼は知らないのだろうが、フィオナにしてみれば、よく聞く言葉だった。検屍医や、パトロール警官、筋骨たくましい強面《こわもて》の刑事たちからも……。

世の中には、思わずそう言いたくなるような事件がある。

フィオナは深く息を吸い、少女の顔を見た。どことなくルーシーに似ていることも、ある意味では当然だろう。

「できるだけやってみます」彼女は言った。

ジャックはモーテルのフィオナの部屋の前でためらっていた。カーテンを透かして明かりが点いているのがわかれば目安にもなるのだが、窓は暗い。眠っているのだろうか？　時刻は八時四十五分。フィオナからは九時までに来て似顔絵を見てほしいと言われていた。

軽くノックしてみた。寝ているのなら起こしたくないが、似顔絵は早く手に入れたい。ドアに顔を近づけ、耳をそばだてた。聞こえてくるのはハイウェイ44号線を飛ばすトラックの音と、ふたつ先の部屋から漏れているテレビの効果音の笑い声だけだ。

ドアがいきなり内側に開いた。

「今ちょうどあなたのことを考えていたの」すっかり起きている雰囲気のフィオナが言った。

「そうなのか？　どうして？」

彼女はジャックを部屋に招き入れた。唯一の明かりは木製のイーゼルにつけられたクリップ式のライトだけだ。ジャックはこのイーゼルを目にするのは初めてだった。フィオナの車にしまってあったのだろう。

「今ちょうど仕上げていたところなんだけど、確かめたいことがあって」彼女は言った。

ドアを閉めると、強い薬品の臭いが鼻をついた。ジャックはフィオナのあとについて部屋を横切った。彼女はまだ彼のフランネルシャツを着ている。

「身の回り品は鑑識に出したままだから、報告書を頼りに作業しているんだけど」彼女は言った。「彼女は〝羽根のモチーフの長さ四センチの垂れさがるタイプのピアス〟をしていたとあったの。これって、実物の羽根を使っているのかしら。それとも、金属、たとえば銀か何かで羽根をかたどったデザインなの？」

ジャックは目を閉じ、遺体発見現場の光景を思い浮かべた。鑑識の技術者が遺体をバッグに収めてファスナーを閉じるとき、被害者の左耳からピアスが垂れていたのを覚えている。ピアスのもう一方は、彼女の髪に絡まっていたのがあとになって見つかった。検屍医が司法解剖を始めるときにそれを取り除くのを、ジャックはこの目で見た。

「金属だ」ジャックは言った。「たぶん銀だったと思うが、他の素材だった可能性もある」

「他のピアスは？　スタッドピアスとか？　両耳とも、穴がふたつずつあいているの」

「アクセサリー類はそれだけだった」

羽根のピアスには乾いた血痕が付着していたので、州の科学捜査研究所に分析を依頼している。科捜研にはまた、被害者の遺体から採取した法医学的な証拠や、カルロスが現場で石膏《せっこう》を流して採ったタイヤ痕も送っている。ジャックとしては二、三日中にも、すべての報告書が揃うことを期待しているが、下手をすれば年単位で待たされる。州の科捜研は仕事をため込むことで知られているのだが、他に頼める場所もない。グレインジャーヴィル警察署には独自の鑑識設備を設けるだけの余裕はない。清涼飲料水の販売機だってろくに設置できないくらいなのだ。

フィオナは似顔絵のほうに身体を向けた。髪は頭のてっぺんにまとめ、鉛筆を一本突き立てて留めている。

「取るに足りないことのように思えるかもしれないけど、身の回りの品を正確に描くのはとても大切なの。ときには、服一枚やアクセサリーひとつが、その人だと気づくきっかけになることもあるのよ」

ジャックは、フィオナが描いた、微笑《ほほえ》む黒髪の若い娘の肖像をじっと見つめた。その絵は

あまりにもかけ離れている。それでいて、そっくりでもある。

「どうしてこんなことができるんだ？」啞然《あぜん》として尋ねた。無残に傷つけられた遺体とは、あまりにもかけ離れている。それでいて、そっくりでもある。

色彩に溢れていた。


「こんなことって？」

ジャックは少女の瞳や微笑む口元を示した。「こんなに生き生きと描くことだよ」

「時間はかかるわね」フィオナは自身の絵を批評するような眼差しで見つめた。彼女はイーゼルのトレーに置かれていた修正液《リキッドペーパー》の瓶を手に取り、振ってから、少女の両目の虹彩《こうさい》のなかに慎重に小さな白い点をひとつずつ足した。これによって瞳の印象がよりいっそうリアルになった。

「遺体から似顔絵を描くときに、いちばん難しいのはそこなの」彼女は言う。「命の輝きは、とても捉えがたいものだから。でもそれがなければ、たとえ彼女のことをよく知っている誰かが見てくれたとしても、似ているとは思わない。本物の人間には生気がある。その輝きがなければ、たとえよく撮れた写真や、比較的損傷の少ない遺体から描き起こしたとしても、身元を割り出す手掛かりとなるのは難しいでしょうね」

ジャックは彼女を眺めながら、仕事について自信に満ちた口調で語る様子に感心していた。彼女の全身に力が漲《みなぎ》っているようだ。その一方で、彼女はか弱くも見えた。おそらくは彼が貸したシャツが大きすぎるせいだろう。おまけに、手首には子供っぽいブレスレットをしている。赤とオレンジの糸で編まれており、ジャックの姪っ子たちが作るものとよく似ていた。

「これはどこに配布するの？」フィオナが尋ねた。

ジャックは視線を似顔絵に戻した。「まずは、果樹園の加工工場だな。あと、精油所にも。このあたりの労働者はかなり仲間意識が強いんだ。もし彼女が多少なりともここで働いていたら、誰かきっと覚えているはずだ」

「ジャーミスンが、指先の水分を戻して、すべての指のはっきりした指紋を採ると言っていたわ。親指だけじゃ成果はなかったようね」

「データ処理システム《DPS》からは何も出なかった。前科もない」

フィオナはうなずいた。「まだ運転免許をとる年齢でもないのかもしれない。わたしには十五くらいに見えるもの」

ジャックはまた似顔絵に目をやった。「あとはもちろん法執行機関全般にも配るが、シェルターや協会といった福祉関係の組織にも配布しようと思う」

「ドラッグをやっていた気配は？」

「ない。栄養不足だった兆候もない。どこの出身であるにせよ、きちんと面倒をみてもらっていたようだ」

フィオナが彼の隣で静かにため息をついた。絶望しきったような音だった。ジャックは彼女を巻き込んでしまったことに、またしても罪の意識を覚えた。フィオナはとても美しい人だ。ふと、彼女をこんなところで死や血なまぐさいものに浸らせていないで、すぐにもオースティンに帰し、美しいものを描かせてやりたいという衝動に駆られた。フィオナにはこんな仕事は似合わない。

「犯人のほうは終わったかい？」

彼女はびくっとした。ごくわずかな動きでも、ジャックは気づいていた。「あと少しよ」

フィオナは安物の木製の書きもの机のところまで行き、明かりをつけた。ランプの隣には定着剤《フィクサティーフ》のスプレー缶と木炭で描かれた男の上半身の絵があった。

「これがオリジナル」彼女が説明した。「ルーシーの証言に基づいて描いたもの」

ジャックはその絵をじっくり見た。男は黒っぽいぼさぼさ頭で、鼻梁《びりょう》の太いいかつい鼻をしていた。肌は荒れていて、あばたがあるようにも見える。奥まった目は影に包まれていた。

「見覚えはなさそうね」

ジャックはフィオナに目を向けた。彼女はじっと彼を見ていた。

「ああ」落胆が表情に出てしまっていたようだ。非現実的な期待を抱いていた自分が、急に馬鹿みたいに思えてきた。いったい何を考えていたんだ？　有名な似顔絵画家を連れてくれば、彼女がすらすらっと近所の配送センターで食料品の袋詰めをしている男でも描き出し、それにて一件落着するとでも思っていたのか？

現実の犯罪捜査はそう簡単にはいかない。少なくとも、これまでジャックが経験してきたものはそうだった。殺人事件を解く鍵は、長時間の努力と徹底した地道な捜査、そして論理的な思考なのだ。それらを積み重ねてなお、大部分は運に左右される。

おそらくは、心のどこかで、フィオナが幸運のお守りか何かになってくれるのを期待していたのだろう。彼女を口説いて協力してもらうことさえできたら、すべてのパズルのピースがぴたりと合うように、事件が解決するのではないかと。そして今ジャックは、自分はニュース番組の見すぎだったのだろうと気づき、情けなさを募らせていた。彼女についての誇大広告を、そっくりそのまま鵜呑《うの》みにしてしまっていたのだ。

「ルーシーの話では、彼女を襲った男は二十代くらいだったということだわ」

フィオナはいちばん上の絵を手に取り、その下から別の似顔絵を取り出した。そこには、同じ顔立ちながら、首が太いがっしりした印象の男が描かれていた。生え際はやや後退し、口元の皺が深くなっている。

「十年分の経年による変化《エイジ・プログレッション》を加えたものよ」彼女はさらに、透明なアセテートフィルムを載せる。男の顔に眼鏡と鬚《ひげ》が加わった。「これはバリエーション」

ジャックは納得してうなずいた。

すると彼女は、また別の絵を取り出した。これには最初の二枚と比べてかなり痩せた男の姿が描かれている。全体的に骨ばっていて、頬は痩せこけていた。

「こういう可能性もあるわ。彼の健康状態によってはね。なんらかの依存症に陥っていて、ろくに食事もしていないかもしれないし。あるいは、逆に数十キロ太っているかもしれない。それを知る手だては何もないのよ」フィオナは彼を見上げた。「あともうひとつ、あなたが興味を引かれるかもしれないことがある。ルーシーの話では、監禁されているあいだ、男の息にも、部屋にも、煙草の臭いがしたそうよ。犯人は喫煙者。少なくとも十一年前は喫煙者だった。何かの役に立つかどうかはわからないけど、一応知らせといたほうがいいと思って」

ジャックはうなずいた。そういう細かなことについて被害者に尋ねるなど、考えもしなかった。当時の警察の報告書にもなかった。またひとつ、はるか昔、関係者がこぞって見落とした手掛かりが出てきたというわけだ。誰も本気で捜査しようとしていなかったようにも見える。

フィオナは似顔絵に目を戻した。「エイジ・プログレッション技術は、写真をもとにするのが理想なの。たいていの場合、子供のスクールアルバムの写真や、容疑者の逮捕時の顔写真を使うことが多いわね。わたし自身は、入手可能なら兄弟姉妹や両親の写真を参考にするとやりやすいわ。その人物が歳を重ねるとどんな感じになるか予想しやすくなるから。今回の場合、残念ながら、オリジナルが人相書きだから……」

ジャックはため息をついた。正直なところ、そこまで考えが及ばなかった。

「曖昧な要素が多すぎるから、容疑者の似顔絵については、公表することは勧められないわ。

あまりにも時間が経ちすぎているし、不明な要素があまりにも多すぎる。ルーシーを襲った男と殺人犯が同じかどうかも、はっきりとはわからないんでしょう？」

ジャックは彼女の目をまっすぐに見て奥歯を噛みしめた。彼女の言うとおりだが、素直に認めるのは難しかった。ふたつの事件がつながっているという証拠のひとつでも、さっと出せたらどんなにいいだろう。しかし現段階では、すべては状況証拠の域を出ていない。あるいは、鑑識の結果が出れば……。

「ジャック？　残念だけど、この似顔絵に関してはいっさい使わないようにお願いするしかないわね」

「いや、この絵はもうおれのものだろう？　おれが判断すべきことだと思うがね」

フィオナはびくっとし、傷ついたような顔をした。今日一日かけて培ってきたふたりの信頼関係が、一瞬にして崩れ去った。「まさか。それはないでしょう？」彼女はジャックの視界を遮るように、似顔絵の前に立ちはだかった。

今度はジャックが身構える番だ。「きみを雇ったのはこのおれだ。つまり、きみの仕事の成果は、このおれに所有権があるということになる」

フィオナは腕組みをする。「厳密にいえば、わたしはまだ報酬をいただいていませんので、この絵はわたしのものということになるわね」

こんな言い争いをしていても埒《らち》が明かない。そもそも、フィオナを怒らせたのが間違いだった。しかし今日一日いらいらするようなことが続いたうえに、ここへきて大きく落胆させられて、ついかっとなってしまったのだ。

「わかった」ジャックは言い、目を逸らした。「きみの勝ちだ。きみが使うなと言うのなら使わないことにするよ」

フィオナは何も応えない。あまりにあっさり引き下がったので、何を企んでいるのかと訝《いぶか》しんでいるのだろう。

「本気で言ってるの？」しばらくして彼女は訊いた。「わたしの意見に従ってくれるということ？」

「きみの専門だからな。きみが役に立たないと言えば、役に立たないってことなんだろう」

くそっ——腹の中で毒づいた。残念でしかたがない。これが突破口になってくれればと願っていたのだ。

「なんの役にも立たないとは言ってない。ただ——」

「まさか中間っていうのはないだろう。使えるか使えないか、ふたつにひとつだ」

「そんなことはないわ。署内で参考にすることはできるもの。たとえば、また別の目撃者が現れたら、その人の証言に基づいた人物像と比較して、共通する部分があるか判断することができる」

また別の目撃者ね。そんな者がいれば苦労はしない。「楽しみに待つとするよ」皮肉たっぷりに言った。

「わかったわ。もうひとつの可能性としては、容疑者を絞り込む段階になったら、この人相書きと、捜査対象とを比べることができる。とにかくわたしは、この絵を公にすることに抵抗を感じるの」彼女は似顔絵を示した。「あまりにも範囲が広すぎる。太ってるかもしれないけど、痩せてるかもしれない。禿《は》げてるかもしれないけど、ふさふさかもしれない。おまけに、この似顔絵の基になっているのは、かなり問題含みの目撃者の供述だもの」

「問題含み……。きみまで彼女を信じないと言うのか？」

フィオナは身を硬くした。「もちろん信じてるわ。わたしが言っているのは、法的に見たらそういうことになるだろうってこと。ルーシーが彼女を襲った男を目撃してから十一年が経っているのよ。仮に、この似顔絵を公表したあと、あなたたちがこの似顔絵と似ても似つかない容疑者を逮捕することになったら？　被告人の弁護士は、得意満面でそこを突いてくるでしょうね。見当違いの男を逮捕したんじゃないかとか、他に真犯人がいると言って騒ぐでしょう。せっかく捜査した事件の裁判を端《はな》から台無しにしてしまうことだってあり得るのよ」

ジャックは鼻柱を指で揉《も》んだ。疲れていた。腹も減っている。この事件の捜査にもうんざりだ。まだ一歩も進んでいないというのに。

「くそっ」彼はつぶやき、ベッドに腰を下ろした。

フィオナは組んでいた腕を下ろした。「お役に立てなくてごめんなさい。でも、この件に関しては、不利な要素が多すぎるってことは最初に言ったはずよ」

「わかってるよ」ジャックは髪を指でかき上げてから、質素な部屋を見回した。安宿という表現がぴったりのこのモーテルは、星のかけらもつけられない代物だが、グレインジャー郡で宿泊施設といえば、このあたりがせいいっぱいだ。隣町には〈コールド・クリーク・ファームズ〉というしゃれた朝食付き民宿《ベッド・アンド・ブレックファスト》があるのだが、あまり散財したくないというのがフィオナの意向である以上しかたがない。

ジャックは大きすぎるシャツを着て、疲れきり、意気消沈した様子で立っているフィオナを眺めた。彼女とふたりきりでこのモーテルの部屋にいることが苦痛になりはじめていた。不意に、彼のシャツ一枚きりで、その下には何も着ていないフィオナを思い浮かべてしまった。

「腹は減ってないか?」藪《やぶ》から棒に訊いた。

フィオナが驚いて目を丸くする。「あ……いえ、もう食べたから」

ジャックはベッドサイドテーブルに置かれたM&MS《エム・アンド・エムズ》のチョコレートの包み紙をちらりと見た。その隣にはエヴィアンのボトルが置かれている。まったく、大した健康志向だ。

「ちゃんと食事をしたのか? それともスタンドで売ってるカスみたいなものでしのいだのか?」

フィオナは顔をそむけた。それを見てジャックは、これではあまりいい印象は与えられそうにないと気づいた。女を誘うテクニックは、だいぶ前に錆びついたままだ。

彼は立ち上がり、フィオナに歩み寄った。彼女の緊張が伝わってくる。「フィオナ、きみを食事に連れていきたいんだ。ちゃんとしたレストランで、栄養素がひととおり揃った食事をしよう」

彼女の頰には木炭が一筋ついている。ジャックは手を伸ばし、親指の腹でそれを拭いとった。またしても、かすかな電流のような疼《うず》きが走る。

彼女は一歩後ずさった。「ありがとう。でも捜査員とはデートしないことにしてるの」

ジャックは笑い、親指をジーンズのベルトループに引っかけた。「そうなのか?」

「ええ」

彼は肩をすくめた。「わかった。それじゃ、これはデートじゃない。食事をするだけだ。きみだって食事ならするだろう?」

フィオナが必死に頭を働かせているのがわかる。断る口実を探しているのだろう。「捜査でお忙しいでしょうから——」

「人間、エネルギーだって必要だ。おれはもう長いことガス欠寸前で走ってる」腕時計に目を落とした。「十四時間食べてない。すぐ隣に、けっこうまともなレストランがあるんだ」

フィオナは唇を嚙み、周囲を見回す。

「いいじゃないか」ジャックはにっこりした。「ささっと食べるだけだよ。十時までにはきみをベッドに連れ込むんだから」

フィオナは怪訝《けげん》そうに首をかしげている。今の言葉が気に入らなかったようだ。と、彼女の口元にかすかな笑みが見え、その瞬間、温かな欲望が身体を駆け巡るのを感じた。明らかに彼女のことが気になりだしている。あのピンクの唇と、滑らかな白い肌が……。それにしても、女にイエスと言わせるのにずいぶん手こずるようになったものだ。

ジャックはまた一歩近づいた。「冗談だよ」ここはそういうことにしておかなければ。

フィオナがまだ警戒しているような目で彼を見上げる。「食べるだけね。わたし、明日の朝早く帰らなきゃならないの」

「約束する」彼は言った。「おれは女の子の門限を破らせるような男じゃないからな」

5

〈ベッカーズ〉に入ったとたん、フィオナはよだれが出そうになった。その店は暗く、暖かく、オニオンフライの匂いがした。

ジャックは入口で案内されるのを待たず、彼女を奥のブース席へ直接案内した。フィオナは磨き上げられた木製のベンチシートに腰を下ろしながら、ようやく座れてほっとしていた。何時間もイーゼルの前に立ちつづけ、足が棒のようになっていた。

奥の部屋からカンという音に続いて、歓声が聞こえてきた。

「ビリヤード場もあるの？」彼女は尋ねた。

「料理、酒、ビリヤード。外にはビヤガーデンもある。今は閉まっているけどね。夏場は毎週土曜にライブがある」

「楽しそう」フィオナは言った。ビールは嫌いだが、食事と音楽を楽しめるのは素敵だ。今夜はかなり混んでいるので、そこから判断すると料理もなかなかのものなのだろう。

ウエイトレスがやってきて、飲み物の注文をとった。ジャックはフィオナのモーテルの部屋に現れたとき、すでにジーンズと色褪《いろあ》せた黒のトレーナーという格好だった。今夜はもう退勤したあとなのだろうとフィオナは思った。

「白ワインをお願いします」フィオナは言った。

ウエイトレスが片方の眉を上げる。「あったかしら。見てみるわね」

ジャックはウエイトレスに申し訳なさそうに微笑み、バドワイザーを注文した。

彼女が行ってしまうと、フィオナは戸惑った顔で彼を見た。「白ワインよ。基本だと思うけど」

「このあたりじゃ、基本はビールなんだ」

フィオナは身震いした。「ビールは嫌い」

ジャックはかぶりを振りながらメニューを開いた。「頼むからベジタリアンだなんて言い出さないでくれよ。そうなったらもうお手上げだ」

フィオナは並んだ料理の名前に目を走らせた。ソーセージ、じゃがいも料理、フライドステーキと呼ばれる揚げた牛肉やハンバーガーの類《たぐい》がやたらに多い。この店で人気の野菜料理といえば、キャベツの塩漬け《ザワークラウト》のようだ。ウエイトレスがふたたび注文を聞きに来たとき、フィオナはフライドチキン・サラダをフライドチキン抜きでと注文した。

「それだけ?」ウエイトレスが去ってからジャックが訊いた。「わざわざ遠いところからやって来た客人に、おれたちはコレステロールすら摂《と》らせてやれないのか?」

てやつか」

「サラダが好きなの」

彼はビールの瓶で彼女のワイングラスに触れ、乾杯の真似ごとをした。「娘をカリフォルニアから連れ出すことはできても、彼女のなかからカリフォルニアを消すことはできないってやつか」

フィオナはにっこりした。祖父も、彼女が〝左海岸〟育ちであることをよくからかったものだった。実をいえば、生まれてから七年間はテキサス州ウィンバリーで過ごしたのだが、ジャックにそれを告げたら彼はなんと言うだろう。ウィンバリーはこの町の三分の一ほどしかなく、地元の人々は〝小さな天国〟と謳《うた》っている。

フィオナはワインを一口飲み、グラスの縁越しにジャックを見た。彼は例の灰色がかったブルーの鋭い瞳で彼女を見つめている。

「どうかした？」

「なんでもない」彼は眉根を寄せ、ビールに目を落とした。「ただちょっと、これまでのことが気になってね。きみのことを騙《だま》すようなことになってしまって、申し訳なかった」

フィオナはベンチシートの背にもたれ、腕組みをした。

「なんだ？」

「本当は申し訳ないなんて、思ってないでしょ。あなたはわたしに捜査に協力してほしかった。そしてわたしは協力した。それだけのことだもの。今はこうしてわたしと知り合いになったものだから、なんとなく悪いと思いはじめただけなんじゃない？　単に利用するだけの、名前も顔もない人間じゃなくなったから」

ジャックは眉を上げた。「まいったな。二日間でここまで読まれてしまうとはね。きみは精神科医もやってるのか？」

「いいえ」

彼はしばらくフィオナを見ていた。「いいだろう。きみの言うとおりだ。おれは申し訳ないなんて思っていない。きみをここへ呼んでよかったと思ってる。だけどその理由はきみが考えているようなことじゃない」

ジャックはしばらく、温かな眼差しで彼女を包んだ。フィオナは熱が全身を駆け巡るのを感じた。男性にこんなふうに見つめられたのは、何年ぶりだろう？

ワインを一口飲み、勇気を奮い立たせた。

「それで、あなたとルーシーはどういう関係？」

温かさが一瞬にして消え去った。ジャックはフィオナの肩越しに一瞬宙を見つめてから、彼女とふたたび目を合わせた。「なんの関係もない」

その嘘は煙のように、しばらく漂っていた。フィオナは、胸のなかで何かが重く沈んでいくのを感じていた。ジャックから目を逸らした。捜査員とデートしない理由のひとつはこれだ。彼らはまるで呼吸するように嘘をつく。

年配の男性がふたりのテーブルに近づいてきた。お腹《なか》がジーンズのベルトからせり出している。彼はウエスタンシャツを着て、農業機械メーカー〈ジョン・ディア〉のロゴが入った野球帽をかぶっていた。

「こんばんは」男はジャックに軽く会釈をし、フィオナのほうに興味深げな視線を向けた。

「おふたりさんは静かに食事を楽しみたいだろうが、家内にひと言苦情を言ってくると約束しちまったもんでね。例の若造どもが、また劇場んとこで車をめちゃめちゃにしてるんだよ」

「パン生地ボーイズがまたやったのか？」ジャックが尋ねる。

「まったくあの不良どもは手がつけられない。トラックにこびりついたビスケット生地を掃除するのに午前中いっぱいかかっちまったよ。やつらをなんとかしてくれよ、ジャック。でないと今度またやられたら、こっちだってウインチェスターで脅しかけなきゃならん」

「いや、穏便に頼みますよ」ジャックは言った。「おれがやつらに注意しておくから」

「真面目な話だぞ。市民にゃ、車を汚されずに映画を楽しむ権利があるんだからな」

男が行ってしまうと、ジャックがフィオナのほうをちらりと見た。なんだか恥ずかしそうな表情だ。

「わたし、夢でも見てたのかしら。それともあのおじさん、本当に少年たちをライフルで脅すって言ってた？」

「あの人はただ怒ってみせていただけだよ。本当はそれほど気にしちゃいないが、奥さんがかなりのうるさ型なんだ。ふたつ三つ先のテーブルから、亭主がお遣いの使命を果たすか、ちゃんと目を光らせていた」

フィオナは肩越しに振り返り、〈ジョン・ディア〉の帽子の男の正面に座っている女性を見やった。そのミセス〝うるさ型〟は、大きく膨らませた髪を青く染めている。彼女は怪訝そうな顔でフィオナを見ている。おそらくは、ジャックがどこでこんなよそ者を拾ってきたのかと思っているのだろう。

「どうしたらあなたみたいにやっていけるのかしら」フィオナは言った。「わたしなんか、小さな町にいたら気が変になっちゃう」

「それほど大変でもないよ」

ジャックは口ではそう言いながらも、うんざりしているのではないかとフィオナは思った。少なくとも苛立ちは感じているはずだ。彼は必死で殺人事件の捜査をしようとしているのに、一般市民は不良のいたずらのほうに関心を寄せている。

「さっきなんて言ったの？」フィオナは尋ねた。「あなたとルーシーのこと」

「特別な関係なんかない」

小さなブーンという唸りが聞こえた。ジャックが腰のポケットに手を伸ばす。「くそっ」彼は携帯電話の画面を見てつぶやいた。「これは出なきゃな」

救いのベルね。

ジャックがカルロスなる人物と話しているあいだ、フィオナはひとりでワインを楽しむふりをしていた。彼が電話を切った瞬間、ディナーの時間は終わりだと悟った。捜査員とデートしない理由をもうひとつ思い出した。

「確認しに行かなきゃならないことがある」彼は言い、ウエイトレスに合図した。「料理は持ち帰りにしてもらおう」

フィオナはうなずき、座席の横に置いていたバッグとブレザーを手に取った。ジャックのシャツは、モーテルを出るときにすでに返している。請求書を一通送る以外、彼とのあいだで片付けるべきことはない。その請求書もEメールで送れば済む話だ。

「いいのよ、気にしないで」フィオナはベンチに腰を滑らせ、立ち上がった。

本当に、これでいいのだと思った。彼女にとって今いちばんありがたくないのは、またしても誠実さの意味を知らない男と、どこにも行き場のない関係に陥ることだ。もう男に騙されるのだけはごめんだった。

ジャックも立ち上がり、ウエイトレスと二三言葉を交わしてからフィオナに注意を戻した。

「今度また日を改めて食事しよう」

フィオナはブレザーに袖を通し、それで身を守るかのように襟を合わせた。「あんまりいい考えじゃないと思う」

彼は怪訝そうに目を細めた。女に断られることに慣れていないらしい。

「わたしも今はいろいろと忙しいし、あなただってそうでしょうから」

しばらくのあいだ、彼はただじっとフィオナを見ていた。「送っていくよ」

「その必要はないわ。すぐ隣だもの」これ以上別れの挨拶を長引かせて、がっかりしているのを気づかれたくない。

「本当に？」

「ええ」フィオナはせいいっぱいの笑みを繕い、手を差し出した。「ワインをご馳走様、ジャック。いっしょにお仕事ができて楽しかったわ」


翌朝、アパートメントに帰り着き、エレベーターで上階に上がるときにも、フィオナの胸には、まだがっかりした気分が重くのしかかっていた。朝起きてからずっとそれを払いのけようと努め、恋愛にまったく縁がないことを嘆くより今やるべきことに集中しようとしてきたのだが、落胆は消せなかった。ジャックのことが本当に好きになりはじめていた。彼は、見た目だけでなく、中身も含めて魅力的な男だ。それに、彼女の仕事について理解してくれる人といっしょにいるのは心地よかった。

エレベーターが電子音とともに開いた。重い足取りで廊下を進みながら、楽観的になるのもいいかげんにしなさいと自分に言い聞かせていた。靴を取り替えるのと同じくらい気軽に男をとっかえひっかえするような女に育てられ、恋に溺れる愚かさは十分わかっているはずなのに、自分の心の奥底には、ロマンチックな部分が潜んでいて、根っこのところでは、いつの日か運命の相手と巡り会い、人生をともにするなんてことを本気で信じている。そう思うとショックのあまり頭がぼうっとしそうになった。失敗から学ばなければ。

フィオナは廊下の突き当たりへ向かった。鍵の束をいじりながら、ご近所さんの音楽の趣味の悪さに呆れ、心のなかで毒づいた。日曜の朝十時からアッシャーなんて、いったいどこのどいつなの？

近づくにつれ、その騒音が自分の部屋から聞こえることに気づいた。鍵を乱暴に差し込みながら、戸口を入る前から、ストレスレベルが急上昇するのを感じていた。

コーヒーテーブルにはピザの箱がひとつ。その周囲を空のビール瓶が取り巻いている。食べかけのオレオクッキーの袋がソファに無造作に投げ出され、ソファにかけられていたはずのブランケットがくしゃくしゃに丸められている。テーブルの端には、フィオナのお気に入りの彫刻があった。中身を出した卵の像。フィオナがまだ美術学校にいたころ、現代彫刻を代表するバーバラ・ヘップワースに心酔していた時代の遺物だ。しかしこの朝、艶めくセラミック製の彫刻は、哀れ灰皿と化していた。

フィオナは道具ケースとバッグをドアの横に下ろし、大股にステレオに歩み寄って電源を切った。それから彫刻を手に取り、キッチンへ持っていって、悪臭を放つ中身をごみ入れに捨てた。

「ちょっと、聴いてたのに」

フィオナが顔を上げると、コートニーがバスルームの戸口にだらりともたれているのが目に入った。ナイトクラブで夜遊びするための一着、黒いサテンのブラウスを着ているものの、前ボタンは全開で、赤いブラジャーとパンティが見えていた。

「日曜の朝には、ちょっとうるさすぎると思わない？」

コートニーは目を剝いてみせてからバスルームの鏡に向き直り、長い鳶色の髪をブラシで梳《と》かしはじめた。彼女がヘアアイロンに手を伸ばしたのを見て、フィオナは目を丸くした。

「荷物を運び込んだの？」ぎょっとして尋ねた。コートニーは、飲み過ぎて中心街から家に帰るのが面倒になると、フィオナの家に押しかけて来て泊まることがときどきあった。しかしわざわざ荷造りして来たのなら、今回のこれは計画的な行動ということになる。

コートニーはヘアアイロンを開いて髪を解き放ち、まっすぐに艶めきながら肩口に広がる様子を満足げに眺めている。

「また染めてみようかな。赤紫《ラズベリー》なんてどう？」

話題を逸らして切り抜けようという古典的な手法だ。「コートニー？　ここに引っ越して来るつもりじゃないでしょうね？」

妹は鏡を見つめたまま、軽く肩をすくめた。

「お願いだから部屋を追い出されたなんて言わないで」

コートニーは振り向き、信じられないと言いたげに片手を腰に当てた。「本当にフィオナって大げさなんだから。疲れるったら……」

フィオナは思いきり言い返したかったが、激情に任せて舌を嚙みそうなのでなんとかこらえた。バスルームの戸口まで歩いていくと、トイレのふたの上に三つセットの化粧ポーチが並んでいるのが目に入った。コートニーがかなり長居するつもりなのは間違いない。

フィオナは感情を浄化しようと深く息を吸ったものの、あまり浄化された気はしなかった。

「何があったの？」

妹は鏡のほうへ身を乗り出し、金色の睫毛《まつげ》をマスカラで黒っぽく塗りはじめる。「〈テキサス・ガス・サービス〉のやつらときたら、うちの暖房止めやがったのよ。信じられる？　この真冬の極寒の時期によ？」

フィオナはもちろん信じられた。彼らはおそらくもう何カ月もガス料金を支払ってもらえなかったのだろう。

「とにかく、ほんの何日間かのことだから。この寒波が過ぎ去ってくれればね」コートニーは引き出しを開け、勝手にイヤリングを取り出している。「ねえ、これ借りていい？　デイヴィッドとブランチする約束なの」

「デイヴィッドって？」

コートニーはゴールドの下がるタイプのピアスを外し、フィオナのパールのスタッドピアスをつけた。「フィオナだってこのあいだ会ったでしょ。ダラスから来た弁護士よ」

「あの人、弁護士だったの？」フィオナは〈コンティネンタル・クラブ〉で出会った革ジャン姿の色男を思い浮かべた。弁護士っぽい要素といえば、金のロレックスの腕時計だけだったが、フィオナはそれを偽物だろうと思っていた。

「今日の午前中で会合が終わるんだって。だから〈ランドルフ・ホテル〉でブランチでも食べようってことになったの」

「ランドルフね……」フィオナはつぶやいた。コートニーのふだんの縄張りではない。

妹は軽やかな足取りでフィオナの横をすり抜け、ワンルームの寝室エリアへ向かった。

「何か大人しめの服貸してくれない？　ツインセットとか、そういう感じの」

フィオナは妹がクローゼットのなかを物色する様子を眺めていた。コートニーは黒いサテンのブラウスを脱ぎ、グレーのカシミアのカーディガンを選んだ。

フィオナはくしゃくしゃになったシーツを見て嫌な予感がした。「ゆうべも彼をここに連れてきたの？」

「まさか。夕食のあと、彼、クライアントと飲む約束があるって」コートニーはカーディガンのボタンを留めた。フィオナが着るときより、ボタンが二個多く外されている。血の通った男なら誰しも、コートニーの胸の谷間を覆う赤いレースに釘づけになるだろう。彼女は床に落ちていた黒のミニスカートを拾い上げ、脚を通すと、腰を振りながら引き上げた。そして大股にフィオナの横を通り過ぎ、リビングスペースへ向かった。

「わたしの靴見なかった？」コートニーはブランケットを拾い上げ、椅子の上に放り投げた。そしてコーヒーテーブルの下から黒のハイヒールを引っ張り出してからフィオナのほうを向いた。

「頭にきてるのはわかるけどさ、ほんの二、三日だけだから。約束する」

フィオナは少なくとも一週間は、妹が生む無秩序に心を乱されるものと観念した。個展までにあと三枚作品を完成させなければならない。コートニーがうろうろしていたのでは、絵を描くのに欠かせない穏やかな心境に到達するのは不可能だ。

「三日だけよ」彼女はきっぱりと言った。「三日だけですからね、コートニー」

コートニーは満面の笑みを浮かべ、フィオナを抱きしめた。「ありがと。いるのがわからないくらい大人しくしてる。だいじょうぶだって」

フィオナは妹の肩越しにコーヒーテーブルを見やり、ビール瓶の数を数えた。

「ゆうべは誰とここで飲んだの？」

コートニーは身体を離し、視線を避けるかのように背を向けた。「わたしのバッグ見なかった？」彼女は長い脚を見せながら室内をぶらぶらする。あちこちのバーで、デイヴィッドのような男たちを惹きつけてやまない美脚だ。「この辺にあったと思ったんだけどな。確か

――」

「コートニー？」

彼女はキッチンへ入り、カウンター越しにフィオナを見た。「アーロンがちょっと寄ったのよ」

「コートニー！」

妹は目を剝いた。「どうしろっていうの？　まさかこの寒空に出ていけって言うわけにもいかないでしょ？」

「そうよ！　まさにそうすればよかったのよ！」

「そりゃあ、わたしだってがんばってはみたのよ。だけどあの男ったらしつこくて。フィオナに会いたくてたまらない、謝りたいんだって言ってた」

「彼をこの部屋に入れるなんて、いったいどういう神経をしてるの？」

「わたしが入れたんじゃないよ。あいつ、まだ合鍵を持ってるんだもの」

フィオナの携帯電話が鳴り出した。床に放り出してあったバッグを拾い、電話を出した。見覚えのない番号が表示されている。嫌な予感がした。

ふたつ折りの電話を開いた。「フィオナ・グラスです」

「フィオナかい？　ギャレットだ」

フィオナは誰だったか思い出そうとして、少し黙っていた。

「ギャレット・サリヴァンだよ。ＦＢＩの」

「ああ！　ごめんなさい、今、ちょっと——」コートニーを見やると、キッチンの小物が入った引き出しをかき回している。「何してるの？」

「爪やすりが欲しいの」コートニーが声をひそめて言った。

「ドレッサーのいちばん上の引き出し」

「なんだって？」サリヴァンが尋ねた。

「ごめんなさい。こっちの話」フィオナは深呼吸し、頭のなかを整理しようとした。サリヴァン特別捜査官。おそらくはよくないニュースだ。「シェルビーが見つかったの？」尋ねながら、胸が痛みに締めつけられた。

「いや。だが容疑者の目星がついた。きみのおかげだ」

フィオナは詰めていた息を吐き出した。「まさか」

「いや、本当だよ。その男はきみが描いた似顔絵に瓜《うり》ふたつだった。今朝のニュースは見たかい？」

フィオナはこの家の唯一のテレビ——キッチンのカウンターに置かれた十三インチのソニー製——を点け、チャンネルをＣＮＮに切り替えた。天気予報の最中だが、画面下に流れている今日のヘッドラインを見ていれば、遅かれ早かれそのニュース項目が現れるに違いない。

「容疑者はキース・ヤノヴィック、またの名をロン・ジョーンズ。雇い主がきみの似顔絵を見て彼だと気づき、通報してきた」

果たして、画面下に当該のヘッドラインが流れ始めた。――当局はシェルビー・シャーウッド誘拐事件の重要参考人として、バーミンガム在住のキース・ヤノヴィックを手配。公式に容疑者とは呼ばれていないものの、FBI広報官によれば、ヤノヴィックはこの事件の重要参考人であり……。

「容疑者ではないの？」

「たった今手続きが済んだ」サリヴァンが言う。「マスコミにはまだ伝えられていないんだが、彼の職場で採取した指紋をシャーウッド家のドアベルから採れた部分的なものと照合したところ一致したんだ。彼に間違いない。あとは行方を捜すだけだ」

コートニーは抜き足差し足でドアに向かい、黒のトレンチコートを玄関のフックから外している。彼女はフィオナのほうへ投げキッスをしてからドアを出ていった。

フィオナはテレビに注意を戻した。「それで、どういう人物なんですか？」

「二十五歳。ひとり者。二、三年前に不渡り小切手を使って逮捕されたが、暴行の前科はない」

「珍しいわね」

「ごみ溜めみたいな部屋に住み、児童ポルノをコレクションしていた。十日ほど前から姿をくらましている」

フィオナはため息をつき、がっくりとスツールに腰を下ろした。つくづくこういう事件は嫌になる。「コルターはどうしてます?」

「多少よくなったと聞いているよ。少なくとも、うちから派遣した精神科医とは話すようになった。母親の話では、悪夢にうなされているそうだがね」

フィオナは、手首にはめたミサンガ風のブレスレットをいじった。水曜に会ったとき、コルターがくれたのだ。母親のアニーも、どうかもらってやってほしいと懇願した。娘がいたらあなたにプレゼントしたがったでしょうと。シェルビーはブレスレットを作っては友達にあげるのを楽しみにしていたようだ。

「ともあれ、きみにお礼が言いたくてね」サリヴァンが言った。「これで突破口が開けた。きみの似顔絵がなかったら不可能だったろう」

フィオナは胸騒ぎを覚えた。次になんと言われるかは予想がつく。息を殺して待った。

「他に何かわたしに頼みたいことがあったのでは?」相手が何も言わないので、尋ねてみた。

「頼みたいとは?」

「その……お礼を言うためだけに電話してくださったんですか?」もしそうだとすれば、初めての経験だ。捜査官たちはめったに礼など言ってこない。言ってきたとしても、通常はそのあとすぐに、他の事件への協力を要請してくる。フィオナとしても、それを不満に思うようなことはなかった。彼らがどれほど忙しいかはよく知っている。

しばらく沈黙があった。

「フィオナ？」

「なんですか？」

「きみは、きみ自身がどれほどの才能に恵まれているか、わかっていないんじゃないかな」

フィオナはなんと言ったらいいかわからなかった。罪悪感が胸を刺した。

「今後の身の振り方について、考え直してくれたらいいと願っているよ」サリヴァンは言う。

「おれたちの世界には、きみの力が必要なんだ」

フィオナはテレビ画面を見た。場面は変わり、びっしりマイクの並んだ演台が映っている。演台の前にはアトランタ警察署長が立っていた。顔つきはやつれているものの、記者たちの質問に答える表情には希望が表れていた。

彼女はこの仕事をしてきた理由のひとつを思い出した。人々の瞳にごくわずかでも希望の火を灯《とも》すことができるのが嬉しかったのだ。

それはまた、数週間後、あるいは数カ月後、シェルビー・シャーウッドが生きて帰らないのだとわかったとき、その希望の火が消えるのを目の当たりにしなければならないということと、表裏一体でもある。仮にキース・ヤノヴィックの身柄を確保することができたとしても、少女を取り戻せるかどうかはわからないのだ。

フィオナはテレビを消した。「ありがとうございます。でも、この仕事をやめたいと言った気持ちは、本気ですから」

「もしも気が変わったら知らせてくれ」サリヴァンの声には落胆が表れていた。「きみと仕事ができたことを誇りに思うよ」

「ありがとう」フィオナは椅子の上でもじもじした。ここで頼みごとをするのは、少々気が引ける。サリヴァンは世間の注目を集める事件を担当している。それはつまり、不眠不休で働いているということだ。おそらくは数えきれないほどのお手玉を回しているであろう彼に、たとえ電話の一本でもかけてくれと頼むのは申し訳なかった。「また連絡をいただけますか？　シェルビーについて、何かわかったら？」

ある時点から、この事件はフィオナにとって個人的な問題になった。そうならないように努めてきたのだが、うまくいかなかった。

「必ず見つける」重い口調で、サリヴァンは言った。

「ええ」

ジャックは机上に置かれた検屍報告書を見つめた。たとえ砂粒ほどでも、見落としていた情報があれば、それを拾い集めたかった。鑑識の結果が戻ってくるまで、物的証拠としてはこれが唯一の頼りだ。採取したタイヤ痕や、緑の縒り紐、検屍のあいだに集められた生物学的な証拠は、すべて分析を外部にゆだねた。当面のあいだは、基本に立ち返ったローテクな刑事の仕事に専念するしかない。

幸いなことに、それはジャックがとても秀でている分野だ。パズルを解くように、謎を解明する。誰も思いもよらなかったような場所に注目し、失われたピースを見つけ出すのだ。

しかしながら今現在、使えるパズルのピースはあまりにも少なかった。

被害者の身元はまだわからないものの、その点についてはフィオナが遺体から描いた似顔絵が解決してくれるのではないかと大いに期待していた。フィオナは傷ついた屍骸《しがい》を、微笑む肖像画へ変容させた。きっと誰かが、少女の正体に気づいてくれる。身元さえわかれば、殺害犯の心が見えてくるはずだ。どうやって被害者を選んでいるのか？　どこで活動しているのか？

ルーシーの事件では、彼女はただ、凍《い》てつく十二月の晩、通りをぶらぶら歩いていただけだった。寒くて、気も動転していた。両親とまたしても喧嘩したことに感情的になり、我が身の安全を考えるところまで頭が回らなかったのだ。

身元不明の彼女の場合はどうだろう？　あの少女もただグレインジャーヴィル周辺をひとりで歩いていただけなのだろうか？　少女の足は裸足で、きれいなままだった。遺棄されていた草地にそれらしい物証がないことから考えても、殺害は別の場所で行われた線が濃厚だ。これはまた、被害者の外傷は数時間にわたって継続的に与えられたものという検屍医の見解とも合致する。つまり、犯人はおそらく少女をどこかに監禁していただろうということだ。それにしてもどこに？　そしてなぜ犯人は、行き来するのを誰かに目撃される危険性があるにもかかわらず、遺体を町外れに捨てたのだろう？　その大胆な行動が、ジャックの胸に引っかかっていた。

犯人はどこで少女に目をつけたのだろう。バーなどではなさそうだ。フィオナが指摘したように、彼女は若く見える。検屍報告書にあるよりも若いかもしれない。このあたりでは彼女に酒を供するような店はない。

家出少女か、売春婦か、あるいはその両方か。

しかし、身体的な特徴はそれを裏づけるものではない。彼女は亡くなる数時間前までは健康そのものだった。栄養状態もよく、性的感染症とも無縁だった。歯並びのいい歯は白く、一本だけ虫歯の治療の痕がある。

若くて、ヒスパニック系。フィオナの似顔絵が正確ならば、美しい娘だ。この三つの特徴は、身元不明の遺体とルーシーに共通するもので、ジャックはそれを頭から払いのけることができなかった。その共通点がどうにも気になってしかたがないのは、ここがテキサス州南部だからに他ならない。ここではふたつの文化がせめぎ合っている。景気が悪い時期には特に、異文化に対する怒りや恨みが噴出する。ここで美しいヒスパニック系の娘が標的になっているとすれば、これはもう単なる性犯罪ではない。自分たちが相手にしているのはもっと根の深い事件なのだということに、ジャックは気づいていた。そしてそれがなんであれ、そこから飛び火した問題に、彼の世界は揺るがされることになる。

まあ、もうすでに揺るがされてはいるが……。

ジャックは閉じた瞼を指でこすり、なんとか集中しようとした。ロレインの店でランチをとるという儚《はかな》い夢は、とうの昔に消え去った。今はせめて自動販売機で何か買い、エネルギーを補給して、溜まりに溜まった書類仕事の山を午後のあいだに片付けなければならない。ここ一週間、彼は身元不明の被害者の殺害事件に関するもの以外は、すべて無視してきたも同然だった。

「エドナ・ゴールドビーが来てます。署長に苦情を申し立てたいそうです」

ジャックが顔を上げると、サン・アンジェロの警察学校を出たばかりのいちばん若い巡査が戸口に立っていた。彼女はぴしっとアイロンがけした制服をまとい、必要な装備や武器をきちんと身につけている。髪型も女子の規定どおり。黒い靴はぴかぴかだ。警察学校で警官の基礎を教えられたときにはさぞかし真面目に聞いていたのだろう。しかしながら門番の職務についての講義はサボってしまったらしい。

「きみが応対してくれ、シャロン」ジャックは不機嫌に言った。「どうせまた隣人についての苦情だ。隣の男が飼ってるワイマラナーが彼女の鶏を追い回しているんだろう」

「もう署長はいるって言ってしまいました」

「おれは電話中だと言っておけばいい。なあ、ローウェルはテキサス《T》公園《P》野生《W》生物局《B》から例のリストをせしめてきたのか？　昨日までにおれのところへ持ってくるようにと言っておいたんだが」

「狩猟免許のやつですか？　署長の書類受けにあります」

ジャックはトレイの中身を探った。目的のリストは、手もつけていない数冊の事件ファイルの下に入っていた。データをプリントアウトしたものだが、三センチは厚みがありそうだ。彼はため息をついた。

「それで……ミセス・ゴールドビーは？」

ジャックは顔を上げた。「きみが話を聞いてくれ。そして帰りがけに彼女のお隣さんを訪ねるんだ」つまらない仕事をさせれば、シャロンにも優先順位というものが何かわかるかもしれない。

携帯電話が鳴ったのでこれ幸いと出た。そしてシャロンにうなずき、もう行っていいと伝えた。

「ボウマンだ」

「ＪＢ、小学校のメアリー・エレンよ」

ジャックはにっこりした。グレインジャーヴィル小学校の校長であるメアリー・エレンは、ＪＢと呼ばれて嬉しい数少ない相手だ。これは二十年前、メアリー・エレンが、彼女の父親のシボレー・サバーバンの後部座席で彼に処女を捧《ささ》げてくれたことに起因しているのかもしれない。
「なんの用だい、ハニー?」
メアリー・エレンはすでに結婚しているが、ごくたまにばったり顔を合わせるようなこと
があれば、今でも甘い言葉をかけ合っている。
「校長室の外に、四年生の男の子を待たせているの。帰りのスクールバスに乗せる直前に、
担任の教師がここへ連れてきたんだけど……」
いったい今度はなんだ? 校庭で起こった子供同士の喧嘩を仲裁しろとでもいうのか?
何年ものあいだヒューストンの路上で死体を拾い集めるような仕事をしていたジャックに
とって、小さな町の警察の現状は驚くことばかりだ。
「その子の名前は、ブレイディ・コックスというんだけど」メアリー・エレンは続けた。
「大変なことに巻き込まれてるようなのよ」
ジャックは眉間に皺を寄せた。ふだんは親しげなメアリー・エレンの口調が、この日ばか
りは妙にこわばっていた。「何があったんだ?」
「それはこっちが知りたいわ。その子が描いた絵が今、目の前にあるの。色鉛筆で描いたの
がね。とてもよく描けてる。年齢を考えると、驚くほど――」
「メアリー・エレン――」

「裸の女性の絵なのよ、ＪＢ。緑色の手錠をはめて、草地に横たわっているの。これからこっちに来て、直接見てみる?」

6

よかった、家にいるようだ。

ジャックはほっとし、フィオナのアパートメントのドアをもう一度ノックした。なかからは大音量の音楽が聞こえている。この音のせいでノックが聞こえないのではないかと不安になった。それにしても意外だ。彼女の音楽の趣味を自分がどう予想していたかは定かでないが、ヒップホップでなかったことだけは確かだ。

腕時計に目を落とし、毒づいた。試しにドアノブをひねってみると、驚いたことにロックされていなかった。

「こんにちは？」

玄関に一歩足を踏み入れ、散らかったアパートメントの室内を見回した。フィオナの姿か、コミュニケーションを阻んでいるステレオのどちらかが見つかればと思った。アパートメントはロフト式のワンルームで、天井が高く、床にはメキシコ製のタイルが敷かれている。いちばん奥の窓際に、大きな錬鉄製のベッドが置かれていた。

「フィオナ？」

女がバスルームから出てきた。わずかな黒いレースの切れ端以外、何も身につけていない。彼女は悲鳴を上げた。このとき、ジャックはふたつのことに気づいた。その一、この女はフィオナではない。その二、勝手に入ってきたのは大きな間違いだったようだ。

「あんた誰？」

ジャックは注意を女の顔に向けた。「すみません。フィオナ・グラスを訪ねてきたんだが」まずい。アパートメントを間違えたのか？　ジャックは手掛かりを求め、周囲に視線を走らせた。

「フィオナなら留守よ」女は腰に手を当てた。「自分は誰か、名乗るのが先じゃない？」

「ジャック・ボウマンだ」

彼女は背を向け、ステレオのスイッチを切った。形のいいお尻を見せつけられ、ジャックはぎょっとした。

慌てて後ろを向き、フィオナのキッチンを眺めるふりをした。「どこに行ったか、わかるかい？」

背後でがさごそ音がする。彼女が何か着ている音であってくれますようにと願った。残像がまだ脳に焼きついている。脚の長い赤毛の女。色白の肌。大きな胸。

彼女はフィオナと血縁だ。警察バッジに賭けても、これは間違いない。

「もうこっちを向いてだいじょうぶよ」

ジャックは振り向いた。彼女は丈の短い黒いローブを着ていた。

「仕事に行ったの。もうすぐ帰ってくる。よかったら待ってれば？」

待つ？　いや、待ちたくはない。しかし彼女と話をするためだけに、一時間四十分も車を飛ばしてきたのだから、待ったほうがいいのだろう。さもなくば殺人事件の捜査中にもかかわらず、一晩無駄にしてしまうことになる。

「待たせてもらうよ」ジャックは両手を革ジャンのポケットに突っ込んだ。「かまわなければ」

彼女は肩をすくめる。「どうぞお好きに」

ジャックはまた彼女に背を向け、ぶらぶらとキッチンに入った。カウンターには果物の盛られたボウルがあり、その傍らには開いた赤ワインの瓶があった。

「フィオナの友達？」

「妹よ」

ジャックは肩越しに振り返った。フィオナの妹は、急いで服を着るつもりはないらしい。

「ふたりでここに住んでいるのかい？」見たところ、ベッドはひとつしかなかった。

「遊びに来てるだけ」

彼女の視線を感じながら、キッチンの探索を続けた。冷蔵庫にはゲイリー・ラースンの一コマ漫画『ファー・サイド』からの一枚と、フィレンツェの絵葉書が貼られていた。絵葉書は、波打つ赤毛の裸の女性が貝殻の上に立っている有名な絵のものだ。その女性とフィオナはなんとなく似ているとジャックは思った。絵葉書の裏を返して送り主の名前を見たくなる衝動をなんとかこらえた。

「何か飲む？」

彼は振り返った。「いや、おかまいなく」

ジャックはアパートメントの奥の一角へ足を運んだ。絵の具で汚れたイーゼルの上に、大きなカンヴァスが置かれている。このアパートメントは用途別に四つのコーナーに分けられているようだ。食べる、寝る、寛《くつろ》ぐ、そして絵を描く。このコーナーの床は厚い防汚シートで覆われている。

フィオナの妹はのんびりした足取りで彼の隣にやってくると、絵を覗き込んだ。「ご感想は？」

ジャックは絵を眺めた。青。そして緑。さらにその中間の無数の色合い。波紋を思わせる同心円がいくつか描かれているが、全体としてはあまりにも抽象的で、彼女が何を描こうとしているのかはわからなかった。

「いいね」正直な感想だった。緑と青の混ざり合った色調が、心を落ち着かせてくれる気がした。「これは完成しているのかな？」

「さあ。本人に訊いて」彼女はジャックのほうを向き、首をかしげた。「なかなかキュートね。フィオナとはどこで知り合ったの？」

「共通の友人がいる」

「つまり、刑事ってこと？」彼女は一歩近づいてきた。画材のシンナー臭をかき消すように、香水の香りが漂ってきた。

ジャックは頑として動かなかった。「どうして刑事だと思うんだ？」

彼女は唇の片側だけ上げてにんまりした。「だってみんなそうだもの」彼女はまた絵のほうへ向き直った。「つまり、フィオナはまた欲望に負けたわけ。なるほどね」

「欲望に負けた？」

「だって、また働いているんでしょ。やめるつもりだって言ったのに。まあ、前にもそう言ってやめられなかったから。いつも逆戻りしちゃうのよね」

ジャックは興味を引かれて彼女を見た。彼女はにっこりと彼を見上げ、片方の眉を上げた。

「フィオナは世界を救いたい中毒なの。気づいてなかった？」

ジャックはふたたびイーゼルに目をやった。その後ろではずっと大きいカンヴァスが、壁に立てかけられている。こちらのほうは緑の色調が強く、川や湖の水辺に見られるような、水面に草が映り込む様子が描かれている。もう一枚の絵で波紋を連想したのはやはり正しかったようだ。

「それで、ジャック」彼女は色っぽい口調に変わり、彼と絵のあいだに入ってきた。彼女が肩を動かした拍子に、ローブの襟がはだけ、柔肌とレースが露《あら》わになった。「あなた、刑事なのね？」

「ああ」彼は平静な口調を保ち、彼女の顔に注意を向けていた。妹も瞳はフィオナと同じ榛色だが、目は黒く縁取られている。さしずめ、フィオナを性的に興奮させたバージョンのように見えた。

「フィオナはまだ、あなたの武器は見ていないの？」

ジャックは彼女を見下ろし、眉根を寄せた。「きみはなかなか個性的な人だな」

「よく言われるわ」彼女は銅色に塗った爪で、彼のフランネルシャツの前を伝い下りた。その指は彼のベルトのバックルのところで止まった。

「名前は？」

「コートニー」彼女は頭を振り、背後で髪を揺らした。ローブの襟が、さらに大きくはだける。

「いいかい、コートニー――」

物音がしてジャックは振り向いた。フィオナが戸口に立っていた。ブリーフケースを抱え、当惑した顔をしている。

まずい。

「やあ」ジャックは笑みを繕いながら、なぜおれが後ろめたい気分にならなきゃいけないんだと思った。こっちは悪いことなど何ひとつしていない。

「ああ、フィー」コートニーもフィオナのほうを向いた。彼女がちゃんとローブのベルトを締め直していることにジャックは気づいた。

フィオナが心配そうな表情でジャックを見た。「なんのご用？」

「きみを夕食に誘いに来たんだよ」彼女に歩み寄った。「このあいだまたの機会にって約束しただろう？」

彼女はブリーフケースをドアの前に下ろしてからコートを脱ぎ、玄関のフックにかけた。彼女はまた例の税務専門弁護士風の服に身を包んでいる。今日は紺のブレザーとスラックスだ。髪も後ろにひっつめて編み込んでいる。

「今夜は用事があるの。作品を仕上げたいのよ」

信じられない。二時間かけてここまでやってきたのに……。彼女にさらに近づき、小声で言った。「おれと出かけたほうが楽しいよ」

フィオナは彼を見上げた。その頬は寒さのせいで薔薇色に染まっている。彼女はコートニーのほうをちらりと見た。「夕食はまだ？　あなたもいっしょに来ない？」

ジャックは歯ぎしりをした。色魔の妹のほうを振り返りながら、断ってくれと祈った。フィオナひとりを誘いたかった。それには複数の理由がある。

「わたしも用があるのよね。誘ってくれてありがとう、ジャック」コートニーの笑顔を見て、ジャックは彼女が気遣ってくれたのだと悟った。「ふたりとも、ゆっくり楽しんできて。わたしは先に寝てるから」

フィオナは、どちらの車で行くか言い争わなくてもいいように、アパートメントから数ブロック離れた料理店を選んだ。おまけにその店はスシバーだ。ジャックはスシが苦手であろうことは容易に予想がついた。彼は何かを求めてオースティンへやってきたに違いない。それがなんであれ、頼むにあたってできる限り居心地が悪い雰囲気にしてやりたかった。

店の女主人は小さな滝のそばのキャンドルが灯ったこぢんまりしたテーブルに案内してくれようとしたが、フィオナはカウンター席を選んだ。大理石のカウンタートップの正面には、巨大な水槽があり、カラーコーディネートされた鑑賞魚が泳いでいる。ジャックは彼女のために椅子を引いてから、カウンターのなかで包丁を使っている板長に軽く会釈をした。彼はフィオナの隣に腰を下ろし、ぼんやりとメニューを眺めた。

「ここの〝ハマチ〟はとっても美味《おい》しいわよ」フィオナはわざと上機嫌に言った。

「ふむ」

「〝ウナギ〟もいつ食べても美味しいわ。〝ウナギ〟は好き？」

「おれは特に〝カジキ〟が好きなんだが……」

フィオナは驚きをなんとか隠そうとした。「スシはよく食べるの？」

ジャックは肩をすくめる。「最近はあんまりね」

ウエイトレスがやってくると、フィオナはソーヴィニヨン・ブランのグラスを頼んだ。ジャックはバドワイザーを注文した。少しして、それがすらりとした青いグラスに入って運ばれてきても、特に不平も言わなかった。

彼はカウンターに肘を置き、彼女のほうを向いた。今日もまたフランネルのシャツを着ている。ジーンズとワークブーツもふだんどおりだ。彼のすべてが、このレストランのおしゃれな内装とは相容れなかった。にもかかわらず、なぜか場違いにも、居心地悪そうにも見えない。むしろ今まで以上に男っぽく、自信に満ちているように感じられる。フィオナは苛立ちを覚えつつ、メニューに目を落とした。自信溢れる男には弱いのだ。この男は特に、すっかり涸《か》れかけていた彼女のホルモンを、突如として全身に漲らせる力がある。

「遺体の似顔絵の請求書が届かないんだが、どうしてだい？」彼は尋ねる。

フィオナは少し間を開けてから答えた。理由は混み入っていて、今は説明する気になれなかった。「たまに無料奉仕することにしているの。大した問題じゃないわ」

白ワインを飲みながら視線を上げると、ジャックが彼女をじっと見つめていた。彼の瞳の色は、水槽の水の色と同じだ。この店を提案してしまった自分が、改めて腹立たしく感じられる。

「請求書を送ってくれ」

「どうして？」

「きちんとしておきたいんだ。また頼みごとができるように」

ウエイトレスが注文した料理を運んできた。フィオナはこの機会に心の防御壁を強化しようとした。頼みごと。すなわち仕事だ。なんとしてでも彼に対してノーと言わなければ。これまでもずっと彼を拒みたかったのに、ことごとく押しきられてしまっている。

「またわたしに協力を頼もうっていうのね」ウエイトレスが行ってしまうと、彼女は言った。

「そうだ」

「もうやりたくないわ。ネイサンにも、ＦＢＩにも、他の誰が相手だろうと、もう協力したくないの。先へ進みたいのよ、ジャック。個展が間近に迫ってるのに、ぜんぜん準備ができていない。わたしにとって、これは大きなチャンスなの。ここで失敗するわけにはいかないのよ」

「もうひとり、目撃者が現れたんだ」ジャックはフィオナの発言などなかったかのように続けた。「九歳の男の子。ブレイディ・コックスという子なんだが、犯人が死体を遺棄したところを目撃した」

フィオナは目を閉じ、心のなかで十数えた。

「その子から話を聞いてほしい。犯人の似顔絵を描いてほしいんだ」

ジャックのほうは見ないことにした。見たら絶対にだめだ。彼にはなぜか、ブルドーザーのようにフィオナの防護壁を突き崩してしまう力がある。彼のいったい何がそうさせるのかはわからないが、おそらく視線を合わせることに関係があるのだろうというところまでは予想がついた。フィオナは水槽の魚を見つめた。深紅と朱色、さらに金色の鮮やかな色合いが、水中でぶらぶらと漂ったり、円を描いたりしている。魚たちの姿は、炎を連想させた。そして手首にはめた赤とオレンジのブレスレットと、二度とふたたびあの世界に戻ることができない理由を思い出させた。もし戻れば、金輪際あそこから抜け出せなくなる。またCNNニュースを見る日々がはじまる。眠ることができなくなり、夜ベッドに横たわったとき、子供たちを苦しめる犯人の顔が目の前に浮かぶのだ。

ジャックはカウンターに置いたフィオナの手に彼の掌を重ねた。彼の手は大きく、力強かった。フィオナは彼の体温が腕を這《は》い上がり、身体のすみずみまで伝わっていくのを感じながらその手を見つめていた。彼のほうは見なかった。最初のこれを意識するわけにはいかなかった。してしまえば、これから触れられるたびに意識することになる。そんなことはできない。彼がこうして触れるのは、拒んでいる相手を屈服させるのが目的だとわかっている。ジャックは捜査員としての使命感を強く抱いている。フィオナもそれを目の当たりにしてきた。彼のそういうところを尊敬もしている。けれど、それは同時に、ジャックが事件を解決するためなら、なんでもするということだ。嘘もつけば、おそらくは感情を偽るくらいのこともするだろう。

おまけに、ジャックが話すのを拒んでいるため、彼にとってこの事件がなぜそれほどまでに重要な意味を持つのか、フィオナにはまだ理解できていなかった。

「この依頼のために、わざわざオースティンまで車を飛ばしてきたの？」

「直接話したほうが、勝算があるんじゃないかと思ってね」フィオナがちらりと彼の顔を盗み見ると、口元に少年っぽい笑みが浮かんでいた。「きみはおれにノーと言えないようだから」

フィオナは手を引っ込め、またワインを一口飲んだ。ジャックにじっと見られているのを感じる。おそらくは次なる一手を考えているのだろう。

なぜ彼の要求について考えたりしてるの？　わたしの意思はどこへ行ってしまったの？グラスをそっとカウンターに置き、ジャックの瞳をまっすぐに見た。もし彼がまた嘘をついたら、すぐに降りる。そして二度と関わらない。ジャック・ボウマンのことも、彼が抱えている事件も、ネイサンとの友情も、どうなってもかまわない。もし彼がもう一度嘘をついたら、立ち上がり、振り返らずに立ち去るつもりだった。

「あなたとルーシーのあいだに、何があったの？」フィオナは尋ねた。

ジャックは驚いた顔をした。続いて警戒するような表情が浮かんだかと思うと、彼は顔をそむけた。

彼はビールのグラスの台《ベース》を親指で押さえ、カウンターの上に円を描くように滑らせている。

「以前付き合ったことがある。ずいぶん昔の話だ」

ジャックは顔を上げ、フィオナを見た。その顔を一目見て、彼が真実を言っているのだとわかった。

「いつ？　彼女が襲われる前？」

ジャックはうなずいた。

「今いくつなの？」

「三十五」

「彼女は——」

「二十九」

フィオナは頭のなかで計算してみた。年齢差に問題がありそうだ。違法ではないものの、ぎりぎりのところだろう。

「当時、彼女は十八になったばかりだった」ジャックが説明した。「もちろん、自慢できるような話じゃないのはわかってる」彼はうつむき、かぶりを振った。「まいったな。どう説明したらいいのかわからない。とにかく、そういうことになってしまったんだ。ある夏になんとなく始まって、そのまましばらく続いた。おれのいるヒューストンに彼女が引っ越してきていっしょに住もうなんてことも相談していた」

彼は顔を上げ、フィオナを見た。「彼女が襲われたのを境に、すべてが変わった。ルーシーはおれを避け、酒を浴びるように飲むようになった。おれはどうしたら彼女の力になれるか、まったくわからなかった。やがてはすっかりあきらめてしまった」

彼はビールを見つめた。「これも自慢できるような話じゃないな」

フィオナは彼を眺めていた。このとき初めて、彼が嘘偽りなく正直に向き合ってくれているように感じられた。同時に、彼にそれを強いている自分が嫌になりそうだった。

まいったわ、頭のなかがぐちゃぐちゃじゃないの。正直さというものは、フィオナにとって大問題になっていた。彼女の人生でいちばんの難題なのだ。そして今、彼がついに正直になってくれたというのに、今度はそうさせたことを申し訳なく思っている。

この場合、良識ある行動とは、ジャックの提案を断ることだ。彼女自身は頭痛の種から解放され、彼には他に役に立ちそうな人を紹介してあげることだろう。

困ったことに、フィオナは良識ある行動などとりたくなかった。彼女の望みは、ジャックの力になることだった。

わたしに対して、やっと正直になってくれたジャックに……。

「目撃者の話を聞くわ」唐突に言った。

ジャックがはっとして彼女を見る。「本当かい？」

「明日そっちへ行きます。署に行けばいいかしら？　それとも、その子の家に直接行く？」

彼は顔をしかめた。「その子の家庭は、ちょっと複雑なんだ。署で会ったほうがいいだろう」

「朝早くにしましょう。そうすれば、使えそうなものが描けたとき、午後や夕方のニュースに間に合うようにマスコミに発表できる」

「ありがとう」彼は頭を下げた。「本当に感謝する。きみにはまた借りができたな」

フィオナはまた水槽の魚を眺め、頭のなかで絵の構成を思い描いた。青だけではなくて、炎のようなオレンジや赤が渦を巻いている水の風景。美しい絵になるだろう。

けれどおそらく、フィオナに、その絵をのんびり描く日は訪れない。ジャック・ボウマンによって、ふたたびあの世界に引きずり込まれてしまったのだから。


ジャック・ボウマンはなんとかフィオナを説得し、スシバーのあとでもう一軒飲みに誘うことに成功した。彼女に気が変わる隙を与えないよう、最初に目についた店、スシバーの向かいの小さなパブに入ることにした。

店は暖房が効きすぎていて、饐《す》えたビールの匂いがした。彼は奥にダーツボードがあるのに気がついた。

ジャックはフィオナの手を取り、ダーツボードの近くの空いたテーブルへ案内した。「やっぱりワインがいいかな?」彼女のために椅子を引き、コートを脱ぐのに手を貸した。

「ウイスキーサワーなんてどうかしら」

ウイスキーにレモンと甘ったるいシロップを入れたウイスキーサワー。ジャックは、個人的意見は胸にしまっておくことにした。少なくとも、彼女は多少リラックスしはじめているということだ。「すぐ戻る」

バーカウンターで注文した飲み物を待つのに二、三分かかった。ジャックはふたり分の飲み物とダーツ一セットを手に席に戻った。フィオナはブレザーを脱ぎ、それよりはだいぶ魅力的な薄地の白いブラウス一枚になっている。

「さあ、どうぞ」彼は飲み物をテーブルに置いたが、椅子には座らなかった。「ダーツを投げたことは？」

彼女は箱に入ったダーツに目をやった。「いいえ」

「やればけっこううまいんじゃないかな」

彼の挑戦を断ってくるかと思いきや、フィオナは椅子を引き、腰を上げた。そして飲み物をぐいっと飲み、グラスをトンとテーブルに置いた。「やってみようじゃないの」

ジャックは脱いだ革ジャンを椅子に無造作に置き、フィオナと並んでダーツボードの前に立った。

「これは力ずくのゲームじゃない。必要なのはテクニックだ」

「つまり、わたしにもあなたを負かすチャンスがあるってこと？」

「それはたぶん無理だろうが、きみがむきになるところを見るのは楽しそうだ」彼はダーツを一本取り、軽く投げた。どういう幸運か、ダーツはアウターブル（ダーツボードの中心の二重円のうち外側部分）に命中した。

フィオナが微笑んで彼を見上げる。ジャックは腹の底がぽっと温かくなるような感覚を覚えた。単にアルコールのせいかもしれないが、彼女の物腰からはお高くとまった感じが消えていた。「今度はわたしの番ね」

ジャックは彼女にダーツを一本渡した。フィオナはそれを受け取り、目を細めて狙いを定めてから身を乗り出した。

「待って。まえかがみになってる」彼はフィオナの肩を後ろにそっと押し戻し、腰を少し前に出させた。「姿勢を安定させるのが大事なんだ」

彼女はひとつ深呼吸し、ダーツを投げた。インナーリングのすぐ下の〝3〟の枠内に刺さった。

「悪くない」ジャックは言った。「初心者の大半は、ボードにも当たらないからね」

「もう一度やらせて」

彼はにっこりし、ダーツをまた一本手渡した。フィオナはやる気満々で前に進み出る。

「おいおい、ずるしちゃだめだぞ」

彼女は足元に目を落とし、線に気づいてその後ろに下がった。彼女が唇を嚙みながら放った矢は、中心《ブルズアイ》から一メートルも上に外れた壁に突き刺さった。

「やっちゃった」

「だいじょうぶだよ」ジャックはダーツを回収した。

「あなたもやってみて」フィオナが言う。「かっこいいところを見せてよ」

ジャックは三本ともなかなかの位置に命中させることができた。一本は〝20〟の三倍《トリプル》リング内に刺さったが、フィオナはそれが高得点になることなど、まったく知らないようだった。

彼はダーツを引き抜き、〝きみの番だ〟と言う代わりに、フィオナにうなずいた。

「で、あなたはなぜ、グレインジャーヴィルに戻ったの?」フィオナが尋ねた。「都会の警察署のほうが、性に合っているように見えるけど」

「何年か前に親父《おやじ》が病気になった。癌《がん》でね。おれも頻繁に帰省して、おふくろを手伝うようになった」

ジャックが見守るなか、フィオナは一投目であわやブルズアイかという場所を射とめ、二投目は壁に大きく逸れた。腕の動きが定まらないのだ。ふと彼女のブラウスに目をやると、ボタンをまたひとつ外し、胸元を見せていた。彼女の男心のくすぐり方もまた、ダーツの手腕と同じくらい唐突で不安定だ。

「それで?」彼女の声がし、ジャックの意識は会話に引き戻された。「頻繁に帰省するようになって?」

「そのときたまたま署長のポストが空いたんで、いっそあそこに落ち着こうと思ったんだ」

フィオナは心配そうに表情を曇らせた。「お父様のご病気は?」

ジャックはボードを見やり、ビールをぐいと飲んだ。「一年半ほど前に亡くなった」

「お気の毒に」

「ウォーミングアップはここまでだ」彼は話題を変えた。「ここからはスコアをつけよう。お先にどうぞ」

フィオナが二、三回投げるあいだ、ジャックはクリケットというゲーム形式のルールを説明したが、彼女には複雑すぎるようだった。フィオナは、単純にどちらか百ポイント先取したほうが勝ちにしようと提案した。フィオナは特別うまくもないが、特別下手でもなかった。ゲーム云々《うんぬん》より、ただ彼女といっしょにいることを楽しんでいる自分にジャックは気づいた。仕事から離れれば、フィオナは愉快な人だった。常に微笑みかけてくる彼女を見ながら、デートがこんなに楽しいものなら、なぜこれほど長いことご無沙汰してしまったのだろうと思った。

「で、妹さんはなぜきみのところに泊まってるんだい?」ジャックは尋ねた。コートニーのこと、特に、彼女のさきほどの発言が気にかかっていた。まるでフィオナがこれまで何人もの刑事と付き合ってきたかのような口ぶりだった。おまけに、彼女が警察関係の仕事だけでなく、刑事たちとの縁も切りたがっているように聞こえた。だとしたら、なんとか気持ちを変えてもらわなければ。

「ときどき泊まりに来るのよ」フィオナは彼のほうを見ずに答えた。じっとボードに集中していたかと思うと、ブルズアイに勢いよく命中させた。

「すごい！　見て！」彼女は振り向き、興奮気味にジャックに抱きついた。もちろん彼としても喜ぶべきところだが、彼女の手にはダーツが握られている。

「気をつけて」彼はフィオナの手からダーツを取った。「これは見事だ。おれはぼろ負けしそうだな」

「ビギナーズ・ラックね」彼女は満面の笑みを浮かべている。

その笑顔を見ていると、ジャックのほうもつい顔をほころばせた。「いい気味だと思ってるんだろう？」

「そんなことないわ」彼女は言いながらグラスを手にしたが、中はすでに空だった。「ただ、初めのころ自信満々だった誰かさんが、こうしてわたしに負かされそうになってるっていうのが、ちょっと楽しいだけ」

こういうフィオナがいいと彼は思った。彼のそばでリラックスし、自信に溢れ、少し羽目を外している。ジャックは空のグラスを顎で示した。「もう一杯飲むかい？」

フィオナはグラスを振って氷を鳴らした。「やめておくわ」彼女がグラスをテーブルに置く。「明日は朝が早いから」

このひと言を境に、雰囲気が一変した。彼女は、なぜふたりが今日顔を合わせたのか、思い出したようだった。明日は少年に事情聴取しなければならない。殺人事件の捜査中なのだ。

フィオナは腕時計を見下ろした。「そろそろ帰りましょう」

バーを出てアパートメントへ帰るまでのあいだ、彼女は百万キロも離れているように感じられた。ふたりがビルのあいだを通ったとき、一陣の冷たい風が吹き抜けた。ジャックは彼女の肩に手を回し、引き寄せた。彼女は一瞬拒もうとしたものの、結局は彼の腕のなかに落ち着いた。

「きみの絵を見たよ。さっき、部屋で」

フィオナは何も言わなかったが、肩をこわばらせているのが感じられた。

「いい絵だった」うまい言い方が思いつかなかった。

彼女は皮肉っぽい笑みを浮かべ、彼を見上げた。「意外だったみたいね」

「そんなことはない。ただ、ネイサンからは、きみが風景画を描くと聞かされていた。あと、人物画も描いているんじゃないかと勝手に思っていた」

「人物画は好きじゃないの」

「まさか」

「本当よ」

「でも素晴らしい腕をしてるじゃないか。二、三枚見せてもらっただけでもそう思うよ」

彼女は顔をそむけた。「人は避けるようにしているの」

「人間嫌いなのかい」

「絵を描くことに関してだけよ。ヴェニス・ビーチの路上であまりにも多くの似顔絵を描きすぎたんだと思うわ。観光客とか、なかなかじっとしてくれない子供とか」

カリフォルニアの太陽が降り注ぐ海辺で、イーゼルを前に座っている彼女の姿を思い描いた。なかなか素敵だ。

「駆け出し画家にはうってつけの仕事だったのよ。遺体安置所の寝台のそばに座る姿よりはずっといい。素早く描くこつを身につけたわ」

「だけど燃え尽きてしまったわけだ」

「ええ。今はもっと穏やかなものが描きたい」

ふたりは身を屈めて凍てつく風をよけながら、ゆっくり通りを進んでいた。ジャックは彼女を胸に抱き寄せた。

「この寒さ、早く治まってくれないかしら」

コートとブレザーを隔てていても、フィオナの震えが腕に伝わってくる。「カリフォルニアが恋しいかい？」

フィオナが彼のジャケットの胸に頬を預けた。彼女の髪の匂いがする。甘い、ピーチのような香り……。温《ぬく》もりを求めているとはいえ、ここまで近づくことを彼女が許すとは信じられなかった。

「それほどでもないわ。年がら年中二十二度で穏やかに晴れてるのも、なんだか退屈でしょ」

ジャックは会話に集中しようとしたが、つい気が散ってしまう。幾重もの衣服を脱がし、正しいやり方で彼女を温めることばかり考えていた。セックスの最中、汗まみれの肌を火照らせている彼女を思い描いたとたん、彼の肉体は如実に反応した。

「テキサス中部には、大きくて劇的な嵐が来るわ。あれが好きなのよね」

まったく、この期に及んでお天気の話か？　情けないことこのうえない。彼が話したいのは、今夜どこで過ごすかということなのに。

もっとも、実のところ彼が今ここにいることさえ間違いなのだ。明日は早くから仕事だ。今夜だって、形のうえでは非番でも、署長であるということは、週七日、一日二十四時間、その役割を担っていることを意味する。本来ならば、万一の場合に備えて、町へ戻らなければならない。

それでも、フィオナといっしょにいたかった。朝まで、一瞬たりとも眠らずに……。

「これ、あなたの？」ジャックのトラックに近づいたところで、彼女は歩調を緩めた。トラックは彼女のアパートメントの前の通りのパーキングメーター脇に駐めていた。彼女は足を止め、ジャックのほうを向いて少し離れた。彼の腕は自然に彼女の肩から落ちた。風がフィオナの顔に一筋の髪を吹きつける。彼女はそれを手で払いのけた。

「それじゃ、明日行くわね。警察署に九時でいいかしら？　なるべく早めに行って、ブレイディより前に着くようにするわ」

ジャックは彼女が何を求めているかを読もうとした。言葉は彼にもう帰れと言っているが、その目はまた別のことを語っている。彼女の瞳は妖しく翳《かげ》ってほんの少し潤み、期待に大きく見開かれていた。

ジャックは距離を詰め、片手をトラックの冷たい車体にかけて、フィオナを彼の胸と車のあいだに閉じ込めた。彼女が息を呑むのが聞こえた。

「そんなに早く追い返したいのか？」彼女のコートの襟を撫でながら手を上に滑らせ、首筋の血管が脈打つ素肌に掌を当てた。そこにはうっすらと傷痕があった。

「ジャック――」

「部屋に上げてくれ」身を乗り出し、彼女の額にキスをした。いい香りがする。彼女の味も知りたかった。ふっくらした愛らしい唇を味わいたかった。

けれどフィオナは身をよじり、顔をそむけた。彼女の視線を追うと、アパートメントの建物の最上階にたどり着いた。皓々《こうこう》と明かりのついた角部屋を見ているようだ。「コートニーがいるわ」

「出かけたかもしれない」

「いいえ、今、窓際に影が見えたもの。あの子の場合、夜遊びに出るのももっと遅くなってからだし」

ジャックはため息をついた。コートニーとはまだ知り合ったばかりだが、これまでのところ、あまり好きになれそうになかった。

フィオナは彼のジャケットの裾から両手を滑り込ませ、腰をつかんだ。シャツ越しに彼女の親指の圧力を感じ、ただでさえたぎっている血液が激しく沸き返った。

彼女はノーと言ったわけじゃない。今夜のところはイエスじゃなかっただけだ。わずかな違いではあるが、多少の進展があったのは確かだ。

「それじゃ、明日」言いながら、単に仕事だけを意味しているのではないことに彼女が気づいてくれたらと願っていた。フィオナの手を取り、アパートメントに向かって歩こうとした。

フィオナは目を丸くし、足を踏ん張って動かない。

「どうした？　きみをドアまで送らずに帰れっていうのか？」

彼女は疑わしげな顔でジャックを見ている。

「おれが生まれ育った場所じゃ、男はデートの相手を道端に放り出したりしないものなんだ」

フィオナはしかたないと言いたげな表情で彼について歩きはじめた。「これはデートじゃないわ。捜査関係者とは付き合わないんだもの」

ジャックは彼女のためにアパートメントの建物のドアを開け、にんまりした。「好きに言っていればいい。それで気が楽になるならね」

「ああ、これだ」

夜間担当の支配人が鍵のうちの一本を掲げた。

サリヴァンはラテックスゴムの手袋をした手でそれを受け取った。鍵束の他の鍵をじゃらじゃら鳴らしながら一〇三号室のドアのロックを解除する。次いで、ドアノブの指紋を消さないよう、鍵穴に差し込んだ鍵を押してドアを開けた。

「昨日チェックアウトしたというのは確かですか？」サリヴァンは支配人に訊いた。

「ええ、火曜の朝に出ていきました。以来この部屋に入ったのはメイドだけです」

「今夜はご協力いただいて、ありがとうございました」サリヴァンは紙製のブーツを履きながら言い、支配人に向かってうなずいた。「ここからはわたしだけでだいじょうぶですので」

支配人は遠近両用眼鏡を眉間のほうに押し上げた。外はマイナス二度だが、薄いトレーニングウェアの上下を着ているだけで、足元は素足にローファーだった。彼はこれからサリヴァンが何をするのか見たいという好奇心と、ロビー脇のオフィスの小型暖房器《スペースヒーター》の前に戻りたいという欲求のあいだで揺れているようだ。「それじゃ、お邪魔でしょうから引っ込んでますよ。さっきのコーヒーの件、気が変わったら言ってください」

支配人は小走りで去っていき、サリヴァンはキース・ヤノヴィックが最後にいたとされる客室に向き合った。彼はこのモーテルを離れるとき、他の宿泊客に目撃された。それはもう三十六時間近くも前のことだというのに、サリヴァンは今ようやく現場に到着した。

情報は三十六時間かかって、複雑な経路を伝い、ようやく届けられた。三十六時間のあいだに、逃走経路は冷え、追跡できる可能性は薄らいでしまった。そして三十六時間のあいだに、メイドはこの小さな穴蔵のような部屋に入り、図らずも手掛かりを片っ端から抹消した。サリヴァンは照明を点け、なかへ足を踏み入れると、外の冷気と宿泊客の好奇の視線を避けるためにドアを閉めた。満室ではなかったのがせめてもの救いだ。このモーテルは州間高速20号線沿いにある、いわゆる密会モーテルだが、過去一週間のあいだにこの部屋を使ったのは、ジョージ・グリーンを名乗るヤノヴィックと思しき男だけだと報告されている。いずれの目撃者に訊いても、彼はひとりだったそうだ。

最初に情報を提供した男女と、彼を目撃したモーテルの従業員二名は、揃って同じことを言っている。二十代半ばの、長身で体格のいい男。ワインカラーのマーキュリー・クーガーでひとり旅をしているように見えたという。車自体は大きな手掛かりだ。今現在、アトランタに拠点を置く捜査官数人が、その車の行方を追っている。

一方、サリヴァンはこの現場を保全するために派遣された。州間高速20号線を西へひた走り、証拠を採取するために呼ばれた鑑識チームよりも先に到着した。

彼は室内を見渡した。掃除された痕跡があちこちに見られる。アンモニア臭を覆い隠すようにシナモンの消臭芳香剤《エアフレッシュナー》が撒《ま》かれている。バスルームのカウンターの上には、清潔な洗面用タオルが、畳んで積まれている。有料ポルノ番組が観たい客を誘うように、ケーブルテレビのパンフレットが、テレビの上に目立つように立てられている。サリヴァンはこの後、ここ一週間一〇三号室で購入された番組があったか、あったとしたらどんな番組だったか、チェックしてみるつもりだった。

ベッドに歩み寄り、ナイトテーブルの引き出しを開けた。持ち帰り可能なロゴ入りのボールペンと国際ギデオン協会寄贈の聖書が入っていた。洗面台のところまで行き、蛍光灯を点けた。流しの陶器はぴかぴかに光っているものの、長年にわたってついた錆跡は残っている。金属製のゴミ入れを引っ張り出し、なかを見てみた。空の缶の内側にポリ袋がかぶせられているだけだ。狭苦しいバスルームに入った。またしてもシナモンの匂いが彼の鼻孔を攻撃する。畳まれた清潔なタオルがここにもある。バスタオルのつもりだろうが、平均的五歳児にはじゅうぶんでも、大人には小さすぎる。包装された安物の石鹸《せっけん》がバスタブの脇にぽつんと置かれている。

ドアにノックが響いた。サリヴァンはカーペットだけでもどれほど多くのＤＮＡの痕跡が見つかるだろうかと思いながら部屋を横切った。鑑識の連中の正気を失わせるのは、こういう現場なのだ。一見清潔そうに見えても、証拠は至るところにある。繊維、指紋、毛髪、精液……。こういう場所で彼らの仕事が困難を極めるのは、証拠が足りないからではない。圧倒的なまでに多すぎるからだ。

サリヴァンは勢いよくドアを引き開けた。外では鑑識チームのふたりが、紙製のブーツを履いているものと思っていた。

しかしそこには、女がひとり立っていた。三十代半ば。茶色の革のコートをまとい、ブロンドのかなり短い髪を立たせている。

「あなたがジョージ?」彼女は息を切らして言った。「遅れてごめんなさい。これでもめいっぱい急いだのよ」

7

フィオナは十代の娘のような格好で現れた。ジャックは彼女が、切り裂かれた《リップオフ》ジーンズと色褪せた黒のTシャツ、薄汚れたスニーカーという姿で、警察署の建物に入ってくるのを眺めていた。昨晩、ブレイディ・コックスは権力に対して反抗的で規律を守らない問題児だと話したので、おそらく彼のためにこの服装を選んだのだろう。彼女は権力を振りかざす大人たちとは正反対に見える。どう見ても、法執行機関としてこの国のトップに君臨するＦＢＩに、頻繁に協力を要請されるような人物ではない。唯一、革のアタッシェケースだけが、彼女の正体を匂わせていた。

「ボウマン署長と約束があるんですが」彼女はシャロンに言った。新米警官であるシャロンは、常に受付カウンターの近くの席にいて、ときおり現れる町民の苦情やちょっとイカれた輩たちの応対をしなければならない。

ジャックは事務室を横切った。事務室といっても、ささやかな管轄権を担うこの警察署では、寄せ集めの机とファイルキャビネットがいくつか並んでいるだけだ。

ジャックはフィオナと目を合わせた。彼女は不良の扮装《ふんそう》が照れくさいのか、にんまりした。ジャックは受付ロビーと事務室を隔てるカウンターの蝶番式の出入り口を持ち上げた。以前勤めていたヒューストンの警察署では、警察官と訪問者のあいだは、金属探知機や武器を携えた門番、防弾ガラスで隔てられていた。グレインジャーヴィルの暮らしは、それよりずっとのんびりしている。

「奥へ来て」彼は言い、顎で署長室の方向を示した。周囲の視線はことごとくフィオナに集中している。署長が事件の糸口をつかみたい一心で、またしてもFBI御用達の腕利き画家を雇ったという事実は、部下の全員が知っている。彼らはひとり残らずこの試みに懐疑的だった。

フィオナが休憩室に入ったとき、ちょうどそこから出ていこうとするカルロスとすれ違った。副署長は一歩下がってフィオナのお尻に見とれるあまり、コーヒーを胸元にこぼした。

ジャックはカルロスを見た。「邪魔が入らないように頼むよ。今日おれが面会する相手はブレイディ・コックスだけだ。おれたちが事情聴取しているあいだ、ブレイディの母親の相手をしてもらいたい」

フィオナのあとから署長室へ入ると、ジャックはドアを閉めた。これによってすでに町じゅうに広まっている噂がさらに勢いを増すことは間違いない。ジャックがグレインジャーヴィルの警察署長に就任し、町に戻ってきてからというもの、彼の性生活に関して――あるいは、性生活が存在しないことに関して――賭をするのは、町民に人気の娯楽のひとつとなった。

ジャックの母親や姉たちですら、その噂に花を咲かせる始末だ。彼が女性と会うとき、町から離れた場所を選ぶようにしてきたのはそのためだった。

フィオナは署長室の窓辺に立ち、ガラスの向こうを眺めている。ジャックも外をちらりと見て、夕方には雨になるだろうと予想した。農家の息子として生まれ育った身としては、物心ついたころからずっと雲に注意を払ってきた。都会の人々は、天気のような生きるうえでの基本となることにあまりにも無頓着だ。彼にしてみれば不思議でならなかった。

「また上着を忘れたのか？」

フィオナは振り向いた。「事情聴取は、ふだんどちらでやるんですか？」

彼女の口調を聞き、ジャックは苦笑した。すっかりビジネスモードだ。ゆうべ彼がベッドに誘ったことなど忘れてしまったかのように……。

「ふだんは休憩室を使う」ふだんといっても、事情聴取の機会が日常的にあるわけではない。この署で扱う犯罪者のほとんどはケチな小物で、正式な事情聴取などしたところで意味がない。ごくたまに、その必要性が生じたときは、休憩室が最適だ。もっともこれは、コカコーラの販売機を使うために頻繁に出入りする警官たちをしばらく出入り禁止にできればの話だが。

フィオナは批判的な目つきで室内を見渡した。彼女の眼差しは、彼のデスクに並んだ写真立てにしばし留まってから、ドアの横の掲示板に移った。

「ここのほうがいいわ。明るさもちょうどいいし、落ち着ける感じがする。ただ、あれは外していただきたいんですけど」彼女はコルク板に留めつけられた手配写真を顎で示した。この地域の凶悪犯の一覧にFBIの〝最重要手配犯十名〟を加えたものだ。全国的にその名をとどろかせている悪人たちがグレインジャーヴィルくんだりまでやってくる可能性が無きに等しいのはわかっているが、きちんと見える場所に貼っておくのは、彼のプライドだった。国内でも最大規模の法執行機関に勤めた経験を持つ身としては、年がら年中町民の苦情やケチなコソ泥の対応に追われていようと、警官の職務に対する真剣な姿勢だけは変えたくなかった。

「手配写真を見ると目撃者が怖がるからかい？」

「そういうわけじゃないわ。それがどんなものでも顔写真が目に入らないほうがいいの。ブレイディに彼自身の記憶を呼び起こしてほしいのよ」

ジャックはうなずいた。「わかった。他には？」椅子はもうひとつ持ってくる。電話はボイスメールに切り替えておけば、呼び出し音に邪魔されることもない」

フィオナはバッグをキャビネットの前の床に置いてから、革のアタッシェケースをジャックのデスクに載せ、道具を出しはじめた。髪がカーテンのように顔にかかるのを見ながらジャックは、なぜ彼女はふだんひっつめにしてばかりいるのだろうと思った。こうして下ろしているほうがずっといい。

「椅子はこれだけでいいわ」彼女は顔を上げた。「ブレイディのお母さんがどうしても同席すると言い張ったら別だけど。外で待つように、あなたが説得してくれる？」

ジャックは肩で壁にもたれ、腕組みをした。「その点は問題ないが、おれは同席させてもらうよ。きみのほうが支障ないならね」

「そうでもないわね」

「何が？」

「支障なくはないってことよ。この子は、ただならぬものを見たの。表向きは突っぱっていても、内心怯えているでしょう。そんな状態なのに、威張りくさった警官にあれこれ問い詰められるなんて最悪だわ」

「威張りくさった？」

フィオナはため息をついた。「悪くとらないで、ジャック。だけどあなたは少し押しが強すぎる。わたしは警察関係者と長いこと仕事してるから、彼らが虚勢を張ったり横柄な態度をとったりするのにも慣れてるし、それなりの理由があってやってることだというのも理解しているけど」

「ご理解いただけてるわけだな」

「でもこの場合は、被害者の目から見たらどんなふうに見えるか考えなきゃ。威嚇されているのも同じなのよ。心を開いて率直に話し合うことができなくなってしまうわ」

ジャックは奥歯を噛みしめた。彼女が並べたてた侮辱のうちのどれから反論すべきか考えていた。「この子は被害者じゃない。ただの目撃者だ」

「そう、目撃者よね。でも心的外傷を負っているはずだわ。あなたが周りをうろうろして、その子を不安な気分にさせるようなことは避けたいの」

「おれが人を不安にさせるなんて話は聞いたことないぞ」

フィオナは苛立ったように天井を仰いだ。「ジャックったら、わかるでしょ？」

「おれは気さくな男なんだ。町の誰に訊いてくれてもいい」

彼女の目は怒りに爛々《らんらん》と輝いている。生身の男としては、それをセクシーだと思わずにはいられなかった。

「ジャック、あなたは身の丈百八十五センチで、岩みたいな体格をしてる。おまけに、目つきときたら……」

「おれの目つきがどうかしたのか？」

「お願い」彼女の瞳は彼に向かって切々と訴えかけている。「わたしは目撃者の話を聞くことにかけては経験豊富なの。そのわたしがふたりきりにしてとお願いしてるのよ。目撃者のためには、こうするのがいちばんいいの」

目撃者のためときた。あの子もある意味で被害者だというのはわかる。ジャックは被害者たちのことを心から案じていた。フィオナを必死に説得してここへ呼び、ルーシーの話を聞いてもらったのもそのためだ。しかしルーシーは本物の被害者だ。この事件の捜査は彼にとってあまりにも重要で、関係者のひとりひとりにまで気を遣っているような余裕はない。心の傷が云々なんて話には、正直なところうんざりしはじめていた。

「おれもこの子の話を聞く必要がある」ジャックは言った。「今のところ最有力の手掛かりなんだ」

「それはわかってるわ。だから聞いたことはすべて報告します。なんなら先方の許可をとってもらって、ビデオで撮影してもいい。でも同席するのはお断りします」

誰かがドアをノックし、開いた。カルロスが申し訳なさそうな顔を覗かせる。ジャックは彼を睨みつけた。

「悪いな、JB。ブレイディのママが来たもんでね」

ジャックはフィオナのほうを向いた。彼女の瞳はあいかわらず懇願しつづけている。まいった。とてもノーと言えそうにない。ここは彼女の判断が正しいことを祈るしかなかった。もしフィオナのやり方でうまくいかなければ、彼女が終わったところでブレイディを捕まえ、なんとか情報を引き出すしかない。

「少し待ってもらってくれ」彼はカルロスに言った。「二分経ったらブレイディを入れてくれ。母親にはおれのほうから話をする」

カルロスが咳払いした。「いや、そうはいかないんだよ。今母親と話したんだが、ブレイディが行方をくらましちまったそうなんだ」

フィオナはお腹が鳴るのを感じながら時計に目をやった。四時間が経った。あいかわらずブレイディの行方はわからない。食事に出ようかという考えが頭をよぎるたびに、あと二十分待ってみようと自分に言い聞かせた。ジャックの部下の警官たちは、総出でブレイディを捜している。見つかるまでそう長くはかからないはずだ。これほど小さな町で、紫のダートバイクを乗り回している少年を見つけるのがそれほど難しいわけがない。

ジャックのデスクに広げた小論文に目を落とした。これを車に積んできて正解だった。少なくとも午前中を丸々無駄に過ごさずに済んだ。殺人犯を逮捕する手助けはできなくても、三ダースもの小論文を採点することができた。つまり、今夜こそ絵を描く時間を少しは捻出できるかもしれないということ。まあそれも、夜までにオースティンに帰れればの話だが……。

生徒に宛てて、余白に寸評を書いてから、ふとジャックの電話機のそばの写真に目をやった。少女がふたり、腕を組み、カメラに向かって笑っている。フィオナが見たところでは七歳と九歳くらいだろうか。グレーがかったブルーの瞳と角ばった顎がジャックによく似ている。これがボウマン家の特徴のようだ。フィオナの脳裏に、この日幾度となく湧いている疑問が、またふと浮かんだ――ジャックは結婚したことがあるのだろうか？

そう考えるとなぜか落ち着かない気分になったので、視線をファイルキャビネットの上に積まれた指名手配写真の束に移した。掲示板に貼られていたのを、フィオナの要請でジャックが外してくれたものだが、あいにくなことに、彼が外す前にフィオナはそれを見てしまった。フィオナは人の顔に注目するのが癖になっている。そのつもりはなくても、ジャックの指名手配犯コレクションは、ものの数分で彼女の頭に入ってしまっていた。その大半は、FBIの〝最重要手配犯十名〟だった。

フィオナにも、独自のベストテンがある。婦女暴行犯や殺人犯のなかでも、闇に包まれた未明に瞼の裏に浮かんでは、どんなにかき消そうとしても消えない顔がいくつかあるのだ。その多くは、以前に担当したことのある事件の犯人だ。フィオナが関わったなかでも最も難解な捜査の末に出てきた顔で、それらの事件はいまだに解決には至っていない。ルーシーを誘拐した犯人も、最近そのリストに加えられた。この仕事のおかげで、彼女の頭のなかは恐ろしい顔でいっぱいになってしまっているのだが、そんな自分がかわいそうに思えてしかたないときは、被害者に思いを寄せることにしている。彼らはどうやったら毎晩眠りに就けるのだろう？　もちろんそれも、生きて帰ってこられればの話だ。それほど幸運でない者も多い。その場合、被害者たちの親は夜をどうやって乗り越えているのだろう？　そう考えると、自分の抱えている問題など、取るに足りないことに思えてくる。

ふたたび小論文に目を向け、採点に集中しようとした。

「いいニュースだ」ジャックが戸口から顔をのぞかせた。

「ブレイディが見つかったの？」

「ああ」彼はにっこりする。「〈ドットのトラック・ストップ〉のゲームコーナーにいたのをシャロンが見つけた。今彼女が連れてくるところだよ」

「なんだか犯人を逮捕したような感じね。面談が険悪な雰囲気になるのは避けたいんだけど」

ジャックはふんと鼻を鳴らした。「この子に関する限り、すべてが険悪なんだ。だがシャロンがなんとかうまくやろうとしてる。〈デイリークイーン〉のドライブスルーに連れて行って、これから大人しくすれば、無断欠席したことにはしないと約束した」

「ブレイディはふだんからずる休みが多いの？」

「校長の話だと、あともう一度正当な理由もなく欠席したら、四年生をやり直さなきゃならないそうだ」彼は腕時計に目を落とした。「そうだ、腹が減ってないか？　コーラでも買ってこようか？」

「いいえ」空腹は限界に達していたが、なぜか嘘をついた。

「じゃ、そこにじっとしてて。もうすぐ来るから」

十五分後、フィオナはデスクを挟み、不機嫌な九歳児と向かい合って座っていた。この子こそが、身元不明の娘と彼女を絞殺した男とを結びつける唯一の手掛かりなのだ。

ブレイディはチーズ入りのハンガーバスター・バーガーを一気に片付け、今度は山盛りの油まみれのフライドポテトを平らげにかかっている。彼の昼食はたまらなくいい匂いだった。至近距離に座っているフィオナは、よだれを垂らしそうになっていた。

「きみの絵を見せてもらったよ」フィオナは言った。「すごい才能あるんだね」

ブレイディは疑わしげな目で彼女を見ながら、ポテトをケチャップに浸《つ》けた。フィオナの勧めで、彼はジャックのゆったりした回転椅子に座っていた。こうすればブレイディにこの場の主導権を握っているような感覚を与えられる。一方のフィオナは、デスクを挟んで置かれた固いプラスチック製の椅子に腰を下ろしていた。

「細かいところをよく見てる」

ブレイディは何も言わない。彼はフライドポテトの最後の一本をもぐもぐと嚙んでから、炭酸飲料を音を立ててすすってそれを流し込んだ。それから彼は少し机から離れた。回転椅子でくるっと回ったあと、椅子の背にもたれ、足をジャックの机の記録簿の上にのせた。彼のスニーカーは手の込んだ落書きで飾られている。不良《ギャング》が塀に描く落書きに似ているので、フィオナは悲しい気持ちになった。

「美術のレッスンを受けたことはある？」彼女は尋ねてみた。

ブレイディは不揃いな茶色の前髪越しに、目を細めてフィオナを見た。「油絵とか？」

「そう。あとデッサンとか」

「ない」

「そう。でもすごく上手だね」

彼は肩をすくめた。

「きみが描いた絵について、ちょっと話したいんだ。先生から聞いたんだけど、女の子を見たとき、木の上の秘密基地にいたんだってね」

返事はない。

「真夜中に、そんなところで何をしてたの?」

沈黙。

フィオナはデスクに肘をつき、拳に顎をのせた。「わたしが九つのころ、うちはアパートに住んでたんだ。家にいるのが嫌なときは、よく非常階段で寝てたな」

ブレイディは机から足を下ろし、ジャックの引き出しを開けた。そして勝手にクリップをいくつか取り出し、それをいじりはじめた。

「でもそれはロスにいたときの話だよ。今のここと比べると、ぜんぜん寒くなかった。きみも、寝袋か何か持ってるんならいいけど」

ブレイディは肩をすくめた。「〈サンアントニオ・スパーズ〉のトレーナーがあるから。上着もあるし」

「そんなふうに出かけたりして、ママに怒られない?」

ブレイディはクリップをいじって三角形を作り、バネの力が最大になるように金属の端の角度を調節した。「ときどき」彼が机の上に置くと、クリップはブンと跳ね上がった。「あんたのママも？」

「気がつかないことも多かったかな。でも見つかったときは大変だった」

ブレイディはまたひとつクリップを手に取り、伸ばしはじめる。「あんた、警官に見えないね」

「警官じゃないもの。きみと話をしに来ただけ。木の上の秘密基地から見た男について話を聞いて、できればその男の似顔絵が描けないかと思ってるんだ」

ブン――クリップがまた跳ね上がる。ブレイディはフィオナと目を合わせないようにしながら、次なるクリップをつまみ上げた。「ちゃんと見たわけじゃない。明かりなんてなかったし」

「だけど女の子のほうはよく見て覚えてたんだよね？」

ブレイディの頬が真っ赤になった。このとき初めて、彼は九歳という年相応に見えた。彼は下唇を噛み、意を決したようにフィオナに視線を向けた。「裸だった。作り話なんかじゃないよ。やつはその状態で運んできたんだ」

「わかってるよ、ブレイディ。作り話しようにも、そんなの思いつかないもの」

ブレイディはクリップを見下ろした。しばらくそれを弄《もてあそ》んでいたが、このひとつは言うことを聞いてくれないようだった。「その女の人、もう死んでたんだ。どうしようもなかった」

「わかってる」

ブレイディは強い眼差しで彼女を見上げた。「救急車呼んだって間に合わなかった。死んでたんだから。テレビで見たことあるけど、目をぱっと開けたままでさ」

「そうだね」

彼はクリップを放り投げ、紙コップに刺さったストローを引き抜いて、親指に巻きつけはじめた。

「ねえ、ブレイディ、その男について話してくれないかな」

彼は何やら口ごもっている。

「なあに？」

「おれ、描けないんだ。だせぇよな。描いてみたんだけど、できなかったんだ」

フィオナは身を乗り出し、せいいっぱい落ち着いた口調を保った。「きみはべつに描かなくてもいいんだよ、ブレイディ。描かされると思った？」

彼の瞳には戸惑いが溢れていた。

「だから逃げ出したの？」

彼は目を落とし、親指に巻いたストローをほどいた。「おれ、描かなくってていいの？」

「きみは何も描かなくっていいの。それはわたしの仕事だから。きみにお願いしたいのは、質問に答えてくれることだけ」

ブレイディは用心深い目で彼女を見上げた。これでようやくつながったとフィオナは思った。「だったらできると思うけど」彼は言った。

「よし、それじゃ」フィオナは、不安に凝り固まっていた胃がすっと楽になるのを感じながら、画板に手を伸ばした。ブレイディににっこり微笑みかけると、小さいながらも笑みが返ってきた。「何を見たか、話してくれる？」


突破口が開けた。署長室からフィオナが出てきた瞬間、ジャックにはそれがわかった。フィオナがブレイディと交わした別れの挨拶は気楽なものだったが、彼女の表情を見れば、大きな成果があったことは明らかだった。ブレイディとその母親に書類上の手続きをしてもらうため、シャロンがふたりを休憩室へ案内するあいだ、ジャックは落ち着いた表情を保つのでせいいっぱいだった。

彼はフィオナのあとについて署長室へ入り、ドアを閉めた。

「犯人の顔がわかったわ」フィオナがにっこりした。

「本当かい？」

「これを見て」彼女はジャックのデスクに置いた似顔絵を示した。

一目見て、彼の心臓はどきんと鳴った。「こいつはたまげた」

「そうよね」フィオナは得意げな笑みを浮かべている。「なんだか、薄気味悪いくらいじゃない？」

「確かなのか？　つまり、きみがルーシーの供述を聞いたからじゃないのか？」

「これは誓って本物よ。ふたり目の目撃者の話を聞くときには、常にその可能性に気をつけているけど、これはルーシーの供述と混ぜ合わせて描いたものではけっしてないの。ブレイディの表現は完全に彼独自のものだった。間違いない。同一人物よ」

確かに、どう見ても同一人物だ。ルーシーを襲った犯人に瓜ふたつ。唯一の違いは、歳をとっているということだけだった。

ジャックはヒューと口笛を鳴らした。「きみが経年による変化予測《エイジ・プログレッション》を加えて描いた中年マッチョ・バージョンそのものだな」

「それが信じられないのよ。ブレイディは細部まで本当に細かく見てたの。この鼻を見て。それに目も。すごいでしょ、刺青まであるのよ！」彼女はデスクに置いたスケッチブックを手に取り、開いた。

「嘘だろ？」

「犯人は、左の前腕に、鉤十字《かぎじゅうじ》の刺青があるの」フィオナは彼にスケッチブックを渡した。

「ブレイディは最初、蜘蛛《くも》だと言っていたんだけど、わたしが刺青のサンプル集を見せたら、鉤十字を選んだわ」

ジャックは啞然としてその絵を眺めた。通常の鉤十字とは少し異なっている。線の端のそれぞれが、矢の形になっていた。ブレイディがこんなものを勝手に思いつくとは考えにくい。あまりにもよくできている。

いや、ひょっとしたらできすぎた話なのかもしれない。「ブレイディはどうやってこんな細かいところまで見たんだ?」

フィオナは首を横に振った。「注意深く観察していたの。そのつもりでちゃんと見てたのよ。だって、誰かが死体を捨てて る現場に居合わせたら、あなたならどうする? ブレイディは木の上の家《ツリーハウス》のなかにいて、そこから動けなかった。ことが起こってるあいだ、音を立てないようにじっと息を殺していたんだと思うわ。彼の話では、始まってから終わるまで、十五分程度だったそうよ。それにもう夜も明けていた」

ジャックはスケッチブックを見つめた。多くの人にとって人種差別の象徴である鉤十字をアレンジしたシンボルだ。フィオナがそれを似顔絵とは別の紙に描いたのは、顔以外の部位の特徴だからだろう。「刺青は役に立ちそうだ。データベースと照合してみるよ。前腕にあったというブレイディの供述は確かなのか? あの晩は零度近くまで下がってた。犯人も上着を着ていたんじゃないかと思うが」

フィオナがうなずく。「わたしも同じことを訊いたんだけど、ブレイディは間違いないって譲らないの。その男はダウンベストとトレーナーを着ていたんですって。遺体を運んできて、道路からだいぶ奥まったフェンスの近くに捨てたころには、かなり息を切らしていたそうよ。男は女の人を地面に横たえると、腕まくりをしてから姿勢を調節しにかかったんですって」

ジャックは死体遺棄現場を思い出した。被害者は脚を広げ、煽情的《せんじょうてき》なポーズをとらされていた。それを見て彼は即座に、芝居じみた犯人を相手にすることになると悟ったのだ。注目されたくてしかたのないイカれ野郎が、今後も同じような犯罪を繰り返すだろうと。そう、誰かが力ずくで止めない限りは……。

ジャックは顔を上げ、フィオナを見た。彼女はまだ興奮が冷めやらぬ様子だ。「あとどれくらいかかる？　こいつを仕上げるまで？」

ふたり揃って壁の時計を見上げた。すでに三時近い。それでも四時半に記者会見を開くことができれば、五時のニュースには間に合う。何はともあれ、マスコミを大勢集めたいなら、すぐに情報を拡散する必要がある。

「描き込むのに十五分くらいかかるわ」フィオナが言った。「長くて二十分」

「それでよろしく頼むよ。あともうひとつ訊きたいんだが」ジャックは彼女の肩をぎゅっとつかみ、約束をちゃんと守ってくれていますようにと祈った。「頼む、お願いだから、ビデオを撮ったと言ってくれ」

彼女はにっこりした。「そんなに大事なこと、このわたしが忘れると思う？」

ジャックは町役場の関係者専用の駐車場に突っ込むように車を入れ、中心街の銀行の建物の壁にある時計に目をやった。四時二十分。五時のニュースに間に合わせるためには、かなり急がなければならない。それでも明日まで延ばすようなことはしたくない。この似顔絵は必ず今日公開するのだと、ジャックは心に決めていた。

彼は公用車から降りた。ベージュと緑のエクスプローラーで、車体には〝グレインジャーヴィル警察〞と書かれている。駐車場を見渡し、見慣れた車を探した。カルロスはすでに到着している。ローウェルとシャロンも、パトカーでたった今着いたところだ。車体に窪《くぼ》みのあるハッチバックは、地元でラジオ局を運営している男のものに違いない。ときどき霊柩《れいきゅう》車《しゃ》の役割も果たす、ジャーミスン医師の古びたステーションワゴンも駐められている。

それにしてもテレビ局の中継車はどこなんだ？　ジャックは、テキサス州中央部から南部にかけてのすべてのマスコミに連絡を入れた。工場火災とか、五台が絡む玉突き事故とか、彼らにとってもっとおいしいネタがあるならともかく、そうでなければ一社残らず集合するはずなのだが。ジャックはあらかじめ町役場に電話を入れ、ふだんは町議会に使われている大会議場に演壇を用意するよう頼んでおいた。大会議場でも立ち見が出るかと期待していたのに、それにはほど遠いようだ。

ローウェルとシャロンがきちんとアイロンがけした制服に身を包み、姿勢よく胸を突き出して歩いてくる。ローウェルがエナメル革のガンベルトを目立つ位置につけているのを見て、ジャックはフィオナの威張りくさった警官という表現を思い出した。彼女の言うとおりだ。ふたりとも、ケツから棒を突っ込んだみたいにふんぞり返っている。考えてみれば、これまで見てきた警官のなかに、この手のタイプはかなり多かった。

まさか、このおれもか？　ジャックは糊《のり》の利いた制服とぴかぴかのバッジを見下ろした。記者会見に備えて、鬚まで剃ってきた。いやしかし、あんなふうに身体を揺すってのし歩いたりはしない。あり得ない。

少なくともジャックにはその自覚はなかった。

「ガラガラですね」ローウェルが言った。

ジャックは眉間に皺を寄せ、駐車場を見た。「今日は大したニュースもないと思っていたんだが、おれの知らない事件でも起こったのかな」

「無線は特に入ってきてませんけど」シャロンが言う。

白のホンダが駐車場へ入ってきた。ふたたび弁護士風の服に身を包んだフィオナが、車から降りてくる。しかし今回は税務専門弁護士ではなく、花形法廷弁護士のように見えた。彼女は黒いハイヒールとチャコールグレーのスーツという姿で、大股に歩道を歩いて来る。スカート丈が短めなので、極上の美脚が露わになっている。ジャックが今まで想像のなかでしか眺められなかった脚だ。

フィオナは軽い会釈で挨拶した。「テレビ局はまだだね」彼女は不安げな表情でジャックを見た。「連絡したんでしょう？」

「ああ」

ジャックは、ふたりの警官に、先になかへ行って演壇がきちんと設置されているか確認してこいと命じた。フィオナとふたりきりになる時間が欲しかった。

「がっかりしているようね」彼女は言った。

「何かあったんだろう。本来ならかなり大勢集まるはずだ」もう一度付近を見渡し、遠くに白いバンを発見した。メインストリートをゆっくり走ってくる。近くまで来ると、サンアントニオにあるCBS系列のテレビ局のロゴが目に入った。バンは駐車場に入り、なかからブロンドの女が出てきた。身体にぴったり張りつくような真紅のパンツスーツを着たその姿は、灰色一色の冬景色のなか、赤く灯った航路標識《ビーコン》のようだ。しかしその顔に見覚えはない。

「少なくとも一社は来たわね」フィオナが言った。

「二軍をよこしたようだな。これはトップニュースじゃないらしい」

カメラマンがバンの後ろから機材を出すあいだ、女はバンのサイドミラーを覗き込み、髪を手櫛《てぐし》でかき上げていた。

「おたくの署には、広報担当官はいないのね」フィオナが言う。

「目の前に立ってるじゃないか」

「それじゃ、どういう具合に進行するかはわかってるわよね？　どの情報を公表するかは、あなた次第よ。わたしは事件については何も言わない。ただイーゼルのそばに立っているだけ。似顔絵やそれが描かれた経緯について誰かが質問してこない限り、ずっと黙っているわ」

「わかった」ジャックはこの場をきちんと仕切る必要があった。マスコミは大きな力にもなるが、一歩間違えば、捜査に重大な影響をも及ぼしかねない。「他の署員にも、口は開かないよう命じてある」

「反響が少なくて残念だわ」

ジャックは彼女を見下ろし、眉間に刻まれた皺に気づいた。「きみのせいじゃない。きみはせいいっぱいやってくれたよ」

「そのために来たんだもの」

きみが来たのはそのためだけなのか？　フィオナのここでの仕事は、記者会見が終われば終了する。ジャックとしては、一晩泊まっていってくれるよう、なんとか彼女を説得したかった。

視界の隅に、例のテレビの取材チームが近づいてくるのが見えた。質問を矢継ぎ早に浴びせられることになるのだろう。それでも、彼はフィオナから目が離せなかった。彼女は化粧をしていた。けっして濃くはない。目と唇をわずかに強調する程度だ。美しかった。いつもながら、香りもいい。と、フィオナがいきなり手を伸ばし、ジャックの耳たぶを撫でた。彼の心臓は大きくどきんと鳴った。

「シェービングクリーム」フィオナは囁き、微笑んだ。

「ボウマン署長、殺人事件の捜査に大きな進展があったそうですが、本当ですか？　被害者の身元がわかったんですか？」

「それについては、なかでゆっくりお話しします。どうぞ会見場へお入りください」

取材チームとのやりとりを終え、ジャックがフィオナのほうに向き直ったときには、すでに彼女の姿はなかった。

8

これまで、いくつもの記者会見に出てきたフィオナの目には、今日の会見が失敗だったことは明らかだった。集まった記者はほんの数名で、しかもその大半は週に一度しか発行されない地元紙の記者だった。さらに残念なことに、テレビ局はほとんど姿を見せなかった。CBS一社のみがニュースを報じたものの、番組の最後でわずか二十秒だけ触れたにすぎなかった。

フィオナは居心地のいいブース席からバーカウンターの上に設《しつら》えられたテレビを見やった。猛烈な空腹を無視するのはあきらめ、オースティンへの帰途につく前に〈ベッカーズ〉に立ち寄ったのだ。

「はい、どうぞ」ウエイトレスは言い、アイスティーのグラスを彼女の前に置いた。「チーズバーガーもすぐにできるわ」

フィオナは礼を言い、バーカウンターの前に座っている男をちらりと見た。緑の迷彩柄の野球帽を目深にかぶり、ここ十分ほどずっと彼女のほうを見ているのだ。ウエイトレスに持ち帰りにしてくれるよう頼んだほうがいいかもしれない。男と目を合わせないよう、アイスティーにレモンとガムシロップを入れる作業に没頭するふりをした。

「あんた、有名人なんだな」

フィオナが顔を上げると、迷彩帽の男が鍔《つば》の下から彼女を見下ろしていた。背は高くないものの、肩幅は広く、肉厚で大きな手をしている。そのうちの一方は、バドワイザーの瓶の長い首をつかんでいた。

「は？」

「ああ、さっき見たよ」彼はバーカウンターの上方のテレビを顎で示した。「六時のニュースでな。例のメキシコ系の娘のやつだ」

男はブース席に入ってきて、フィオナの向かいに座った。彼女は落ち着かない気分になった。「で、あんたはＦＢＩかどっかの人間なのかい？　連中が、事件を解決するためによこしたのか？」

「わたしは似顔絵画家なの。ボウマン署長に雇われて、容疑者のスケッチを作成しに来たんです」

「へえ、画家さんか」彼はビールをぐいと飲み、しばらくはここに居座るつもりなのか、瓶をトンとテーブルに置いた。「芸術家には見えねえな」

だったら、芸術家はどんな外見をしているべきなのだろう？　訊きたい気持ちはあったが、これ以上会話を長引かせたくなかった。

「はいどうぞ」ウエイトレスがフィオナに料理を運んできた。チーズバーガーは、ディナー皿くらいの直径がある巨大なものだった。フライドポテトも山のように添えられている。フィオナはすぐにもかぶりつきたかったが、その前にこの常連客を追い払わなければならない。

ウエイトレスが冷ややかな目で彼を見た。「ちょっと、ホイト、あんた、こちらのレディに迷惑かけてるんじゃないでしょうね？」

ホイトと呼ばれた男はにんまりし、ウエイトレスのお尻を軽く叩いた。「まさか。ただ親切にしてやってるだけさ。おれがどんな男か知ってるだろう？　美人がひとり寂しく座ってるのは、見るに忍びないからね」

「それはそれは、お優しいこと」ウエイトレスは言い、フィオナに向かって目を剝いてみせた。

「なあ、聞いたか？　この人は警察の画家さんなんだってさ。ニュースに出てた絵を描いたのはこの人なんだと」

「あなただったの？」ウエイトレスはまるで有名人にでも会ったかのように目を輝かせた。

「オースティンからジャックの捜査を手伝いに来てくれた人がいるって話は聞いてたけど」

フィオナはなんとか笑みを繕った。

「ジャックはかっかきてるんじゃない？　またこんなふうにランディに出し抜かれて」彼女

はホイトのほうを見て眉を上げた。

「ああ、ジャックのやつ、今ごろブチ切れてるだろうよ」

「ランディって?」フィオナとしては尋ねずにいられなかった。

「ランディ・ラッド」ホイトが言った。「ここの郡保安官だ。ふたりの縄張りが重なるところじゃ、ランディとジャックは、たびたびぶつかり合ってるのさ」

ウエイトレスもフィオナに向かってうなずく。「今夜のニュースで、大規模な麻薬の立ち入り捜査についてやったでしょう?　あれはランディの仕業なの。彼はいつだって再選を目指してて、ことあるごとにカメラの前に出て目立ちたがるのよ」

フィオナは今夜のトップニュースを思い出していた。彼女が見たのは最後の部分だけだったが、メタンフェタミンの製造工場に強制捜査に入ったというような内容だった。どこかの保安官が機材を押収し、関係者を何人か逮捕したそうだ。

それにしても、タイミングに関しては、あくまでも偶然に違いない。ジャックが彼の捜査で大きな手掛かりを見つけたことを、どうしたらグレインジャー郡保安官が知り得るというのだろう?　ましてや、ジャックが今日の午後マスコミ相手に似顔絵を公開することなど、わかるはずがない。当のフィオナ自身だって、ブレイディの供述を聞くまで予測できなかったのだから。

「あんまり邪魔しちゃいけないわね」ウエイトレスがホイトのほうを見てから、フィオナに微笑んだ。「どうぞ、ゆっくり食べて」

フィオナはなんとか愛想笑いを浮かべてホイトに言った。「お話しできて楽しかったわ」

彼はテーブルに肘をついて身を乗り出す。「あんたは棒の使い方をわきまえてる女のようだな。あとで少し打たないか？」

「せっかくだけど遠慮しておきます」

彼の視線が自分の胸の膨らみに向けられるのを感じ、フィオナは席についたときジャケットを脱いだことを後悔した。

「あの、失礼を申し上げるつもりはないんですけど」フィオナは言った。「できれば食事をしたいんですが」

「かまわんよ。どうぞ」ホイトは皿を顎で示しつつも、動く気配はまったくない。

「ひとりで食べたいの」

ホイトの表情が険しくなった。彼は冷ややかな目でフィオナを見てからビールをがぶ飲みし、空の瓶をテーブルに叩きつけるように置いた。その勢いでフォークやナイフが飛び跳ねる。フィオナもいっしょにびくっとした。彼はそれを見て満足そうだった。

「そうだ、あんたの名前をまだ聞いてなかったな」彼は手を差し出した。

フィオナはその手を見下ろし、この男をこれ以上怒らせるのは得策ではなさそうだと判断した。短く握手をした。「フィオナです」

「フィーオーナ」彼はその名前を舌の上で味わうようにゆっくりと発音する。「あんたに会えて、本当に嬉しいよ、フィーオーナ。もし気が変わって玉を突きたくなったら、奥にいるからな」

彼はブースから出るとき、パイを手にした体格のいい女性とあわやぶつかりそうになった。

「うちのお客さんを困らせるのはやめてよね、ホイト」彼女はパイをフィオナのアイスティーの隣に置き、たった今までホイトが座っていた席に尻を滑り込ませた。また珍客？ まいったわ。ウエイトレスはどこ？ さっさとお勘定を済ませて出ていったほうがよさそうだ。

「ギニー・クーザックよ」彼女は言った。「ここの料理人をしてるの。アリスンから聞いたけど、オースティンから来た似顔絵画家って、あなたなんですってね」

「ええ、そうです」フィオナはいまだ食べるチャンスのない料理に目をやり、ドライブスルーで持ち帰りにすればよかったとつくづく後悔した。

「グレインジャーヴィルにようこそ。ここは住むにはなかなかいいところよ。たいていの場合はね。ふだんは、こんな殺人事件やら暴力沙汰なんて、まず起こらないの。あの娘《こ》は本当にかわいそうにね。考えただけで胸が痛くなるわ」

フィオナは、グレーの巻き毛に囲まれた女のふっくらした顔を眺めた。ギニーは油染みが点々とついた白いエプロンをし、一日じゅう立ちどおしだったような顔つきをしていた。

「このアップルパイはあたしのおごり」彼女は言う。「ジャックに協力しにこんなド田舎までわざわざ来てくれたことへの感謝のしるしよ。あの子が生まれてから三十五年、ずっと見てきたけど、今みたいに何かに取りつかれたようなところなんて見たことがないわ。もちろん、あの子にとっては個人的なことでもあるけど、そのことについては、もう本人から聞いてるわよね」

ウエイトレスがテーブルに近づいてきた。フィオナは持ち帰り用の箱を頼む代わりに、グラスワインを一杯注文した。ギニーはしばらくここに座っていたいようだし、フィオナ自身は、何かを口に入れるのをあともう一分待つなど、とてもできそうになかった。フライドポテトを一口ほおばり、かりっとした歯ごたえと塩の利いた味つけにうっとりため息をついた。

ギニーがにっこりする。「それ、あたしのお祖母《ばあ》ちゃんから教わったレシピなのよ。ロレインの店じゃ、とてもじゃないけど、こんな料理にはお目にかかれないわ」

フィオナはロレインが誰かは知らなかったが、かまわず食べつづけた。「さっきのお話ですけど」もう一口食べてから尋ねた。「ジャックにとっては、この事件はかなり大変だってことですか？」

こんなふうに彼について探りを入れるなんて、恥ずべきことだとはわかっている。だが、他に尋ねる相手がいないのだからしかたがない。ジャックはすべてにおいて秘密主義で、フィオナとしては好奇心がかき立てられる一方だった。ネイサンに尋ねれば、彼はきっとフィオナがこんなことを訊いてきたぞとジャックにばらしてしまうだろう。ジャックという男がこれほど気になっているということを、ネイサンにも本人にも知られたくなかった。この興味は完全に職務を逸脱したもので、この事実が広まれば、オースティン警察署における彼女の信用を危うくしかねない。

「そうね。アレヤンド家の娘の話は、もう聞いてるでしょ？　ジャック本人は言わないかもしれないけど、あのふたりはその昔、恋人同士だったの。何年経とうが誰ひとりとして彼女の事件を解決してやらないことが、ジャックは悔しくてしかたがなかったみたいでね。それはもう誰の目にも明らかだったわ」ギニーは、重大な秘密でも打ち明けるかのように身を乗り出した。「そもそも解決すべき事件なんてないって考えの連中もいたけど、あたしはそうは思わない。あんなにぼろぼろになるまで男に黙ってやられてる女がどこにいるのよ？」

ウエイトレスがグラスワインを運んできた。彼女は驚くほどこまめにこのテーブルに通ってきている。おそらくは盗み聞きするつもりなのだろうとフィオナは思った。

「そりゃあ、そういうことだってあるでしょうさ」ギニーは蚊でも払いのけるように手を振った。「だけどアレヤンドんとこの娘は気が強いからね。大人しくされるがままになってたりはしない。力ずくで襲われたんだよ。間違いないね。他の連中があの子について何を言ったって、あたしの考えは変わらないよ」

フィオナはハンバーガーを手に取った。ギニーは話すことに没頭しているようだ。フィオナはそれを遮るつもりは毛頭なかった。

「とにかく、あの娘らに起きたことに何か関連があるんなら、ジャックは必ず真相を突き止める。あの子は優秀な刑事だからね。ずっと前からそうだったんだよ。ヒューストンでもいろいろと大変だったみたいだけどさ」

フィオナはあからさまに興味津々の表情にならないよう気をつけた。ジャックのヒューストン時代の経歴について彼女が知っているのは、一時期殺人事件を担当しており、ネイサンが彼の教育係だったということくらいだ。

「ジャックや彼のご家族について、よくご存じなのね」

ギニーはうなずく。「あの家族はみんないい人たちだよ。実直で。だいぶ頑固なところはあるけどね。一族揃ってそうなんだ。ジョンほど粘り強い男はどこを探したっていないだろうね」

フィオナは口いっぱいにほおばった肉汁たっぷりのハンバーガーを呑み込んだ。肉の焼き加減は完璧で、温かいチーズはいい具合にとろけている。バンズは自家製らしく、軽くトーストしてほんの少しバターが塗られている。今まで食べたなかで最高のハンバーガーだったが、そう告げることでギニーの話の邪魔をしたくなかった。口をナプキンで拭いた。「ジョンって?」

「ジャックの父親だよ。綿花を作ってた。働き者で、融通の利かない男だった。そういうところがジャックはそっくりだ。他にもよく似てるところがあるよ。とびきり見栄えがいいのも父親譲りだね」ギニーはにっこりした。その顔からふと疲労の色が消え、急に若々しく見えた。「まあ、あたしが言わなくったって、とっくに気づいてるだろうけどさ」

ジャックは店の奥にいるフィオナを見つけた。彼女は空のワイングラスを前に、会話に没頭しているように見える。相手はジャックの母親の親友のひとりだ。

彼はため息をついた。

「もう三十分もあの調子なのよ」アリスンは受付近くのテーブルを拭きながら言った。「だけどたった今大人数のお客さんを通したから、ラルフが癇癪《かんしゃく》を起こす前に急いで厨房《ちゅうぼう》へ戻ってってギニーに伝えて」

アリスンはまたジャックにちらりと目を向け、彼のジーンズに気づいたようだった。「今日はもう上がりなの？　兄貴がテキサス大のバスケの試合をいっしょに観るんだって何人か人を呼んでるんだけど、よかったらどうぞ」

「ありがとう。だけど今夜は予定があるんだ」檜材の板張りの床に水たまりを作ってしまわないよう、ここで上着を脱いだ。外はみぞれが降りはじめており、交通はすでに混乱しはじめている。真夜中までには少なくとも一件、怪我人が出るような事故が起きるだろうとジャックは予測していた。

店の奥へ向かいながら、ブース席に陣取っている友人や知人の顔を見ては軽く会釈した。

ケニー・チェスニーがジュークボックスで曲を選んでいる。ビリヤード場では誰かが的球を沈めたらしく、得意げな叫び声が聞こえてきた。ジャックはフィオナのテーブルの横で足を止めた。

「またおれの悪口かい、ギニー？」

ギニーが顔を上げた。その表情はわずか二分の一秒ほどのあいだに、驚きからばつが悪そうなものへと変わった。

ジャックはブース席のフィオナの隣に腰を下ろした。彼女はにやにやしている。

「なんだ？」

「べつに」フィオナの瞳は愉快そうに輝いていた。「ギニーからあなたについていろいろ伺っていたの。兎《うさぎ》を飼っているんですってね。知らなかったわ」

ジャックはギニーを睨みつけた。「飼ってないよ」フィオナのフォークを手に取り、勝手にパイを一口食べた。

ギニーは小首をかしげ、腕組みをしている。

「うまいパイだな、ギニー」もう一口ほおばった。「あ、そうだ、アリスンが厨房に来てくれって言ってたぞ」

ギニーは立ちあがり、怒った顔をしてみせる。「このお嬢さんに嘘をつくんじゃないよ、ジャック・ボウマン。彼女は頭のいい人だからね」そう言うと、フィオナに笑みを向けた。

「会えて嬉しかったよ。次にこの町に来たときも、必ず寄ってね」

ギニーがようやく言ってしまうと、ジャックはフィオナをしばらくじっと見つめた。フィオナはテーブルに肘をついている。頬が赤らんでいるのは、おそらくワインのせいだろう。スーツの上着はベンチシートの上でくしゃくしゃになっている。彼女の着ているクリーム色のブラウスはほんの少し透けていた。

「泊まっていく気になってくれてよかったよ。今夜は道が悪すぎる」ジャックはベンチシートの背に腕をかけ、編み込みからほつれ出た彼女の髪をつまんだ。

「ただ食事をしに寄っただけよ。食べたら帰るわ」

ジャックはパイをまた一口フォークで切り取った。「ギニーはいったい何を話したんだ?」

「大した話じゃない。あなたがハイスクール時代、どれほど人気者だったかとか」

「ふむ」

「あなたがフットボールチームを率いて、州のチャンピオンにまで勝ち上がったこととか。すごいのね」

フィオナはフットボールについてあまり詳しくないようだ。ジャックがいたチームは確かになかなかいいチームだったが、グレインジャー・ハイは3Aリーグに属していた。全体から見れば、けっして強豪チームではない。それでも、彼らが優勝したシーズンのことは、今でも町じゅうの人々がよく覚えている。その栄光の日々にクォーターバックとして活躍したことで、ジャックの人気は不動のものになった。ジャックが警察署長の職に応募したとき、町議会が年齢制限に目をつぶることにしてくれたのも、おそらくはそのせいだろう。

ジャックはフィオナの首筋を指先で下へとたどりながら、彼女は他にどんな話を聞いたのだろうと思った。ギニーの口から出たのであれば、けっしていいことばかりではないはずだ。

「ギニーが言うことを鵜呑みにしないでくれよ。彼女は話を大げさにする癖がある」

フィオナが片方の眉を上げた。

「ビールを持ってきましょうか、ジャック?」

顔を上げると、アリスンがテーブル脇に立っていた。「バドワイザーをもらうよ。あと、このパイを。アイスクリーム付きで」

フィオナが鼻の頭に皺を寄せる。「ビールにパイ?」

彼女を見下ろしたとたん、ジャックは身を屈めてその鼻にキスしたい衝動に駆られた。

「ああ。何か問題でも?」

彼女は首を横に振り、彼の手からフォークを取り返した。フィオナがお上品に切ったパイを口に入れてから唇の端に舌を這わせるのをジャックは眺めていた。こうして隣に座り、食べる姿を眺めているだけで、身体が火照ってくる。良識的に考えれば、ブースの向かい側に移り、距離を置くべきところだ。しかし今日は長く厳しい一日だった。おまけに彼女の髪はあまりにも芳《かぐわ》しい匂いがする。それを言い訳にして、ジャックはさらに近づき、自分の太腿と彼女の膝を触れ合わせた。フィオナは彼を見上げ、そのふっくらした下唇を噛んだ。彼女が何を考えているかはわからないが、想像はつく。

「はい、どうぞ」

ジャックはフィオナの唇から視線を引きはがし、パイを運んできたアリスンに礼を言った。今日はこのテーブルに限って、やたらとサービスが迅速だ。

アリスンが行ってしまうと、ジャックはまたフィオナを見た。彼女の注意はデザートに向けられている。彼と目を合わせるのを避けているようにも見える。ジャックは手をテーブルの下に下ろし、彼女の膝に触れた。その肌は柔らかく、温かで、ストッキングは穿いていなかった。さっき会ったときには穿いているように見えたのだが。どこかで脱いだか、さもなくば穿いているように見えるほど肌が滑らかなのだろう。

「飲んでいたんだ」つぶやきながら、手を彼女の太腿の内側へ滑り込ませた。「そのワインは何杯目?」

フィオナは彼をひと睨みしてからその手を払いのける。「一杯目よ。このあと運転しなきゃならないもの」

「泊まっていったほうがいい。部屋を用意するよ」ジャックは彼女の手を取り、指を組み合わせて、自分の膝の上に置いた。フィオナが彼の瞳を見上げる。頬がさらに赤く色づいた。

「ああ、ここだったのか、JB」

カルロスがテーブルの脇で立ち止まった。ジャックに想念だけで人を殺せる力があったら、たった今この場で彼を始末しているところだ。

「どうした、カルロス?」

副署長は大きなお腹をねじ込むようにブースに入ってくる。ジャックは歯噛みした。この町にはプライバシーってやつがないのか?

「こんばんは」カルロスはフィオナに会釈した。「邪魔してすまないな、JB。だけど保安官事務所に勤めてる従弟《いとこ》とさっき話したもんでね」

「それで?」

「強制捜査は午後四時に行われたそうだ。署長が考えてたとおり、テレビ局の連中はあらかじめ情報を流してもらって現場に立ち会った。だからランディが逮捕する瞬間を撮影できたってわけだ」

フィオナはジャックが握っていた手を勢いよく引き抜いた。彼はこのとき初めて、自分が無意識のうちに強く握っていたことに気づいた。

「シャロンはまだ署にいる」カルロスが続ける。「あいつときたら、記者会見に来なかった報道関係者ひとりひとりに宛てて似顔絵をファックスしたよ」

「つまりはほとんどこの地域の全マスコミってことだな」ジャックは言った。

「ローウェルはもう一シフト続けて出ると申し出て、電話番をしている。だがこれまでのところ大した反応はないな。頭のおかしい連中が、もう墓場に入ってる親戚にそっくりだとか、うちの雄牛によく似てるとか言ってきているだけだ」

「その手の電話は山ほど来るわ」フィオナが口を挟んだ。「似顔絵がさらに広まれば、もっとひどくなる。それでも、本当に求めてる電話がいつ入ってくるかは誰にもわからないから」

「その電話が来たときには、ちゃんと対応できるようにしているよ」カルロスが太鼓判を押した。彼の目がちらりとパイを捕らえた。ジャックはおれのものだということを示すため、皿を引き寄せ、大きくすくい取ってほおばった。カルロスは夕食の休憩をたっぷりとるつもりで出てきている。こっちは丸一日何も食っていないというのに。

フィオナが上着とバッグを手に取った。「ちょっと失礼するわね」

ジャックは眉根を寄せた。「どこへ行くんだ?」

「お化粧室に」彼女は言ったが、それが席を立つ口実だということは、ジャックにもわかっていた。それでも彼はいったんブース席から出て道をあけ、彼女がビリヤード場を通り抜けて店のいちばん奥へと向かうのを見送った。

「署長は今夜来られるかい?」

ジャックはふたたび腰を下ろした。「たぶん。遅くなるかもしれないが」

カルロスは彼の顔をじっと見ている。ジャックが何を考えているかはお見通しなのだろう。

だからなんだって言うんだ？　ジャックはこの事件が起きてからというもの、ずっと働きづめだった。食事だって満足にしていない。ろくに眠る暇もない。休みをとったのは、似顔絵画家を説得しに、オースティンまで車を飛ばしていったときだけだ。リラックスできたかといえば、まったく真逆だった。このところずっと緊張状態が続いている。ともすれば張りつめた糸がブチ切れそうだ。性的なエネルギーが勝手に高まっているのも、それに拍車をかけていた。このあたりで、多少なりとも息抜きをしなければ。どんな形で息抜きをするかは、すでに心に決めていた。

カルロスはあいかわらずまじまじと彼の顔を見ている。おそらくは良心に訴え、署に来させるつもりだろう。

「ずっと待機状態でいる」ジャックは言った。「何かあったら瞬《まばた》きするあいだにすっ飛んでいくよ」

「ああ、わかってるよ、ＪＢ」

「だったらその顔はなんなんだ？」

「おまえのこんなところは見たことがないと思ってね」

「こんなところとは？」

「竿《パロ》で考えてるみたいなところだよ」

フィオナは頬に水を撥《は》ねかけてから、鏡に映った自分の顔を見つめた。いったいここで何をしてるの？　さっさと安らげる我が家に帰って、個展の準備をすればいいでしょう？　それなのにこんな辺鄙な町で、田舎者相手のバーの狭苦しい化粧室のなか、異常な勢いで込み上げてくる性欲と闘っているなんて。

ジャック・ボウマンはわたしと寝たがっている。うらぶれたモーテルの一室に連れ込み、わたしの世界を大炎上させようというのだ。

彼ならばできるだろう。あの手に触れられるたびに、いや、あの強い光を放つブルーの瞳に見られただけで、身体のなかに欲望の炎が燃え立ってしまうのだから。

これは単なるセックス。ありのままの欲望を肉体的に満たすだけのこと。そしてたぶん、自分が今の状態から抜け出すために必要なものなのだろう。フィオナはアーロンが〈コンテイネンタル・クラブ〉のグルーピーの女といっしょにいる部屋に足を踏み入れてしまって以来、ずっと性的なものを嫌悪するようになっていた。ふたりの姿を見た瞬間、性欲が凍りついてしまったらしく、以来ずっと霜をかぶったままだったのだ。

それをジャックが溶かした。教室の後ろからじっと見つめている彼の姿に気づいたとき、一瞬にしてそれは起きた。影のなかで壁にもたれていたジャックは、どこか危険な香りを漂わせつつ、決然とした意欲と、そして何より溢れるほどの自信を感じさせた。フィオナにとっては、まさに好みのタイプ。知らないうちに恋に落ちてしまうような男だった。

けれどジャック相手に恋などしない。何かが起きるとしても、それは単にセックスだけだ。トイレの水が流れる音がし、フィオナは鏡から顔を離した。テイラードジャケットの襟を直し、スカートを手で撫でつける。目の下についたマスカラの滲《にじ》みを指先で拭き取り、髪を手櫛で整えた。

フィオナの隣のシンクの前に立った女は、ラングラーの黒のタイトジーンズを穿き、胸元の大きく開いたセーターを着ていた。彼女は口紅を出し、鏡越しにフィオナに微笑みかけた。薄い壁の向こうから、カントリー・ミュージックのギターの音色が聞こえてくる。

「今夜は混んでいるのね」フィオナは言いながら、なぜ見ず知らずの相手とおしゃべりしたい衝動に駆られたのか、自分でも不思議に思っていた。

女は口紅を塗った唇をティッシュで押さえてからにっこりした。「毎週木曜はピッチャーのビールが五ドルだもの。ラルフは商売上手よね」女はフィオナにウインクし、彼女の後ろの狭い隙間を通って化粧室を出ていった。

女が行ってしまうと、フィオナはまた鏡を眺めた。ここはわたしの居場所じゃない。この町に住んでいるのは、土を耕すことを生業とし、ビールを好む率直で気さくな人々だ。わたしはここには馴染《なじ》めない。

いや、こんなふうに思うなんて、何を気どってるの？　でなきゃ堅苦しく考えすぎよ。コートニーにもよく言われるじゃない。もっとリラックスして人生を楽しめって。

——泊まっていったほうがいい。部屋を用意するよ。

部屋。そう、安っぽいモーテルの一室。おれの家に来いとは言わないのだ。ジャックは、未亡人となった母親が暮らす実家からそう遠くないところに、小さな家を借りて住んでいるという。彼は揃って教師をしている姉と妹にも、姪や甥《おい》たちにも、彼女を引き合わせようとはしない。彼の人生にフィオナを招き入れるようなそぶりはまったく見せない。

考えてみれば、ジャックの誘いは、ホイトのものと大差ないのだ——あんたは棒の使い方をわきまえてる女のようだな。あとで奥に行って、少し打たないか？

ジャックが求めているのはセックスだけ。それはフィオナも同じだ。でももし彼と寝てしまったら、そのあとは？ ネイサンの耳に入るのは間違いない。そしてフィオナは、オースティン警察署の皆の尊敬を集める専門家から、ロッカールームの噂のネタへと、瞬時にして身を落とすことになる。過去にもそうした苦い経験がある。法執行機関というのは男社会だ。女であるフィオナが、似顔絵画家としてまともにとり合ってもらい、プロとしての評価を確立するには、男の十倍努力しなければならない。けれどそうして必死に築き上げてきた評価も、間違った男の前で服を脱いだが最後、一瞬で崩れ去ってしまう。

やはりオースティンへ帰ろう。

フィオナは廊下へ出るドアを開け、ビリヤード場の前を横切った。廊下は薄暗く、公衆電話ボックスの陰にできた小部屋《アルコーヴ》に人影が潜んでいることには、まったく気づかなかった。

「遅いから落ちたかと思ったよ」

暗がりから彼がいきなり現れ、フィオナはどきっとした。壁のネオンサインがその顔に青い光を投げかけている。男らしい容貌がいつも以上に際立って見える。頬骨、唇、いかつい顎。早くここから逃げなければ。

フィオナは腕時計に目を落とした。「本当にもうそろそろ――」

「いや、その必要はない」彼はフィオナの手を取り、別のアルコーヴへ引き入れた。そこには箱や金属製の樽《たる》が積み上げられている。

「また逃げようとするつもりか」彼が言いながら迫ってくる。フィオナは背を壁に押しつける格好になった。彼の眼差しが、彼女の唇へ落ちる。

「ジャック、お願い」

彼はかすかに微笑んだ。「お上品だな」彼はフィオナの両手首をつかみ、彼女の肩先の壁に押し付けた。フィオナは彼を見上げた。彼の温かい吐息が額にかかる。彼は雨と、ビールと、ウッド系のアフターシェーヴの匂いがした。男性とこれほど近づくのはひさしぶりだった。あまりにひさしぶりのときめきに、胸が疼いた。ジャックもその思いを読みとったのだろう。彼はフィオナに口づけた。

彼がすぐにキスを深めてくるであろうことは、予想できたはずだった。彼が何もかも意のままにして、彼女を完全に溺れさせるまで唇を離さないであろうことも。バーの喧騒やジュークボックスから流れる音楽が耳に届いてくる。壁や自分の背中が震えているような気がする。ジャックは彼女の背中を壁に押しつけ、彼の身体の重みで動けなくした。彼の力強さと、熱と、キスの甘さに、フィオナは頭がくらくらした。ジャックの手が太腿へ滑り下りてきて、スカートの裾を引き上げる。そこで初めて、自分の手はもう壁に押しつけられていないことに気づいた。解放された手は、いつの間にかぐったりと彼の肩にかかっている。

ジャックの唇が首筋へ移動する。彼は口を彼女の喉元へ押しつけたまま、何かつぶやいた。

「ん？」

「桃だ」彼は言う。「桃の香りがする」

フィオナはスカートに阻まれているのがもどかしくて、片方の膝を上げた。ジャックの力強い指が彼女に協力し、裾をさらに上に引き上げてから、彼女の脚を持って彼の腰にかけさせた。フィオナは身をすり寄せながら、素肌に彼のジーンズの粗い感触を感じた。

「燃えているようだ」彼は言った。「すごくセクシーだよ」

確かに燃えるように熱かった。身体が火照り、彼と近づきたい欲求は痛いほどだった。ジャックは彼女の耳のすぐ下の敏感な部分を吸う。フィオナは身体の芯が熱く疼くのを感じた。今すぐこの場で彼が欲しかった。

わたしときたら、どうしてしまったの？　ここは店のなかなのに。

「ここはバーよ」フィオナは囁いた。

彼の口が戻ってきて彼女の唇をふさぐ。一瞬、巧みに動く彼の舌以外のことはすべて頭から吹き飛んでしまった。

カン！　玉を突く音と人の声が聞こえ、はっと現実に引き戻された。

「ジャック」首を巡らせ、暗がりに目を凝らして愕然とした。客たちが何人も廊下を行き来している。ここにいるふたりが見えるだろうか？　深い影に包まれてはいるものの……。

ジャックの手が彼女の身体を這い上がり、胸の膨らみをつかんだ。彼の股間が太腿のあいだに押しつけられる。

「ジャック！」声をひそめて言った。「ジャック、ここじゃだめよ」

彼は動きを止めた。掌は彼女の乳房を包み、親指が乳首に触れる寸前で止まっている。彼もようやく正気を取り戻したようだ。ジャックはゆっくりと離れ、フィオナは脚を下ろした。

「出ましょう」フィオナはスカートの裾を戻し、爪先で床を踏んで靴を捜した。彼の腰に脚をかけたときに落ちたらしい。

まいったわ。わたし、何を考えているんだろう？

彼はフィオナの首の後ろに両手を回し、指を組み合わせて、彼女の顔をじっと覗き込んだ。

「隣に行っててくれ」その声はかすれている。「前回と同じ部屋をとるんだ。勘定を済ませたらすぐに行く」

暗がりのなかで、フィオナは彼を見つめた。その瞳の飢えたような、切迫したような表情を。こんな目で彼女を見た男はこれまでいなかった。まるですぐにも抱くことができなければ、燃え尽きて消えてしまうかのようだ。その気持ちはフィオナも同じだった。

「急いで」爪先立ちになって彼に口づけた。「考える暇ができたら、怖気《おじけ》づいてしまいそう」

9

〈ベッカーズ〉の外の空気は冷たく、肌が汗ばんでいるせいでよけいにそう感じられた。バーの店内は暖かかった。夕食をとっているあいだじゅう暑いくらいだった。おまけにジャックが隣に座ってきてテーブルの下で太腿をまさぐったりするものだから、彼女の身体はいっそう火照ってしまった。

駐車場に立ち、隣のさびれたモーテルを見やった。掲げてある表示が正しければ、空き室はあるようだ。さらに、モーテルの駐車場を目安にするなら、その空き室はひとつやふたつではなさそうだった。フィオナは正面玄関から入り、フロントで二十二号室を頼もうとしていた。前回にも滞在したその部屋で、今夜彼女はほとんど知りもしない相手と、身を焦がすようなセックスをすることになるのだろう。

いや、完全に知らないわけでもない。ギニーの話を聞いた今、ジャックは見ず知らずの相手という感じではなくなっている。それでも、本当の意味ではまだ彼を知らない。地理的な条件やその他もろもろ、ふたりのあいだに横たわる事情を考えれば、今後それが変わることがあるとは思えなかった。だからこそ、これほど胸がときめくのかもしれない。フィオナの唇は彼にむさぼられて腫れ、素肌は甘く疼いている。

足がアスファルトの窪みにはまり、冷たい水が靴のなかに入ってきて、小さく悲鳴をあげた。トラックに手をついて身体を支え、靴のなかの水を振り落とそうとした。

「フィーオーナ」

彼女ははっと振り向いた。ホイトが駐車場の隅のゴミ収集箱の隣に立っていた。さっきと同じ迷彩柄の帽子と上着を身につけている。煙草を吸いに出てきたように見えた。

あるいはわたしのあとをつけてきたのだろうか？

「あら、ホイト」フィオナは本心とはほど遠いリラックスした調子で応えた。

彼は煙草の吸殻を投げ捨て、彼女のほうへ歩いてきた。その足取りが少しふらついていることにフィオナは気づいた。自分の車をどこに駐めたかちゃんと覚えていればよかったと後悔しながら、ずらりと並んだトラックのあいだをまた歩きはじめた。

「球突きでひと勝負しようって約束しただろう」彼は追いついてきた。フィオナは視線を周囲に走らせ、ジャックの姿を捜した。

「また次の機会にね」フィオナは応え、歩調を速めた。少し先に、白い小さな愛車のバンパーが見えた。

「おい！」彼はフィオナの肘をむずとつかんだ。彼女はパニックを起こしそうになった。ホイトが彼女を引き寄せる。「人が話してるのに無視すんな」

どうしよう。彼はすっかり酔っている。おまけに怒っている。あたり一面ピックアップトラックが並ぶなか、駐車場にはふたりきりだ。

「わかった。あなたには負けたわ」フィオナは心臓が激しく打つのを感じながらも、なんとか笑みを浮かべた。「なかへ戻りましょう。ブレイクの権利は譲るわね」

ホイトは彼女の腕をつかむ手に力を込めた。ビールと煙草の臭いがする。

「ホイト、そんなにつかんだら痛いじゃない」

彼の顔にゆっくりと意地悪そうな笑みが広がった。それを見て、この男は彼女を解放する気などないのだと悟った。これまで護身術の講座で習ったすべての撃退法が一気に頭に浮かんできたが、ひとつひとつの動きや戦術が、ごった煮のように渾然《こんぜん》一体となってしまっている。ここでふと、自分がハイヒールを履いていることを思い出した。込み上げてくるアドレナリンに任せ、彼の足を思い切り踏みつけた。

「くそっ！」

ホイトが彼女の腕を放した。フィオナは急いで駆け出そうとしたものの、次の瞬間、ポニーテールをぐいと後ろに引っ張られ、アスファルトに仰向《あおむ》けに倒れた。尾骶骨《びていこつ》から背骨へと鋭い痛みが駆け上がる。目に涙が溢れてきた。と、肉がぶつかり合うような鈍い音が聞こえ、続いて何か重いものがトラックにぶつかる音がした。フィオナの頭上に、ぼんやりとデニムと革が見えた。ホイトが誰かをトラックに押しつけ、揉み合っている。

ジャック……。

フィオナがなんとか立ち上がったちょうどそのとき、ホイトがジャックの顔を拳で殴った。

「何してるの！」彼女は金切り声をあげた。「やめて！」

突き出された肘を顎でまともに食らい、フィオナは後ろによろけて車にもたれかかった。

ジャックがホイトに飛びかかる。次の瞬間、ふたりは地面に転げ、呻きながら取っ組みあっていた。

フィオナはトラックの側面にすがり、くらくらする頭を落ち着かせようとしていた。

「おまえを逮捕する、このクソ野郎！」ホイトにのしかかられ、もがきながら、ジャックがくぐもった声で言う。彼は片手でホイトのパンチを防ぎつつ、もう一方の手で何かを取ろうとしている。手錠？　それとも武器だろうか？

「やめて！」フィオナは叫んだ。地面に転がった自分のバッグに目を留め、さっと拾い上げた。「やめなさい！」

ジャックはなんとか上になったが、ホイトに鼻を殴られ、また主導権を奪われた。きらりと光る金属と、ジャックの鼻から流れる血が目に入った。今のはナイフ？

フィオナはバッグに手を突っ込み、銃を取り出した。「やめなさいって言ってるのよ！」

銃口をホイトの胸に向けたが、彼の注意はジャックに注がれている。

ジャックが彼女のほうを見上げた。彼が唖然としている隙に、ホイトがまた一発食らわせる。

「ホイト！」フィオナはまたしても金切り声を上げた。

ようやくホイトが彼女を見た。今度はジャックがその隙を突く番だ。ふたたび金属が光を反射し、ホイトの左手首に手錠がかけられた。

「なんなんだ、いったい？」ホイトは口ごもりながら手錠から銃に目を移し、また手錠に視線を戻した。

ジャックは立ち上がり、ホイトを引っ張り上げて立たせた。そしてホイトの腕を後ろにひねりながら、彼の胸を近くのトラックに押し付けた。「おまえを逮捕する」ジャックは手錠の空いているほうの輪をホイトのもう一方の手首にはめた。彼はここでフィオナを睨んだ。

「そいつをさっさとしまってくれ！」

フィオナの両手は、回転式拳銃《リボルバー》を握った状態で凍りついたように固まってしまっている。銃口を下げ、大きく息を吐いた。急に脚の力が抜け、トラックの側面にもたれた。

ジャックが呆れたようにかぶりを振り、尻ポケットから携帯電話を出した。彼は電話のボタンを押し、耳に当てた。

「カルロスか？　ああ、おれだ。ホイト・ディクスンを泥酔による治安紊乱《ちあんびんらん》その他もろもろの現行犯で連行する」

ホイトはトラックにもたれたまま悔しそうに身をよじらせ、フィオナのほうに顔を向けた。右の瞼が切れて血が流れている。ホイトはフィオナに向かって罵り言葉を吐いた。ジャックは彼の耳を平手で叩き、何やら怒鳴りつけてから電話に戻った。「シャロンをこっちへよこしてくれ。フィオナをモーテルまで送ってもらう。救急箱を持ってくるのを忘れるなと伝えてくれ」

「ジャック、わたしは送ってもらわなくても――」

「何も言うな」彼はフィオナをひと睨みしてから、ホイトを引きずって車のあいだを歩いていった。「迎えが来るまで、なかで待っていろ」

フィオナは詰めていた息を吐き、銃をバッグに戻した。口のなかは血の味がし、顎がずきずき痛むが、シャロンにわざわざ来てもらい、子守りしてもらうことなど、これっぽっちも望んでいない。「ジャック、いくらなんでも大げさだわ。わたしなら本当に――」

「言うとおりにしろ」彼は言った。「片付けたらすぐに戻る」

フィオナは言い返そうと思ったが、ジャックの忍耐は限界に来ているように見えた。それに、彼女自身は救急箱は必要なくても、ジャックの役に立つことは間違いない。ホイトに権利の告知をするあいだにも、彼の鼻からは血が流れ、瞼はすでに腫れはじめていた。彼女は口をつぐみ、ジャックの言葉に従った。

警察署のほうから、かすかにパトカーのサイレンが聞こえてきた。その音はやがて近づき、バーのなかからは客たちが何事かと見物に出てきた。長い夜になりそうだ。

ジャックは人垣に目をやってからフィオナに視線を戻した。彼女が何を考えているのかはお見通しのようだ。「いいか、フィオナ。逃げようなんて、夢にも思うなよ」


ジャックはもう一度あたりを見回してから、フィオナの部屋のドアをノックした。彼女の車はまだ〈ベッカーズ〉の駐車場にある。とするとひょっとしたら彼女は大人しく彼の指示に従い、シャロンにモーテルまで送ってもらったのかもしれない。

ドアを開けたフィオナはかなり乱れた格好だった。あいかわらずスーツのスカートを穿いているものの、髪は下ろし、ハイヒールは黄色いビーチサンダルに取って代わられていた。

「相手が誰か確認しなかったじゃないか」

フィオナは目を剝いた。「覗き穴があるでしょ」

ジャックは彼女の横をすり抜けてなかへ入った。ベッドサイドの明かりが点き、ヒーターの設定温度が最高になっている。コートと上着は椅子の背にかけられ、キャスター付きの小型のスーツケースがバスルームの横に置かれていた。

ひょっとするとこれは、本当に一晩泊まっていくつもりなのかもしれない。

「ずいぶん早かったのね」ドアの閂《かんぬき》錠《じょう》をかけながら彼女は言った。

「書類仕事はカルロスに任せてきた」フィオナの手を引いてベッドサイドテーブルの近くへ

連れていき、指先で顎を持ち上げた。「この唇はどうしたんだ?」

「肘鉄を食らったの。べつになんともないわ。氷を当てて冷やしていたし」

ジャックは彼女の両手を取り、掌を上に向かせた。小さな擦り傷はあるものの、ちゃんと洗ったようだ。尾骶骨が死ぬほど痛むだろうことは彼にも容易に想像がついた。ジャックはちょうど店を出たときに、ホイトが彼女の髪をつかんで引き倒すのを目撃した。その瞬間、彼は十二年間警察官として培ってきた経験も忘れ去り、怒りに任せて駐車場を猛然と突っ切っていた。ホイトを死ぬほど痛めつけてやりたいという思いだけが彼を駆り立てていた。

もちろんこれは誤りだ。本来ならプロの警察官として対処すべきだった。

込みあげてくる悔しさをなんとか押し殺そうとした。「病院には行きたがらないとシャロンから聞いたが」

「ええ」

「本当にだいじょうぶなのか?」

フィオナはため息をつく。「だいじょうぶです。ただのかすり傷よ」

ただのかすり傷。確かにそうかもしれない。しかしもっとひどいことになる可能性もあった。

ジャックは両手を上着のポケットに入れ、ぶらぶらと狭い部屋の反対側へ行った。全身を駆け巡る怒りの激しさは、我ながら恐ろしくなるほどだった。

「大学の先生にしちゃ、ずいぶんと立派な銃を携帯しているんだな」ドレッサーに置かれた彼女のバッグに目を留め、顎で示した。「いいか……？」

フィオナはその方向へ手を振る。「どうぞご自由に」彼女は洗面所へ行き、アイスバケツの蓋を開けて、角氷を透明なポリ袋に詰めはじめた。

ジャックはバッグのファスナーを開けた。しなやかな黒い革でできた洒落《しゃれ》た小ぶりのバッグだ。このなかにごつい銃を入れて持ち歩いているとは、夢にも思わないだろう。

「どこで手に入れたんだ？」リボルバーを取り出しながら尋ねた。ルガー社製の357マグナム。銃身も六インチはある。

「祖父からもらったの」

弾倉を開けてみた。実弾が入っている。「きみのお祖父《じい》さんはどういう人なんだ？ジェシー・ジェイムズか？」

開拓時代の伝説のガンマンの名前を出して皮肉っても、フィオナは何も答えない。ジャックは顔を上げた。フィオナは彼が銃をいじっているのを気まずそうな顔で見守っていた。

ジャックは銃をバッグに戻し、そのバッグをそっとドレッサーに置いた。「いつから持ち歩いているんだ？」

「三年前」

彼は腕組みをした。「理由を話してくれるかい？」

「あまり気が進まないわ」

「許可はとってるのか?」

「ええ」

「使い方はわかってる?」

「ええ」

「誰に教わったんだ?」

「祖父に」

ジャックとしても努力はした。せいいっぱい努力したのだが、彼の苛立ちは沸点に到達しつつあった。ホイトに対して、フィオナに対して、そして誰よりも自分自身に対して腹が立ってしかたなかった。バーを独りで出るよう彼女に命じたのは他でもない自分なのだ。確かにここはグレインジャーヴィルだが、危険な輩はどこにでもいる。ホイトはそれをまざまざと見せつけてくれたのだ。

フィオナが近づいてきて、彼の眉に向けて手を上げた。彼女の指が切り傷のすぐ上に触れ、ジャックはびくっとした。

「取引をしましょう」彼女は静かに言った。「目の手当てをさせてくれたら、ルガーのことを話すわ」彼女は返事を待たずにジャックの掌に手を滑り込ませ、彼をベッドのほうへ引っ張って言った。ジャックはマットレスの縁に腰かけ、無言で様子を眺めていた。フィオナはカウンターの上の小さな箱のなかを探っている。シャロンは彼の命令に従い、救急箱をフィオナに届けたようだ。

彼女はベッドの脇へ戻ってくると、薬のチューブと先ほど用意していた氷入りのポリ袋をテーブルに置いた。そして患部をよく見るためにランプを引き寄せた。

「それは歯ブラシ？」ジャックは眉をひそめた。

「ええ」

フィオナは薬のチューブを手に取った。さっき見たときには軟膏かと思ったが、歯磨き粉のようだ。フィオナはそれを絞り出して指先につけ、彼の左目の周りの痣ができはじめている部分に塗った。しばらくすり込んだあと、彼女はジャックの頬を掌で挟み、上を向かせた。柔らかい手だった。フィオナが歯ブラシでそっと彼の肌を撫でているあいだ、ジャックはランプの明かりに照らされた彼女の瞳を見つめていた。

「カリフォルニアじゃ、殴られた痣にはこうするのか？」

彼女は微笑んだものの、注意は彼の痣に向けられたままだ。「歯磨きのミントが血行を刺激して、皮膚の下で固まった血をほぐしてくれるの。歯ブラシでこするのも同じ目的よ」彼女はさらにしばらく撫でつづけた。瞼のすぐ上の最もダメージを受けた箇所に触れられたとき、彼は思わず息を詰めた。「うまくいけば、明日はそれほどひどい見た目にならないわ。コンシーラーを少し塗れば、公の席に出ることもできるかも。次の記者会見を開くかもしれないものね」

ジャックはややぎこちない仕草で彼女のほうを見上げた。「こんなこと、どこで覚えたんだ？」

フィオナは肩をすくめる。「さあ、いつの間にか身についていたのよ」

彼は彼女の顔を見つめた。理由はともあれ、彼女がまた壁を作り、プライベートな領域に入ってくるなと〝立ち入り禁止〟の標識を掲げたのは明らかだった。

この女にはやたらと混乱させられる。お高くとまっているかと思えば、次の瞬間にはとても情に厚かったりする。暴力を憎んでいるかと思えば、人間の身体に野球ボールサイズの穴を開けることができる物騒な銃を携帯している。大きくて美しい油絵を描くことに時間を費やしているかと思えば、その一方で何百人もの殺人者の肖像を描いている。かちっとしたビジネススーツに身を包んでいても、そのなかには男性誌のグラビアを飾れるような肉体が潜んでいる。

そして彼女と接する時間が長くなればなるほど、ジャックは正気を失いそうになる。今夜の彼女は、いったい何を考えていたんだ？　まったく、ホイト・ディクスンを捕らえるのに、このおれが彼女の助けを必要としているとでも思ったのか？　彼女が銃を取り出したおかげで、単なる駐車場の乱闘が、一歩間違えば、殺人事件に発展していたかもしれないのだ。

「フィオナ」ジャックが手首をつかむと、彼女はようやく彼に目を向けた。「あの銃はなんのためだ？」

　何も答えない。

「取引したはずだぞ」

　フィオナは視線を落とし、咳払いをしてから、ふたたび彼と目を合わせた。「二年ほど前、まだロサンジェルスに住んでいるとき、ある襲撃事件に関わったギャングメンバーを描く仕事をしたの。その連中の裁判でも証言した。そのなかのひとりが、刑務所に収監されたあとに、外部のつてを使って、わたしに嫌がらせをするようになったの」

「嫌がらせとは？」

「脅迫状。猥褻《わいせつ》ないたずら電話。誰かがわたしのアパートメントに押し入って、なかをめちゃめちゃにしていったこともあった。恐ろしくて震えあがったわ」

「それで、どうなったんだい？」

　彼女は彼の手を振りほどき、ナイトテーブルに歯ブラシを置いた。「本人は塀のなかだったし、その人物がやったという証拠を見つけることはできなかった。仕事上の上官にも相談したんだけど、警察の人たちは、わたしの思い過ごしだと思っているようだった。本当にそうだったのかもしれないし」

　彼女が実際にそう思っていないのは、ジャックにも伝わってきた。脅迫している人物が誰なのか、彼女自身が確信しているのなら、おそらくその確信は正しいのだろう。ジャックは確固たる証拠の信奉者だが、人の直感というものも信じている。

「とにかく、わたしはしばらく、警察の仕事をするのをやめたの。二、三カ月祖父のもとに身を寄せて、なるべくリラックスして過ごすようにした。それからロサンジェルスに戻ったんだけど、しばらくのあいだは、静かだったわ。それでも、結局また同じようなことが起こりはじめて、どこへ行っても気が休まらないようになってしまったの。それから間もなく、引っ越す決心をしたのよ」

フィオナが氷を入れたポリ袋を彼の目に当てた瞬間、ジャックは痛みに顔をしかめた。

「しばらく当てておいて」彼にポリ袋を持たせながら彼女は言った。

フィオナは洗面台のところへ戻っていった。ジャックはその姿を眺めながら、彼女のこれまでの苦労について考えた。フィオナは世間を騒がせた極悪非道な犯罪者の逮捕に何度も協力している。注意深くなるのは当然だろう。

彼女は軟膏を手に戻ってきた。

「コートニーは？」彼は尋ねた。「彼女はもともとテキサスに住んでいたのか？　それともきみといっしょに来たのかな？」

「ふたりで越してきたの」彼女は努めて感情を顔に出すまいとしているように見えた。「彼女もカリフォルニアは飽きたから、心機一転新しい土地でスタートしたいと思ったのよ」

心機一転？　ジャックは辛かった部分を抜き去って無害化した話を聞かされているような

気がしてならなかった。

「これで鼻も楽になるわ」フィオナは言いながら、彼の鼻孔の下に軟膏を塗った。警察署で多少血を拭き取ってきたが、急いでいたので大した手当てはしなかった。

「それで、ホイトはどうなるの？」彼女が訊いた。

「一晩留置場で過ごすことになる。誰かが保釈金を持って迎えに来てくれるまで、一日、二日かかるかもしれないな」

「常習犯なの？」

「常習バカなんだよ。酒に酔ってはあっちこっちで喧嘩を吹っかけるんだ」

口をすぼめているフィオナを見て、ジャックは思った。おれが今夜の事件をいいかげんに処理するとでも思っているのだろうか？

「だいじょうぶだ。今度ばかりは、しっかり反省させてやるよ。今夜やつは、ふたりの人間を襲った。よりによってふたりの警察関係者をね」

フィオナは警察関係者と言われて片方の眉を上げたものの、何も反論しなかった。

「ちゃんと起訴されるよ。検察官はおそらく彼を見せしめにしようとするだろう。もしもその気配がなければ、おれが全力で検察官を説得する」

フィオナは疲れきった表情で彼を見下ろした。

「おいで」ジャックは氷入りのポリ袋を放り出した。フィオナの腰に手をかけて引き寄せ、広げた膝のあいだに立たせた。

「まだ手当てが終わってないわ」

「もう終わったよ」彼女のスカートのウエストから、シルクのブラウスを引き出し、なかに手を滑り込ませた。肌は滑らかで、温かかった。彼女の震えが、指先に伝わってくる。ジャックはブラウスを引き上げながら彼女の目を見つめ、囁いた。「きみのすべてを見せてくれ」

フィオナはしばらく彼を見つめ返してから、ブラウスの裾を持って頭から引き抜いた。傍らのベッドの上に落ちるとき、それは柔らかな衣擦《きぬず》れの音を立てた。そして彼女は、初めて肉体を覆う衣服から解かれ、彼の前に素肌を晒《さら》した。

「きれいだ」ジャックは手を伸ばし、乳房を包んだ。クリーム色のレース越しに、親指で乳首を撫でる。ベッドに腰かけたまま身を乗り出し、もう一方に手を伸ばした。フィオナのブラジャーは、真ん中に小さなピンク色の薔薇のつぼみをかたどった装飾がついていた。彼はその上の美しい肌に口づけた。それから両手をふたたび彼女の腰まで下ろし、後ろに回してスカートのファスナーを探した。

「横よ」フィオナは囁き、彼の手を取って導いた。

ジャックはファスナーを下ろし、丸いヒップにスカートを滑らせた。フィオナのおへその下にも、もうひとつ薔薇のつぼみがあった。彼がそのすぐ上の素肌にキスしたとき、彼女が息を呑むのが聞こえた。ジャックはキスで下へとたどりながら、彼女の肌を味わった。とそのとき、彼の電話がバイブで着信を知らせた。

フィオナは凍りついたように身をこわばらせた。

ジャックはふたたび鳴り出したバイブの音を聞きながら彼女を見上げた。思わず毒づきながらベッドに仰向けに倒れ、ポケットから携帯電話を取りだした。スクリーンにはローウェルの番号が表示されている。

「なんの用だ？」

「女の人が訪ねてきてるんです。ノーラ・フエンテスという人で」

ジャックは上半身を起こした。「それで？」

「何言ってるかわかるまでに、けっこう手間どったんですよ。とにかくただ泣いているばかりで。カルロスは〈テキサコ〉の前で起きた接触事故の処理に出てたじゃないですか？ 彼が戻ってきて、いろいろ尋ねてみて、ようやく話が聞けたんですよ」

フィオナはブラウスに手を伸ばし、頭からかぶった。彼女がスカートを拾い上げたところで、ジャックはすまなそうな目でその顔を見た。フィオナは落ち着き払った表情をしている。

「いいからさっさと要点を言え、ローウェル」

「例の身元不明の遺体ですよ、署長。その女性は十時のニュースを見て、あの似顔絵は自分の娘だと言ってきたんです」

10

ナタリー・フエンテス。ナタリー。

その名前は一日じゅう、フィオナの頭のなかに鳴り渡っていた。

ナタリー……。とても若々しいイメージの名前だ。未来への希望に満ちている。ナタリーという名の娘は決まって美しく、朗らかで、大勢の友達に囲まれている。彼女の携帯電話は常に鳴りつづけ、彼女のロッカーの周りにはいつも仲間たちが集まっている。ナタリーと名付けられた娘は、活発な性格と、艶やかなロングヘアの持ち主で、秋の学園祭のフットボールの試合のときも、ちゃんとエスコートしてくれるボーイフレンドがいる。

そんなものはただの幻想だということはわかっている。名前がその人物の人生を決定づけるなんてことはあり得ない。けれどフィオナにはある特定の名前に対するイメージというものがあって、彼女のなかでは、少なくとも今日という日までは、ナタリーは幸せに満ち溢れた名前のひとつだった。

ジャックの話によれば、フィオナのこの幻想も、現実とさほどかけ離れていたわけでもない。

彼女が早朝、オースティンに向けて車を飛ばしている最中に、彼から電話がかかってきた。ジャックは突然モーテルを出なければならなくなったことを改めて詫《わ》びたあと、被害者についてそれまでにわかった情報をフィオナに伝えた。

ナタリー・フエンテスはメイヤーズバーグ・ハイスクールの優等生で、チアリーディング部のキャプテンだった。十五カ月前には学園祭の女王に選ばれ、五カ月前にはテキサス州ハルミンにあるサンペドロ・カレッジに入学した。

二週間前、彼女は強姦され、暴行され、絞殺され、ハイウェイ44号線沿いの空き地の、凍てつく草むらの上に捨てられた。

フィオナも、ジャーミスン医師も、彼女の実際の年齢を見抜くことはできなかった。小柄で華奢《きゃしゃ》ではあるが、年齢は十八だった。クリスマス休暇のあと、大学へ戻るために家を出たものの、目的地へ到達することはできなかった。ナタリーの母親は、十二日間、娘からなんの連絡もなくても、それがふつうだったと話した。彼女の娘はとても勉強熱心で、友達付き合いも多かったからだ。

ナタリーの遺体は今日の夜までには遺族の手にゆだねられるだろう。

ふだんなら、被害者の身元がわかったとき、フィオナはひとつの結末を迎えたように感じるのが常だった。これでどこかの家族が、愛する者を安らかな眠りにつかせてやることができる。それを可能にする手助けをし、被害者のために名前と幾ばくかの尊厳を取り戻せたことに、捜査関係者のひとりとして、多少の満足感を得ることができた。

しかし今日のフィオナには、達成感というものがまったくなかった。むしろその逆で、凍えるような金曜の一日を、怒りに燃えながら過ごしていた。仕事から家に戻ると、いちばんみすぼらしいジーンズに着替え、その解消に役立ってくれそうな唯一の行為に打ち込むことにした。

そして今、フィオナは道具をずらりと並べ、武器に弾を込めて攻撃にかかった。パン。反動に手が弾かれる。パン、パン。腕がびりびりする。パン。引き金を握るたびに、ほんの少しずつ緊張がほぐれていった。

ドアが開き、コートニーが入ってきた。彼女はフィオナを見てぴたりと足を止めた。「どうしたの？」

「何が？」フィオナは木枠を見下ろし、狙いを定めた。パン。

コートニーはバッグとコートをソファに放り投げた。「かっかしてるでしょ？　フィオナは頭にくるといつもカンヴァスを張るんだよね」

フィオナは眉根を寄せ、手にした木枠を見つめた。自分以外にその癖に気づいている人間がいるとは思わなかった。自分だけの密《ひそ》かなストレス解消法だと思っていたのに……。

「嫌な一日だったの？」コートニーはなおも尋ねる。

「まあ、そんなところね」フィオナはステープルガンを置き、木枠を九十度回した。「手伝ってくれる?」

「いいよ」

「ここを持って」フィオナは妹に指示した。「出来るだけ強く引っ張って」

コートニーはのんびりした足取りで近づいてきて、手を木枠に置いた。前にも手伝ってくれたことはあるので、布をできる限りぴんと張るのが大切だということは知っているはずだ。木枠の上で布をしっかり伸ばさなければならないが、あまりに強く張りすぎると針《ステープル》を打ったところから裂けてしまう。フィオナは布がどの方向にも均一に張られるよう、頻繁に木枠を回しながら留めつけていた。

コートニーは布を親指で押さえた。「大作だね」

「もっと張って」

コートニーが布をさらに引っ張る。

「手がずいぶん荒れてるのね」

「この仕事に手荒れはつきものだから」

妹は、美容関連の仕事を幅広く経験してきた。高級ヘアサロンのスタイリストという現在の仕事では、常に薬剤を扱い、手を頻繁に洗わなければならない。

「これも個展に出すの?」

「これを中心に据えるのよ。『ブランコ川の連作』のなかでいちばん大きな作品になる予定」

「そうか」コートニーが感慨深げに言う。「大きいわけだ」

フィオナは約百二十センチ×百八十センチのカンヴァスに描くこの作品の構成を、すでに完璧に練り上げていた。頭のなかでは、もう何週間も前から完成しているのだが、今日の今日まで実際に着手する余裕がなかった。個展の最重要作品《センターピース》となるはずなのに、ずいぶん悠長な話だ。

「刑事さんは元気？」コートニーが尋ねる。

フィオナはため息をついた。「あの人は刑事さんじゃないわ。警察署長よ」

「今夜はどこにいるの？」

「事件の捜査をしてるわ」

「例のど田舎の身元不明の遺体の件？」

「ナタリー・フエンテス」フィオナはステープルガンを目的の位置に当てた。パン。パン。

「え？」

「名前はナタリー・フエンテス。ゆうべ遅くに身元がわかったのよ。大学一年生。ハイスクールではチアリーダーだったって」パン。「ほら、小柄な子がいるじゃない。ピラミッドのいちばんてっぺんに乗る」

ふたりはまた木枠を回転させ、コートニーが布の別の部分を引っ張った。うまいものだ。以前から機会があれば役に立ってくれていた。きちんと張られたカンヴァスを作ることは、いい油彩画を描く第一歩なのだ。これはロサンジェルスの〈アートセンター〉で最初に教わったことのひとつで、フィオナの頭に徹底的に叩き込まれている。――いいか、布をたるませない。皺を作らない。引き裂かない。ステープルは死んでもまっすぐに打て！

「フライヤーっていうのよ」

フィオナは顔を上げた。「え？」

「ピラミッドのてっぺんの子。フライヤーっていうの。いちばん身軽で、誰よりも投げられたり回されたりする。地上六メートルくらいまで投げられることがあるらしいよ」

フィオナは眉を上げた。「なんでそんなに詳しいの？」

コートニーはハイスクール時代、チアリーダーたちとは最も無縁の場所にいた。

「うちのお客さんが、娘の髪にハイライトを入れてくれって連れてくることがあるの」コートニーは肩をすくめた。「きらびやかなハイスクール生活に関して知りたいことがあれば、なんでも話してあげられるよ」

フィオナは皮肉なものだと思い、かぶりを振った。彼女もコートニーも、ハイスクール時代はイケてるグループには属していなかった。フィオナは内気で人付き合いが苦手、コートニーは男性関係が激しいので、男子には人気があっても、女子には目の敵にされていた。

パン、パン、パン、パン。

「よし。これくらいでいいわ」フィオナは一歩下がってカンヴァスを眺めた。「なかなかいい出来ね。手伝ってくれてありがとう」

「お安いご用よ」

コートニーはセーターを脱ぎながらアパートメントの奥へ向かった。「今夜着る服、何か借りていい？　デイヴィッドと夕食を食べるの」

フィオナは妹の肩に彫られた蓮《はす》の花の刺青を眺めた。「彼、ダラスに住んでるんじゃなかった？」

「そうだけど、最近、仕事でよくこっちに来るみたいなのよね」コートニーは振り返り、笑顔を見せる。「わたしのこと、かなり好きみたい」

フィオナはカンヴァスを壁に立てかけ、妹の後に付いてバスルームへ入った。コートニーはシャワーカーテンを開け、湯を出して温まるのを待っている。

「あなたはどう思ってるの？」

コートニーは目を合わせようとしない。それだけでフィオナには見当がついた。

「彼、いい人なの？」

「うん」コートニーがイヤリングを外す。「わたしのこと、まともに扱ってくれる。ちゃんと話してくれるの。扱ってる案件のことなんかも。彼の仕事ってすごく面白いのよ」

デイヴィッドというその男は、確か弁護士だった。コートニーのことだ、来週あたり、今度は法科大学院《ロースクール》へ行くと言い出すだろう。

もっとも、コートニーにその能力がないわけではない。実際、彼女ならその気になればなんでもできるだろう。問題は何かをずっと継続するのが苦手ということだ。

「心配しなくていいよ」コートニーが言った。

「心配なんかしてないわ」

「してるね。ちゃんとわかるもの。あんまり先走らないで。すぐに結婚しようとか、そういうんじゃないんだから」

「そのタトゥーはどこで入れたの？」フィオナは話題を変えた。

「どれ？　蓮の花？」

「他にもあるの？」

「うん。陰陽太極図も彫ってるよ」彼女はスカートの裾を上げ、左の腰骨のすぐ下にある、黒と白に塗り分けられた円を見せた。「これは一年くらい前かな。両方とも、ダウンタウンの店で入れてもらったの」

「そう……」フィオナは指先でタトゥーを撫でた。「痛かった？」

「それほどでもないよ」コートニーはにんまりする。「どうして？　フィオナも入れたいの？」

「ちょっと気になっただけよ」フィオナは洗面台にもたれた。「たとえばわたしが鉤十字を彫りたいとするじゃない？　いきなりどこかのお店に行って、彫ってもらうことってできる？　それとも、やっぱり彫っちゃいけないもの——タブーみたいなシンボルってあるのかしら？」

コートニーは便器のふたを下げ、そこに腰を下ろして靴を脱いだ。細いアンクルストラップのついた恐ろしく高いピンヒールの黒い靴。見た目は美しくても、履き心地は悲惨なものだろうと思われた。

「刺青のタブーね……」コートニーは考えている。「なんか、言葉自体がすでに矛盾してるように思えるけど」

「つまり、彫りたいものはなんでも彫れるってこと？」

コートニーは肩をすくめる。「さあ、よくわからない。調べてみないと。ネオナチのシンボルなんて彫りたがるやつには会ったことないし。ひょっとしたらおおっぴらに口にしちゃいけないことなのかもしれない。店の奥の部屋かどこかで、こっそり彫ってもらうのかも」

「それで、どこに行けばいいの？」

コートニーがにんまりする。「本当にやりたいの？　だったらいっしょに行くよ」

「付き合ってくれる？」

「もちろん。だって面白いもの。刺青とかピアスとか、見せてもらおうよ。捜査のためなんでしょ？　本気で彫るつもりじゃないのよね？」

フィオナは鼻に皺を寄せた。

「端から決めつけなくてもいいじゃない」コートニーは言う。「ちょっと思ったんだけど、フィオナがへそピアスしたら、めちゃめちゃセクシーなんじゃない？　ジャックのやつ、一目見ただけで昇天しちゃうよ、きっと」

「わたしたちはそういう仲じゃないの」今はまだ。

「まあいいわ。それじゃ、六番街の刺青屋に連れてってあげるね」コートニーは腕時計の文字盤を見てから外し、洗面台に投げた。「だけどすぐ出ないとだめよ。デイヴィッドと九時に会う約束だから」

フィオナはため息をつき、両手で顔を覆った。「わたしときたら、何を考えてるんだろう？　今夜は絵を描くつもりだったのよ。それなのに刺青屋を探してほっつき歩くなんて」コートニーに目を向けた。「この絵をすぐにでも仕上げないと、成功に向かって羽ばたく前に大コケすることになるわ」

コートニーが片方の眉を上げる。「成功って、どっちの？」

「画家としての成功よ！　そのために六年も修行を積んできたのよ。子供のころからずっと夢見てきた仕事じゃないの。それをわたし、全部台無しにしようとしてるのよ、コートニー！」

妹は小首をかしげている。その顔には何もかも見透かすような表情が浮かんでいた。宇宙広しといえども、この表情をするのはコートニーだけだ。「フィオナはもうとっくに成功してるじゃない。かなりのもんだと思うよ」

「だけどその仕事はもうやめたいの」

「ほんとに？　もし本気でやめたいんなら、とっくにそうしてるんじゃないかと思うけど」

〈エジプシャン・キャット〉というその店は、混雑したバーや大音量の音楽が響くクラブのあいだを通り抜けた六番街の外れに位置していた。フィオナはコートニーのあとについて店内に入り、学生の群れや凍てつく夜気から解放されてほっとしていた。

なかは暖かかった。照明器具には入り組んだ模様の布がかけられ、ほのかな光を投げかけていた。シタールの音色があたりを包み、刺青屋ではなく、インド料理店にいるような気がしてくる。

「想像してたのと違うわ」フィオナは言い、コートを脱いだ。店の奥にはサフラン・イエローのカーテンがかけられていて、その奥から低いブーンという音が聞こえてくる。

「そうよね。なんか素敵じゃない？」コートニーはデザイン画が並んだ壁にフィオナを導いていった。東洋的な文様がほとんどだ。そのなかにケルトのシンボルやエジプトの象形文字《ヒエログリフ》がいくつか交ざっている。ヌードの美女やバイク乗りが好むシンボルはどこへ行ってしまったのだろう？　この店はフィオナたちの目的を果たすには、やや高尚過ぎるようにも見えた。

「この店のお香が好きなのよね」デザイン画に目を走らせながらコートニーが言った。「この香りで少しは気が紛れるから、針のことばかり考えずに済むの」

フィオナは疑わしげな目で妹を見た。モルヒネで麻酔でもしてくれるならともかく、それ以外はなんであろうと針の恐怖から気を逸らせるのは不可能に思えた。

「これなんかフィオナに似合いそう」コートニーは漢字のデザインを指差した。「幸せが倍になるって意味なんだって。これを彫れば、少しは元気になるかも」

フィオナは妹に目を向けた。「わたし、元気よ」

「だといいけど」

「どういう意味よ?」

「最近、なんかやたらに深刻なんだもの。少しはリラックスしなきゃ。何か楽しいことしたら?」

「楽しいことくらいしてるわよ」フィオナはむきになって言った。

「アーロンと別れて以来、何ひとつ楽しいことなんかしてないくせに」

「そんなことないわ」

「いつも仕事ばっかりじゃない。おまけに男とはいっさい関わらないようにしてる」

「まさか」

コートニーが、また例の見透かすような目で見ている。「だったらあの晩、ジャックはどうしたの? なんでフィオナは彼を家に連れてこなかったの?」

「あなたがいたからじゃない」

「わたしは出かける予定だった。部屋まで上がってって言えばよかったのに。彼、すごくかっこいいじゃない。フィオナにとってはいい相手だと思うけどな。信頼できそうな感じだし」

フィオナは言い返したい衝動をぐっと抑えた。コートニー相手に恋愛相談をするつもりはない。この妹ときたら、いちばん長く付き合った記録が三カ月なのだ。

「そんなにむきにならなくてもいいよ」コートニーの表情が和らぐ。「わたしはただ、そろそろまた誰かと付きあったらって言ってるだけ。もっと楽に構えてさ。世の中、相手を傷つけようって男ばかりじゃないんだから」

そのとき、髪を短く刈った男性がカーテンの向こうから身を屈めながら現れたので、フィオナはこれに言い返すことができなかった。彼は浅黒い肌をしており、筋肉質で、両腕は手首まで黒いエスニックな雰囲気の刺青が一面に施されていた。

「いらっしゃい」彼は近づいてきて、フィオナのほうを見た。「何かご用?」

フィオナは言葉を失った。たいていの男は、まず初めにコートニーのほうへ引き寄せられる。服装のせいに違いない。今日のフィオナは、胸元の大きく開いた深紅のベルスリーブのセーターとぴったりしたローライズのジーンズという、彼女にしてはセクシーな格好だった。

「訊きたいことがあるの」コートニーが代わりに答えた。「でも他にお客様がいたり、用事があるんなら、お邪魔したくないわ。今、お忙しい？」

「今夜は暇でね」彼はにっこりし、またフィオナに目を向けた。「どんな質問かな？」

フィオナは咳払いをし、彼の唇のピアスにばかり気をとられてしまいそうなのを、なんとかこらえようとした。「ここで入れていらっしゃるデザインについておうかがいしたいの。どんなものをなさるんですか？」

ずいぶん漠然とした訊き方だったが、面食らってしまって、他に思いつかなかった。彼はセクシーな黒い瞳でじっと見つめてくる。

「なんでも。どんなものを入れたいんだい？」

「鉤十字は？」いきなり口走ると、彼は驚いたように眉を上げた。

「あくまでも仮定の話よ」コートニーが口を挟んだ。「鉤十字みたいなものでもやるの？もし彫ってくれって言われたら？」

彼はフィオナからコートニーに視線を移し、またフィオナに注意を戻した。「彫らないな。だけどそれは、おれ個人の考えだ。やってくれる人はいると思うよ。この店では無理だけどね」

「どこに行けばやってもらえるのかしら？」フィオナは尋ねた。

彼の目がフィオナを見回した。「鉤十字を入れるタイプには見えないけど。よく考えたのかい？」

「実はわたしが入れるんじゃないの。ちょっと調べているだけで……」

この言葉に、彼は少しリラックスしたようだった。その口元に笑みが戻った。「よかった。きみはむしろ、芸術家タイプに見える」

フィオナはコートニーのほうを見た。なんでわかったのかしら?

店の男は腕組みをし、彼女の赤味がかったブロンドの髪を眺めている。「ケルトのシンボルなんか似合いそうだな。十字とか、生命の樹《き》とか」

「刺青を入れたいわけじゃないの」

「入れればいいのに」

「そうよ、入れてみたら?」コートニーも加勢する。

フィオナは慌てて断る口実を探した。

「この人、刺青は下品だと思ってるのよ」コートニーがわざと声をひそめて言う。

「そんなことないわ!」

コートニーは目を剝いてみせる。

「ただ簡単には消せないのが困るのよ」フィオナは説明した。「シャワーカーテンの柄にも半年で飽きちゃうんだもの。それに、痛いのは苦手なほうだし……」

店の男は微笑んだ。「思ってるほど辛くはないよ」

「そうよ。ふたつ目のときなんか、ほとんど感じなかった」コートニーが言う。「まあ、べつに今日じゃなくてもいいか。酔わせて連れてくればいいんだものね。ちょうど隣にショットバーもあることだし」

フィオナは妹を軽く睨んだ。「ここへは質問をするために来たのよ」

「ほらね、わたしの言うとおりじゃない。どこまで真面目なんだか」コートニーはため息をついた。「そのへん見てるね」

コートニーがぶらぶらとその場を離れ、フィオナは店の男のほうに向き直った。

「どうぞ」彼は満面の笑みを浮かべた。「なんでも訊いて」


ジャックはお決まりのパターンに縛られるのが嫌いだった。〝警察官といえばドーナツ〟なんていうのはお決まりのパターンの最たるものだ。しかし切羽詰まった事態に陥ったときには、切羽詰まった手段をとることも必要になる。それに〈サンライズ・ドーナツ〉のコーヒーは最高なのだ。ジャックが今朝二杯目のコーヒーを飲みながら、三つ目のチョコレートがけドーナツを食べていると、携帯電話のバイブが作動した。

「ねえ、知ってた？　あなたの住んでいるところから車で一時間も離れていない場所に、国内最大級のタトゥーショップがあるって？」

ジャックはいったん電話を耳から離し、番号を確認した。まるで別人のようだが、フィオナに間違いない。「もう一度言ってくれるかい？」

「国内でも一、二を争う規模のタトゥーショップ——そこでは〝スタジオ〟って言ってたけど——それが、州間高速35号線を少し外れたところにあるの。あなたの町から八十キロと離れていないわ。朝からずっとその店にいたんだけど、すごく面白いのよ」

「ふむ」

「ピアスの施術例のなかには、せっかく食べた食事を戻しそうになるようなものもあるから、わたしとしては刺青の写真を眺めることに専念していたわけ。ありとあらゆる図案があるのよ。見慣れない動物から、先住民族っぽいモチーフまで。有名人のタトゥーをそっくりコピーすることもできるんですって。ロックが右の上腕にインドのコブ牛を彫ってるって知ってた？」

ジャックは中心街に車を進めながら、土曜の午前中にしては珍しくひっそりしていると思った。おそらくは寒さのせいだろう。「レスラーのロックか？」

「そう。雄牛は男らしさの象徴なんですって。中央テキサスではずば抜けて人気のデザインだって言ってたわ」

「それはなかなか興味深いご考察ですな、教授。まあおそらくフットボールとは無関係でしょうが」雄牛といえばテキサス大のマスコットだが、教授殿はお気づきでないらしい。

「何と無関係ですって？」

フィオナは彼の当てこすりにも気づかない。ジャックはため息をついた。「まあ、いいや。

あ、そうだ。もしも肉体をアートで飾るつもりなら、一応忠告しておくが、その店は不潔な器具を使った廉《かど》で、保健局から罰金を科せられたことがあるからな」

フィオナが刺青を入れるつもりでないことはジャックもよくわかっている。彼女がわざわざあんなところまであのきれいな脚を運んだ理由については、容易に想像がつく。鉤十字の手掛かりを追っているのだろう。

ジャックは駐車場にトラックを入れ、署長専用のスペースに収めた。「この週末は創作に専念するんじゃなかったのか？」

「そのつもりだったし、今もそのつもりよ。ただ、ずっと気になっていることがあって、調べてみたくなったの」

ジャックはエンジンを切り、フロントガラスの向こうを見つめた。署内に入るには気が重かった。デスクには書類仕事が三十センチ以上積み上がっているが、それに対してはまったく興味が湧かない。彼が望むのは、ナタリー・フエンテス殺害事件を解決することだけだった。以前から最大の関心事だったが、被害者の身元がはっきりした今、それは妄執とも呼べるほど強く、彼の心をとらえている。ナタリーは活発で陽気な娘だった。事件に巻き込まれる前のルーシーがそうであったように……。

「それで土曜の午前中を丸々〈テキサス・インク〉で費やしたってわけか」

「そのとおりよ」

「なるほど。おれが想像するに、きみは絵を携えて店員に見せて回ったんだろうな」

「彼の顔を覚えている人はいなかったわ。でもひとつだけ手掛かりがつかめたわよ」

ジャックは歯ぎしりをした。彼を苛立たせているのは、山積みになった書類仕事だけではない。フィオナが週末はずっと創作に勤《いそ》しまなければならないと言いつつ、あっさり気が変わったことだけでもない。彼女がこの捜査に積極的に関わろうとしていること自体が、ジャックを落ち着かない気分にさせていた。

いや、落ち着かないなんて生ぬるいものじゃない。嫌でたまらなかった。フィオナにはカンヴァスの前から離れずにいてほしい。捜査は本職に任せてもらいたかった。

「ねえ、ジャック？　わたしがつかんだ手掛かり、聞きたくない？」

「聞かせてもらおうか」

「〈テキサス・インク〉に気になる男がいるの。お店の人たちからは毒蛇《ヴァイパー》って呼ばれてる。本名はわからないけど、住所は手に入れたわ。店の公の方針としては、ネオナチのシンボルみたいなものはやらないそうなの。でも、ヴァイパーのところへ行けば、彼がやってくれるらしいのよ。つまり、彼が自宅で個人的にお客をとってるってことみたい」

「見事に法律を無視してくれてるな」

「そのようね。でもずいぶんと繁盛しているみたいよ。それでね、ここからが肝心なんだけど、わたしが話を聞いた女性店員は、例の鉤十字に見覚えがあるって言うのよ」

「先が矢になったやつか？」

「あれに間違いないって。その店員は、ヴァイパーの自宅のスタジオに行ったことがあって、その刺青の写真が壁に貼ってあったのを覚えているそうよ」

「フィオナ、きみは気づいていないようだが、おれたちが追っている男は、地元で刺青を彫ったんじゃないかもしれないんだぞ。他にも彫った可能性のある場所ならごまんとある。州刑務所のなかかもしれないしな」

彼女は黙っている。まずい。気を悪くさせてしまったようだ。

「なあ、きみが協力してくれようとしているのはよくわかってるんだ——」

「これは、手掛かりのひとつよ。それ以上でもそれ以下でもない。欲しいの？　欲しくないの？　あなたがいらないんなら、わたしが自分で行って——」

「住所を教えてくれ」くそっ。

「道連れが欲しいんじゃない？」

「いや、いらない」それは嘘だった。フィオナとともに時間を過ごしたい欲求は、耐えがたいほど募っている。それでも、ヴァイパーやその巣穴のそばに彼女を近づけるようなことはしたくなかった。

「だったらしかたないわね。住所はドライクリーク・ロード二二〇〇。おたくの北のボロー郡よ」

「わかってる」

「店員の話では、道路からは家が見えないらしいけど、見落とすことはないだろうって。郵便受けが南部連合国旗の模様に塗られてるそうよ。本当にひとりでだいじょうぶ?」

「ああ、もちろんだ」ジャックはトラックを降り、勢いよくドアを閉めた。援軍が必要だとしても、ローウェルかカルロスを連れていく。なんなら、新米のシャロンでもいい。

「お気遣いには感謝するよ」社交辞令として付け加えた。

「それじゃ……わたしは仕事に戻らなきゃ。さようなら」

来世紀のどこかでいっしょに食事でもしようと誘おうにも、すでに電話は切れていた。

警察署の階段を上がる途中、入口の脇に立っている恰幅のいいラテンアメリカ系の男性に目を留めた。ジーンズに薄手のウインドブレーカーという出で立ちだ。こんなところでどれくらい待っていたのかは知らないが、おそらくは身が凍えて尻がもげそうなほどだろう。

「ボウマン署長ですか?」

「そうですが」

男は手を差し出した。「わたしはハムリンの村の聖餐《せいさん》教会のアルヴァロ神父といいます」

ジャックは握手を交わしながら、男の上着の襟元から黒と白の襟《カラー》が覗いているのに気づいた。

「村ではアル神父と呼ばれています」彼は微笑んだ。

「何かご用ですか、神父様？」神父がこんなに遠くまでわざわざ出かけてくるとは驚きだった。ハムリンはここから百三十キロ以上も南に位置する村で、ジャックはナタリー・フエンテスの葬儀の相談をする立場でもない。

「教区の者について、ちょっとご相談したいことがあるんです」

「ミス・フエンテスですか？」

「いいえ」神父は眉を曇らせた。「もちろんナタリーの話は聞いていますが、残念なことに、彼女は一度もうちの教会に来たことがなかったもので」

「なかへどうぞ」ジャックは言い、ドアを開けた。

アル神父は咳払いした。「実は、署長さんにいっしょに来ていただけないかと思ってるんですが？」

「どちらへ？」

「ハムリンへです。村外れの共同体に、署長さんに会っていただきたい者たちがいるんです」

「わかりました」ジャックはこのやりとりに、なんとなく嫌な予感がした。〝共同体〟とは、メキシコとの国境のすぐ北にある貧民街のことで、多くの移民が暮らしている。「会ってほしい人とは？」

「申し訳ないんですが、わたしからは言えないんです」

ジャックは問いかけるように眉を上げた。

アル神父はすまなそうな顔をしている。「連中は、警察関係者と聞くと不安になるようでね。助けを求める前に、信頼できる相手かどうか見極めたいというのがあるんでしょう」

「何を助けろというんです？」

「彼らは、ゆうべあなたをニュースで見たんですよ。それで、あなたなら行方不明の女の子を捜すのを手伝ってくれるんじゃないかと思ったようです」

11

ジャックはグレインジャー郡保安官事務所のドアを勢いよく引き開け、なかに入った。事務所内は閑散としており、電話で話しているビール腹の保安官代理が一名と、保安官室の前に陣取っている猛犬が一頭いるだけだった。

「こんにちは、マーナ」ジャックは猛犬のデスクに歩み寄った。彼女のデスクは、番犬の使命を全うすべく、保安官室のドアを見張る位置に置かれている。「保安官はいるかい？」

彼女は慌ててもぐもぐ口を動かし、ごくりと飲み込んだ。残った包み紙から察するに、〈ホステス・カップケーキ〉という市販のチョコケーキを楽しんでいるところを邪魔してしまったようだ。

「今日はもう帰りました」彼女は責めるような目でジャックの目の周りの青痣を見た。「よろしければ伝言をおうかがいしますけど」

「変だな。奥さんに、まだ事務所だろうって言われたからここへ来たんだが」

「一足違いでしたね」マーナはジャックが手にした事務用封筒に目を留め、手を差し出した。

「お届けものですか？　わたしがお預かりしておきます」

ジャックはポケットから携帯電話を取り出した。電話番号を押すと、保安官室のなかから呼び出し音が聞こえてきた。

「どうやら、きみの情報は古いらしい。保安官はいるようだな」

ジャックはマーナの前を大股に通り過ぎ、保安官室のドアを引き開けた。保安官はゆったりと椅子の背にもたれ、ブーツを履いた足をデスクにのせている。

保安官のランディは顔をしかめた。「呆れたやつだな、ジャック。いきなり入ってくるとは、礼儀も知らんのか？」

ジャックは大股に二歩進んで保安官のデスクの前に立ち、相手の胸に封筒を叩きつけた。

「いったいなんだ、これは？」ランディは顔を真っ赤にして足を下ろし、身体を起こした。

「ヴェロニカ・モラレスですよ」

「なんだと？」

「ヴェロニカ・モラレス」ジャックは繰り返した。「ハムリンの十九歳の娘です」

ランディは目を細めてジャックを睨みながら封筒をデスクに放り投げた。「それがこのおれとなんの関係があるんだ？」

「そんなことだろうと思ってたよ」ジャックは腰に手を当てた。「忘れているようだから、思い出させてあげましょう。ヴェロニカは六年前の大晦日《おおみそか》に行方不明になった。グレインジャー郡の〈スリー・フォークス・バーベキュー〉で目撃されたのを最後にね。彼女の両親は娘が消息を絶ったことをあなたに通報したが、あなたはにべもなく追い返した。思い出されましたか、保安官殿？」

ランディがジャックの背後に目を向けた。そのとき初めて、ジャックはこの部屋にもうひとりいることに気づいた。ボブ・スピーヴィーは保安官室のソファでゆったり寛いでいた。傍らにはカウボーイハットが、鍔を上にして置かれている。グレーのフェルト製のステットソン帽――夏場は白い麦藁《むぎわら》素材――が、グレインジャーヴィル町長のトレードマークだ。

ジャックは挨拶代わりにうなずいた。「ボブ」

スピーヴィーは片方の眉を吊り上げた。義理の父親の前でランディに喧嘩を売るのは政治的にあまり利口なやり方ではないが、今この瞬間、ジャックはそんなことにかまっていられる心境ではなかった。

ふたたび注意をランディに戻した。「そのファイルを見てみるといい。有益な情報がぎっしり詰まってる。ヴェロニカの両親は、レストランの従業員二名の話を聞いて、娘が大晦日の午後六時ごろにグレーのセダンに乗り込んだことを突き止めた。それ以後、彼女はいっさいの消息を絶っているんだ」

ランディは多少落ち着きを取り戻したようだが、頬にはあいかわらず赤味が残っている。彼は手を振って封筒を示した。「だったら捜索願を出せばよかったじゃないか」

「だろう？　おれもそう思ったよ。実を言うと、彼らもそうしようとしたんだ。何度もね。そのうち、あんたんとこの無能な保安官代理のひとりが苛立って、移民帰化局《INS》を呼ぶと言って脅しかけたんで、やむなくあきらめたそうだ」

ランディは椅子の背にもたれた。「そんなことがあるわけがない」

「そうかな？　だったらそのファイルをよく見てみろよ。ヴェロニカの両親は、ちゃんとその保安官代理の名前も書き残してる。ふたりはヴェロニカが行方不明になってから何カ月ものあいだ毎日、〈スリー・フォークス〉を訪れて、目についたグレーのセダンのナンバーをひとつ残らず書き取った。さらには病院やホームレスの保護施設にも足を運んだ。だが残念なことに、ご両親は他の法執行機関を訪れようとは思わなかったようだ。家族揃って強制送還されるのを恐れたんだろう」

「そもそも密入国するほうに問題がある」スピーヴィーが言った。「国境警備はまるでざるだ。不法移民を養ってるせいで、我が国の社会保障制度は崩壊しつつある」

ランディは封筒を開き、ミセス・モラレスがまとめた手書きの記録をぺらぺらとめくった。「なんだこりゃ、全部スペイン語じゃないか！」ヴェロニカの写真が貼られたページまで来ると、彼は少しのあいだ手を止めた。「くそっ、やっと思い出したよ。グレーのセダンな。この娘は車に乗ったんだ」

「おれが言いたいのもそこだよ」

「ジャック、こんなもんいくら積み上げてもクソの役にも立たんぞ。この娘は男が運転する車に、自分の意思で乗り込んだんだ。彼女は大人だ。どこに行こうが、本人の勝手だろうが」

「この失踪事件とおれの署で扱ってる殺人事件のあいだになんらかの関係があるとは思わないのか？」

ランディはまた机に足を上げ、いかにも退屈そうな顔をした。

「うちの被害者は十代の娘で、ヒスパニック系。冬の寒い朝に、グレインジャー郡内で発見された。ヴェロニカ・モラレスも十代の娘で、ヒスパニック系。冬の寒い夕方に、グレインジャー郡内で行方不明になった。グレーのセダンに乗り込むところを目撃されたのを最後にだ。ルーシー・アレヤンドも事件当時十代で、ヒスパニック系。寒い冬の夜にグレーのセダンで拉致された。似すぎてるとは思わないか？」

ランディはそういうことかと言いたげな顔で義父と目を見合わせた。ジャックは彼の顎に一発食らわせてやりたい衝動を抑えるのに必死だった。

「個人的な感情で騒いでるだけじゃないのか？」ランディが訊いた。

ジャックはひとつ深呼吸した。「ひとりの人間として職務を全うしようとしているのかという意味なら、ああ、そうだ。これはおれ個人に関わる問題だ。あんたに言ったところで、到底理解できないだろうがね。実際、ヴェロニカのご両親は、あんたに代わって、あんたがすべき仕事をしてくれた。おまけに彼らは、夕方のニュースをちょっと見ただけで、三つの事件の共通点に気づいた。本来それは法執行機関の仕事だ。その辺の給料泥棒を何人かクビにして、彼らにバッジを渡したほうがいいんじゃないのか？」

「あんまり図に乗るんじゃないぞ、ジャック」ソファのほうから声が響いた。

ジャックは町長に注意を向けた。「何かおっしゃりたいことでもあるんですか、ボブ？殺人事件の捜査のやり方にご意見でも？」

スピーヴィーは腰を上げ、薄くなった頭にカウボーイハットをのせた。「おまえの足元の氷は、案外薄いぞ。とうの昔にお蔵入りになった事件についてあれこれ騒ぎ立て、保安官の仕事まで批判するわ、記者会見を開いて町民たちの神経を逆撫でするわ、あげくの果ては酒場の喧嘩に巻き込まれて――」

「ホイトは駐車場で女性を襲ったんですよ！」

スピーヴィーは目をぎらりと光らせた。「それでおまえはどうした？　ちゃんと警察署長らしく対応できたのか？　いや違う。おまえは相手の頭をかち割ろうとしたんじゃないか！相手は警察の蛮行を許さず、法的措置をとるとまで言ってるんだぞ！」

「馬鹿馬鹿しい」ジャックは言った。「ホイト・ディクスンは〝蛮行〟なんて言葉は知りませんよ。ましてや法的措置なんて思いつくはずもない。やつはカウンターに背が届くか届かないかのころから、ずっとバーで騒ぎを起こしてるんです」

スピーヴィーはドアのところまで行くと振り返った。「とにかく、しっかりしてもらわんと困るぞ、ジャック。ここはヒューストンじゃない。この町じゃなんでも穏便に解決するのが慣《なら》わしなんだ。あちこち騒いで回ってパニックを引き起こすような真似をされては迷惑なんだよ」彼はジャックを指差した。「そうだ、それから、ホイト・ディクスンは〝蛮行〟なんて言葉は知らんだろうが、やつの弁護士なら、当然それくらいのことは思いつくだろうな」

フィオナはオースティン警察署本部から出て、寒さに背中を丸めた。ため息をつくと、それはたちまち白く凍りついた。

それにしてもこの天気はいったいどういうことなのだろう。テキサスの冬は温暖なはずなのに、ここ二週間凍えそうな日が続いている。ズボンにも、ブーツにも、ちくちくするウールのマフラーにももううんざり。おまけに、妹へのアレルギー症状は、日増しにひどくなっている。寒風に目を細め、温暖前線が早く来てくれますようにと祈った。

もうひとつ願い事をするとしたら、温かいコーヒーも飲みたい。

それから、一週間、誰にも邪魔されずに眠りつづけたい。

フィオナは転げ落ちないように気をつけながら、コンクリートの階段を下りていった。疲労のせいか、目が腫れてごろごろする。昨夜は午前一時まで絵を描いていた。そこで力尽き、着替える間も惜しんでベッドに倒れ込んだのだが、三時間後にネイサンに起こされた。彼は朝早くに申し訳ないと詫びつつ、強盗殺人事件の捜査にぜひとも力を貸してほしいと頼みこんできた。

かくしてフィオナは、警察本部へやってきた。なぜなのかは自分でもわからない。警察関係の仕事はもうしないと宣言し、本気だということをネイサンに力説してきたはずなのに、あの話はいったいどこへ行ってしまったのだろう？　意志を貫徹できないのは、誰に対してもノーと言えない意気地なしの性格のせいだろうか？

それを裏づける証拠もある。まずは証拠Ａ＝妹。アパートメントに転がり込んできてから一週間になるのに、食料品の買い物に関しても、家事に関しても、何ひとつ貢献しようとせず、そのくせｉＰｏｄに音楽をダウンロードすることにはかなりの時間を費やしている。

いや、やはりコートニーの言葉が正しいのかもしれない。似顔絵画家を辞められないのは、心のいちばん奥底では、やめたくないと思っているからなのだろうか？

フィオナは車を駐めたパーキングメーターのところまで来ると、かじかんだ指で道具ケースのなかを探った。コーヒーはあきらめよう。まっすぐ家へ帰って、ベッドに身を投げ出すのだ。今現在、唯一眠りよりもそそられるものといえば、いっしょにベッドに横たわってくれる温かい肉体ぐらい……。

「おはよう」

聞き覚えのある声がし、フィオナは振り向いた。そして驚愕の眼差しで、ジャックの頭のてっぺんから爪先までを見回した。まるで妄想が現実となって現れたようだ。「ここで何してるの?」

「ネイサンに話があって来たんだ」彼はフィオナの車のトランクに軽く腰かけ、足を足首のところで交差させている。

フィオナは彼に歩み寄り、手を伸ばして眉に触れた。「わたしの秘伝の方法じゃうまくいかなかったみたいね。痛む?」

「だいじょうぶだ」

手を下ろし、彼にむやみに触れたくなってしまわないよう、道具ケースの取っ手を握った。ネイサンはジャックと会う約束があるとは言っていなかった。彼の友人に対し、フィオナが仕事の付き合い以上の関心を寄せていることに、まったく気づいていないのかもしれない。

「きみはなぜここに?」ジャックが尋ねた。

「強盗殺人の捜査で、ネイサンに呼ばれたの」

ジャックは眉をひそめ、腕時計に目をやった。

「コンビニだったの」フィオナは言った。

署内では刑事のひとりが、犠牲になった二十三歳の店員について、深夜勤務は別名〝墓場番〟というが、本当に墓場に行っちまうとはなと冗談を言っていた。ネイサンは丁寧ながらきつい調子でその刑事を黙らせた。

「一応言っておくけど、ネイサンはかなりご機嫌斜めよ」ジャックが小脇に抱えた分厚いマニラフォルダーに目をやった。「おたくの事件について相談しに来たの？」

「ああ」

「進展があったのね？」

「そういうわけでもない」

フィオナは表情を読みとられまいとして視線を逸らした。なぜかはわからないが、彼が嘘をついていると直感的に気づいていた。

ジャックはため息をつき、彼女の肩越しに警察署の建物を見やった。彼もフィオナに劣らず疲労困憊《こんぱい》しているようだ。例の事件のせいで苛立ちが募っているのだろう。

「今は手いっぱいみたいだから、どこかで朝食でも食べてきたほうがいいんじゃない？　もう少しすれば事態も落ち着くかもしれないし」

彼は少しのあいだ考えるような顔をしてから、また腕時計に目をやった。「できればそうしたいが」彼はフィオナの車から離れた。「さっさと先に進めなきゃいけないんでね」

新たな手掛かりが出てきたに違いない。それを話してくれるほど、信用していないのだろう。捜査員のなかにはそういう人もいる。外部の人間には事件の詳細を絶対に漏らさない、ガードの堅いタイプだ。

フィオナとしては、ジャックが彼女のことをまだそんなふうに考えているとは思わなかった。

「それじゃ」なんとか笑みを繕った。「いずれまた」それっていつのこと？　いつになったら、彼とまた会えるの？　そう、問題はそこなのだ。それと、極度の睡眠不足。フィオナの神経は妙に逆立っていて、ひどく感情的になってしまいそうだった。道具ケースから車のキーを取り出し、番号を打ち込んだ。

　ジャックが彼女のためにドアを開け、フィオナは道具ケースを放り込んだ。彼は何か言いたそうに見えた。けれど、感情を露呈してしまう前にここを離れなければと思い、フィオナはエンジンをかけた。

「それじゃあね、ジャック。捜査がうまくいくように祈ってるわ」

　どうしても寝つけそうになかったので、フィオナは眠るのをあきらめ、絵を描くことにした。お気に入りの古びたジーンズを穿き、タンクトップを着て、ＣＤを選ぶ。カウボーイ・ジャンキーズなら、この気分をほぐしてくれるかもしれない。このあいだコートニーといっしょに張ったカンヴァスを取り出した。白色地塗り材《ジェッソ》はすでに昨日の午後塗っておいた。ぴんと張ったカンヴァスは、汚れを知らない一面の白。色をのせられるのを待っている。今こそ、大作に取りかかろう。これ以上先延ばしにしてはだめ。今日はきっと何かいいものが描ける。そんな予感に血が騒ぐのを感じていた。

カンヴァスはイーゼルに立てるには大きすぎたので、壁に立てかけ、絵の具を手にしてその前に胡坐をかいた。

空白のカンヴァス。怖気づきそうになるけれど、その一方でわくわくする。これは『ブランコ川の連作』の中心を成す作品だ。絵の具のストックを見て、サップグリーンという灰色がかった緑と、オリーブ色、ローアンバーと呼ばれる黄味のある土色を探した。

が、視線はなぜか、鮮やかな色に引き寄せられてしまう。フィオナはカドミウムレッドという明るい赤と、緋色《スカーレット》の絵の具を手にした。この色はフィオナの感情に直接訴えかけてきた。荒れていながら美しく、移ろいやすくも情熱的だ。続いてウルトラマリンという名の海を思わせる青と藍《インディゴ》に目を留め、このあいだの晩、バーで隣に座ったときの、ジャックの瞳の色を思い出した。彼はとても印象的な男だ。こうして、自室でひとりでいるときならば、それを素直に認めることができる。ジャック・ボウマンの印象は、フィオナの心に鮮明に刻みつけられている。彼の頑固さや職務に献身的なところに、感銘を覚える。これを職業倫理というのだろうか、彼の町で見つかった名もない遺体を他人任せにできないようなところを尊敬していた。

おまけに彼は魅力的だ。数日前の晩、触れられたときの手の感触や、唇の熱さを思い出す。ひとりぼっちの長い眠りの末にようやく目覚めたように、自分の身体が彼を求めて反応していた感覚さえ蘇《よみがえ》ってくる。このときふと、フィオナは自分が何を描きたいかを悟った。ブランコ川とはなんの関係もないけれど、素晴らしい作品になることは間違いない。

ウルトラマリンの絵の具をパレットに絞り出し、亜麻仁油を加えてから、少量のテレビン油を垂らして薄めた。ファット・オーバー・リーン法と呼ばれる手法を使うつもりだ。半透明の薄膜を重ねながら、接着をよくするために上層部に行くに従って、油分の比率を多くしていく。これにより、鮮やかで揺らめくような色彩が生まれる。幅の広いセーブル毛の筆を選び、毛先で頬を撫でた。滑らかでエロティックな感触。筆をブルーの絵の具に浸すことを考えただけで胸がときめいていた。

12

玄関のドアにノックが響き、フィオナははっと現実に引き戻された。時計に目をやった。何時間もずっと描いていたようだが、あまりに集中していたので、ほんの数分しか経っていないように思える。カンヴァスにはブルーとグレーの水が一面に広がり、何カ所か、中央が空白の白い渦が描かれている。このなかにはあとで鯉《こい》を描き加えるつもりだ。ブルーの部分が十分に乾いたら、次は――。

トン、トン、トン。

そうだわ、玄関。誰か来客のようだ。

フィオナは立ち上がり、ストレッチをした。脚がこわばっている。いきなり脚に血流が戻ったので、頭がくらくらした。散らかったアパートメントのなか、物のあいだを縫うように進み、覗き穴から外を見た。

ジャック……。

心臓が、大きくどきんと鳴った。

思わずほころんでしまった顔をもとに戻し、落ち着きなさいと自分に言い聞かせた。何をどきどきしているの？　仕事の用に決まってる。事件のことで、何か相談があるのだろう。自分の服に目をやり、今さらめかしこもうとしても無駄だと悟った。錠を外し、ドアを引き開けた。

「こんにちは」

彼はフィオナの全身を見回し、口の端を引き上げて微笑んだ。「仕事中だったようだな」

フィオナは後ろに下がり、彼を招き入れた。「ええ、そうよ」

ジャックがなかへ入ってきた。フィオナは少し落ち着かない気分になった。彼に絵を見られてしまう。散らかったアパートメントも、乱れたままのベッドも……。

彼はひととおり把握するような目つきで周囲を見回したあと、彼女に視線を戻し、にっこりした。「鼻に絵の具がついてるぞ」

思わず鼻に触れた。指先に鮮やかなセルリアンブルーの絵の具が付いた。「失礼」またアパートメントを横切り、イーゼルのところへ行って、ぼろ布を手に取った。角をテレビン油に浸してから、バスルームに入った。「ちょっと待ってて」

しばらくして彼女は、多少は見られる身なりに整えて出てきた。

ジャックはキッチンへ移動し、冷蔵庫に貼られたコミック『ファー・サイド』を眺めている。彼はフィオナのほうへ振り向いた。「さっきの申し出は、まだ有効かと思ってね」

「朝食のこと？」フィオナは時計に目を向けた。正午を少し回ったところだ。「でなきゃ昼食か。どっちでもかまわない。あるいは、少し散歩でもするとか。ここは空気が悪いから、少し休憩したほうがいいんじゃないか」

フィオナはくんくんとあたりを嗅ぎ、彼の言うとおりだと思った。寒いので、窓を開けて換気するのを怠っていた。彼女の鼻は、画材の臭いにすっかり慣れてしまっている。「そうね。着替えるからちょっと待ってて」

「どうしてだい？」

フィオナは微笑んだ。「これじゃ、浮浪者みたいだもの」

「だいじょうぶだよ」彼は玄関のフックから彼女のコートを取った。「ほら、これを着て」

フィオナはほんの一瞬ためらったが、どうでもいいかとあきらめた。五分程度では、髪も顔も大したことはできない。このまま出かけても同じことだ。

スニーカーを履き、ジャックにコートを着せてもらった。

ふたりはアパートメントを出ると、エレベーターで一階へ下りた。外へ出るや、フィオナは新鮮な空気を胸いっぱいに吸い込んだ。心が落ち着き、生気を取り戻したような感じがした。ひとしきり思い切り絵を描くと、一晩ぐっすり眠るよりもリフレッシュできることがある。

ジャックのほうを向いた。「お腹すいてる？」

「それほどでも。きみは?」

フィオナは肩をすくめた。「それほどでもないわ」

フィオナはあたりを見渡した。酒を飲むには時間が早すぎる。コーヒーショップに入ってもいい。あるいは水辺に向かって歩くこともできる。あいかわらずどんよりした空模様だったが、凍えそうな寒さはほんの少し緩んでいるようだ。

「行きましょう」フィオナは言い、タウン・レイクを巡る自転車専用路に向けて勢いよく歩き出した。「散歩にちょうどいい道があるの」

最初の十分ほど、ふたりは無言のまま歩きつづけた。ジャックは何か考えごとをしているようだとフィオナは思った。新たな手掛かりについて、話すつもりなのかもしれない。あるいは、何か考えがあって、わたしに相談してみたいのかも……。彼が話す気になるのを、じっと待っていた。

「寝てるところを呼び出されることも多いのかい?」しばらくして、彼はようやく口を開いた。

昨夜の強盗殺人事件のことを言っているのだ。フィオナは顔から髪を払いのけ、彼に目を向けた。「たまにね」

「出張も頻繁にあるんだろう? FBIに呼ばれたときとか?」

「ときどきは」最近ではかなり頻繁になってきていたが、そう言えばジャックが不機嫌になるのではという気がした。

「大変な仕事だ。きみは創作に専念したほうがいいんじゃないか」

フィオナは鼻で笑った。

「なんだ？」

「あなたの口からそんな言葉を聞くとはね。あれだけ必死で口説き落として、わたしを捜査に協力させたくせに」

ふたりはすでに水辺に近づいていた。ジャックが水面に目をやった。水は、空と同じくらい冴《さ》えない灰色に染まっている。「だいぶ考えが変わってきたよ。きみを巻き込んでしまったことを申し訳ないと思いはじめている」

ふたりはさらにしばらく歩を進めていた。フィオナは、たった今彼に言われた言葉で、頭がいっぱいになっていた。彼は、わたしを巻き込んだことを申し訳なく思っている。わたしの描いた絵が、二度も捜査に大きな進展をもたらしたにもかかわらず、わたしを雇ったことを後悔している。わたしと個人的に知り合ったことも、悔やんでいるの？　ふたりのあいだに芽生えたこの関係を、面倒に感じているの？　これがいったいどういうものかはわからないけど……。

そう、これはいったいなんなの？

ふたりは別々の街で暮らしている。これまで歩んできた人生も、似ても似つかない。ふたりに共通するものといえば、この事件の捜査と、仕事上の知り合いが一名だけ。しかも、その一名が口を滑らせ、フィオナが仕事上知り合った捜査関係者と深い関係になったということを漏らしたら、オースティン警察における彼女の評判は、一瞬にして地に落ちてしまう。

ジャックはひょろりとした篠懸《すずかけ》の木のそばで足を止めた。そして両の拳をポケットに突っ込み、地面を見下ろしていたが、やがて顔を上げ、彼女を見た。

「今回の事件では、もうきみの手を煩わせることはないよ」彼は言った。「そもそも無理に協力させたりしてすまなかった。ホイトの件もあったから、なおさら申し訳なく思う」

「あれはあなたのせいじゃないわ」

「わかってる。でもすまないと感じてるんだ。やつを起訴するかどうかは、今検察が検討中だ。立件されるかどうかはまだわからないが、おれとしてはそうなるよう、できる限り働きかけるつもりだよ」

フィオナにはさっぱりわからなかった。罪悪感がこんなことを言わせているの？　それとも不安？　わたしに対して情が湧いてしまって、厄介なことになったと思っているの？

それとも、ルーシーのせい？

嫉妬が込み上げ、喉を締めつけた。フィオナはごくりと唾を飲み、それを押し戻そうとした。「今もルーシーと付き合ってるの？」

ジャックは眉を上げた。「はあ？」

「彼女と、今もまだ恋愛関係にあるの？」

「なんでいきなり彼女の話が出てくるんだ？」

「さあ、それはあなたのほうがよく知ってるでしょ？」

「ギニーからいったい何を聞いたんだ？」

フィオナはふんと鼻を鳴らした。「べつに」

「だから言ったろう？　ギニーは話を大げさにする癖があるんだ」彼は貯水池のほうを見やった。「とにかく、何もないよ。今はもう」

フィオナはポケットのなかで拳をぎゅっと固めた。また嘘をついている。そんなことだろうと思っていた。何もないのなら、なぜ彼女について言葉を濁してばかりいるの？　あるいは、別れてもなお、彼女のことが忘れられないのかもしれない。

「そろそろ帰らなきゃ」フィオナは言い、来た道を戻りはじめた。

ジャックはすぐに追いついてきた。「ちょっと待てよ。なんで怒ってるんだ？」

「怒ってなんかいないわよ」

「嘘言え」

フィオナは彼を睨みつけた。

「なあ、きみがなぜルーシーのことを気にするのかさっぱりわからないが、おれは彼女の話をしに来たんじゃない。きみに、もううちの事件に関わらなくていいと言いに来たんだ。それと、もう警察関係の仕事はやめたほうがいいとね」

「へえ、そうなの？」怒りが募るに従って、歩幅がさらに広くなった。「わたしの進むべき道をアドバイスしてくださろうってわけ？」

「そうじゃない」

「そういうふうに聞こえるけど」

「おれは友人として言ってるんだ。きみはもう、犯罪捜査には関わらないほうがいい。そのほうがきみ自身のためだと思う。きみは疲れきってるじゃないか」

フィオナはいきなり足を止め、くるりと振り向いた。「ひとつはっきりさせておくわね、ジャック。あなたはわたしの友達なんかじゃない。わたしが何を仕事にしようと、あなたにはなんの関わりもないことだわ。一度くらい雇われたからって、あなたにアドバイスされる筋合いはないのよ」

ジャックは身じろぎもせず、彼女を見下ろしていた。顎の皮膚の張り具合で、彼が奥歯を嚙みしめているのがわかる。何か言いたそうだが、口を開いたとたん、罵られるのがわかっているのだろう。

フィオナはひとつ深呼吸し、多少なりとも気の利いた台詞で締めくくろうとした。「もうグレインジャーヴィルへ帰ったら？　わたしへの忠告も、そっくりそのままお持ち帰りになって」

ジャックは署長室の掲示板をじっと見つめた。やはり何か見落としている。それははっきり感じている。壁に貼り出した証拠をじっくり眺めているうち、いまだぼんやりとした事件の全容に焦点を与えてくれるような、鍵となる情報を見過ごしているのだと確信した。

この一連の事件はつながっている。それは確かだ。ネイサンも、ひととおり事件の詳細を聞いたあと、ジャックの見方に同意していた。彼は十年も殺人事件を担当しているこの道のベテランだ。ジャックは彼の意見を信頼していた。しかし残念なことに、ネイサンの経験をもってしても、新たな見解を得ることはできなかった。オースティンへわざわざ車を飛ばしたことの最大の成果は、とにかく動機をとことん追究すべきだというヒントを得たことだ。犯人が犠牲者の娘たちを選んだ理由はなんだったのだろう？　次なる被害者はどういう娘で、場所はどのあたりなのだろう？

ジャックは掲示板を眺め、それぞれの事件の共通項を頭のなかで整理していった。被害者のタイプは共通している。犯行の手口も。天気までもが、見過ごすことができないほどに似通っている。しかし何より気になるのは、事件現場の距離的な近さだった。もう一度地図に目をやり、メスキート川がグレインジャー郡の南西の角を横切っているあたりに注目した。ルーシーは、この川から一キロと離れていない場所で拉致されている。ナタリー・フエンテスの遺体はハイウェイ44号線を少し入った草地で見つかった。ルーシーの拉致現場からは二キロと離れていない。さらに、ヴェロニカ・モラレスが最後に目撃された〈スリーフォークス・バーベキュー〉というレストランは、メスキート川が44号線と交わる地点のおよそ八キロ北にある。

犯人は土地勘のある人間だ。間違いない。さもなくば、これほど狭い範囲に集中するわけがない。ジャックが捜している男が誰であるにせよ、このグレインジャー郡になんらかの関わりのある者に違いない。

けれど、もしそうだとすると、なぜ誰も似顔絵の顔に見覚えがないのだろう？フィオナの絵に問題があるということはあり得ない。ルーシーもブレイディも、ふたりが目撃した男に、まるで写真のように生き写しだと言っていた。

それ以外に唯一に考えられる可能性としては――考えるだけで気の滅入るものではあるが――この殺人鬼が、グレインジャー郡だけをターゲットにしているわけではないということだ。あちこち渡り歩きながら、若い娘を車に乗せては、痛めつけているのかもしれない。そして、なんらかの理由で、この他の事件については通報されないままになっているということも考えられる。

「署長、タイヤについて調べてきましたよ」

ジャックは地図から注意を逸らし、声がしたほうに目を向けた。署長室の入口にローウェルが立っていた。彼は呆れたような目つきで署長の服装を眺めている。

まあ、確かにひどいざまだ。目の周りにはあいかわらず痣が残っている。昨晩は徹夜で家に帰らず、服装は昨日の朝出勤したときのままだ。ジーンズとくしゃくしゃのフランネルシャツは、どう考えても職務規定に反する。

「何かわかったか、ローウェル?」

彼はジャックにタイヤのポラロイド写真を渡した。「現場で撮ったタイヤ痕の写真を、このあいだ話したNTBに勤めてる友達に見せたんです。とにかく、タイヤのトレッドパターンにはめちゃめちゃ詳しいやつでね。大したものですよ」

ジャックはBFグッドリッチ社製の新品のタイヤの写真を眺めた。どこかのタイヤショップの店内で撮影されたようだ。おそらくはそのタイヤ博士が勤めている〈ナショナル《N》・タイヤ《T》・アンド・バッテリー《B》〉という自動車用品店だろう。写真の下の余白には、細かな仕様がいろいろ書き込まれていた。州の科学捜査研究所では、もっと科学的な手法でトレッド痕について解明するのだろうが、誰かが調べる気になってくれるまで何年も待たされるのはごめんだった。

「その店員はこのタイヤだろうと言ってるのか?」

「百パーセント間違いないそうです」ローウェルは言った。「全地形型タイヤで、二年くらい前から、少なくとも十以上のSUVやピックアップトラックで標準タイヤになってます。もちろん、古いモデルに新しいタイヤをつける人もいるわけだから、車種については、特に何かわかるってことでもないんですけどね」

ジャックはうなずいた。「そうだな。だけどこいつは、幅が十七、八インチもある。標準的な車には大きすぎるだろう」

「自分の友達もそう言ってました。だから小型トラックか、ジープか、SUVを探すことになりそうですね。セダンやクーぺじゃない。もっとも、改造車となると、また話は別だけど」ローウェルはジャックが何か言うのを期待するかのように言葉を切った。

「でかしたぞ」

「それじゃ、今夜はこれでいいんなら、自分はそろそろ……」

ジャックは時計に目をやった。まいった。もう九時を回ってる。ばたばたしているうちに、週末が終わってしまった。

「ああ、もう帰っていいぞ。あ、そうだ、例の刺青屋の聞き込みもご苦労だったな」

ローウェルは馬鹿にするように笑った、「ヴァイパーってやつは、相当な変人でしたけど、似顔絵には似てませんでした。そういう人相の男も知らないそうです。嘘はついていない感じでしたね」

ローウェルは嘘発見器としてもなかなか優秀だ。ジャック自身がモラレス家に呼ばれてヴァイパーの聞き込みに行けなくなったとき、ローウェルを代わりに行かせたのも、彼のその才能を見込んだからだった。

ね」

「ボディアートなんて虫酸《むしず》が走る」ローウェルはなおも続ける。「どんなに金を積まれたって、どこかの変態野郎が針を持っておれの身体に近づくなんてことは絶対に耐えられません

「確かにそうだな」ジャックは言った。他人が刺青を入れていようが特に気にもしないが、彼自身彫りたいと思ったことは一度もない。「とにかく、おかげで助かったよ。ありがとう」

ローウェルが署長室から出ていってしまうと、ジャックは休憩室へ行き、コカコーラの販売機に二十五セント玉をいくつか入れた。書類仕事が山のように溜まっているが、今夜もおそらく、ナタリー・フエンテスの捜査資料を眺めて過ごすことになるのだろう。

失踪当時、ナタリーはヒュンダイ・エラントラを運転していた。彼女の母親からこの事実を聞いたとき、ジャックはすぐに車両手配申請を出しておいた。エラントラの標準タイヤと、死体遺棄現場で見つかったタイヤ痕もすでに比較したが、合致しなかった。この点から考えると、犯人は大きなタイヤをつけた小型トラックまたはSUVに乗っていると考えるのが妥当だが、テキサスという土地柄、それだけでは少しも絞り込んだことにならない。ひょっとしたら彼は、もうグレーのセダンには乗っていないのかもしれない。ルーシーが襲われてから十一年が経っていることを考えると、当然とも言える。たいていの人は、一台の車に、そう長くは乗らないものだ。

今現在犯人が乗っている車について、もっと手掛かりがあればいいのだが。あるいは、ブ

レイディが役に立ってくれるだろうか？　少年はフィオナに、〝うるさいエンジン音〟が聞こえたと話したそうだが、車のほうはよく見なかったとも言っている。

もっとも、ブレイディは当初、犯人をよく見ていなかったとも話した。それでいて、そのあとすぐ、犯人についての克明な記憶を彼女に伝えたのだ。フィオナは、目撃者と接する術を心得ている。しかし彼女にもう一度協力を要請することは、いくらなんでもできない。

警察署の入口のドアがいきなり開いた。ジャックが休憩室の戸口から覗き込むと、シャロンが玄関ホールに立ち、袖口の水滴を振るい落としているところだった。

「まだ上がっていなかったのか？」

「はい」シャロンはドアの前のマットで、泥だらけのブーツを拭いた。「例の家庭内の揉めごとで出動していたんですが、帰りがけにホワイト・テイル・ロードのほうで、ちょっとした事故が起きてるのを見かけまして」

無線からその情報が流れたとき、ジャックの耳にも入っていた。保安官代理のひとりが、動かなくなった車両を確認しに行ったというような内容だった。

「怪我人は？」

「車はだいじょうぶなようでした。タイヤがひとつパンクしているだけで。でも、署長も一応ごらんになっておいたほうがいいんじゃないかと思うんです」

「町から二キロ近くも出たところだ。うちの署の所轄じゃないぞ」

「署長は、うちの所轄だったらよかったと思うかもしれませんね」シャロンは言った。「動かなくなった車両の持ち主は、マリサ・ピーコーなんです」

ジャックは不安に胃が締めつけられるのを感じた。「ピーコー上院議員の娘か?」

「そうです」シャロンは濡《ぬ》れた髪をかき上げた。「バッグと携帯電話は前の座席に置かれたままですが、車にも周囲にもマリサの姿はなくて、車内には血痕が残っていました」

13

車をグレインジャーヴィルに向けて南に走らせはじめたとたん、フィオナは急に緊張を覚えた。

ジャックから連絡があったわけではない。新展開があったあとすぐ、ナタリー・フエンテス殺害事件について、彼女の協力が要請された。しかし今回はジャック・ボウマンが彼女のアパートメントに訪ねてきて、彼一流のやり方で説得したのではなく、ＦＢＩ特別捜査官のレイ・サントスが電話で誘ったのだ。

フィオナは引き受けた。

午後の美術の授業を終えたところでサントスと三分だけ話すと、そのままホンダに乗り込んだ。

そして今、州間高速を猛スピードで飛ばしながら、彼女はジャックのことを考えていた。彼はこの事件の捜査に全身全霊を傾けていた。彼自身気づいているかどうかはともかく、それはたった今、彼の手から奪い去られてしまった。

彼はたぶん気づいているだろう。そしておそらく、怒っているに違いない。烈火のごとく。これより、グレインジャー郡保安官事務所が、FBIとの緊密な協力関係のもと、この事件の捜査を主導することになる。サントスの話によれば、FBI及び地元の捜査当局は、ナタリー・フエンテス殺害事件を、グレインジャー郡で起きた別のふたつの失踪事件と関連しているとの見方で捜査する方針だという。小さな町の警察署長が一途《いちず》に行ってきた地道な捜査が、州内屈指の大規模な合同捜査へと変わったのだ。それが本人の意図するものかはともかく、ジャックが追いつづけてきた男は、ついに新聞の一面を飾ることになった。

グレインジャー郡で新たに行方不明になった女性は、二十五歳のマリサ・ピーコーだ。テキサス南部では著名な牧場経営者で、長年にわたりテキサス州の上院議員を務めているべン・ピーコーの末娘である。

フィオナはハイウェイ44号線への出口を出ると、今ではお馴染みになったサービスエリアに寄った。つい三日前に、ここでコーヒーを買ったばかりだ。今夜もまた、家路につく途中、カフェインを求めてここに立ち寄ることになるのだろうか？　あるいは、今夜は現地に泊まることになるの？

ジャックとともに……。

ふたりの最後のやりとりを考えると、その可能性はなさそうだった。そのほうがいい。彼とのあいだは、仕事上の付き合いという距離感に戻す必要がある。たぶん寝不足のせいだろうが、昨日はつい感情的になってしまった。今ではそれを後悔している。もう二度とあんなふうになりたくない。今日は仕事でここへ来たのだ。個人的なことをあれこれ考えている暇はない。

ジャケットの襟を撫でつけ、鏡を覗き込んで顔をチェックした。髪はひっつめにし、メイクは必要最小限だ。警察関係の人たちと仕事をするときにはこの格好が落ち着くが、ブレイディ・コックスと会うには最悪だ。けれど、いつもトランクに入れたままにしているキャリーケースは、なかの衣類を洗濯するためアパートメントに置いてきてしまっている。間に合わせでなんとかしなければ。

ハイウェイは畑のなかを横切っており、周囲には見渡す限り、しおれた植物が列を成している。フィオナは窓の外に目を向け、この作物はいったいなんなのだろう、この寒さのなか、持ちこたえることはできるのだろうかと思った。農業については何ひとつ知らない。果てしなく続く畑のなかを走りながら、自分がいかに無知であるかを思い知らされた。

ここではまったくの部外者だ。

ジャックとは違う。彼は都会のスシ・バーにいても、マッチョ剝き出しのピックアップトラックを運転しているときと同じくらい、その場に馴染んでいた。フィオナはそんなふうに器用に順応できない。彼女には都会が必要だった。混沌《こんとん》としたなかでしか生きられないのだ。大勢の密集した人々のなかに紛れ、周囲から絶えず詮索されるようなこともなく、匿名のまま、単にそこに存在しているという生き方しかできなかった。フィオナは絆や人間関係というものと無縁でいたいと思うことさえあった。コートニーはそれを自衛手段だと言うが、そうなのかもしれない。そんなことは不可能だと知りながら、たったひとり、誰にも気づかれずに無名のまま生きるという選択肢を、ついつい夢見てしまうことがある。

〝グレインジャーヴィルへようこそ。譲り合いの心で運転しましょう〟

道路に掲げられた看板の下を過ぎたとき、ほんの数日前にギニーと交わした会話を思い出した。彼女は、ジャックは父親似の頑固一徹な男だと言っていた。家族揃って、実直な人々だと。

今では古風な響きを持つ言葉だが、それが事実だということは、フィオナにもわかった。そんな昔気質《かたぎ》の男が、どうやったらＦＢＩの捜査員や政治家たちや記者たちの猛攻撃に耐えることができるだろう。今日という日が終わるころには、みなうるさく彼につきまとっているに違いない。

フィオナは町の中心街へと車を進め、警察署と図書館、前回来たときにガソリンを入れた〈テキサコ〉のスタンドの前を通り過ぎた。グレインジャー郡合同庁舎の駐車場へ入ったとき、すでに入口近くのスペースに、テレビ局の中継車が何台も並んでいるのに気づいた。バンからそびえるアンテナが駐車場内に林立し、空高く浮かぶ人工衛星へと、グレインジャーヴィル発の映像を届けようとしている。

フィオナはひとつ大きく深呼吸し、髪を掌で撫でつけながら、これから繰り広げられるであろう狂乱に備えて、心の準備をした。

ランディ・ラッドは水を得た魚のようだった。マイクやカメラに囲まれ、注目を浴びた彼は、いつもの二倍に膨れ上がったかのように、背が高く、大きく見えた。

もちろんこれは、上げ底のおかげでもある。ジャックは大会議場の壁際で腕組みをしながら、グレインジャー郡保安官がステージに上がるのを眺めていた。ランディはとっておきのオーストリッチ製のブーツを履き、トレードマークのカウボーイハットをかぶっている。その結果、百七十二センチの保安官は百八十二センチに見えた。彼は必要もないのにマイクを直し、主要なテレビ局のレポーターと視線を合わせ、厳粛な面持ちで集まった人々を見渡した。みな固唾《かたず》を呑んで、この場の責任者からニュースが発表されるのを待っている。

まったく、いいお笑い草だ。ランディも町長も、百八十度の豹変《ひょうへん》ぶりだった。カメラのフラッシュの閃光《せんこう》とともに、ナタリー・フエンテス殺害事件は、ジャックが勝手に推し進めようとしている厄介事から、この地域の最優先事項へと、一瞬にして変わったのだ。

ランディが滔々と事件の経過を説明するあいだ、ジャックは奥歯が全部すり減るほど歯ぎしりしそうになるのをなんとかこらえつつ、記者会見場を見回した。こんなのはどうってことはないと自分に言い聞かせていた。町長に脇に追いやられたからって、なんだというんだ？　あの狸爺《たぬきじじい》はカメラの前で話をするのはおろか、くしゃみのひとつでもしたら署長バッジを取り上げると脅しをかけてきた。目の周りの痣は、町のＰＲにはプラスにならないそうだ。加えて、彼のふてくされた態度も問題だと言いたいのだろう。実際、ジャックにとっては記者会見などどうでもいいことだった。今後もちゃんと捜査に関わらせてもらえればそれでいい。世間の注目は、ランディと町長にそっくりくれてやる。ジャックが求めるのは、犯人を逮捕することだけだった。ランディがその手で手錠をかけなければ気が済まないのなら、それでもかまわない。やつがＦＢＩのスター捜査官たちと並んで写真に収まり、犯罪に厳しくという姿勢を印象づけ、今年十一月の次期保安官選挙で再選されることを確実にしたいのなら、好きにさせてやろう。唯一、ジャックにとって一秒たりとも耐えられないのは、肝っ玉が豆粒程度の保安官野郎が実際の捜査に口を挟み、混乱を招くことだ。ランディは骨の髄まで政治屋だ。カメラの前で格好をつける才能はあっても、殺人事件の捜査を率いる知識はないに等しい。

　シャロンが横歩きでジャックのそばに近寄ってきて、音にならない口笛を吹いた。「あれって、いったい誰です？」

　ジャックは彼女の視線を追い、ランディの斜め後ろの壁際に並んでいるＦＢＩ捜査官や保安官代理の一団を見た。

「誰のことだ？」

「あのスーツの人」シャロンが言う。

ジャックの反対隣に立っていた保安官事務所の事務官、マーナが答える。「サントス特別捜査官よ」

ふたりの女性は、ジャックを挟んで意味ありげな視線を交わした。この手の目配せを、ジャックは何度も目撃した覚えがある。彼の姉と妹が、コリン・ファースやブラッド・ピットについて話すときにやる目つきだ。

「彼、どんな持ち物をお持ちなのかしら」シャロンがつぶやき、マーナがくすくす笑った。

ジャックが、警察署長の威厳をにじませてシャロンを睨みつけると、彼女はすぐに口をつぐんだ。ここで彼自身、サンアントニオの凶悪犯罪および重犯罪者対策課《VCMO》からやってきたレイ・サントスに視線を向けた。彼は無言で保安官の背後に立ち、鋭い眼差しで会見場内を見渡している。フィオナをもう一度呼び寄せ、ブレイディ・コックスの聞き取り調査をさせようなどという素晴らしいアイディアを思いついてくれたのはこの男だ。ジャックは彼について調べてみた。サントスは心理学の博士号を持っているそうだが、クアンティコ本部の地下室に引きこもって捜査ファイルを分析して過ごすのではなく、ここ五年ほどはサンアントニオのＶＣＭＯに勤務しているという。それによってジャックにはふたつの事実がわかる。サントスは現場主義の泥くさい捜査手法を身につけているということ。その一方で、隙あらばクソの役にも立たない心理学の知識をひけらかすだろうということだ。

まったく、ＦＢＩってやつは……。ジャックとしても、彼らの持つ情報や知識をこの事件の捜査に生かせることは大歓迎だが、会議室のテーブルを囲み、〝われわれが追ってる犯人はおそらく十歳のころにおねしょの癖があったでしょう〟なんてくだらない話で時間を無駄にするようなのはごめんだった。延々とプロファイリングを繰り返したところで埒が明かない。必要なのは、即刻この腐れ野郎を捕らえることなのだ。

ランディは、記者たちがすっかり聞き入っているのをいいことに、立て板に水の勢いで話を続けている。ジャックは近場から遠方まで、様々な場所からネタを求めてやってきた記者たちの一団を見回した。新聞記者はジーンズを穿き、ボタンダウンのシャツに安っぽいネクタイを締めている。テレビのレポーターのほとんどは女性で、派手に盛り上げた髪型と、金のかかった真っ白な歯が特徴だ。と、会見場の後ろのほうに座っているベージュのスーツの女性に、ジャックは視線を戻した。危うく見逃すところだった。ユニセックスな服装で無表情なその女が誰かわかったとたん、ジャックの脈は速まった。

フィオナは身をこわばらせて椅子に座り、両手を組み合わせ、ランディの話に耳を傾けている。ランディは聴衆に向かって、「グレインジャー郡保安官事務所は、何があろうとも、必ずやマリサを無事ご自宅に帰してみせます」と約束していた。

それを聞いたとき、フィオナが顔をしかめるのがわかった。おそらくはジャックと同じことを考えているのだろう。あんな約束をしてしまうのは、いくらなんでも調子に乗りすぎだ。

マリサは拉致された。かなり凶暴なやり方で。しかもナタリー・フエンテスを殺害したのと同じ人物による犯行の可能性が高い。仮に今現在マリサが生存しているとしても、異常者の手でいたぶられているであろうことは間違いない。そしてもし、彼女の命がすでになかったら――もしも犯人がすでに彼女に暴行し、絞殺したうえで遺棄していたら、その遺体は二度と見つからないかもしれない。ヴェロニカ・モラレスのように、何年も、あるいは永遠に、行方不明のままということも十分あり得る。

にもかかわらず、ランディはヒキガエルのように得意げに胸を張り、マリサの両親に――そしてテレビを見ている何百万という人々に――彼女を家に帰すと約束してしまったのだ。

フィオナがふとこちらを見て、ジャックと目が合った。ふたりのあいだに熱い視線が交わされる。彼女は今何を考えているのだろう、とジャックは思った。彼自身と同様、ランディの言動に怒りを覚えているのだろうか？　それとも昨日の彼の〝アドバイス〟に、今も腹を立てているのだろうか？　それとも、またこうして呼び寄せられたことに、苛立ちを覚えているのだろうか？

それについてフィオナが憤慨するとは思えなかった。ジャックとしても、今ではだいぶ彼女のことがわかってきたが、フィオナが仕事熱心であることは間違いない。献身的とも言えるほどだ。捜査に協力するたびに、彼女はそれが自分の個人的な問題であるかのように没頭する。この事件の手掛かりを解き明かし、犯人を逮捕するまでは、ジャックと同じように、フィオナもおそらく、ぐっすり眠ることができないだろう。

記者たちが口々に質問を叫び始めると、フィオナは落ち着かない様子で目を落とし、袖口を弄んでいた。ランディは質問のひとつひとつをさばきながら、ほとんど知識のない捜査手順や物的証拠について説明しつつ、なんとか大きなへまをやらずにしのぐという離れ業をやってのけていた。ジャックは冴えないスーツと実用一辺倒のヘアスタイルのフィオナを眺めた。ある時点から、彼にはフィオナの服装が、本心を隠す盾のように感じられてきた。今日の一着には、特に苛立ちを覚える。彼女はその服装で、ジャックから、そして彼以外の全員から、彼女自身を隠そうとしている。落ち着いた外見さえ保つことができれば、何者にもつけ入る隙を与えることはないと考えているかのようだ。事件にも、被害者にも。

そしてジャックにも。

記者会見がようやく終わり、フィオナは席を立ってバッグを手にした。その仕草には、すぐにもここを離れたいという意図が見てとれる。ジャックはここで不意に、彼女を行かせてはなるものかと決意した。

「ミス・グラス?」

フィオナが記者の一団を避けながら外に出ようとしているとき、スーツ姿の黒髪の男性が、足早に近づいてきた。記者会見場にいるときから、彼の姿は目に入っていた。実際、会場にいる女性たちのなかで、彼に気づかない者はいなかっただろう。

「サントス捜査官」フィオナは手を差し出した。

「噂どおりだ」サントスはその手をしっかり握った。フィオナは彼の握手のしかたに好感を持った。「あなたについては、ひとつ噂があるんですよ」

「それはどんな？」

「超能力者だって」

フィオナは急に居心地が悪くなり、手を引っ込めた。この男はハンサムだが、鋭い目で見つめられると、落ち着かない気分になる。

彼女は咳払いした。「それで、ブレイディともう一度話してみてほしいということですね？」

サントスはあいかわらずじっと彼女を見ている。この人はわたしの考えを読もうとしているのではないか。そんな妙な考えが、頭をかすめた。

「今朝早く、ギャレット・サリヴァンと話をしたんですがね、あなたの仕事ぶりにすっかり感心していましたよ。聞き取り調査の腕前は、これまで彼が会った人のなかでぴか一だって。特に小さな子供の心を開かせる才能は素晴らしいと言っていましたよ」

フィオナはバッグを握る手に力を込めた。お世辞を言われるのは、あまり得意ではない。

「彼のほうの事件は、どうなってます？」

「それが、新たに面白い手掛かりが得られたそうです」

「シェルビーの安否は？」

「それについては、何も聞いていません」

そのとき、三脚を肩に担いだ男性がいきなり会議室から出てきて、フィオナは危うく頭を殴られるところだった。サントスは彼女の肘に手を当てて、混み合っていないほうへ案内した。彼の眼差しはそのあいだもずっと彼女の顔に注がれている。

「もう一度ブレイディと会ってほしいんです」彼は言った。「フエンテスの事件のときに犯人が使っていた車両について、彼からもっと何か聞き出せないか、試してみてほしいんですよ。犯人の服装についても、他に何か覚えていないか尋ねてくれるとありがたい。何か特徴的なものを着ていたら、それが手掛かりになるかもしれない……ロゴ入りの帽子とか、上着とかね」

フィオナはサントスの背後をちらりと見やった。ジャックが廊下の反対側の端からこちらを見ている。彼は会見場でずっと彼女に向けていたのと同じ熱い目をしていた。

彼女はサントスに注意を戻した。「できるだけのことをしてみます」

フィオナは、記者たちに気づかれずになんとか建物を出ることができた。携帯電話を取り出し、サリヴァンに電話した。彼は最初の呼び出し音で出た。

「お忙しいところ、お邪魔してすみません」フィオナは言った。

「邪魔なんかじゃないよ。でも長くは話せない」

「シェルビーについては、その後どうですか？　たった今、お友達のサントス捜査官にお会いしたんですが、何か手掛かりを得られたとうかがったので」

「手掛かりについてはイエスだ」サリヴァンが言い、フィオナの期待はしぼんだ。「ミシシッピ州のメリディアンというところに住む女性が、ヤノヴィックから電話を受けたそうだ」

「そうですか」

「彼は中古車の購入について会って話をしたいと言ってきたそうだよ。その女性が新聞に出した広告を見たらしい」

「それで？」

「彼女はヤノヴィックが泊まっているモーテルを時間どおりに訪ねてきたんだが、やつはすでに逃げたあとだった。おそらくは自分の顔があちこちのニュースで流れてるんで、怖くなったんだろう」

「泊まっていたとき、同伴者は？」フィオナは祈るような気持ちで尋ねた。

「いないようだ。明るいニュースとしては、その女性がやつの携帯電話の番号を教えてくれた。盗まれた電話のようだが、ここ二、三日のあいだにその番号からかけられた通話記録をわずかながら突き止めることができた。それによれば、やつはどうやら西へ向かっているらしい。はっきりした場所はわからないものの、逃げ回って移動している。何かヘマをやらかすのも時間の問題だろう」

フィオナはこのとき、視界の隅で、建物の外壁にもたれ、腕組みをしているジャックの姿をとらえた。彼はこちらをじっと見ている。電話が終わるのを待ちながら、おそらくは内容についても聞き耳を立てているのだろう。

「言うまでもないが、これはすべて機密事項だ」サリヴァンが言った。「きみにも話しちゃいけないことなんだが」

「わかってます」

「じゃ、もう行くよ」

「教えてくださってありがとう」急いで言ったが、すでに電話は切れていた。フィオナは携帯電話をバッグにしまった。

「今日は授業がある日じゃなかったのか」ジャックはすでに彼女の前に立ち、腰に手を当てている。私服姿で、銃のホルスターも署長バッジもつけていない。眉の上の皮膚が、なかなか珍しい緑の色調に変わっていた。

「目の痣、ひどいことになってるわね。そのせいで捜査から外されたの？」

「外されたわけじゃない。マスコミの前に顔を出すなと言われただけだ」

フィオナは彼の顔をじっと見た。ぐっと嚙みしめた顎。力のこもった眼差し。まだ戦っている最中なのだ。保安官事務所とＦＢＩによって、捜査権がいとも簡単に彼の手から奪い去られてしまったということを、まだ認識していないのだろう。ジャックには情報源も、それを得る手段もなく、事件の管轄権もあいまいで、人的資源も少ない。政治やマスコミの注目が絡んでいることを考えると、ＦＢＩはおそらく、すべての物的証拠を鑑識に送り、超特急で洗い直そうとするはずだ。それ自体は好ましいことだが、彼らが必ずしも結果をジャックに渡す必要はない。目撃者の事情聴取の結果や、ＦＢＩの膨大なコンピュータ・データベースから弾き出された有益な情報についても、同じことが言える。

ジャックにはとても勝ち目はない。だが彼にはまだそのことがわかっていないようだ。

「ブレイディに会いに来たんだな」沈黙が長く続いたところで、彼は言った。「そんな格好で会うつもりか？」

フィオナは着ているスーツとベージュのフラットシューズを見下ろした。「車にジーンズがあるけど、シャツか何か借りなきゃいけないわね」

「だったらいい。だが、覚悟しておいたほうがいいぞ。ブレイディは話をする気分じゃないらしい」

「どうしてわかるの？」

「仕事熱心な保安官殿が、今朝ブレイディと話をしようとしたんだ。端的にいえば、出ていけと追い返された」

「本当に？」

ジャックは笑った。「保安官のことを、確か〝能なしのおべんちゃら野郎〟と言っていたよ。まあ、的確な指摘ではあるな」

「だとすると、やっぱりブレイディの人を見る目は確かかね」


しかし、ブレイディはフィオナにも話してはくれなかった。ジャックの署長室で三十分ほどふたりで過ごしたが、ブレイディから引き出すことができたのは、体育教師が行った性教育授業について小馬鹿にするコメントだけだった。フィオナはしかたなく、今日のところはあきらめることにした。自分の携帯電話の番号を紙に書き、何か思い出したら教えてと渡したあと、ブレイディを解放した。署長室の窓から、母親といっしょに帰る少年の姿を眺めているとき、彼がその紙切れを尻ポケットに入れるのが見えた。そのメモはしばらく入れっぱなしになったあと、洗濯機のなかでボロボロになる運命なのだろう。

「幸運は望めなかったか」

フィオナはため息をつき、ジャックのほうを向いた。「何ひとつ聞き出せなかったわ。夕方の予定は？」

「いつもと同じ、仕事だ」

彼はフィオナと同じ、仕事中毒《ワーカホリック》だ。それは欠点にもなり得るが、フィオナの場合、そうではなかった。彼女は使命感の強い男性を信頼する傾向があった。彼女の父もそういう人だった。

また窓のほうを向き、空を見上げた。宵闇が迫りつつある。もうじき、ブレイディが木の上の秘密基地から犯人が遺体を遺棄する現場を目撃したときと同じくらいの明るさになるだろう。

「死体遺棄現場で確かめたいことがあるの」フィオナは言った。「行きましょう」

ジャックはしばらく彼女をじっと見つめていた。それがなんであれあきらめたほうがいいと言うべきかどうか、考えているような顔だ。彼はやがてポケットから車のキーを出した。

「わかった。ただし、運転はおれがする」

五分後、ふたりはジャックのピックアップトラックに揺られていた。彼はずっと黙ったまだ。多少苛立っているようにも見えた。保安官の態度にも、捜査が進展しないことにも、不満を抱いているのだろうとフィオナは思った。

もちろん、彼女がここにいることについても。

しかし、それは彼自身のためにはならない。犯罪捜査はチームプレーだ。ジャックの目的を果たすには、そうした不満を乗り越えなければならないだろう。

フィオナはヒーターの温度を上げた。暖かい空気が勢いよく吹き出す。「腐った卵みたいな臭いね」彼女は顔をしかめた。

「硫化水素だ。油田や天然ガス田からはこいつが出る。あそこにポンプジャッキが見えるだろう？」彼は採油機械を示した。

「ひどい臭いだわ。みんな平気なの？」

「とらえ方によるさ」ジャックは言う。「これを金の匂いだと言う人もいる」

何キロか無言のまま走ったあと、ジャックは路肩に車を乗り上げ、茂みのそばに駐めた。フィオナはトラックから降り、あたりを見渡した。空気は冷たく湿っている。二車線の道路がハイウェイと交わり、その交差点付近に数軒の家が並んでいた。

「あそこが遺棄現場だ」ジャックが、ナタリーの遺体が発見された楡の木の下を指差した。フィオナは色褪せた草の茂みをしばらく見つめてから視線を逸らした。

「ブレイディの家はどこ？」固まって建つ家のほうへ目を向けた。

「すぐそこだよ」ジャックが煉瓦造りの小さな家のなかの一軒を指差した。「父親は二年ほど前に出ていった。母親は男出入りが激しくて、途絶えたことがない」

フィオナは胸に刺すような痛みを感じた。この痛みは、思いがけないときに襲ってくる。

「ブレイディはあんまり家には寄りつかないようだな」ジャックは並んだ樹木のそばで足を止めた。樹木と下生えの灌木《かんぼく》がフェンス沿いに植えられ、隣との境界線を形作っている。彼は大きなペカンの木を指差した。「あれが秘密基地だ」

フィオナはその巨木を見上げた。かなり高いほうの枝に小さな木の板が平らに渡され、三方を雨ざらしになったベニヤ板が囲っている。木の幹に直接釘で打ちつけられた十枚あまりの板が、そこへ至る梯子《はしご》の役割を果たしていた。このあたりの他の木々と同じように、このペカンの木もすっかり葉が落ちている。

「ずいぶん高いわね」フィオナは言った。「寒そうだと思わない？」

「そうだな」

「あそこで寝ることもあるなんて、信じられない」

「他に選択の余地がないんだろう」

遠い昔に封じ込めたはずの苦さが胸に込み上げてきた。「児童保護局には連絡したの？」

「何度か様子を見に来てくれてるよ。おれも目を光らせてる」ジャックが決然とした口調で言う。それはまるで誓いのように響いた。

フィオナはジャックの顔を見た。何に目を光らせるべきか、彼はわかっているのだろうか？　ブレイディの母親が火の点いた煙草を指に挟んだままソファで眠りこけたら？　母親が、あるいは母親の恋人が、ブレイディに手を上げることはないのだろうか？

あるいは、母親の恋人が度を越して親密にブレイディに接することは？

フィオナは足を踏みならしてペカンの木に近づき、急ごしらえの梯子の最初の一段をつかんでみた。板は古びてはいるものの、しっかりしている。ブレイディはどこかの家の柵を抜いて建材を調達したように見えた。

フィオナはのぼりはじめた。

「いったい何をしてるんだ？」

次の段に足をかけ、体重を支えてくれるかどうか確かめた。「ブレイディが見た景色を、この目で見たいの」

フィオナがさらに上へとのぼっていると、ジャックが彼女の下に来て、腰に手を当てて仁王立ちになった。「落ちて首の骨でも折られたら、こっちは腹の虫がおさまらないぞ」

フィオナはようやく最上段にたどり着き、秘密基地の床板に手を突いて身体を引き上げた。ここまで高くて見晴らしがいいと、草地全体やハイウェイの一部、周囲の家のほとんどが見渡せる。ブレイディはこの秘密基地から、母親の訪問者が家に出入りする様子を確認できるのだろう。犯人が死体を遺棄するところを少年がはっきり目撃したのもまず間違いない。しかし犯人の車となるとまた話は別だ。

「ここからだとハイウェイの全体は見えないわ」フィオナは言った。「犯人が道路沿いのあの茂みの脇に駐車したのだとしたら、車はちょうど隠れてしまう」

フィオナはゆっくりと下へ下りた。いちばん下の段を踏もうとしたとき、横木から足を滑らせ、バランスを崩した。ジャックがとっさに腕をつかみ引き上げてくれなかったら、危うく尻もちをついて、まだずきずきする尾骶骨をふたたび痛めてしまうところだった。

「ありがとう」バランスを取り戻しながらフィオナは言った。

ジャックはじっと彼女を見下ろしている。その眼差しには、記者会見場で見たのと同じ、怒りの炎が燃え立っている。

「なんなの？」

彼はフィオナの腕を放し、大股にトラックのほうへ向かった。

「ジャック？」

彼は乱暴に助手席側のドアを引き開けた。「帰るぞ」

フィオナは、昨日の散歩のときのように感情的になるようなことは絶対にするまいと決め、ピックアップトラックに歩み寄った。そしてジャックの前で立ち止まった。「いったいどうしたの？」

ジャックは石のように無表情な顔で彼女を見下ろす。

「あなたはご存じないかもしれないけど、わたしは捜査に協力するために来てるのよ。あなたのお仲間の保安官がよけいなことをして目撃者の機嫌を損ねたのは、わたしのせいじゃないわ」

「乗って。こんなところにつっ立ってたら凍えちまう」

フィオナは彼の言葉を無視した。「そのうち、ブレイディの気も変わるかもしれない。それまでのあいだ、他の手掛かりを追っていればいいだけの話でしょう？　ヴァイパーのところでは何かわかった？」

「いいから乗って」彼は繰り返した。「でなきゃ無理やり押し込めるぞ」

フィオナは助手席に乗り込み、力任せにドアを閉めた。

ジャックはときどき、耐えがたいほど嫌なやつになる。おまけに支配的だ。情報をひとり占めにして当然だと思っている。自分ひとりで何から何までできると思い込んでいる。こんなふうだから、せっかく追ってきた大事件をその手から取り上げられたりするのよ。

ジャックも運転席側のドアを開け、トラックに乗った。そしてエンジンをかけ、ハイウェイへと車を進めた。

彼がフィオナのほうをちらりと見る。「きみには、もうこの件には関わるなと言っておいたはずだ。それなのにまたこうしてやってきて、前以上に首を突っ込もうとする」

「あなたは関係ないでしょ。FBIに協力してくれと頼まれたの」

ジャックは呆れたようにかぶりを振り、フロントガラスの向こうに目を向けた。ハンドルを握る手に力がこもっている。フィオナは彼から目を逸らし、車窓の景色を見た。牧草地や有刺鉄線が張られたフェンスが飛ぶように過ぎていく。

「わたしの車は郡庁舎にある。そこで降ろして」

ジャックが暗雲が立ち込めたような目でフィオナを見る。その視線が、彼女の胸元に落ちた。胸の膨らみを見ているのか、貸したシャツのことを思い出したのか、フィオナにはわからなかった。

「シャツをすぐ返してほしいなら、化粧室に飛び込んで着替えてくるわ」

ジャックは前を見て何やら語気強くつぶやいた。

「え？」

彼は急ハンドルを切って路肩に乗り上げると、ブレーキを踏み、ギアをパーキングに入れた。そしていきなりフィオナを抱え上げ、コンソール越しに彼女を抱き寄せて、彼の膝に座らせた。フィオナは背中にハンドルが当たるのを感じながら、驚いた目で彼を見下ろした。

「きみを降ろすつもりはない」彼は言った。「そのシャツは今ここで返してもらう」

14

「今？」

　ジャックが彼女に口づけた。激しいキスだった。その荒々しさに、フィオナの全身に鮮烈な震えが走った。彼の唇が喉元を下りていく。ジャックはフランネルシャツをはだけさせ、彼女の鎖骨の上に唇を強く押し当てた。ぞくぞくするような刺激が素肌を駆け巡り、フィオナは思わず身をこわばらせた。彼女がその感覚に浸りきっている隙に、ジャックはもう一度彼女の腰を抱え上げ、彼の膝にまたがらせた。

「ジャック」

　彼がフィオナを胸にしっかりと抱きすくめる。至福の感触に、彼女は思わず呻《うめ》き声を漏らした。ジャックの手が滑るように彼女の髪に差し入れられ、彼の唇はふたたび彼女の口へ戻ってきた。なにもかも吸い込もうとするようなキスだ。フィオナも負けじと彼の唇を吸った。わたしたちはなぜ今まで行き違ってしまっていたのだろうかとふと思ったが、すぐにどうでもいいと思い直した。すべてが夢のように心地よかった。ジャックの手が彼女のシャツ――

本当は彼のシャツだが——の前を下り、ボタンを外していく。

「ああ、ジャック……」

「ん?」彼がシャツの前を開ける。冷たい空気がフィオナの肌を撫でた。ブラジャーの生地越しに、彼の熱く濡れた唇を感じる。頭のなかからすべての思考が吹き飛び、今はただ彼に身をすり寄せることしか考えられなかった。ジャックがブラジャーのレース地を親指でどかす。彼の唇が素肌をついばむのを感じ、フィオナの血は熱くたぎった。彼の短い髪に指を通しながら、止めなければと思う気持ちと、続けてほしいと思う気持ちあいだで揺れていた。一台の車が、唸りをあげながらハイウェイを通り過ぎる。ジャックは剝き出しになった彼女の乳房から顔を上げた。

ふたりはまっすぐ見つめ合った。フィオナは彼女自身自覚していなかった魔性の本能に突き動かされ、色っぽく腰をくねらせた。ジャックが頭をシートにもたせかけて天をあおぎ、苦しげな顔をする。「モーテルに部屋をとろう」

欲望が霧のように消え去り、フィオナはシャツの前をかき合わせた。剝き出しの素肌に、フランネルが柔らかい。ピックアップトラックの運転席でこんなふうに男にまたがっている自分が信じられなかった。

「どうした?」

「べつに」フィオナは平静を装おうとした。

「なあ、ここじゃいくらなんでも無理だ。おれはこれでも警察署長なんだぞ。末代までの語り草にされる」

「あなたの家は?」

彼はためらった。フィオナにしてみれば、その時間が丸一秒長すぎた。落胆に胸が痛んだ。

「モーテルのほうが近い」ジャックは両掌で彼女の肩を撫で上げ、首の両側に手を置いた。

「ここからなら一キロもない」

フィオナは唇を嚙み、彼を見下ろした。そんなのはとても無理だ。安っぽいモーテルの部屋にふたりで入り、一時間後、傷ついたプライドを抱えながら、彼が服を着て出ていくのを見送るなんて、絶対に嫌。

彼は掌でフィオナの片方の頰を包んだ。「きみにとっては大事なことなのかい?」

彼女はうなずいた。

ジャックは一瞬目を閉じ、ため息をついた。それから彼は、彼女のシャツの裾を手に取り、へその上で結んだ。「だったらそっちに座って離れてくれ。十分かかる」

七分後、ジャックはスピードを落とさないままハイウェイを逸れ、一見何もなさそうな場所にある砂利道へと車を進めた。あたりはあいかわらず一面の農地だ。と、突然、目の前に小さな白い家が現れた。

「ここが自宅?」

彼はギアをパーキングに入れた。「ああ」ジャックは運転席から飛び降り、助手席のほうへ回ってきた。フィオナは座席に座ったまま、彼の家を見つめていた。三〇年代風の平屋の家で、両側に楢の巨木がそびえている。

ジャックがドアを開け、引きずるようにして彼女をトラックから降ろした。

「いつ建てられたの？」彼に腕を引っ張られ、歩道を進みながら訊いた。前のポーチは新しいようだが、窓間壁《まどあいかべ》や梁《はり》の様式、さらには楢の木の古さを考えると、ジャックが住みはじめる前に持ち主がいたことは間違いない。彼はフィオナの手を引いてポーチの階段を上がり、玄関の網戸を開けると、鍵を鍵穴に差し込んだ。

「大戦後？」

彼はドアを引き開け、フィオナを抱き上げた。「歴史の授業はあとにしてくれ。さっさと裸になってもらおう」

背後で網戸がばたんと音を立てて閉じ、木製の扉のほうは、ジャックが足で閉めた。フィオナは腕を彼の首に回し、シャツの肩に頬を預けていた。いい匂いだ。いつもと同じ。ジャックの匂い。目が暗がりに慣れてきて、彼がキッチンを抜け、短い廊下を通って、寝室へ入っていくのがわかった。ジャックは彼女を無造作にベッドに放り出し、ブーツを脱ぎはじめた。ブーツが床に落ちるどさっという音に続いて、マジックテープが剝《は》がされる音が響いた。ジャックは脚にアンクルホルスターをつけていたのだ。彼はドレッサーのランプを点け、銃をそこに置くと、シャツを脱いだ。フィオナは思わず〝すごい〟と口走りそうになった。大恥をかく前に、慌てて言葉を呑み込んだものの、頭のなかではずっとその言葉を繰り返していた。肘をついて上半身を少し起こし、彼の完璧に鍛え上げられた胸板を眺めながらにっこりした。ジャックはこの家にも、彼自身の肉体にも、すっかり満足して寛いでいるように見える。フィオナは爪先を引っかけて靴を脱いだ。

ジャックはベッドに乗って彼女のそばに膝をつき、シャツの結び目をほどいた。彼の唇がふたたび下りてきたとき、フィオナの口元から笑みが消えた。彼の唇の熱を感じ、身体が震えた。こんなふうに誰かに求められるのは初めてだった。欲求や感情の渦に巻き込まれ、我を忘れてしまいそうだ。どういう理由かは見当もつかないが、この強靭《きょうじん》で頑固な男が、彼女を激しく求めている。それに対してフィオナは、彼女自身の奥底から湧き上がる欲求を感じつつ、これまで想像もできなかった領域へと踏み込むしかない。

ジャックは彼女の腕からシャツの袖を抜き取った。そして、瞳をじっと覗き込みながら、大きく温かい掌をフィオナの肋骨《ろっこつ》から背中へと滑らせ、ブラジャーのホックを外した。彼はブラジャーを取り去ると、床に落とした。続いて、彼女のジーンズのボタンを外そうとする。

フィオナは不意に身を硬くした。

「どうしたんだ？」ジャックが尋ねる。

「なんでもないわ」

彼はフィオナの額に唇を寄せながら、ジーンズ越しに彼女に触れた。「今さら緊張しないでくれよ」

「してないわよ」

ジャックは彼女の虚勢を暴くかのように、ジーンズのファスナーを下ろすと、ベッドの足元に立って、裾から引き抜いた。フィオナのパンティがそのあとに続いた。ジャックの視線が全身をゆっくり這い回ると、彼女の素肌は火照り、薔薇色に染まった。彼は例の妖しく輝く瞳で彼女を見つめている。フィオナはベッドカバーを握りしめ、波立つ神経を落ち着かせようとしていた。

不意に、もうこれ以上耐えられなくなった。彼女はベッドの縁に膝をつき、彼のジーンズに手を伸ばした。が、ジャックがその手をつかむ。「まだだ」彼は言い、フィオナに口づけた。

彼女はジャックの胸に身をすり寄せ、彼の胸毛が自分の滑らかな肌をこする感触を楽しんだ。彼の激しい鼓動が伝わってくる。ジャックも顔では平静なふりをしつつ、実際にはそうではないらしい。フィオナはそれに勇気を得て、彼をベッドに引き戻した。

「フィオナ」

仰向けで彼を受け止め、両脚をその腰にからめた。指を彼の肌に食い込ませながら、全身が疼きを覚えるほど激しく口づけた。

「待ってくれ」ジャックが苦しげな声で言う。

フィオナは彼を放すまいと抱きしめた。彼の胸の奥から呻きが漏れるのを聞くと、自分が最高にセクシーな女になったような気がした。ジャックが慌ててジーンズを脱ごうとし、彼の手の甲が彼女の肌に当たる。彼は次いでベッドの枕元に手を伸ばした。引き出しが開く音に続き、銀紙が裂ける音が、フィオナの耳に届いてきた。彼女はとろけそうな身体をもてましながら待っていた。疼きに耐えようと唇を強く噛み、血が出てしまいそうなほどだ。と、次の瞬間、彼がいきなり入ってきた。その衝撃に、フィオナは思わず声をあげた。

「すまない」彼は顔をしかめた。「ちょっと……待ってくれ」

フィオナは彼を見上げた。その顔は激しい欲求に歪《ゆが》んでいる。彼女のほうも、もう一秒たりとも待てなかった。渾身《こんしん》の力を込めて彼を引き寄せた。掌に、彼の筋肉の緊張が伝わってくる。彼の肉体に漲る力が、何度も繰り返し彼女を突き上げる。

「フィオナ……」

「ええ、いいわ……」

白熱の一瞬が過ぎ、ふたりはぐったりと燃え尽きた。

ジャックはフィオナを見下ろし、言葉では言い表せないほどの屈辱を味わっていた。うっとりと幸せそうにまどろんでいる表情を見ても、彼女が本気で楽しんだとは思えない。ベッドから身体を起こそうとして、彼女の脚が彼を放すまいと絡みついているのに気づきぎょっとした。一応義務的に額にキスをすると、ようやく彼女の脚は緩んだ。

しばらくしてベッドに戻ると、彼女の隣に仰向けになり、腕で目を覆って呻いた。マットレスが動くのを感じて様子をうかがうと、フィオナが横向きになってこちらを見ている。

「フィオナ」まいった。こんなとき、なんと言ったらいいんだ？　ジャックは目を開け、彼女のほうを見た。濡れた巻き毛が首筋に張りつき、頬は薄紅に染まっている。とても美しい。にもかかわらず、彼のほうは、ここ十年で最悪の、いや、場合によってはもっと長期的に見ても最悪の出来映えだった。

フィオナが人差し指で彼の胸をたどる。ジャックはその手をつかんだ。「すぐに埋め合わせするよ」

彼女は眉を上げた。「埋め合わせって、なんの？」

「わかるだろう？」くそっ。肘鉄を食らわされて、あんたとはこれっきりよと言われたほうがまだ気が楽だ。

フィオナは彼の苦悩などどこ吹く風で、彼の手を唇に持っていき、甲の関節にキスしている。そこは先日ホイトの顔を殴った名残でまだ青くなっている。彼女はそれが済むと、彼の肘に頭をのせ、幸せそうにため息をついた。ふたりはしばらくそのまま横たわっていた。身体の熱が正常に戻り、彼女の吐息が胸に温かく感じられた。

「ジャック？」

「なんだ？」

「あなたの家、すごく寒い」

寒いなんてものじゃない。極地並みだ。何日も家に帰らず、ヒーターを点けることもなかった。もっともヒーターはまともに動いたためしがないので、点けに行く手間を省き、彼女の膝を持ち上げて、ベッドスプレッドとシーツを剝がした。その二枚でふたりの身体を覆い、彼女の腰に腕を回した。

「ありがと」眠そうな声だ。今勝手に寝られては困る。少なくともプライドのかけらくらいは取り戻させてくれ。背後から抱き寄せようとすると、フィオナは小さく鼻を鳴らした。

胸の奥が何かにぎゅっと締めつけられた。しばらくのあいだ、ジャックはそのまま横たわり、あれこれ考えていた。こんな醜態を演じるとは、信じられなかった。しかもよりによってフィオナを相手に……。

彼女が身をすり寄せてきて、髪が彼の顎をくすぐった。できることなら時間を戻したかった。十分、いや、五分でもいい。

フィオナは何やらもごもごつぶやいている。

「なんだ？」

「兎、本当に飼ってるじゃない」彼女は肩越しに振り返り、眠たげな眼差しを彼に向けた。

「ポーチに檻があったわ」

「姪っ子のだよ」信じられない。よりによって今この話か？「甥がアレルギーだから、預かってるんだ」

「優しいのね」

優しいときた。それは今ジャックが彼女の口から聞きたい言葉ではなかった。

フィオナはあくびをこらえ、背中を丸めた。疲れているのだろう。それは彼も同じだ。ここ二週間はまるでマラソンのようだった。今は数分間だけ休もう。そうすればまた復活できる。

ジャックは彼女の耳に口づけ、約束の言葉を囁いた。しかしフィオナには聞こえていない。彼女はすでに完全に寝入っていた。


ジョン・D・アルヴィンは筋金入りのクソ野郎だ。

コートニーはフロントガラス越しに彼を眺めていた。仕立てのいい黒っぽいスーツ。上昇志向の赤の勝負ネクタイ。手首のフレンチカフスには金のカフスリンクがきらりと光る。

コートニーは刑事ではない。フィオナのような〝超能力者〟でもない。それでも、ジョン・D・アルヴィンが大嘘つきであることは、水晶玉を覗かなくたってわかる。にもかかわらずあの男は、コートニーはお馬鹿さんでそんなことには気づかないだろうと高をくくっているのだ。嘘でごまかし、欲しいものだけいただいて、いらなくなったらさっさと捨てればいいと思っている。

コートニーにたったひとつ、どうしても許せないことがあるとすれば、根性の卑しい男におつむが足りないと思われることだった。

彼女は98年型のぽんこつ車のドアを力を込めて押しあけ、歩道に出た。そしてジョン・デイヴィッド・アルヴィンが、ポルシェのキーを駐車係に渡し、ジョン・デイヴィッド・アルヴィン夫人を連れてレストランに入るのを、わずか数メートル離れた距離から見守った。

「豚野郎」コートニーはつぶやいた。彼は嫌な男丸出しで奥さんの前を歩き、ドアを開けて待っていてやろうともしない。

もっとも奥さんに対して同情する気持ちはなかった。彼女は白いジャガーのコンバーティブルを運転し、レイクウェイというオースティンの西にあるクソ豪華なゴルフリゾートで、豪邸に住んでいる。彼女だってたぶん、自分が結婚した相手がどれほど嫌なやつかはっきりわかっているだろう。奥さんってのは、そういうもんでしょ？

駐車係はきびきびとポルシェに飛び乗り、コングレス・アヴェニューを南へ下った。コートニーもすぐビュイックに乗り込み、そのあとをつけた。運転しながら、手にした〈グレイグース〉の瓶をラッパ飲みした。今夜の残りの仕事をやり遂げるには、この液体から勇気をもらう必要がある。

デイヴィッドの名前をインターネットでグーグル検索した結果、ダラスにはそんな名前の弁護士はいないことが判明した。そこから先、コートニーは直感を頼りに進んできた。直感は彼女を、オースティン市内にあるジョン・D・アルヴィン弁護士事務所のやたらにかっこつけたオフィスへと導いた。その駐車場で、彼女が見たものとは？ そう、彼女自身、すでにかなり見慣れたぴっかぴかの赤いポルシェ・カレラだった。

コートニーは胃のなかで憎しみが雪だるまのように膨れ上がるのを感じながら、事務所の外で待ち伏せした。そして夕刻のラッシュアワーの中、彼を家まで尾行し、妻といっしょに暮らす豪邸の前に乗りつけるのを見届けたのだ。

ムカつくあまり吐き気がした。続いて、自分が馬鹿みたいに思えた。やがて車回しに置き去りになった〈ビッグホイール〉という三輪車を見て、また吐き気がした。

そして今、彼女はもう一度ウォッカをラッパ飲みした。焼けつくような熱さが胃まで落ちていく感じに、多少気が紛れる――ベイビー、あなたにプレゼントがあるのよ。

彼女の目の前でテールランプが光り、ポルシェは半分ほど空の駐車場へ入っていった。駐車係がそれを二台のBMWのあいだに入れるのを見届けると、コートニーは駐車場の前を過ぎて少し先の路地へ入り、車を駐めた。そして膝に目を落とし、しばらくそのまま座りながら、子供のころに乗っていたバービー柄の〈ビックホイール〉を思い出していた。フィオナのお下がりだったが、当時一家が住んでいたロサンジェルスのおんぼろアパートメントの敷地を、そのペダルを踏んで走り回るのが、大好きだった。

胃がむかむかしてきた。

ウォツカの残りをぐっと一息に飲み干し、道具一式を手に、車を降りた。吐く息は、顔の前ですぐに白く凍った。コートを着てくるのを忘れた。路地は吐物の臭いがする。おぼつかない足取りで、ふらふらと表通りを目指した。

「げっ！」地面に落ちていたビール瓶を踏んでつまずき、思わず声をあげた。あたりを見回したが、人影はない。車が二、三台、パーキングメーターに駐められている以外、路地はがらんとしていた。駐車場にたどり着くと、輝くポルシェのところへ行った。

道具一式を地面に落とし、最初に何をするはずだっけと考えた。ちゃんと計画したはずなのだが、頭がぼうっとして細かいところが思い出せない。ちゃんと考えなくては。ハンマーが彼女を誘っているように見えたので、とりあえずそれを拾い上げ、手にかかる重さを確かめた。そして思いっきり振りかぶり、叩きつけた。

まるで音楽のように心地いい音だった。ガラスが雪のように足元に降り積もり、コートニーはにっこりした。耳をつんざくような警告音《アラーム》は無視し、車の周りを回った。気分爽快だった。愉快でたまらなかった。もう一度ハンマーを振り下ろした。さらにもう一度。叩くたびに氷のようなガラスが飛び散り、背筋がぞくぞくした――あなたに最高のプレゼントよ。

助手席側に回り、ふと手を止めて、革張りのシートを眺めた。この助手席は滑らかで気持ちよかった。温かくて贅沢な気分になった。ハンマーが手から滑り落ち、ヒールを履いた靴でよろめいた。

くらくらしてもおかまいなしに、うずくまってスプレー缶を拾った。耳のそばで振ってみた。アラーム音の響きに負けじと、なかのビー玉がカタカタ鳴るのが聞こえた。コートニーは立ち上がった。目の前の車が霞んで見えた。缶を持つ手を前に伸ばした。その手は震えていた。が、そのとき中身がシューと吹き出した。とたんに目眩《めまい》がおさまった気がした。新たな力が湧いてきた。最後までやり遂げるのよ。車の周りを移動しながら、芸術を形作っているような気分だった。コートニーはアーティスト！　コートニーは画家なのよ！　おかしさがこみ上げてきて、笑いが止まらなくなった。腹を抱え、ヒステリックに笑った。ふと、頬が冷たいと感じた。濡れていた。膝の力が急に抜け、スプレー缶は転がっていった。サイレンの音が近づいてくる。コートニーは地面に横たわり、アスファルトの上ですすり泣いた。


耳障りな音が聞こえ、フィオナははっと目を覚ました。また呼び出し……？

隣で何かが動いたので、びくっとして飛び起き、ひとりではないことに驚いた。

そこはジャックのベッドだった。グレインジャーヴィルにいるのだ。甲高い電話のベルは、フィオナを呼んでいるわけではなかった。

ジャックがナイトテーブルの電話から受話器を取った。「ボウマンだ」

彼はしばらく相手の声に耳を傾けてから、ベッドを出て、床に放り出されていたジーンズを拾った。暗闇のなかで、彼はポケットをごそごそ探っている。

「しまった。ああ、ここにある」彼はため息をついた。「呼び出し音をオフにしたままだ。記者会見に出たからな。どうした？　何があったんだ？」少し間があってからまた口を開いた。「いつ？」

フィオナはほとんど真っ暗ななかで彼の裸のシルエットを眺めていた。彼はどこかの時点でランプを消したようだ。そしてどこかの時点で脚に絡まったままのジーンズを脱ぎ、彼女といっしょにシーツの下にもぐりこんだ。そして、今まで、ふたりで眠ってしまった。何時なのだろうと目覚まし時計に目をやった。十一時十四分。ジャックの身体の緊張具合と、緊迫した語調から考えるに、当分のあいだはベッドに戻ってくることはなさそうだ。

ジャックは通話を終え、ジーンズを穿いた。フィオナは、聞く前から彼が次に何を言うかわかった。

「行かなきゃならない」

ここ数年、フィオナ自身、幾度となくその言葉を繰り返してきた。たいていの場合、彼女の恋人は、二十四時間体制を要求される彼女の仕事が理解できないようだった。ジャックもまた、フィオナと同様、拗《す》ねる相手などごめんだろう。それがわかっているので、何も言わなかった。それでも、妙に気恥ずかしくなって、シーツで胸を覆いたくなる衝動は抑えられなかった。

ジャックは素足をブーツに突っ込んだ。靴下を履く暇も惜しいようだ。

フィオナは不安に駆られた。「マリサが見つかったの？」

「いや」ジャックはシャツに袖を通し、手早くボタンを留めた。「カルロスからだった。おれに手伝ってほしいことがあるそうだ」

フィオナがモーテルに行った場合に恐れていたのは、まさにこういうシーンだ。ジャックの自宅に行けばこうはならないというのは、浅はかな考えだった。警官というものは、どの道一カ所にはじっとしていないものだ。彼らはけっして行き先を告げることなく出ていく。フィオナがこれを理解できるのは、彼女自身も同類だから。一般人と深い付き合いになり、彼らが予見することも理解することもできないような気まずい事態を繰り返す必要はない。

ジャックは戸口で足を止めた。「おれが戻ってくるまでここにいるか？」

さよならのキスもない。

「その可能性が高いわね。車がないから」自分の口調が皮肉っぽいことに気づき、言ったことを後悔した。

「ああ、そうだった」

「わたしのバッグと道具ケースを持ってきてくれる？　トラックの床にあるわ。携帯電話がどっちかに入ってるの」

彼はしばらく無言で立っていた。暗がりで、表情もよく読めない。トラックに荷物をそっくり置いてきてしまうほど我を忘れていた情熱のひとときを、思い出しているのだろうか？　それとも、こうして置き去りにすることに、良心の呵責《かしゃく》を覚えているのだろうか？

「できるだけ早く戻る」ドアの閉まる音がし、ジャックの姿は消えていた。


ジャックが到着したとき、ルーシーは外で彼を待っていた。青いサテンのパジャマの上に、バーンジャケットと呼ばれる作業服風の上着を着ている。ルーシーは彼の顔をしげしげと眺めてから、不機嫌そうに唇を引き結んだ。

「ベッドから引きずり出してしまったみたいね。悪かったわ」

「こんなところで何をしてるんだ」ポーチの階段をのぼりながらジャックは言った。「兄さんたちは？」

「ドロレス以外は、みんな夜勤なの」ルーシーはドアを開けて彼を招き入れた。「それに、やつはもういない。見張ってたから確かよ」

「見張ってただって？　鍵を閉めてなかにいろと言われたろう？　万が一――」リビングのソファでセバスティアンがテディベアを抱えて丸くなっているのを見て、彼は言葉を呑み込んだ。

「やあ、ジャック」

「やあ、若いの」

「セバスティアンは眠れないの」ルーシーは言い、玄関のドアをロックしてからリビングを横切った。「こっちへ来て。さっきの話、説明するから」

ルーシーは彼を家の奥の作業場へ連れていった。彼女はたいていの場合、ここのソファベッドで眠っている。ルーシーは明りのスイッチを入れず、部屋の奥の窓が並ぶ壁のほうへ行った。

「そいつ、あそこに立ってたの」彼女は窓の外を顎で示した。「あの木の下」

ジャックは窓の外を見た。「本当に人だったのか？　ネルソン牧場から迷い込んだ牛だったのかもしれない。でなきゃ鹿とか」

ルーシーは彼のほうを振り向いた。「牛が煙草を吸う？」

ジャックはふたたび視線を外へ向けた。

「水を飲もうと思って起きたの。キッチンにいたら、セバスティアンが寄ってきて、眠れないって言うのよ。〝影男〟がまた来てるって」

「影男？」

「その男はときどきこの家を眺めてるんですって。現れるのは決まって夜で、あの木の下にいるんだって。今夜初めてその話を聞いたのよ」

ジャックは顔に出さないように努めていたが、長いあいだ胸に押し込めていた怒りがまた込みあげてきた。

「ここにいて」彼は言った。

裏口のロックを外し、ドアを開けた。外に人影はないが、念のためウエストに差していた拳銃を手に取った。今では馴染みになった銃の重さと形を掌に感じていると、元恋人を守ろうとするひとりの男ではなく、警官の思考になれる。

暗く、寒い晩だ。空高く、消え入りそうな薄い三日月が浮かんでいる。人知れず動き回るには、そして誰かにそっと忍び寄るには、格好の夜だった。

ジャックは草地を横切り、二段に渡された有刺鉄線のあいだを、上着を引っかけないよう気をつけつつ、身を屈めて通り抜けた。柵のこちら側はネルソン牧場の土地だ。牧場主はルーシーの家の隣の牧草地に、二十数頭の牛を飼っている。ジャックは問題の楢の木に近づきながら、ポケットから小型の〈マグライト〉を取り出した。木の周辺の地面を探っていると、小さな白いものが目につき、光を当てた。煙草の吸い殻。何か——おそらくは靴底——でぺしゃんこに潰され、木の根に張りついている。ジャックは屈み込んだ。

その吸い殻は、ルーシーの話を裏づけただけでなく、それ以上にジャックの神経を逆撫でした。なぜわざわざ残していく？　闇に紛れて誰かを監視する、あるいは誰かにストーカー行為をするのなら、なぜ煙草の火や匂いで、気配をわからせるようなことをする？　そしてなぜ、吸い殻を置いていくんだ？

なぜ若い娘を殺し、彼女の遺体を交通量の多いハイウェイのそばに捨てる？　なぜよりによって著名な政治家の娘を誘拐する？　目的が単に暴行殺人なら、あるいは、本来の目的は暴行でそれを隠すための殺人なら、なぜ警察に気づかれるような痕跡を残すんだ？

目的のなかに、警察を混乱させることが含まれているのでなければ、説明がつかない。あるいは、警察だけでなく、社会全体を混乱させたいのか？　いや、社会全体というより、ある特定の集団を脅したいのかもしれない。そのために同じような文化的背景を持つ被害者を選んでいるのではないか？

アレヤンド家は、明らかにその集団に属する。そして、今夜ここに現れたのは、改めて脅しをかけるためなのかもしれない。

ジャックはポケットからラテックスゴムの手袋を取り出し、はめた。ヒューストン警察署では、いかなる場合も準備万端整えていなければいけないということを教わった。グレインジャーヴィルに戻ってきても、その癖は抜けていない。注意深く吸い殻を拾い上げ、やはりポケットに畳んで入れておいた小さな茶色い紙袋のなかに落とした。寒い夜なので、捜査対象者が手袋をはめている可能性は高い。素手だったとしても、指紋を鮮明に残してくれる汗や脂が手についている可能性は低い。それでも唾液は残っているだろう。ＦＢＩが捜査に関わるようになった今、うまくすればこの吸い殻を来年じゅうくらいには分析してもらえるかもしれない。

ジャックは紙袋をポケットに収め、また懐中電灯の明かりで手掛かりを探しはじめた。さらに十分ほど格子を描くように歩きつづけ、そろそろ引き上げようかと思ったとき、裏口のドアがきしみを立てて開いた。ルーシーが階段を下りて近づいてきた。草地を渡る寒風から少しでも身を守ろうと両腕で身体を抱いている。

「何か見つかった？」

「かもしれない。なかへ入ってて」

ルーシーは肩をすくめた。「もうやつはここにいないって、あなただってわかってるじゃない」

「いや、わからない」

「わかってるくせに」

「ご家族が家に帰ってくるのは？」

「朝」彼女は小首を傾げた。「帰っていいわよ、ジャック。ここにはいたくないでしょうから」

ジャックは懐中電灯のスイッチを切り、ポケットに入れた。

「彼女とやってきたんでしょ？」

彼はため息をついた。「ルーシー――」

「わかるのよ。そういうときの顔、覚えてるもの」彼女はくるりと背を向け、家のほうへ歩いていった。ドアのところで、彼女は肩越しに振り返った。「気にしないで、ジャック。今度から保安官を呼ぶから」

15

犯罪者というものはなぜこうも愚かなのだろうか？　まったく、毎度のことながら驚かされる。ネイサンはデスクの上の報告書を見つめ、あまりの馬鹿馬鹿しさにかぶりを振った。今宵《こよい》の犯人、十七歳のチンピラは、街の東側にあるサンドイッチ店を襲おうと考えた。彼にしてみれば、天才的な計画だったのだろう。まずは店のカウンターに二十ドル紙幣をはらりと置いて、両替してくれと言う。ベトナム系の若い女性店員が、レジの引き出しを開けたところで、銃を彼女の顔に突きつけ、現金を全部こっちへよこせと命じる。店員は大人しく言われたとおりにする。チンピラは、伝説の大強盗になった気分で店を出る。おそらくは、不良仲間と派手に祝うつもりだったに違いない。しかし現実は甘くない。彼が半自動小銃を手に急いでドアを出たとき、ちょうどパトカーが近づいてきた。このクソガキはパニックを起こし、ありったけの弾を撃ちまくった。銃弾はことごとく警官を外したものの、一ブロックと離れていない車のなかで信号待ちをしていた中年のコンピュータ・プログラマーに命中した。

この事件の何より皮肉なところは、チンピラが、最初に両替を頼んだ自前の二十ドル紙幣を、店のカウンターに置き忘れたことだ。彼が奪った現金の総額は、十八ドル八十七セントだった。悲劇的な結末がなかったら、笑い話になっていたことだろう。

コンピュータ・プログラマーの男性は、胸に受けた銃弾がもとで、一時間後に息を引き取った。

ネイサンは目をこすった。この仕事がつくづく嫌になる日がある。

「ここでしたか」

ネイサンが顔を上げると、盗難対策班の警官が、デスクのそばに立っていた。

「みんなあなたを捜してますよ」

「そうか？　どうかしたのか？」訊きながら、すでに胃が胃酸できりきりと痛みはじめている。

「若い女がしょっぴかれて受付にいるんですが、その女、酔っ払って暴言を吐きまくって、責任者を出せと騒いでます。しかも、〝うちの姉貴はここの殺人課の仕事をしてる〟と言ってるんです」

ネイサンは眉をひそめた。「殺人課に女性はいないが」

「ですよね」彼はにっこりした。「でもお会いになってみたほうがいいと思いますよ。口は悪いですが、すっげえいいカラダしてるんで」

「なんで連行されたんだ？」

「わかりません」

「だったらなぜおれが会わなきゃならない？」

男は肩をすくめた。「あなたと知り合いなんだそうです。そうだ、名前は確か、コーリーとか言ってたかな。でなきゃ、コートニー。そう、コートニー・グラスだ」

ジャックの家は古くて隙間風がひどく、きしみや唸りがうるさくて眠れないほどだった。フィオナは毛布を顎の下まで引き寄せ、ここに至る原因になったいくつもの判断ミスを悔やんでいた。

ついにジャックと寝てしまった。彼女の半分は、それを祝いたい気分だったが、残りの半分は、すでにもう二度としない方向で議論を始めている。彼は別れ際のキスもしてくれなかった。そんなことを気にしている自分自身が嫌だった。こっちは彼に好意を抱いたものだから、彼の自分に対する感情もまた、〝一発やってすっきりさせたい〟的なレベルを越えるものだと思っていたことが腹立たしい。

ハイウェイを近づいてくる車のエンジン音がした。フィオナはジャックであってくれますようにと願いつつ、聞き耳を立てた。が、車は速度を落とすことなく走り去った。

フィオナはため息をついた。この状態に嫌悪感を覚える。これじゃまるで、家でじっと男の帰りを待つ、か弱い女の図じゃないの。鼻の頭が冷たい。ベッドで後ろから抱きしめてくれたときの、ジャックのたくましくて温かい肉体が恋しかった。眠っているとき、彼女の腰にかかっていた彼の腕の重みを、もう一度感じたかった。

まったくどうかしている。一時の欲望に身を任せたりするべきじゃなかったのよ。

けれどそれが、フィオナのこれまでの人生——今にして振り返れば、驚くほど引きこもりの人生——のなかで、最高のセックスだったことは事実だ。なので、百パーセント後悔しているというわけでもない。ただ、今のこの状況に陥ってしまったことは激しく悔やまれる。フィオナは彼の自宅でひとり、ジャック・ボウマンのうっとりするような香りが染みついたシーツと毛布にくるまれているというのに、彼自身はカルロスとともに、悪人退治に出向いている。

ナイトテーブルに置いたバッグがブーンと唸った。フィオナはぎゅっと目を閉じた。またなの？　ジャックは出がけに彼女の荷物をキッチンのテーブルに置いていった。それを取りに行き、携帯電話を確認したとき、記者会見のときからずっと呼び出しをバイブに設定したままになっていたことに気づいた。午後十時から二度、オースティン警察からの着信があったこともわかったが、今夜はどうしても連絡する気になれなかった。帰ろうにも足がない。オースティンまで戻ることもできないのに、自分が協力し得ない事件について聞くのも気が重かった。

でももし、ジャックだったら？

ナイトテーブルからバッグを手に取り、携帯電話をチェックした。思ったとおり、オースティン警察からだ。留守番電話にメッセージが残るか、しばらく待っていた。と、網戸がキーッと耳障りな音を立てた。続いて、それが側柱を叩く鈍い音。ジャックがやっと帰ってきた。

でもトラックは？

車の音はしなかった。そう気づいた瞬間、氷のように冷たい不安が身体を突き抜けた。全身の細胞が凍りつく。息を殺し、耳をそばだてた。

何も聞こえない。

さっきの網戸の音は、気のせいだったのだろうか？　いや、そんなはずはない。ジャックの名を呼んでみようか？　でももし、彼じゃなかったら？　誰もいないと思って忍び込んだ泥棒だったら？　あるいは、人がいるのを知りながら押し入った侵入者だったら？　この家には今、女がひとり。しかもその女は素っ裸だ。

フィオナはベッドから飛び出した。バッグをつかみ、携帯電話を拳銃の隣に突っ込んだ。服はどこ？　椅子に何か黒っぽいものがかかっているのに気づき、とりあえずつかんだ。それとバッグを胸に抱え、足音を忍ばせてクローゼットに近づいた。少し開いていた扉の隙間に、身体を押し込めた。

クローゼットのなかはいっぱいだった。かかっている服に背中が当たり、ハンガーがラックをこする音がした。動かないよう身を硬くした。

いったい誰？

家のなかは静まり返っている。聞こえるのは彼女自身の鼓動だけだ。

やっぱりあの音は気のせい？　わたしがどうかしてるの？　つい先日、朝のコンビニでパニックを起こしかけたことを思い出した。あのときは、自分がかつて似顔絵に描いた男と遭遇したと勝手に思い込み、無駄に怯えてしまったのだ。ひとつ深呼吸をし、落ち着いて考えようと努めた。あたりは静まり返っている。クローゼットのなかは、柔軟剤と、革と、新鮮な土の匂いがした。自分がジャックのスニーカーの爪先を踏んでいることに気づいた。

ギーッ。

心臓がどきんと鳴った。これは気のせいなんかじゃない。誰かがこの家のなかにいる。ジャックのトラックの音は聞こえなかった。さっき椅子から取ってきたトレーナーを身をよじって着ると、バッグから銃を取り出した。

落ち着いて。慌てないで。ジャックかもしれない。誰かに送ってもらって、ハイウェイで降りたのかもしれない。何も言わないのはわたしを起こさないように気遣っているからよ。でなきゃ、ジャックのご近所か友達が来たのかも。姪っ子や甥っ子が夜中に忍び込んだってことも考えられる。どれもあんまり説得力はないけど、とにかく——。

ギーッ。

どうしよう……。唾を飲み込もうとしたが、口のなかが古紙のように乾いている。肺が焼けつくように熱く、心臓が早鐘のように鳴っていた。拳銃を構え、銃口を下に向けた。取り返しのつかない間違いを犯しませんようにと必死に祈った。

とそのとき、ギー、バタンと、ドアが閉まる音がした。

詰めていた息を一気に吐いた。クローゼットから出て、急いで窓へ走り、ブラインドの羽根を持ち上げた。強力なセキュリティライトが照らすのは、見渡す限りの草地だけだ。部屋を横切り、他の窓から外を見た。ここにも人影はない。

遠くでエンジンがかかる音がした。ベッドルームを飛び出し、家の反対側へ行って、ハイウェイに面する窓を覗いた。そこからも何も見えない。道路を走るヘッドライトも確認できなかった。鼓動が激しく打つなか、車の音が遠ざかり、やがて聞こえなくなるまで、耳で追いつづけていた。

ネイサンがようやく退勤できたのは、真夜中をだいぶ回ってからのことだった。ひどい一日だと思っていたら、最後にもうひとつ苦行が待っていた。フィオナの妹が器物破損で起訴されないよう、丸一時間、一階のあちこちを回って山ほどの頼みごとをする羽目になったのだ。幸いにして、車をボロボロにされたジョン・D・なんとかという男は起訴を望んでおらず、静かにことを収めたいと望んでいたので、比較的楽に目的を達成することができるはずだった。にもかかわらず手こずったのは、フィオナの妹がへべれけに酔っ払っており、ネイサンが留置場の監督官になけなしの愛嬌《あいきよう》を振りまいているあいだにも、看守に向かって耳を覆いたくなるような言葉を叫んでいたせいだ。

まったく、なんて晩だ……。

ネイサンは駐車場から車を出し、我が家に思いを馳《は》せた。こんな晩はピザとスコッチと馬鹿馬鹿しいテレビ番組に限る。信号待ちをしながら、冷凍庫に何が入っていただろうかと考えた。

ここでふと街角に立つ女を見てはっとした。コートニー・グラスだ。彼女はすらりと背が高い。極端な薄着は、この気候にもこの界隈《かいわい》にも不適切だ。彼女はこの角をもっぱら仕事場にしているシュガーという百十キロ超えの巨体の娼婦《しようふ》にすり寄り、何やら話をしている。シュガーがバカでかいおっぱいの谷間からライターを取り出した。

「勘弁してくれよ」ネイサンは毒づき、身を乗り出して、助手席側の窓を開けた。

コートニーはシュガーに煙草を一本渡した。ふたりはまるで古くからの友人のように、仲よく煙草に火を点けている。

「おい」ネイサンは怒鳴った。コートニーがこちらを向く。「そこでいったい何をしてるんだ？」

コートニーは高層ビルのようなハイヒールで、ふらふらと近づいてきた。一時間前よりはましだが、それでもしっかりした足取りとは言いがたい。彼女は屈み込み、前腕を彼の車の窓に預けた。ネイサンは彼女のブラウスの胸元に目がいきそうになり、慌てて視線を逸らした。何やってるんだ？　こいつはフィオナの妹なんだぞ。

「ここで何してるんだ、コートニー？」

彼女は煙草を吸い、煙を吐き出した。「バスを待ってるの」

「こんなところに立ってちゃだめだろう。物騒だからな」

「警察署から四ブロックも離れてないわ」

「乗りなさい」

彼女は喉の奥で鳴るような低い声で笑った。

「真面目な話だ」

コートニーは腰を伸ばし、腕組みをした。「ありがと。でもだいじょうぶだから」

「んなわけないだろう。氷点下だぞ。上着も着てないじゃないか」

コートニーは肩越しにバス停のほうを見る。そこではシュガーが売り物のボディをひけらかしている。「彼女だってそうじゃない。平気みたいよ」

「コートニー」堪忍袋の緒が切れかかっていた。「親切で言ってるんだ。フィオナへの義理があるからな。だが、そう何べんも言わないぞ」彼は身を乗り出し、助手席側のドアを開けた。

コートニーはここでようやく煙草を投げ捨て、小さく引き締まったお尻を助手席にのせた。彼女はドアを閉め、窓から顔を出した。「ねえ、シュガー！　あなたも乗ってく？」

シュガーはにっこりし、いいから行ってと手を振った。

「タクシーじゃないぞ」ネイサンは車を出しながら言った。

コートニーが目を剝く。「ケツの穴の小さい男ね。彼女、いい人なのよ」

「なんだ？　もうお友達になったのか？」

彼女は肩をすくめた。「留置場で会ったの。家に子供が三人と、病気のお母さんがいるんだって。ちょっとは優しくしてあげてよ」

ネイサンはかぶりを振った。今夜はこの娘を無罪放免にするために、火中に身を投じるような危険を冒したのに、彼女は礼を言う代わりに、おれの肛門のサイズを批判するのか？

「行き先は？」彼は尋ねた。

「ラマーと九番の角」

「フィオナといっしょに住んでるのか？」これは初耳だ。もっとも、ついさっきまでフィオナに妹がいることも知らなかった。ましてや同居しているとは。

「当面のあいだだけよ」

ネイサンは角を右に曲がり、繁華街のなかでもおしゃれな地域にあるフィオナのアパートメントに向かった。

コートニーは、彼の愛車である修復した66年型マスタングのダッシュボードに手を這わせ、感心したように口笛を吹いた。

「あなた、本当に刑事さん？」

「勤続十五年だ」

彼女はシートを撫で、お尻を弾ませた。「素敵。うちのパパなんて、鉄クズ寸前のポンティアックに乗ってた」

「お父さんも警官だったのか？」

コートニーはカーラジオをいじっている。「サンアントニオ警察。フィオナから何も聞いてない？」

フィオナが幼少期をテキサスで過ごしたことはネイサンも知っていたが、彼女の父親も警察関係者だったとはまったく知らなかった。それについてひと言も言わないのは妙な話だ。警官というのは仲間意識が強い。家族だって、そういう情報は進んで話したがるものだ。

「何も言ってなかったな」

コートニーが目を剝いてみせる。「姉貴らしいわ。パパについて、あんまり話したがらないのよね。職務遂行中に殺されたんだって」

「それは気の毒だったな」

「ええ。でもわたしはほとんど覚えてないの。パパが死んだあと、ママはきれいさっぱり整理して、カリフォルニアに移っちゃったから」

ネイサンが目を向けると、コートニーはラジオのダイヤルをいじって好みの局を探していた。美しい娘だ。本来ならば。二十六歳だそうだが、分厚い化粧やヘアスプレーにまみれ、せっかくの若さを台無しにしている。もう少しまともな服を着て、顔にべたべた塗りたくっているものを控えめにすれば、ずっとましに見えるだろう。今宵、酩酊《めいてい》の園でお遊びになったのも、見た目に被害をもたらしていた。両膝は擦りむけ、艶のあるターコイズ色のブラウスは肘のところが裂けている。

ネイサンはラジオの音量を小さくした。「で、ポルシェ・カレラの何が気に入らなかったんだ？　輸入反対の主義なのか？」

すでに事情はおおかた推測できているが、彼女の口から説明が聞きたかった。意外なことに、コートニーは突然、反省しているような表情になった。

「自分でも、何を考えていたのか、よくわからない」彼女は膝の上で手を組んだ。「ただ……」視線を窓の外に泳がせる。ネイサンはそれを見て、涙の蛇口を開かれたらかなわんなと思っていた。「よくわからないの。ただ、かっとなっちゃって。嘘をつかれるのが大嫌いだから」

ネイサンは横目で彼女を見た。「やつが結婚してるってこと、本当に知らなかったのか？」

コートニーはふんと鼻を鳴らした。「今日まで、本当の名前も知らなかったのよ。うまいことでっちあげた話を聞かされて、全部信じきってしまってた」彼女はネイサンのほうを向いた。目の下が滲んだマスカラで汚れている。「保釈してくれて、ありがと」

「保釈じゃない。面倒な手続きが始まって抜けられなくなる前に、起訴を見送ってもらったんだ。このふたつはだいぶ違うぞ」

フィオナのアパートメントの建物が見えてきた。ネイサンは入口近くに二重駐車し、助手席側のドアを開けに行った。マスタングの車体はかなり低く、女性は降りるのに苦労する。ハイヒールを履いていればなおさらだ。彼はコートニーの手を取った。彼女が降りてくるとき、男殺しの美脚をたっぷり見せつけられ、慌てて目を逸らした。

フィオナの家の界隈は、今夜はだいぶ静かだ。インテリ風の若い男がラブラドールを散歩させている以外、通りにひと気はない。

ネイサンはコートニーを建物の入口まで送っていった。「フィオナは留守のようだな。電話にも出ない」

コートニーが足を止める。彼女は胸の膨らみの下で腕を組み、彼を睨みつけた。「あなたとはやんないわよ」

「なんだって?」

「今夜は助けてくれて感謝してるけど、あなたとは寝ないって言ってるの」

ネイサンは唖然として立ち尽くした。「こっちだってそんなこと思っちゃいないよ」

コートニーは彼の真意を測ろうとするかのように、小首を傾げている。ネイサンはショックを受けた。おい、マジかよ、こいつ……。

「それじゃ……おやすみ」彼は一歩下がり、ポケットに手を入れた。「もう面倒なことをやらかすんじゃないぞ。お絵描きは姉ちゃんに任せておけ」

コートニーに背を向け、マスタングのほうへ歩き出した。車のなかから無事にアパートメントへ入るのを見届けていれば、彼女も気まずい思いをしなくて済むだろう。

「ネイサン？」

彼は振り向いた。「なんだ？」

「さっきはケツの穴が小さいなんて言ってごめんね」

「いいよ。もっとひどい言葉にも慣れてる」

コートニーはおずおずと微笑んだ。その表情は彼女の服にも素行にも似合わないが、それも紛れもなく彼女の一部なのだろう。「助けてくれてありがとう」

「お安いご用だ。なあ、カレラと鉋《カンナ》の違いはなんだかわかるか？」

彼女は怪訝そうな顔でネイサンを見た。「なあに？」

「鉋は、クズが外に出てる」

彼女はほんの一瞬考えてからにっこりし、入口のドアを引き開けた。

ジャックは自己嫌悪に陥りつつルーシーの家をあとにした。元恋人のレイプ事件を捜査するために雇い入れた女性と寝てしまうというのは、なんとも情けない気分だ。褒められた話ではないことは自分でもわかっている。ルーシーを傷つける行為だ。無論、それをルーシーに知らせるつもりなど毛頭なかったが、彼女はジャックの気分を察することに長けている。昔からずっとそうだった。

コンソールボックスに置いた携帯電話が鳴った。画面には自宅の番号が表示されている。まいった。家を出てから、一時間以上も経っている。

「今帰るところだ」彼はフィオナに言った。

「どこへ行ってたの？　署に電話したのよ」

彼女の口調が、どこか妙だった。「カルロスと後処理に追われていたんだよ。どうかしたのか？」一呼吸置いた。さらにもう一呼吸。「フィオナ？　聞いてるのか？」

「おたくが家宅侵入に遭ったわよ」

「なんだって？」

「家宅侵入。外部の人間が私有地に勝手に入って――」

「何があったんだ？　きみはだいじょうぶなのか？」

「わたしは無事」

「あと五分で帰る」アクセルを踏みつづければ三分だ。フィオナをひとりにしておくべきではなかった。「何があったか話してくれ。最初から全部。本当にだいじょうぶなのか?」

ホイト・ディクスンがドアを蹴破って押し入る様子を思い浮かべ、怒りに血が沸き立った。

「ベッドにいたの。あなたが出ていったあと」

まいった。彼女は裸だったのだ。裸のままのフィオナをひとり残して家を出て、誰かがそこへ押し入った。

「ドアが開く音がしたから――」

「どのドアだ」

「裏口」

「鍵がかかっていたはずだ。どうやって開けたんだ?」トラックが縁石に当たり、タイヤが横滑りした。ジャックは慌てて体勢を立て直した。

「そんなのわからないわ」

「それで?」

「わたしはクローゼットに隠れてたの。そうしたら足音が聞こえて、そのあとドアがきしむ音がして、侵入者は出ていった」

「それだけか? それだけだったんだな?」

「ええ、そうよ」

「何か盗《と》られたものは?」

「ないと思うけど」

「何か壊されたものは？」

「ないと思うわ」

かなり妙だ。「ひょっとして、ドアの音が聞き間違えだったってことはないかな？　門が閉じる音か何かが聞こえたんじゃないのか？　外の音だったって可能性は？」

長く沈黙が続いた。「外じゃないわ。間違いなく裏口よ」

なるほど。彼女を怒らせてしまったらしい。しかたないじゃないか。こっちは何が起きたか把握する必要があるんだ。裏口の鍵をかけたことは確かに記憶している。

「そのあとはどうした？」

「署に電話しました」彼女は冷ややかに言った。「カルロスが来てくれた」

カルロス。まずい。

「彼を出してくれ」

くそっ。まずいぞこれは。

「ＪＢ、今どこだ？」

「彼女、だいじょうぶなのか？　本当のところを言ってくれ」

「だいじょうぶに見えるけど」

「外部から侵入した形跡は？」

「ないね。見つからない」

「わからんな」

カルロスがため息をつく。「おれにもわからないんだよ、署長。ちょっと待って」カルロスが送話口を押さえてフィオナと何やら話しあっているあいだ、ジャックはしばらく待っていた。

「じゃ、JB、おれはもう行かないと。フィオナが車まで送ってくれって言うんだ」

「引きとめてくれ」

「そいつは無理だな。何がなんでも家に帰ることに決めたようだ」

「いいから足止めしてくれ。頼むぞ。もう少しで着く。報告書を書くとかなんとか言って」

フィオナはすっかり腹を立て、彼女流のやり方でそれを表すために帰ろうとしているのだ。

「報告書ならもう書いたよ。本人の意思に反して引きとめることはできない。彼女の帰りたい気持ちははっきりしてるようだ。おまえが何をやらかしたのかは知らんが、彼女はもう外に出て、パトカーのそばで待ってる」

「じゃ……とにかくゆっくり走ってくれ。彼女の車のところで追いつくから」

十分後、およそ百件の交通違反を犯したのちに、ジャックはタイヤのきしみをあげながら、グレインジャー郡合同庁舎の駐車場にトラックを突っ込んだ。フィオナは道具ケースをホンダの後部座席に放り込んだところだった。カルロスは彼女を引きとめようと虚《むな》しい努力をしている。フィオナが車に乗り込もうとする傍らで彼は、おそらくはくだらない世間話か何かだろうが、しつこく話しかけている。ジャックがそのそばにトラックを乗りつけ、運転席から飛び降りると、フィオナが凍りつくような冷たい眼差しを向けた。

「恩に着るよ、カルロス」ジャックは言った。「ここからはおれがなんとかする」

カルロスはなんとかできないほうに賭けると言いたげな顔で眉を上げ、パトカーへ戻っていった。

ジャックはフィオナが今まさに閉じようとしているドアをつかんだ。「待ってくれ。何があったか、ちゃんと聞かせてくれ」

「報告書を読んで」彼女はエンジンをかける。「カルロスが丁寧に調べてくれたわ。無理やり押し入った形跡もなければ、足跡もない、タイヤ痕もない。盗まれたものも、壊されたものもない。きっとわたしの妄想だったのね」

彼女がドアを引っ張ろうとするが、ジャックはそれを阻止した。腰を屈めて彼女と目の高さを合わせた。フィオナはフロントガラスのほうを見据えている。

「そばにいてやれなくて、すまなかった」

「いいのよ。お仕事だったんだもの。い、い、い、い、カルロスと」

「話をしよう。何があったか知りたいんだ」

フィオナがギアを入れる。「もう一度言います。報告書を読んでください。すみませんけど、その手を離してくださる？　長い一日だったし、今夜こそはちゃんと眠りたいの」

　フィオナは彼のほうを見ようともしない。ジャックはフィオナの傍らにこうしてしゃがみ込んでいるのに、彼女は視線を合わせることすら拒んでいた。彼女の顎が少し震えているのに気づいた。感情を抑えようとしているのだろう。フィオナはひとりぼっちで、よほど怖い思いをしたに違いない。それなのにおれは、何が彼女を怯えさせたのか、解き明かすこともできないとは。おまけにフィオナに嘘をつき、彼女の言葉を疑ってしまった。

「怖い思いをさせてごめん」

　フィオナはあいかわらず彼のほうを見ようとしない。一粒の涙が、その頬を伝い落ちた。ジャックは手を伸ばし、指先でそれを拭った。彼女はびくっと首をすくめた。

「家に帰ろう。話をしよう」

「あそこはわたしの家じゃないわ」フィオナはここでようやく彼に視線を向けた。「それに、あなたとは話したくないの」

16

ジャックは出勤途中に白いハイブリッドカーに目を留めた。この界隈でこれに乗る人物はひとりしかいない。〈ロレインズ・ダイナー〉の駐車場にピックアップトラックを入れ、朝食目当ての客をかき分けながら店内を進んでいくと、いちばん奥のほうの席に座っているフィオナを見つけた。彼女は昨日と同じベージュのスーツを着、髪をきっちりポニーテールにまとめている。テーブルへ近づいてきたジャックを、彼女はちらりと見上げた。フィオナはあくまでも涼しげな表情を保ちつつ、道具ケースを隣の席にずらして、彼が座るのを阻んだ。

ジャックは彼女の向かいのビニール張りのベンチシートに腰かけた。「オースティンに帰ったとばかり思っていたよ」

「帰らなかったからここにいるの」

「ゆうべはどこに泊まったんだ？」

「モーテル」彼女はメニューに目を落としている。「でも、すぐに帰るわ。今朝ブレイディに会えないかと思っていたんだけど、だめみたい。お母さんの話だと、胃腸炎を起こしてるんですって」

「おふたりさん、コーヒーをお持ちしましょうか?」

ジャックはウエイトレスを見上げた。「ああ、いいね、ありがとう。それと、卵をふたつ。片面焼き《サニーサイドアップ》で、ソーセージを添えて」ジャックはここでフィオナに、逃げようったってそうはいかない、今日こそはちゃんと話してもらうぞと視線で伝えた。

フィオナはため息をつき、ウエイトレスに言った。「コーヒーをお願いします。あと、トーストも」

ジャックは彼女が心に鎧《よろい》をまとうのを眺めていた。フィオナはメニューをナプキンスタンドの後ろに立て、肩をいからせ、顎をつんと上げた。ジャックが、彼女をつかまえるためにこの店に入ったことは気づいているようだ。

「嘘をついたりして悪かった」

「その点は重要ではないわ」

ジャックはブース席の背にもたれた。「きみは怒るといつもそうやって弁護士みたいな口調になるのか?」

「怒ってなんかいません」

コーヒーが運ばれてきた。ジャックは彼女が繊細な指でクリーマーのホイルの蓋を剝がし、コーヒーに中身を入れてから、ふたつの空き容器をきちんと重ねて脇にどけるのを眺めていた。彼は濃いブラックコーヒーを一口飲み、別の方向から攻めることにした。

「ルーシーのところへ行っていたんだ」彼は言った。「彼女の家でちょっとした問題があって、おれに見に来てほしいと要請があった」

「なるほど。でもなぜそれを最初に言ってくれなかったのかしら？」

「わかってもらえるとは思わなかった」

「完璧に理解できるわよ。夜の夜中に問題が起こって誰かに来てもらうとしたら、他に誰を呼ぶっていうの？　嘘をつく必要なんてどこにもないわ。まるで何か隠さなきゃいけないことでもあるみたいに」

フィオナの言葉には幾重もの意味が込められていることに、ジャックは気づいていた。だが慢性的な睡眠不足が続いている頭では、それを細かく分析する気になれなかった。

ジャックはしばらく間を置き、ここは正直に話すのがいちばんだと決めた。「ルーシーは、ゆうべ誰かが家の周りをうろつくのを見たと言うんだ」

フィオナが眉を上げる。「押し入られそうになったの？」

「いや」

「あなたはその人物を見たの？」

「いや」

彼女は唇をすぼめた。「妄想に取りつかれた女が一晩にふたりも出るとはね。水道の水に、悪いものでも入ってたのかしら」

「ルーシーの妄想だとは言ってない。きみのだって、妄想だなんて思ってない。何が起きたかよくわからないだけだ。自分では、ドアの鍵をかけたという確信がある。だから、誰かがそれを簡単に開けて入ってくるとは思えない」

「鍵をかけたのはいつ？」

「え？」

「ドアよ。いつ鍵をかけたの？　あなたは二度裏口を出ていったわ。覚えてる？　一度目はわたしの荷物をトラックから取ってくるとき。二度目はルーシーの家へ行ったとき」

ジャックは彼女の言っている意味を理解し、肩をいからせた。フィオナは彼を不注意な男だと思っている。戸締まりもしない家に彼女をひとり残し、急いでルーシーの様子を見に行ったと思っているのだ。ジャックの記憶では、そんなことはないはずだった。しかしその可能性がないとは言いきれない。まだ半分寝ぼけていたし、おまけに急いでいた。

「きみは、ふたつの出来事は関連していると思うのか？」

「さあ、どうかしら。あなたは？」

「わからない」セバスティアンの〝影男〟はどこの誰でもおかしくない。しかしジャックとしてはタイミングが気になった。とにかく、フィオナをオースティンに帰すことができてほっとしていた。

ふたりの朝食が運ばれてきた。フィオナは三角形に切られたトーストを半分にちぎり、上品にナイフを小さく動かしてバターを塗った。彼女はとても冷静で、とり澄ました感じに見える。が、ここでふと、フィオナが昨日、彼の膝の上で乳房を露わにし、肌を薔薇色に染めていた様子を思い出した。さらに、ベッドで組み敷いたときの彼女を……。

「おれがオースティンへ行くよ」彼は言った。「また会いたい」

フィオナはトーストをかじり、呑み込んで、コーヒーを一口飲んだ。「いつ来るの？」

「いつならあいてる？」

彼女はそれが気に入らなかったようだ。フィオナは瞳に怒りを燃え立たせた。「あいてなんかいないわ。前にも言ったけど、個展の準備があって――」

「もう一度、チャンスが欲しい」ジャックは熱い目で彼女をじっと見た。なんのチャンスが欲しいのか、その眼差しで伝えようとしていた。時間が欲しかった。もっとたくさんの時間を彼女と過ごして、本当は昨晩のような男じゃないというところを見せたかった。ゆうべの彼は、嘘をつき、無神経で、おまけに、ありえないほどの早撃ちだった。あれは本当のおれじゃない。それを彼女に知ってもらうことが、なぜかとても重要に思えた。

彼女にわかってもらわなくては気が済まなかった。

フィオナは指先でトーストを弄んでいる。いかにも居心地が悪そうなのが見てとれた。

「あんまりいい考えとは言えないわ」

「なぜだい？」

「会ってみたところで、先が見えないからよ。それにわたし、行きずりのセックスとか、得意じゃないし」

「ゆうべはかなりうまかったがね」

フィオナは頬を染めた。顔が赤くなると、鼻のそばかすが目立つ。

「お邪魔じゃないといいんだが」

ふたりは揃って顔を上げた。サントス捜査官が、テーブルのすぐ脇に立っていた。グレーのトレンチコートを腕にかけ、持ち帰り用のカップに入れたコーヒーを手にしている。「かまわないかな……？」

「もちろんよ」フィオナは道具ケースをどけ、席を詰めて、彼が隣に座れるようにした。サントスがそこに腰を下ろすのを、ジャックは歯ぎしりをしながら眺めていた。

「少年の聞き取りはいつです？」サントスが尋ねた。

「取りやめになったんです。胃腸炎だそうで。少なくとも、母親にはそう言われました」

サントスが眉間に皺を寄せる。彼はコーヒーを一口飲んだだけで、何も言わなかった。サントスはここでジャックのほうを見て、テーブル越しに手を伸ばした。「ＦＢＩのレイ・サントスです」

ジャックは握手に応じた。「グレインジャーヴィル警察のジャック・ボウマンです」

「存じ上げていますよ」

「例の鑑識結果は、何か聞いていますか？」ジャックは尋ねた。

「これまでのところ、一致するものはないようですね」

「一致するって、何に？」フィオナが尋ねた。

「ナタリー・フエンテスの遺体から採った、ＤＮＡサンプルだ」ジャックが説明した。「犯人の型が、すでにＦＢＩのデータベースに入っているものと一致すればと思っていたんだが」

「データベースにはなかった」サントスが言う。「だからといって、これまでに同一人物の証拠が挙がってきていないということにはならない。信じられないほどの蓄えがあるんです。何万というサンプルが、まだデータとして取り込まれずに山積している」

　ジャックはかぶりを振った。

「政治のせいですよ」サントスが言った。「新しい法律が次々に作られて、鑑識のシステムがそれに追いつけない」

「指紋はどうでした？」ジャックは尋ねた。「統合自動指紋識別システム《ＩＡＦＩＳ》で調べてくれているんですよね？」

　フィオナが眉間に皺を寄せる。「指紋？　どこで採ったの？」

「マリサの車だ」ジャックは言った。そしてサントスに対して、フィオナはだいじょうぶだと目配せで伝えた。確かに彼女は外部の協力者だが、口が堅いという点では信頼できる。

「マリサの車から、彼女の血痕が見つかった」サントスは声をひそめて言った。隣のブースはあいているが、今朝の店内はかなり混雑している。「それと、親指と人差し指の指紋の一部が、バックミラーから採れた。これもマリサの血液の付着によるものだ」

「つまり犯人は彼女の車に乗り込み、バックミラーを調節して、その車で彼女をどこかへ連れ去ろうとしたということ？」フィオナが訊いた。

「おそらくはね」ジャックは答えた。「でなければバックミラーを調節する必要がないだろう？　だがパンクしたタイヤでは遠くには行けない。たぶん、もとはハイウェイにあった車を、道から遠ざけたところまで移動させたんだろうな。車が発見されたのは、ハイウェイのカーブにある空き地の木陰だ」

「指紋は被害者のものとは一致しなかった」サントスが説明する。「そこでわれわれとしては、彼女を拉致した犯人のものと考えている。マリサを力で服従させようとしたときに、手に血がついたのだとね。おそらくは頭部を殴ったんじゃないかな。その指紋からなんらかの手掛かりがつかめるものと期待してるが、今までのところ、空振りに終わっている」

ジャックは無念さにかぶりを振った。「親指の指紋も出たんですよね？　保安官からはそう聞いたが」

「そのとおりです」

フィオナはふたりの捜査員を見比べている。彼女もそれが意味するところを理解したのだろう。「親指の指紋なら、公安局《DPS》のデータベースにあるはずだわ。犯人がテキサス州で運転免許を取得したなら、そのとき採取した指紋があるはずだもの」

「そうだよな」ジャックは言った。「つまり、やつはよその州から来ている――まあ、おれとしては、それはないと思っているが。でなきゃ、運転免許をとらずに車を乗り回すことをなんとも思っていない人物ということだ。おれはふたつ目のほうに賭けるね」

サントスがテーブルに肘をつき、身を乗り出した。「署長のなかでは、すでに犯人像ができあがっているようですね。聞かせていただけますか？」

ジャックは少しのあいだサントスの顔を見た。当初はいけ好かないやつだろうと予想していたが、これまでのところそうでもない。地元警察の意見に耳を傾ける姿勢は見上げたものだし、膨れ上がったプライドを誇示して歩くような真似もしていない。無駄な心理学の知識を並べたてる癖がないかどうかについては、もう少し様子を見ないとわからないだろう。

「わたしとしては、犯人は地元の人間だと見ています」ジャックは言った。「理由は山ほどあるが、その多くは十年以上も前にうちの管轄で起きた未解決のレイプ事件に関連するものです」

「マリア・ルース・アレヤンド」サントスがうなずいた。「報告書を読ませてもらいました。同一犯と見る根拠は、手口が同じだからですか？　それとも手首を縛った縒り紐が共通しているから？」

「それもあるが、他にもいくつか。被害者の傾向も同じです」

サントスは首を傾けて聞き入っている。少なくとも表向きは、先入観を持たず、積極的に意見を聞こうという姿勢だ。ジャックにしてみれば、これはかなり意外だった。ランディも、その義父である町長も、このところ、グレインジャーヴィル警察署長をのけ者にしようとやっきになっている。ふたりともジャックが前面にしゃしゃり出て注目を集めては困ると思っているのだ。

「われわれが追う犯人は、社会から孤立した人間だと思いますね」ジャックは続けた。「白人優越主義者のようなタイプで、この国の政府の存在も認めていない。車を乗り回すために、大人しく列に並んで、料金を払って指紋を採られ、免許証を交付してもらうなんてことは、端から考えない。自由に動き回ることは、彼にとって神から与えられた生来の権利なんです。地元の人間だと考えるのは、この周辺の地理や道路をよく知っているから。どこで被害者を車に乗せればいいか、彼女らをどこに連れていけば人目に触れずに監禁できるかもわかってる。しかし地元の人間ではあっても、地域社会からは隔絶された暮らしをしているんでしょう。さもなくば、フィオナの似顔絵を見て、その正体に気付く人がすでに現れているはずだ。よく描けた絵ですからね。彼女は似顔絵画家のなかでも超一流だ」

フィオナが彼のほうをちらりと見た。褒められたことに驚いているようだ。

「同感です」サントスは言い、フィオナを見た。「きみの似顔絵はいつも特徴をよく捉えている」

賞賛されることが気恥ずかしいのか、彼女はうつむいている。これほどの才能に溢れる女性がなぜこうも謙虚になれるのか、ジャックにはわからなかった。

「犯人は、標的とする娘を入念に選んでいると思います。そのためにまず、彼女らにストーカー行為をする」ジャックはフィオナの反応をうかがった。その言葉に内心怯えているのかもしれないが、表情には出してなかった。「その判断基準はわからないが、とにかく標的が定まったら、やつはじっと待ち伏せる。マリア・ルースのときもおそらくそうしたように。あるいは、ちょっとした細工をする場合もある。タイヤをパンクさせるなどして、被害者を無防備な状況に追い込むんです。ナタリーの車を見つけることができれば、なんらかの問題が生じた形跡が残っているでしょうね。車が立ち往生し、彼女は犯人に連れ去られてしまったというわけです」

サントスはうなずいた。「つまり、犯人は賢く、用意周到であるということですね？」

「そうは思いませんか？」

「証拠を見る限り、そのようですね。犯人がナタリーの車を使っていないことは確認できている。確か、ヒュンダイ・エラントラでしたよね？　死体遺棄現場のタイヤ痕とは一致しない」

「そのとおりです」ジャックは答えた。「犯人は自分の車を使っている。あるいは一台じゃないかもしれない。それと、作戦を遂行するにあたって拠点となる基地のような場所がある。それも一カ所じゃないかもしれない。わたしの印象では、徐々にエスカレートしてきていますね。南米系の政治家の娘を選んだのは偶然ではない。それも、犯人のメッセージのひとつなんです。天候についてはまだ解明できていないんですが」

「天候ですか？」サントスが尋ねた。

「被害者が行方不明になったのは、ことごとく寒波が襲来している時期です。気温が氷点下のような」

捜査官はうなずいた。この事実の意味するところはまだわからなくても、FBIが気づかなかったところに目をつけたことで、ジャックはなんとなく得意な気分だった。

これ以外の推論については、ここで披露するのはやめておいた。昨晩アレヤンド邸の周囲をうろつき、なぜかジャックの自宅にも侵入した男は、彼らが追う犯人に違いないと考えていたが、それをフィオナに話したくはない。犯人がふたたび獲物を求めてさまよっているのであれば、マリサ・ピーコーの生存の可能性はさらに少なくなるが、それについても触れなかった。

サントスはブース席の背にもたれ、じっと考え込んでいる。ジャックはフィオナと視線を合わせた。彼の分析を聞き、驚いている様子の彼女を見て、皮肉のひとつも言いたくなるのをなんとか呑み込んだ。おれはこの事件を二週間も追っている――ルーシーが襲撃されたときから数えれば、十一年プラス二週間だぞ。それなのに、犯人の人間像のひとつも解き明かしていないと思ってたのか？　ご立派な博士号やＦＢＩ本部のきらびやかな職歴がなくたって、まっとうな捜査はできる。これがおれの職務であり、もっとも得意とするところだ。今の肩書きが少々大げさなものになっているからといって、自ら足を使って捜査をするやり方を忘れたわけじゃない。

「うちではこのところ、国内のテロ対策に、かなりの資源を注ぎ込んでいるんです。国内外、双方のテロ組織を念頭に置いてね」サントスが言った。

「うちというのは、ＦＢＩですか？」ジャックは尋ねた。

「ええ、あと、国土安全保障省と。南西部ではこのところ、いくつかの人種差別的な組織が、活動を活発化させている。この周辺で監視下に置いているような人物がいるかどうか、確認してみます」

「あなたがたはずっと、彼らがはびこるのを黙認してきた」ジャックはＦＢＩに対する不信感を隠そうとはしなかった。

「そういう面もある。様々な機関から、潜入捜査の人員が送り込まれています。何か情報が得られるかどうか、当たってみます」

ジャックは悔しさにかぶりを振った。ＦＢＩが事件当初から協力してくれていたら、状況はだいぶ変わっていただろう。同じ事件のはずが、富と権力のある人物が関わったとたん、強大な組織力が注ぎ込まれるようになる。これが世の常とはいえ、驚きを禁じ得なかった。

「人種差別的な角度で捉えるのは、わたしも賛成ですが、単にそれだけかどうかについては、まだ疑問の余地がありますね」サントスは続けた。「他にも動機があるような気がします」

「たとえば？」ジャックは尋ねた。

「一連の犯罪は、とても個人的なもののように見えます。犯人のかなり強い感情が表現されている。彼は確かに人種的な背景から被害者を選んでいると思いますが、その激情の陰には、他にも要因があるような気がするんです。われわれがまだ気づいていない、個人的な要素が隠されているんじゃないでしょうか。手口から考えると、犯人は被害者の女性たちに対してなんらかの葛藤《かっとう》を抱いている」

「まあ、それについては、誰かがそのうち、犯人を分析して論文でも書けばいい」ジャックは言った。「とにかくわたしは、やつをつかまえることしか考えていないんでね」

サントスはその当てこすりには反応しなかった。彼はスーツの内ポケットに手を入れ、折しも鳴りはじめた携帯電話を取り出した。「失礼」彼は腰を滑らせ、ブース席から立ちながら言った。「大事な連絡のようです」

彼が行ってしまうと、ジャックはまっすぐにフィオナを見た。彼女がすぐにオースティンへ帰ることについて、安堵すると同時に、やりきれなさを感じていた。

「それじゃ」彼女は財布を出し、テーブルに紙幣を何枚か置いた。「帰る前に、もう一度ブレイディに会えないか、連絡してみるわ。ひょっとしたら気が変わっているかもしれないから」

「オースティンへ行くと言ったのは本気だよ。時間が出来次第、必ず行く」

「わたしの携帯電話は？」彼女はつぶやきながら道具ケースからスケッチブックを出し、テーブルに置いた。「ここに入れたはずなのに」

「フィオナ」

フィオナは鉛筆ケースを取り出し、眉をひそめた。その手に、黒っぽい紐のようなものが巻きついている。「なんなのこれ……？」

彼女が紐状のものを手から引きはがしているのを見て、ジャックはそれが何かに気づき、胸が悪くなった。黒い紐のところどころに、もとの緑色が見える。

「触るな」彼は命じた。

フィオナは紐を引きはがしつづける。ジャックは彼女の手首をつかんだ。「触るなって言ってるだろう！」

サントスが何やら口走りながらテーブルに戻ってきたとき、ジャックは血がこびりついて固くなった縒り紐がフィオナの指にまとわりついているさまを見つめていた。

ジャックはサントスを見上げた。ここでようやく、彼の言っていることを、部分的にではあるが理解した。マリサ・ピーコー。遺体……。

「今、うちの鑑識チームを現場に向かわせている。いっしょに乗っていきますか?」サントスがフィオナの手に目を落とした。「それはいったい……?」

「手土産だ」ジャックは言った。「やつがわざわざ届けに来た」


ふたりがピーコー上院議員が経営する牧場〈ランチョ・ピーコー〉に到着したとき、鑑識チームはすでに仕事を始めていた。

「遺体の通報者は、配達業者だそうだ」サントスはハイウェイの路肩に車を停めながら、ジャックに説明した。「トラクターの部品を届けに来たとき、トラックから遺体に気づいて、保安官事務所に携帯電話で知らせてきたらしい」

ランディの事務所の制服を着た保安官代理のひとりが、現場の入口の番をしていた。別の保安官代理が、オレンジと白のストライプに塗られた車両止めを、牧場の入口のすぐ内側に並べている。他にも大勢が現場を走り回っていたが、ジャックの見知った顔はひとつもなかった。

サントスはぴかぴかに磨き上げられた黒い革靴を汚したくないのか、足元に目を落としながら家畜脱出防止溝の上を渡り、門番役の保安官代理に身分証をちらりと見せてから砂利道を進んでいった。ジャックはランディの部下をひと睨みし、捜査官のあとに続きながら、泥だらけの道についた轍《わだち》の跡に注意を向けていた。今朝は湿度が高いので、タイヤ痕を採取できる可能性がある。

白いつなぎに身を包んだ女性鑑識官がサントスに近づいてきた。彼女はラテックスゴムの手袋をはめているが、二本の指先が血に染まっていた。

「被害者は黒っぽい髪の女性で、年齢は不明です。胸部に複数の刺し傷。両手両足を切断されています」

サントスがジャックに目を向ける。FBI捜査官も自分と同じことを考えているらしい、とジャックは思った。犯人は、犯行の手口を変えたようだ。

サントスは女性鑑識官のあとについて、牧場の入口を入ってすぐの木立のほうへ向かった。遺体は、私設車道と有刺鉄線が張られた柵のあいだにある溝のなかに横たえられていた。そばに近づく前から、かなり残忍なやり方で殺されていることがわかった。被害者は識別不能なほど顔をひどく殴られている。刺し傷からあまり出血はしていないようだ。おそらくは死後に負わされた傷なのだろう。詳しくは検屍医の診断を待つことになる。ジャックは今回も絞殺ではないかと睨んでいたが、外傷が苛烈を極めているため、一見しただけでは判断できなかった。

「エスカレートしているな」サントスが言い、ポケットから携帯電話を出した。

と、突然、ヘリコプターのパタパタというプロペラ音が近づいてきて、彼らの周辺の地面に木の葉や塵《ちり》が舞い上がりはじめた。ジャックが見上げると、現場の真上に一機のヘリが降りてきてホバリングをしているところだった。これでは遺体やその周辺で見つかるかもしれない証拠品が、片っ端から吹き飛ばされてしまう。

ジャックはサントスを見た。「あんたのところが漏らしたのか?」

ＦＢＩ捜査官は眉をひそめ、ヘリコプターの機体の横に書かれたテレビ局のロゴを見上げた。「いいや」彼は続いてジャックの背後に目を向けた。「おたくの保安官に訊いたほうがよさそうですよ」

ジャックが振り返ると、ランディ・ラッドがバリケードの前に立ち、レポーターとカメラマンのペアに向かって、大げさな身振りで話しているのが目に入った。放送局の白いバンが、ハイウェイの路肩に無造作に駐められている。さらにもう一台が、猛スピードでこちらへ向かってきている。この現場が大混乱に陥るのは時間の問題だった。

「ピーコー議員には誰か知らせに行ったのか?」ジャックは訊いた。

「いいえ」

ジャックは足を踏み鳴らしてバリケードの外に出ると、ランディを肩で押しやった。「あれはおたくのヘリ?」

特ダネを前に目を輝かせていたレポーターは、一瞬驚いた表情に変わってから、問題のヘリコプターを見上げた。「あれは六チャンネル」彼女は答えた。「うちは十三です」

ジャックは電話して厳重抗議しなければと、その局名を頭に刻んでから険しい口調で言った。「今は何もお話しすることはない。さっさとここから出て。ここは私有地ですからね。従わなければ逮捕しますよ」

レポーターはあんぐり口を開けた。彼女はすぐにショックから立ち直り、今のはちゃんと撮ったかとカメラマンに目配せで尋ねた。

「おい、何を勝手な真似を――」

ジャックはくるりと振り向いた。「犯行現場の保全が最優先だ。カメラの前でかっこつけることばかり考えてないで、法執行機関として少しはまともな仕事をしたらどうです？」

ランディの顔が見る見る火焔菜《ビート》のような赤紫色になった。ジャックがランディの後方を見やると、折しもボブ・スピーヴィーがシルバーのキャデラックから降り、バリケードのほうへ向かって来るところだった。ジャックはその光景を眺めた。町長、保安官、集まったFBIや保安官事務所の車両、そしてそれらを見下ろすように堂々とそびえる〈ランチョ・ピーコー〉の錬鉄製のアーチ型ゲート。それはまるで『CSI：科学捜査班』のテキサス編を作ろうと設えられた完璧なセットのようだった。ジャックはとりあえずこの派手な舞台を用意した人物の首を絞めたい衝動に駆られた。

まずはスピーヴィーからだ。「おたくの能天気な義理の息子が、記者会見を開こうとしているんですがね、こっちはまだ遺体の搬出すら終わってないんだ。まったく、ピーコー議員の牧場まで撮らせて。議員本人にはまだ知らせてもいないってのに！」

「まあ、落ち着きたまえ」町長がこわばった表情でジャックの背後に目を向ける。カメラがこのやりとりを撮影しているのは見なくてもわかった。

「誰がマスコミを呼んだんです？　町長ですか？　それともあの男ですか？」ジャックはランディを指差した。ランディは、今や着実に数を増やしつつあるテレビ局のレポーターを前に、お得意のパフォーマンスを再開していた。「これが捜査関係者にどんな悪影響を及ぼすか、わかってるんですか？　まだ到着してもいない検察当局にも？　お宅の義理の息子がいい気になってニュース映像に映り込んでるあいだに、大事な物的証拠が四方八方飛び散ってるんですよ。まったく、あれでも法執行官の端くれとは、呆れたもんだ」ちょうどそのとき、黒のレンジローバーが猛スピードで走ってきて、ゲートのすぐ内側で停まった。青いランニングウェアの上下に身を包んだ男性が車から降り、鑑識官が遺体を取り囲んでいるところへ一目散に駆け寄った。ピーコー上院議員だ。なんてこった。カメラはそれを撮りつづけている。サントス捜査官が彼を押しとどめ、囚われた豚のように金切り声をあげる議員の肩に腕を回して落ち着かせようとしていた。

「まったく、いい恥さらしだ」ジャックはふたたび町長に視線を戻した。「あんたを見てると、へどが出そうになる」

「おまえはクビだ、ジャック」

「え？」

「おまえをこの捜査からも署長職からも外す」

ジャックは鳩尾《みぞおち》を殴られたようなショックを覚えた。「あんたにそんな権限はない。おれは町議会で選任されたんだ！」

スピーヴィーは勝ち誇ったように目を輝かせた。「グレインジャーヴィル条例、第十二条第三項を見てみるんだな。わたしはきみを解任できるし、今この場で、そうさせてもらう」

町長は帽子をかぶり直し、上着の襟の埃を払った。「今日の終業時までに、バッジと銃をわたしのデスクに返却したまえ」

17

ブレイクショットの音は、ライフルの銃声のように響いた。

ソリッドボールふたつが落ちたあと、三つ目がクッションに跳ね返り、ネイサンの近くのポケットに吸い込まれるのを、ジャックは満足げに眺めた。ランディ・ラッドの頭でないのは残念だが、何かを思い切り突くのはなかなか爽快だ。ジャックは台をじっくり眺めてから腰を屈めて、一番と七番を沈めるコンビネーションショットを決めた。

「これはもう一杯飲まなきゃな」ネイサンは言い、空のボトルを近くのテーブルに置いてウエイトレスに合図した。

ジャックは次のショットでヘマをした。格好のプレゼントになってしまった十二番にネイサンがすかさず狙いを定めるのを見て、彼は毒づいた。ネイサンがその球を沈めたところで、ビールが運ばれてきた。

「クソみたいな仕事に乾杯だ。それと、そいつから解放されたことに」ネイサンが瓶を掲げながら言う。「ど田舎の警察なんか、所詮おまえには似合わないんだよ」

ジャックは眉根を寄せた。警察署長の職を〝クソみたいな仕事〟と思ったことはないが、ネイサンがただ気持ちを軽くするために言ってくれているのはわかっていた。彼はここ一時間、ジャックの落ち込んだ気分を払拭しようと、あれこれ気を遣ってくれている。

今日のネイサンは代役だった。友人というのはありがたい。ネイサン本人もそれを知りながら、文句も言わずに付き合ってくれている。友人というのはありがたい。ジャックはフィオナに会うためにオースティンに車を飛ばしてきた。しかし直接彼女のアパートメントを訪ねても、携帯電話と同じようになんの応答もなく、それが何回か繰り返されたところで、かなり腹が立ってきた。温かな柔肌に慰めを得られないのなら、友人をビリヤードでこてんぱんにやっつけることで多少なりともすっきりしようと、ネイサンに電話したのだ。

が、その当ても外れたようだ。ネイサンがジャンプショットを決めるのを見て、ジャックは思わず悪態をついた。

ネイサンは台に身を屈めながら彼のほうをちらりと見る。「おまえを元気づけるために、わざと負けるとでも思ったか？」

「今のはまぐれだろ」

言い返す代わりに、ネイサンは続けてもうひとつ、ストライプボールを沈めた。彼は得意げにジャックのほうを見ながら、キューの先にチョークを塗った。「今夜、彼女はどうしたんだ？」

とぼけるふりもできたのだろうが、やめておいた。今まで女性関係についてネイサンに話したことはないものの、彼にはすでにお見通しのようだ。

「出かけてる」ジャックはビールを一気に飲んだ。

「彼女はいい女だ。だが、気をつけないと逃げられちまうぞ」

ジャックは部屋の隅で憤然としていた。もうすでに逃げられてしまったようにも思える。いや、これは喜ぶべきじゃないのか？　求めていたのは熱いセックスだけのはずだ。恋愛関係やら頭の痛いことは願い下げだった。

ともあれ、今いちばん求めなきゃいけないのは働き口だ。

ネイサンは台の周囲を回り、球の配置を確認している。「妹にはもう会ったか？」

「ああ、なかなか可愛い」

ネイサンは狙う線を決めたようだ。「災難が服を着て歩いてるような女だ」

「そうとも言える」

十四番がジャックにいちばん近い角に滑るように向かってきて、ポケットに落ちた。

「このあいだの晩、彼女と時間を過ごす機会があった」ネイサンが言った。「親父さんがサンアントニオ警察に勤めてたって言ってたぞ。酒屋に強盗が入ったとの通報で駆けつけて殺されたようだ。記録を調べてみた」

ジャックは眉をひそめた。「フィオナはひと言も言ってなかったな」

「あんまりおしゃべりなほうじゃないからな」

ジャックは台を見つめ、無意識にゲームの戦略を練りながら、新しく得たこの情報について考えていた。フィオナの父親も刑事だった。しかもこのテキサスで。彼女を解き明かすパズルのピースのいくつかが、これによってぴたりとはまったような気がして、ジャックはわけもなくほっとしていた。

フィオナが両親について話すことはほとんどなかった。何かの拍子に出たわずかな言葉から、母親はアルコール依存の問題を抱えていて、疎遠になっているということがわかっただけだ。男性の親族として彼女の口から話が出たのは祖父という人物だけだった。

ジャックは、ここ数年間フィオナの同僚であり、彼女を指導する立場にあったネイサンを眺めた。彼らはともに協力し、凶悪な事件をいくつも解決してきた。ネイサンならばフィオナが無防備になったところも何度か見ているはずだ。

ジャックは咳払いしてから切り出した。「彼女がなぜあそこまで秀でているのか、考えたことはあるか？　なんでレイプ被害者や子供に、あんなふうに寄り添えるのか？」

ネイサンはジャックの質問の意味に気づいたのか、はっとした表情で台から顔を上げた。ジャックはしばらく黙っていた。ネイサンは職務倫理上フィオナの秘密を明かせず、迷っているのかもしれない。

「おれもそれを考えたことはある。本人からは何も聞いていないけどな」ネイサンはクロスバンクショットで十一番を入れようとしたが、球はポケットのすぐ手前で止まった。「おまえは刑事だ。それくらい調べられるだろう」

ジャックはふんと鼻を鳴らした。おれはもう刑事じゃない。警察官ですらない。ふたりともそれはよく知っているはずなのに……。

ジャックは三番に狙いを定めたものの、力が入りすぎ、打ち損じてしまった。

「くそっ」顔を上げると、ネイサンが苛立ったような表情で彼を見ていた。「なんだ?」

「まさか本気でやめる気じゃないんだろう?」

「他にどうしようもないじゃないか」

「馬鹿言え」ネイサンはすっかり球の配置を掌握し、先を見据えたショットで残りのストライプボールを片付けていく。その傍らで、ジャックの血圧は上がる一方だ。ここへ来たのが間違いだった。今夜ネイサンと飲んだら、どんなアドバイスをされるかは、最初からわかりきっていたはずだ。

「もういっぺん雇ってくださいと頭を下げろって言うのか?」

目を細めて八番を睨んでいたネイサンは、首を横に振った。

「だったらどうするんだよ?」

「おまえにはわかってるはずだ。左コーナーに入れる」ネイサンは宣言し、手球を軽く撞《つ》いた。

八番は宣言どおりのポケットに転がり落ちた。ネイサンは腰を伸ばし、台から離れてジャックを見た。ぐだぐだ言ってないでしっかりしろと言いたげなその表情を見るたび、ジャックはいつも死んだ父親を思い出す。「おまえは根っからの殺人課の刑事《デカ》だ。ずっとそうだった。今になってあきらめるな。もう少しってとこなのに」

ジャックは台を見下ろした。ネイサンの言うことが正しいのはわかっている。問題は、どうすればいいのか、方法が思いつかないことだった。刑事を気どったところで、捜査からは外された。所属を示すバッジすらない。連続殺人犯をどうやって逮捕する？　彼の職歴の中で最も重要な事件だというのに、大失態をやらかした。すっかりお手上げ状態だ。

ジャックはビールの残りを一気に飲み干した。

「フィオナに会ってこい」ネイサンが言った。「彼女もきっと、同じことを言うはずだ」

ビリヤード台を囲んでもうひと足掻《あが》きしても、ジャックの気分は晴れなかった。フィオナはあいかわらず家の電話にも携帯電話にも出ない。ジャックはネイサンに四十ドル負けたうえ、バーの酒代にさらに二十ドルつぎ込んだ。最後にもう一度フィオナのアパートメントを訪ねてみたが、誰もいなかった。しかたなくグレインジャーヴィルに帰ろうと決め、ラマー・ストリートにある〈エクソン〉のガソリンスタンドの前を通ったとき、はっと目を見張った。給油ポンプの前に、白のホンダが停まっている。その横には見覚えのある赤毛の女が立っていた。

ジャックは素早くUターンし、ガソリンスタンドに車を入れた。そしてちょうど煙草に火をつけようとしている女に、後ろから近づいた。「ここで火遊びとは、あんまり利口じゃないな」

「わっ！」女は胸に手を当てている。「なんでいつもそうなのよ？」

「そうって？」

「いきなり現れて脅かすじゃない！」彼女はライターをポケットにしまった。膝丈の黒いトレンチコートをまとい、見るからに痛そうな靴を履いている。

「フィオナは？」

「知らない」彼女は背を向けてポンプからいったんノズルを外したものの、給油口を開けていなかったことに気づいて乱暴にノズルを戻した。そして苛立ったようにふんと息を吐き、車に上半身を突っ込んだ。

ジャックは財布を取り出し、クレジットカードを通した。それからノズルを給油口に入れ、ドアにもたれてメーターの数字が変わるのを眺めていた。

コートニーは煙草を吸っている。彼女の爪の先は眩い白に塗られていた。「それ用のカードを持ってるのに」

「そうかい？　きみの？　それともフィオナの？」

彼女は見透かされたのが悔しいのか、苛立った表情で腕組みをした。ジャックにも妹がいるのでそのあたりは予想がつく。彼はさらに給油量が増えるのを見守った。

コートニーは煙草をコンクリートの地面に落とし、爪先で踏んで火を消した。「あなたに払ってもらうの、フィオナは気に入らないと思うわよ。彼女、女性解放論者だから」

ジャックは肩をすくめた。「彼女には借りがある。二、三回満タンにするくらいのガソリン代は払わないとね。おれのところの捜査を手伝ってもらうのに、グレインジャーヴィルまで何往復もさせたんだから」

コートニーが唇を舌で湿らした。彼女は少しのあいだジャックの全身を見回していたが、やがて身を寄せてきた。ジャックには彼女がトレンチコートの下に何を着ているのか、あるいは何も着ていないのか、知る術はなかったが、おそらくはそれがコートニーの狙いなのだろうと思った。

「フィオナは今夜忙しいみたいよ」彼女は色っぽい声で言い、指を彼の革ジャンのポケットにかけた。「わたしだったら、付き合ってあげられるけど」

ジャックは彼女を見下ろした。コートニーは化粧で顔が変わっている。その目はまるで猫のようだった。コートニーは姿勢を変え、太腿を彼の太腿にこすり合わせた。

「やめろよ、コートニー。フィオナはどこだ？」

彼女は色っぽい雰囲気を一瞬にして消し、後ろに下がった。「用があるのよ」

「それは聞いた」ジャックはスクイージーを手に取り、フィオナの車の汚れたフロントガラスを拭いた。彼女の愛車はまるで大陸横断でもしたかのように泥まみれだ。「どこで用があるか知ってるかい？　でなきゃ、いつ家に帰ってくるかは？」コートニーがフィオナの車を使っているということは、フィオナには別の交通手段があるのだろう。ひょっとしたらデートに出かけているのかもしれない。

　ジャックはスクイージーでフロントガラスをさらに何度か強くこすった。フィオナが他の男と出かけているという推測に心を乱されてなるものかと思っていた。こっちとしては、まったく問題ない。べつにおれたちは付き合ってるわけでもない。そもそもどういう関係かすらわからないのだ。

「フィオナがどこにいるか、本当に知りたい？」

「ああ」ジャックはスクイージーを力任せにホルダーに突っ込んだ。コートニーの瞳が妙にいたずらっぽく輝いている。驚かせようと企んでいるような表情だ。

　あるいは、驚かされる相手はフィオナなのだろうか？

「さっさと言ってくれ。こんなところに突っ立ってたら、寒くてケツがもげちまう」

　コートニーはにんまりした。「はっきりとはわからないんだけど、〈コンティネンタル・クラブ〉に行ったら、見つかるんじゃないかしら」

　フィオナは〈コンティネンタル・クラブ〉が大嫌いだ。騒々しく、混み合っていて、わざとかっこつけて汚したグランジ・ファッションの男女で溢れている。今日は目的があってここに来た。その目的を果たしたら、さっさと帰るつもりだった。

ギターがむせび泣く。フィオナはバーに腰かけ、ウイスキーサワーをちびちび飲みながら、マイクの前に立つオルト・カントリー・シンガーのアーロンが、さっさとこの回を終えてステージから降りてきてくれればいいのにと思っていた。アーロンはそこそこいい声をしているし、雑誌の表紙でも飾れそうなほどの二枚目だが、ぼろぼろに擦り切れたカウボーイハットと三日間剃っていない無精鬚は、フィオナの好みからいえば、やり過ぎの感が否めない。

彼女はぼんやりとグラスの底で円を描いた。今夜出かけてきたのはやっぱり間違いだった。今はライブなど聴いている気分じゃない。こうしていても、頭のなかは仕事のことでいっぱいだ。それと、ジャック。あるいは、ジャックとの仕事。ここ一週間、他のことに集中しようと試みたのだが、ふと気がつくと、いつの間にかまたグレインジャーヴィルのことを考えている。捜査は進展しているだろうか？　ピーコー家の人々は、どうしているだろう？　ジャックにまた会うことはあるだろうか？　彼は捜査に没頭して、わたしのことなど、もう忘れてしまうつもりなの？

フィオナのほうも、彼のことは忘れてしまうつもりでアトリエにこもっていた。力尽きてベッドに倒れ込むまで、何時間も絵の具と筆とともに過ごした。けれど、いつもなら格好の現実逃避になるはずの創作も、今度ばかりは効果がなく、頭のなかにはまた同じ考えが巡るばかりだった。

バーテンダーがお代わりを尋ねに彼女のところへ来た。フィオナはにっこりし、会話のひとつもしようと努力した。が、無駄だった。おしゃべりはあまり得意ではない。腕時計に目を落とし、苛立った眼差しをステージに向けた。

「まさかせっかくのバーボンを、甘ったるいジュースで台無しにしてるんじゃないだろうな」

フィオナははっとして振り返った。ジャックがバーカウンターにもたれ、彼女を眺めている。

「ここで何してるの？」

「ライブを聴きに来ただけだよ」

ジャックはリーバイスのジーンズと、傷だらけの革ジャンに身を包んでいる。彼のブーツは、マイクに向かって甘い声で歌っている男のものよりも、はるかに多くの牛糞《ぎゅうふん》を踏んできたのだろう。

そう簡単には追い返せそうにない。

「なぜここがわかったの？」

彼の顎の筋肉がぴくっと引きつる。「敏腕刑事だからな」

フィオナは彼の顔をしげしげと眺めた。どこか様子がおかしい。またひとり女の子が行方不明になったなんて話じゃありませんようにと切に願った。

「何を飲んでるんだ？」ジャックが彼女のグラスを見てから、わずか十数センチほど離れたところにある半分飲みかけのビール瓶に視線を移した。

「ウイスキーサワーよ」

ジャックは顔をしかめる。

「何よ？」

「誰かがきみに酒の飲み方を教えてやらないとだめだな」ジャックは手を上げてバーテンダーに合図した。「〈ジャック・ダニエル〉をストレートで」

フィオナはステージのほうをちらりと盗み見た。アーロンは彼の知っている三つのコードを駆使してギターをかき鳴らしている。彼は常連客の頭越しにフィオナの視線に気づき、続いてジャックに注意を向けた。

さっさとここを出なければ。

バーテンダーが〈ジャック・ダニエル〉を運んできた。ジャックはぐいっと一口飲んでから、グラスをフィオナの前に置いた。「ほらな？　レモネードなんかと混ぜる必要はないんだ」

「ねえ、ジャック、本当に、どうしてここがわかったの？」

「コートニーとばったり会ったんだ」彼は店のフロアのほうを向いた。その姿勢はリラックスしているが、どことなく緊張感が漂っていた。彼は客たちを見渡している。飲みかけの〈ハイネケン〉の主を探しているのかもしれない。ジャックはフィオナの脚に目を落とした。

「いいブーツだな。今日はなかなか素敵だ」

フィオナはグラスの中身をあおるように飲んだ。今夜二杯目のウイスキーサワーだ。このおかげで、一時間なんとか耐えられた。今夜、元恋人に会うことで、彼女のストレスは極限まで高まっていた。

そして今度は、ジャックも片付けなければいけない。しかも手早く。この曲が終わる前に。フィオナは彼のグラスに手を伸ばし、一口飲んだ。酒が喉を焼きながら落ちていき、胃に火を放った。ストレートなんて絶対無理だ。

ジャックは彼女を眺めている。フィオナは彼の瞳に例の鋭い光が宿っていることに気づいた。

「どうかした？」

「なんでもない」

「わたしに会うためだけに、わざわざ車を飛ばしてきたの？　殺人事件の捜査の真っ最中なのに？」

ジャックが目を逸らす。彼の視線はしばらくアーロンにとどまっていた。アーロンはふたりのやりとりを眺めながら、曲の最後の数小節をおざなりに歌っていた。ジャックはふたたびフィオナを見た。

「もう、おれの担当じゃない。昨日切られたんだ」

「昨日……どうしたって?」

「クビになったんだよ」

フィオナは彼の顔を見つめ、それが本当のことなのだと悟った。冗談などではなさそうだ。

「だけど……だったら誰が捜査するの?」

ジャックは肩をすくめる。「保安官だろう。どっちみち、やつの管轄なんだから」

「それにしたって……」フィオナは胸が締めつけられた。「あの人、無能もいいとこじゃない! あの人には絶対解き明かせない。もし解明できたとしても、台無しにしてしまうわ」

ジャックが、フロアを横切ってふたりに近づいてくる男のほうを向いた。「お連れさんが戻って来たぞ」

勘弁してよ……。

アーロンはフィオナの前で足を止め、腕組みをした。まるでだだっ子だ。実際、彼はだだっ子のようなものだった。こんな男と一年以上も付き合っていたとは、信じられない。警察関係者と付き合う悪い連鎖を断ち切ろうと、〝アーティストっぽい〟相手を選んだのが間違いだった。フィオナは、ジャックとアーロンが互いに相手を値踏みしている様子を眺めながらふと思った。もしもジャックに、いつもわたしのビューラーを借りて睫毛をカールしているような男と寝ていたと告白したら、彼はなんと言うだろう?

「紹介するわ。ジャック・ボウマン。彼はアーロン・ローズ」フィオナはバッグをつかみ、二十ドル札を取り出した。「アーロン、わたしたち、もう出るところなの」

ジャックが手を差し出した。アーロンはあいかわらずの幼さで、むきになってその手を力いっぱい握りしめた。

フィオナの脈は速まっていた。ふたりがこんな風にいっしょにいるところを見て、気づいてしまったのだ。これによってすべてが明白になった。グラスを手に取り、ウイスキーサワーの残りを一気に流し込んだ。まいったわ。わたしときたら、いったいいつからジャック・ボウマンに恋してしまったんだろう?

アーロンが彼女に目を向けた。「あとでいっしょに一杯やるものと思ってたのに」

「いいえ、毎度のことだけど、あなたが聞こえないふりをしていただけよ」フィオナはバーカウンターに紙幣を置き、掌を上にして手を差し出した。「それじゃ、帰るから」

アーロンが不満げに目を細める。ジャックがそばに立っていなかったら、彼はおそらく、フィオナを口汚く罵っただろう。罵られても彼女は聞こえないふりをしていたに違いない。もう二度とこの男に挑発されないと決めていた。

アーロンはファッショナブルに裂けたジーンズのポケットに手を入れ、キーチェーンを取り出した。そしてかぶりを振りながらフィオナのアパートメントの鍵を外し、彼女の掌に叩きつけた。

フィオナはそれをバッグに放り込むと、人込みをかき分けて店内を進み、外へ出た。冷たい風が頬に吹きつける。ここで初めて、コートをバーのスツールに置き忘れたことに気づいた。くるりと踵《きびす》を返したとき、後ろをついてきていたジャックが目に入った。小脇に彼女のコートを抱えている。彼はフィオナの隣で足を止めた。そして何も言わずコートを広げ、彼女に着せかけた。

「ありがとう」

ふたりは歩道を歩きはじめた。フィオナは舗装面の亀裂に注意を向けていた。今夜はピンヒールのブーツを履いている。踵が挟まれるのは避けたかった。

ジャックはポケットに両手を入れている。「やっと寝てるのか？」

「あなたには関係ないでしょ」

「きみがおれと寝てるなら、関係あるさ」

フィオナは彼の隣で足を止めた。「そういうこと？　わたしたちの関係について話をしに来たの？　今夜はやめておいたほうがいいんじゃないかしら。わたしはちょっと酔ってるし、あなたは妙にいらいらして、なんでもいいからぶちのめしたいみたいな顔してるわ」

ジャックは彼女から顔をそむけた。そして足元のブーツを見下ろし、ひとつ深呼吸した。

「くそっ」彼は髪をかき上げてから、すまなそうな表情で視線を上げた。「悪かった。最悪の一週間だったんだ」

フィオナの胸にくすぶっていた怒りが、すっと静まった。「本当にクビになったの？」

「ああ、本当だ」

「これからどうするつもり？」

「さっぱりわからない」

ジャックがたぎる感情を抑え込もうとしているのが、フィオナにも伝わってきた。生まれ故郷で仕事をクビになるのは、さぞかし屈辱的だろう。グレインジャーヴィルのような町ではなおさらだ。ああいう小さな町では、食卓を囲むたびに、噂話がアイスティーのように供される。ジャックはこれからどうするのだろう？ 彼は大人になってからずっと刑事として生きてきた。それはもはや生活の手段にとどまらない。彼の存在そのものなのだ。

フィオナの父親もそうだった。彼女はまだ幼かったが、それだけは覚えている。鮮明に。父にとっては仕事がすべてだった。家族よりも大切だった。

「アーロンとはもう終わったの」彼女は言った。「今夜は合鍵を返してもらいに行っただけ」

ジャックはうなずいた。「よかった」

ふたりはまた歩きはじめた。フィオナはルーシーについて彼に尋ねたかった。まだ彼女を愛しているのか、まだ彼女と肉体関係があるのか、と。けれど、その質問を口に出すことはどうしてもできなかった。もしまた嘘をつかれたら、その痛手はあまりにも大きすぎる。

「ルーガーはちゃんと持ってるか？」ジャックが彼女のバッグを顎で示した。

「ええ。どうして？」

「犯人が馴染みの場所を離れることはないと思うが、きみに関心を向けているのが気にかかる」彼は足を止め、フィオナのほうを向いた。「銃は肌身離さず持っているんだ。あと、ひとりでは出かけないように」

縒り紐の一件でフィオナがどれほど怯えているか、ジャックは気づいていないらしい。

「わたしを脅かそうっていうんなら、もうじゅうぶんよ。FBIからまだ道具ケースを返してもらっていないの。サントスの話では、縒り紐についた血液は、マリサのものだったそうよ。彼は、犯人は捜査関係者を威嚇するためにあんなものを入れたんだろうと言っていたわ。狙いどおりよね。わたしはすっかり怖気づいてる」

「警戒を怠るなよ」ジャックが深刻な表情で言った。

「わかってる」

ふたりはふたたび歩を運びはじめた。ジャックがまた彼女のブーツに目を落としている。

「今夜、きみの妹はどうしてる?」彼は尋ねた。

「あなたのほうがよく知ってるでしょ」

「最後に見かけたときは、きみのガソリン用のカードでビールとつまみを山ほど買い込んでた」

フィオナは目を閉じ、ため息をついた。コートニーの同居を許すんじゃなかった。わかってはいたのだが、ノーと言うことができなかった。昔からずっとそうだ。コートニーが面倒に巻き込まれるたび、フィオナは責任を感じてしまう。

「なんでそうやって言いなりになってるんだ？」ジャックが言う。「頭に来るなら追い出せばいいじゃないか」

「そんな単純な話じゃないのよ」

「〈ジョーダンズ〉に行くとか言ってたな」ジャックは立ち止まり、フィオナの腕をつかんで振り向かせた。そしてフィオナの肩にかかった髪を払いのけた。「それは朝まで帰ってこないってことか？　おれはどうしてもきみをひとり占めしたいんだ」

ジャックを見上げながら、フィオナの胸は震えていた。こんなふうに感じるなんて、わたしったら、いったいどうしちゃったの？　ウイスキーのせいかもしれない。でなきゃ、この男のせいかも。

「あんまりいい考えとは言えないと思うけど」

ジャックが彼女を抱き寄せた。フィオナは暖かい胸に頬を預けた。そう、やっぱりこの男のせいだ。

「いや、すごくいい考えだ」彼はフィオナの頭のてっぺんにキスをした。「おいで、証明してみせるから」

サリヴァンはワインカラーのマーキュリー・クーガーのそばに屈み込み、防水シートをめくり上げた。キース・ヤノヴィックが虚《うつ》ろな目で見上げている。

「胸に二発？」サリヴァンは担当の警察官に尋ねた。

「そうです」

赤、青、赤、青――近くに駐められたパトカーの回転灯が、ヤノヴィックの肌に異様な色彩を与えている。その色とかっと見開いた目が相まって、気味の悪い漫画か何かのように見える。今にも動き出しそうだ。

けれど、路上で仰向けになったこの男は、間違いなく死んでいる。そして、その歪んだ脳に収められた記憶も、彼とともに墓に葬られることになる。

サリヴァンは腰を上げた。陰鬱な事件の、陰鬱な幕引きだ。アニー・シャーウッドは三週間近くも、娘の行方がわからずに苦しみつづけている。その日々を終わらせることができたかもしれない唯一の人物が、こうして息絶えてしまった。

「パトロール警官は？」尾灯の整備不良でヤノヴィックの車を停めさせた警官について、サリヴァンは尋ねた。

「緊急救命室《ER》までは持ちこたえたようです」担当の警官が答える。「今、手術中で、わたしたちも結果が知らされるのを待ってるところです」

平常時の交通違反取り締まりのはずだった。しかし警官が免許証の提示を求め、それを確認しにパトカーへ戻ろうとしたとき、予想だにしない展開になった。ヤノヴィックがマーキュリーから降りてきて、銃を抜いたのだ。銃撃戦の末、ヤノヴィックは死亡し、パトロール警官は重傷を負った。

そもそも平常時の違反取り締まりなんてものは存在しないのかもしれない。

サリヴァンは車の内部を覗き込んだ。すでに捜索はひととおり済んでいる。手掛かりはいくつか見つかった。前の座席の下から女児用のヘアバンドがひとつ。トランクに敷かれたカーペットに残された大きな血痕が、見る者の不安をかき立てる。

今夜この現場で働いている他の無表情な捜査員たちと同様、サリヴァンもまた、その血痕がシェルビーのものだと確信していた。

車のドアは開いたままだった。内装はグレーの布張りで、床にはゴミや新聞紙が散乱している。サリヴァンは手袋をした手を車内に入れ、助手席に置かれた〈マクドナルド〉の袋をそっと持ち上げた。十二時間休憩なしのシフトから、つい三十分前に上がったところだ。空腹は極限に達していた。こうして袋のなかの食べかけのハンバーガーを見ただけで、胃がぐうぐう鳴りはじめる。

「面白い注文のしかただな」サリヴァンは言った。

「何がですか？」担当の警官が近づいてきて、袋のなかを懐中電灯で照らした。

「ビッグ・マック、コカコーラのラージ、ポテトのMがふたつ」

「これがどうかしました？」

サリヴァンは顔を上げた。「〈マクドナルド〉でいちばんデカいサイズは？」

警官は肩をすくめる。「わたしが知るわけないですよ。家内にハンバーガー屋は禁止されてるんだ。高血圧でね」彼はお腹をぽんぽんと叩いた。

「だけど『スーパーサイズ・ミー』は観ただろう？」

警官はきょとんとした顔で彼を見た。

サリヴァンは袋を助手席に戻し、車から離れた。

十八日。

シェルビー・シャーウッドの生きた姿が最後に目撃されてから、十八日が経った。およそ一週間前、ヤノヴィックはミシシッピ州メリディアンのモーテルに現金払いで部屋をとった。翌日、彼の似顔絵があちこちのニュース番組で放送され、ヤノヴィックは慌ててその街を去った。目撃情報はことごとく、彼がワインカラーのセダンを運転し、ひとりで移動していることを伝えていた。ジャノヴィックの携帯の最後の通話記録は、三日前、霊能者の占いダイヤルにかけたものだ。電波は、ルイジアナ州北西部の街、シュリーヴポートの基地局で受信されていた。

サリヴァンは砂利を踏みしめて路肩を横切り、草地へ入った。ハイウェイ沿いにそびえる木々から松脂《まつやに》の匂いがする。この道はシュリーヴポートからうねるように南へ下り、ルイジアナ州東部へ至る二車線の道路だ。ヤノヴィックはメキシコを目指していたのだろうか？

海岸に出て、船に乗るつもりだったのか？　幼児誘拐犯と何百万エーカーにも及ぶ広大な湿地帯との組み合わせが、不穏な想像をかき立てる。ヤノヴィックは目的地としてこのルイジアナ州を選んだのだろうか？　それとも、ただ通り過ぎるつもりだったのか？

解けない疑問が山ほど残っているなか、犯人の行方に関してだけは答えが見つかった。

サリヴァンはコートのポケットから携帯電話を出した。ディスプレイに目をやったとたん、胃酸が胃をかき乱しはじめた。

無理だ。

いずれしなければならない電話を先延ばしにするのは情けないが、今はとてもアニー・シャーウッドに話す勇気がなかった。その前にせめて温かい声が聞きたい。彼の心を慰め、この職業のなかでも最悪の任務を遂行することを楽にしてくれるような声を。思いつく人間はひとりしかいない。サリヴァンはアドレス帳をスクロールし、彼女の番号を探した。


ジャックはエレベータのなかで彼女の服を脱がせはじめた。コートを羽織ったまま。なかなか珍しい経験だった。

彼はフィオナのシャツをまくり上げ、ブラジャーのホックを外し、カップを押しやった。エレベーターのドアが電子音とともに開くころには、彼女は頭がくらくらして、立っているのがやっとだった。

「コートニーが出かけていてくれるといいんだが」ジャックがフィオナのコートの前を合わせ、手をつかんで彼女を廊下に連れ出した。

「妹のこと、あんまり好きじゃないみたいね」

ジャックは彼女の手を引いて廊下を進みながら肩越しに振り返る。「いや、好きだよ」

「でも?」

彼は玄関のドアの前で立ち止まると、フィオナの背中をドアに押し当て、彼女の首筋にさっきのキスの続きをした。「いい匂いだ」

フィオナは彼の胸を押し返した。「はっきり言ってよ。コートニーの何が気に入らないの?」

ジャックは天を仰いで呻いた。「この話、あとにしないか?」

「あなたに誘いをかけたのね?」

ジャックは驚いたように眉を上げる。「彼女、きみに話したのか?」

「いいえ」フィオナはバッグのなかから鍵を捜した。「あの子、誰にでもそうするのよ。本気じゃないの。ただ、わたしが付き合う相手をふるいにかけてるだけ」

「ふるいにかける? 実際しなだれかかってきたんだぜ。二度も。それがどれほど危険なことか、彼女はわかって――」

フィオナは彼の頭を引き寄せてキスをした。しばらく熱く唇を重ねたあと、彼女は一歩下がった。「あとにしましょう。明かりが消えてるし、音楽もかかってない。わたしたちに勝算がありそうよ」

フィオナが鍵を差し込み、ドアを開けるあいだ、ジャックは彼女のシャツの下に手を入れ、乳房をつかんでいた。

予想どおり、アパートメントには誰もいない。ジャックもおそらく同じことを考えていたのだろう、フィオナが喜びに気をとられているあいだに、彼は彼女をソファに押し倒した。ジャックは彼女のコートを半ば強引に剝ぎとり、彼自身の上着も脱いで、床に投げた。

「ドアはロックした？」

「ああ」ジャックが彼女に口づける。服を脱がせる手間の半分はエレベータのなかで済ませているので、彼がフィオナを裸にするまで、さして時間はかからなかった。シャツがコートの上に落ち、ブラジャーがそのあとに続いた。

ジャックは手をついて身体を持ち上げ、フィオナを見下ろした。点いている明かりはキッチンの照明だけだが、フィオナにはじゅうぶん彼の表情が読みとれた。以前にも見たことのある欲望。あと他にも何か表れている気がしたが、それが何かはわからなかった。

「今回はちゃんと時間をかけるよ」

フィオナはにっこりした。

「本気だぞ」彼は言う。「だから妙な真似はするなよ。きみが企んでることくらいわかってるんだ」彼はフィオナのそばにひざまずき、伸縮性のある黒いスカートを引き下ろした。彼女はパンティとブーツだけの格好になった。

「聞き捨てならないわね」フィオナは乳房を両手で覆った。「妙な真似ですって?」

ジャックは彼女の胸は無視して、へそに顔をうずめた。「いいブーツだ。これはこのままにしよう」彼はキスで彼女の腹部を下りていく。フィオナは身をよじった。

「ちょっと待って」

ジャックが耳を貸さないので、彼女は上半身を起こした。

「不公平だわ。わたしだけ裸なんて」

彼の口元にゆったりした笑みが浮かぶ。その瞳がフィオナの全身を見回している。ジャックはここで、床に膝をついたまま身体を起こした。フィオナは彼のジーンズからシャツの裾を引き出した。ボタンを外すのにはゆっくり時間をかけ、手のあとを唇で追いながら、キスをしたり彼の素肌をついばんだりした。彼の胸が好きだった。彼の肉体が大好きだった。彼の動作も、匂いも気に入っている。すべてがたまらなく好きだった。

この思いのせいで、自分をどれほど愚かになってしまうかについては、今は考えたくなかった。

彼のシャツが、床の彼女のシャツに重なる。フィオナは思わずうっとりし、鼻を鳴らしそうになるのをこらえた。彼に聞こえたら、わたしが彼の肉体をどれほど美しいと思っているかわかってしまう。彼ほどの肉体を誇る男に、褒め言葉などいらないはずだ。

「とりあえず今はここまでだ」彼はフィオナをそっとクッションの上に倒しながら言う。

「どうして？」ジャックの胸毛が、彼女の素肌をこする。フィオナは彼を抱き寄せた。温かくて、なんとも言えずいい感触。

「前回はきみのせいで急《せ》かされた。おかげで、何日も傷ついたプライドを抱えて歩いてたんだ」彼は長く深いキスをした。それが終わったとき、フィオナはにっこりして彼を見上げた。

「それほど傷ついてるようには見えないけど」彼女は腰をそらして身をすり寄せた。彼の瞳に表れた欲望の色を見て、フィオナの胸に喜びが湧き上がった。

ジャックは彼女の片方の膝を彼の腰の横まで引き上げ、また唇を重ねた。フィオナはその熱に浸った。彼の身体が、自分の素肌にぴったりと寄り添い、全身が疼きはじめる感覚に溺れた。こんなふうに感じるのは初めてだった。もっと近づきたくて、ひとつになりたくて、痛いほど脈打っている。

「フィオナ？」

「ん？」

「きみだよ」

彼女は目を開けた。「なんのこと？」

暗がりのなかで、ジャックが彼女を見下ろしている。「電話が鳴ってる。きみのだ」

フィオナは床に重なり合った服の山を見た。確かに彼女の携帯電話の呼び出し音が聞こえる。

「電源切っておくわ」手を伸ばし、コートを拾い上げてポケットを探った。呼び出し音を止めるつもりで携帯電話を取り出したとき、見覚えのある番号がディスプレイに表示されているのが目に入った。

「もしもし？」

ジャックがため息をつきながら身を起こし、ソファに腰かける。

「フィオナかい？　ギャレットだ」

「何かあったんですか？」

しばしの沈黙が、よくない知らせだということを物語っていた。フィオナはギャレット捜査官の話に耳を傾けながら、ソファに置かれた膝掛け《ブランケット》に手を伸ばし、それを羽織った。ひととおり彼の報告を聞いたあと、これから母親のアニーに電話するギャレットの心情を察し、せいいっぱい元気づける言葉を二、三告げて電話を切った。

フィオナはジャックのほうを見やった。苛立っているかと思いきや、それを表情に表すこともなく、ただそこに座り、彼女の様子を見守っている。

「アトランタで捜査に協力したＦＢＩの人」

「だいたいわかったよ」

彼女は携帯電話の電源を切り、コーヒーテーブルの上に投げた。「よくない知らせだったの」

全身に悪寒が走った。フィオナはブランケットを胸の前でかき合わせた。ジャックが肩に腕を回そうとしたが、彼女はソファから立ち上がった。

「失礼」

フィオナはベッドのほうへ歩いていた。ワンルームアパートメントの困るところは、プライバシーが保てないことだ。コートニーに居座ってほしくないのも、主にそのせいだった。彼女はジャックに背を向け、ベッドに腰を下ろして、ブーツを脱ぎはじめた。なかなか脱げずに痛い思いをした。最後には無理に引き抜いて、部屋の隅に投げた。ブランケットはベッドに落とし、腰を上げて緑色のサテンのガウンを着た。これでジャックに彼女の意図するところが伝わればと願っていた。

背後の床を静かに踏むブーツの音が聞こえてきた。フィオナは身をこわばらせた。どう説明しようか思いつく間もないうちに、ジャックの腕がウエストに回され、彼の胸に引き寄せられた。

「なんだかどっと疲れが出ちゃって。申し訳ないけど——」

「シーッ……」首に温かい吐息を感じた。フィオナは彼にキスされると思った。

「やめて」

ふたりは身じろぎもせず、しばらくそうして立っていた。フィオナは必死に衝動を押し殺そうとしていた。本当は彼に、触らないで、あっちへ行って、ひとりにしてと言いたかった。でもこれはジャックのせいじゃない。彼に頭がどうかしたのかと思われるのも嫌だった。

「リラックスして」彼は言う。「ただこうして抱いていたいだけなんだ」

フィオナは抱かれたくなかった。でも彼を傷つけるのも嫌だったので、平気なふりをしていた。喉の奥から苦いものが込み上げ、息が詰まる。それをなんとか押し戻そうとしていた。

「気持ちはわかるよ」

フィオナは思わずふんと鼻を鳴らした。

「フィオナ」彼の口調は優しいなかにも決然とした響きがあった。「事件の結果が惨憺《さんたん》たることになって悔しい思いをしてるのは、きみだけじゃない」

事件。そう、シェルビー・シャーウッドは〝事件〟なのだ。フィオナがこれまでのあいだに捜査協力してきたたくさんの事件のひとつに過ぎない。あの幼い少女は、これからずっと、事件のファイル番号をつけて語られるようになる。

フィオナはジャックの腕を押しのけ、彼のほうを向いた。

「ねえ、知ってる？　この事件、最低なの。わたしが扱う事件はみんな最低。なぜだかわかる？　みんな判で押したみたいにおんなじだからよ」フィオナは怒りに震えていた。どう思われたっていい。

ジャックは両手をポケットに突っ込み、彼女を見ている。

「犯人の似顔絵を描いてくれって呼ばれるたびに、それは男なの。心を失っておかしくなった、箍《たが》の外れた男なの。おまけにね、被害者の似顔絵を描いてくれって呼ばれるたびに、それは女子供なの。誰かの母親か、娘か、妹が殺されて、ゴミみたいに捨てられてるの。わたしが頼まれるのは、そんな事件ばっかり。その子、十歳なのよ、ジャック。まだほんの十歳なのに！　いったいどういう人間が、そんなことできるの？　わたしにはわからない」

「おれたちが扱うのは、みんなそういう事件だよ」彼は静かに言った。「それがこの仕事の本質なんだ」

「こんな仕事大嫌い！　もうやりたくないわ！　なのにやめようとするたびに、誰かに引き戻される」

「いや、引き戻してるのは彼らじゃない」

「いいえ、みんなが引き戻すのよ。あなたも、ネイサンも。グレインジャーヴィル警察《GPD》、オースティン警察《APD》、ＦＢＩ、みんなそうじゃないの」

ジャックはベッドに腰かけ、彼女を見上げた。「誰もきみに無理強いなんてしていない。きみがこの仕事をするのは、きみがその道に長けているから、そしてその使命を感じているからだ。それはおれも同じだよ」

フィオナは彼を見つめた。やりきれなさが、ますます膨れ上がっていく。彼が言うことが正しいのはわかっていた。

そう、ジャックは正しい。わたしは誰にも無理強いされてない。自分で選んできたのだ。警察の仕事が続けられるように、創作を二の次にしてきたのも、わたし自身が決めたこと。電話で依頼が来るたびに、それを引き受けて出かけていくのは、わたしがそれを選んでいるから。

「おいで」ジャックが彼女の手をつかみ、ベッドへ引き寄せた。

「ジャック、わたし、疲れてるの」

「ただ座ってるだけだよ」

フィオナは彼の隣に腰かけ、目をこすった。本当に疲れていた。言い訳ではなく、実際、突然の疲労感に襲われていた。

ジャックが手を伸ばし、彼女の髪を撫でた。彼はその手で彼女の背中をたどった。そしてガウンの生地越しに、背骨に沿ってゆっくりと撫ではじめた。彼の手の感触は羽根のように優しかった。くすぐったく感じるかと思いきや、実際にはとても気持ちよかった。フィオナの緊張は次第にほぐれ、彼女は頭を彼の肩に預けた。

「横になって」彼が囁く。

フィオナはまた身をこわばらせ、背筋を伸ばした。彼は手で彼女の首を撫で上げ、一筋の髪を、彼女の耳にかけた。「おれに任せてくれ」ジャックが彼女の額に口づける。「ずっとしてやりたいと思っていたんだ」

薄明かりのなかで彼を見上げたとたん、フィオナの心臓はどきんと大きく鳴った。彼の少しかすれた低い声が、彼女のすべてを温めた。この男《ひと》とひとつになりたいと思った。彼の愛撫ですべてを忘れたかった。とりわけ、ただ生きているというだけで感じてしまうこの罪悪感を。フィオナは彼の髪に指を通し、口づけた。ふたりは抱き合いながらベッドに倒れ込んだ。フィオナは目を閉じ、雲の上に浮かんでいるのだと想像してみた。ジャックが彼女のガウンの前を開け、肩を露わにする。彼の手の感触を、唇の柔らかさを、素肌を撫でる温かい吐息を感じる。ジャックが彼女の乳房の片方を掌で寄せ、口で愛撫をした。彼女の胸は弄《もてあそ》ばれ、じらされ、伸びかけた鬚で柔肌がこすれた。彼は続いてもう一方の乳房に移った。同時に彼の熱い手がガウンのなかに入り、太腿のあいだに滑り込んでくる。フィオナは腿をぴったり閉じて何かをつぶやいた。何をつぶやいたのかは、自分でもわからなかった。ふたたび疼きが始まる。身体の芯を揺さぶるような熱い脈動が全身に広がる。彼女はジャックに腕を回し、抱き寄せた。ふたりの脚が絡み合う。ジーンズ地と素肌がこすれ合った。ふたりは自分の思いどおりにしようと揉み合っていた。

「待って」

「シーッ……」ジャックはフィオナに触れながら、彼女の好きなリズムで口づけた。彼女は甘美な衝撃に身を任せ、時間の感覚を失った。やがて最初の波が不意に襲ってきて、彼女の全身を揺さぶった。輝かしいまでの快感が血管を駆け巡るの感じながら、フィオナは彼の唇を探し当て、口づけた。

目を開けたとき、ジャックが彼女をじっと見つめていた。フィオナは彼を見上げて微笑み、手を彼のジーンズへと滑らせた。今度ばかりは彼も素直に協力した。ジャックは彼女と視線を合わせたままブーツを脱ぎ、残りの服を脱ぎ捨てて、彼女の脚のあいだに膝をついた。

顔に出てしまっているのは、フィオナ自身わかっていた。今日、初めて解き放ったこの感情は、彼の目にもはっきり映ってしまうだろう。彼女はそれを恐れ、目を閉じて顔をそむけた。

「こっちを見て」

フィオナは言われたとおりにした。射るようなブルーの瞳が、彼女をまっすぐに見下ろしている。彼はいつものことながら、すべてを見透かしてしまう。フィオナは彼を引き寄せ、受け入れた。深く満たされる甘い痛みに、思わず息を呑んだ。ジャックの肌は汗で濡れている。欲望をコントロールしようとしているのだろう。筋肉の緊張が伝わってくる。

「ゆっくり行こう」彼は言い、フィオナの脚の位置をずらした。

フィオナは彼に欲望を抑え込んだりしてほしくなかった。さらに強く引き寄せ、囁いた。

「愛してる」

ジャックが動きを止めた。彼の驚いた表情を見て、フィオナの胸に重苦しさがのし掛かった。

どうしよう。わたしったら、なんてことしたの？　目をぎゅっと閉じ、不安を押し殺そうとした。

彼の下で身をくねらせた。身体で彼の気を逸《そ》らすことができればと思った。それはうまくいったようだ。ふたりはふたたび欲望のままに腰を動かし、完璧に調和する官能のリズムを見つけた。ジャックが彼女の額にキスをする。続いて頬に、唇に。まるで時間が止まったように、ふたりのリズムはどこまでも高まっていく。彼は何かの証《あかし》を立てようとしている。フィオナにはそれがわかっていた。と、不意に、彼女はもうこれ以上待てなくなった。

彼女はごろりと横向きになった。

ジャックは一瞬驚いた顔をしてから、フィオナが彼の上にまたがるのを見て、興味を引かれたように目を輝かせた。彼女はジャックの両手首をつかみ、彼の肩先でマットレスに押しつけた。ちょうど〈ベッカーズ〉の廊下の奥で、彼に手首を押さえ込まれたときのように。

ジャックの顔に笑みが広がる。フィオナは彼女が求めるペースで動きを支配した。それは、初めて愛を交わしたとき、彼がフィオナの身体に夢中になるあまり止めることができなくなったときの、あの切迫したリズムだ。彼もまた、あのときと同じように自制心をかなぐり捨て、彼女のウエストを支えながら腰を突き立てた。そしてついに、何かが弾けた。そのあまりにも短い、きらきらと輝くような一瞬、フィオナは思った。今このときだけは、彼はわたしのものだと。

18

彼は指先で彼女の背中をたどっていた。首のほうへ上がり、また腰のほうへ下りる。彼女は彼の顎の下に頭を入れ、頬を彼の胸に押し当てて、静まりつつある鼓動を聞いていた。余韻のときがゆっくりと過ぎていく。部屋のなかは静かで、聞こえてくるのは、ふたりの息遣いと、四階下の通りを行き交う車の音だけ。彼女はだんだんとその静寂が、重苦しく感じられてきた。彼にのしかかっている自分の重みも気になり、彼女は身体を起こした。

フィオナがガウンに手を伸ばすのを見て、ジャックが問いかけるように眉を上げた。

「ちょっと失礼」彼女は言い、バスルームへ入った。水を流しながら、数分間、たった今起きたことについて考えた。

彼に言ってしまった。そんなつもりはなかったのに、言葉が口からこぼれ出てしまった。そして今、不安に胸が締めつけられている。彼は何も答えなかった。バスルームの鏡に映った自分の顔を見つめながら、覚悟しなければと思った。かなり現実的な可能性として、わたしは何もかも台無しにしてしまったかもしれない。ジャックは言葉で傷つけるほど冷たい人間ではない。少なくともフィオナはそう思っている。けれど、何も言わずに立ち去る形で痛手を負わせるくらいのことは十分あり得るだろう。

あんなこと、言うべきじゃなかった。

さらにしばらく時間を稼ぎ、髪を整えたあと――今さらこんなことして、なんの役に立つのよ？――彼女はバスルームを出た。

ジャックはベッドのヘッドボードにゆったりともたれ、頭の後ろで手を組んでいた。いつの間にか明かりが点いている。腰までをシーツに覆われ状態で、彼はベッドへ歩み寄るフィオナを見つめている。彼女はその表情を読みとろうとした。

「気に入ったよ、これ」

フィオナは彼の視線を追って、寝室のエリアとアトリエを隔てている本棚に目をやった。ジャックは彼女の最新作を運んできて本棚に立てかけ、ベッドの上で眺めていたのだ。彼女は頭上の移動照明《トラックライティング》を見上げた。彼はわざわざ電灯のうちのひとつの向きを変え、絵にスポットライトが当たるようにしていた。ちょうど画廊で展示するときのような感じだ。

フィオナは咳払いをした。「個展のために描いたの。明日搬入するつもりよ」

ジャックはしばらくじっとその絵を見つめた。彼女は落ち着かない気分になった。彼に主題を見破られてしまうだろうか？　いや、たぶんそれはない――ここまで抽象的なら……。

「いいな」彼が言う。

「ずいぶん遅くなったけど」

フィオナがベッドの彼の隣にもぐり込もうとすると、彼は不思議そうな顔で彼女を見た。ジャックはまだ服を着ようともしていないし、口実を見つけて帰ろうともしない。これはいい傾向だ。作品について話がしたいらしい。あるいは、単に話題を変えたかっただけなのかも。フィオナとしても、それは歓迎だった。

「先週画廊に持っていって、額装してもらうはずだったんだけど。これを個展の中心に据えるの。あさってオープニングなのに、まだ絵の具が乾ききっていないわ」

「あさって？」ジャックは彼女の肩に腕を回し、抱き寄せた。「そんなにすぐだとは知らなかったよ」

「訊きもしなかったじゃない」

意地悪な言葉だが、指摘せずにはいられなかった。最初に会ったときから、この個展がフィオナにとってどれほど大事か説明しているのに、彼はずっと聞こえないふりをしてきた。

「あさっては実はプレ・オープニングなの」フィオナは説明した。「地元の収集家と、限られたマスコミだけ先に呼ぶの。画廊のオーナーは友達なんだけど、彼の知り合いの有力者に、わたしを紹介してくれるんですって。そのためにワインとチーズのこぢんまりしたパーティーを企画してくれたの。それが済んだら、一般に公開するのよ」

フィオナは自分自身の作品を批評家の目で眺め、なかなかいいと判断した。活気のある赤と金色が、水の静かな青と鮮やかな対照を成している。すべてが陰陽太極図の円のように渾《こん》然《ぜん》と渦を巻いている。見る者は、そこに魚の群れがいることには気づかないかもしれない。

フィオナはガウンを脱ぐことにした。着ていたところで無意味だし、ふたりのあいだで邪魔になる。ガウンは床に脱ぎ捨て、ジャックの胸に身を寄せた。彼はフィオナの腕をぼんやりと上下に撫でる。彼女は胸が息苦しくなるような感じがした。

「きみはジョージア・オキーフみたいだな」彼が言った。「彼女は花で表現しようとしたが、きみは水で描いている」

フィオナは顔を上げ、彼を見た。ジャックに美術についての知識があるなんて、夢にも思わなかった。

驚いた表情に気づいたのだろう、ジャックは目を剝いた。「おい、おれだって大学は行ったんだ。これでも美術史の授業をとってたんだぞ」

頭に浮かぶのはどれも、口にすれば彼の気分を害するだろうと思えるような言葉ばかりだったので、フィオナは黙っていることにした。

「対象を拡大して描くのがいいよな」彼は続ける。「しばらくじっと眺めていないと、何が描かれているかわからないこともある。このあいだ、ここに置いてあったやつみたいにね。川の風景だったんだろう?」

フィオナは唇を嚙んだ。彼がこれほどよく見ているとは思わなかった。「『ブランコ川』ね。

お祖父ちゃんの家のそばにあった川なの」

これ以上なんと言ったらいいかわからなかったので、ただ目を閉じ、彼の胸に頰を預けていた。彼女がさっき漏らした言葉について、ふたりで話し合うことはないようだ。フィオナはそれでかまわなかった。すでに機を逸してしまい、今となっては場違いに思える。胸が痛んだが、それについても考えたくなかった。今、彼女の感情はとても無防備になっている。下手につついたり分析したりしないほうがよさそうだ。あとで、ひとりのときにたっぷりすればいい。

今はただ、ジャックのそばで眠り、朝になってもまだ彼がここにいるかもしれないというわずかな可能性を、夢見ていたかった。

ジャックは朝早く目覚め、胸にかかったフィオナの腕の重みを感じた。その腕をそっとどけて静かにベッドから出ると、音を立てないようにしながらバスルームへ向かった。バスルーム内の彼女のものはすべて女の子っぽい匂いがしていたが、それにひるむことなく急いでシャワーを浴び、ジーンズを穿いた。そして裸足のままキッチンへ行き、キャビネットを片っ端から開けはじめた。

呆れたもんだ。同性愛者《フルーツ》と奇人《フレーク》と変人《ナッツ》の名産地から来たグラノラガールは健康志向かと思いきや、ジャンクフード中毒のようだ。

ジャックはかぶりを振り、そこにあった箱をつかむと、朝食を準備しはじめた。ジュース、ミルク、〈ココア・パフス〉というチョコレート味のシリアル。コーヒーフィルターを探し出し、コーヒーメーカーをセットする。卵の買い置きがなかったので、トーストだけで済ませることにした。セックスすると決まって腹が減る。今朝のジャックは空腹が限界に達していた。

「おはよう」

トーストにバターを塗っていたジャックが顔を上げると、フィオナがカウンターの向こうに立っていた。

「おはよう」彼は皿にのせたトーストを彼女の前に置いた。フィオナは怪訝そうな顔でそれを見下ろしていたが、何も言わなかった。また例の緑のやつを着ている。髪はいい感じだ。ほどいた髪がカールしながら肩に垂れ落ちている。ジャックはつい衝動を抑えきれず、身を乗り出して唇に軽くキスをした。「コーヒーを飲まなきゃいられないって顔をしてるな」

フィオナがカウンターのスツールに腰かける。「料理したのね」

「料理ってほどのもんじゃない」ジャックはまた何カ所かキャビネットを開けた。

「テレビの上」

彼はフィオナが示した棚を開け、マグカップを二個取り出して、コーヒーを注いだ。クリーマーはなかったので、フィオナの分にはミルクを足して、彼女の前に置いた。それからボウルふたつにシリアルを入れ、ミルクを注いで、空になった容器をシンクの下のゴミ箱に投げ入れた。

「食料品の買い物リストはあるか？」彼は尋ねた。

フィオナはぼうっとして彼を見ている。

「カフェインを入れたほうがいい。ゾンビみたいだぞ」

「電話の横」フィオナはぼそっとつぶやき、コーヒーを一口飲んだ。

電話の隣に目をやると、そこにリストがあった。フィオナはとてもきちんとした性格だ。彼女なら買い物リストをつけているだろうと思った。ジャックはそこに、〝ミルク〟と〝卵〟の二語を走り書きし、シリアルのボウルを持ってカウンターへ行った。そして彼女の隣のスツールに腰を下ろすと、スプーンでシリアルをすくい、食べようとした。

フィオナが目を丸くして彼を見ている。

「なんだ？」彼はスプーンを途中で止めて尋ねた。

「ミルクの容器、捨てたのね」

「空になったからな」

「買い物リストに〝ミルク〟って書いた」

ジャックはスプーンをボウルのなかに置いた。「だいじょうぶか？」

「わからない」

「飼い猫を殺されたみたいな目でおれを見てるぞ」

「猫なんか飼ってないわ」

「そいつは助かる。あれは苦手だ」ジャックは彼女の鼻の頭にキスをした。「〈ココア・パフス〉食べろよ」

フィオナはおずおずと一口食べてから、ぼんやりとシリアルをかき混ぜた。ミルクが茶色に染まる。ゆうべの話を持ち出すつもりだろうかとジャックは思った。ベッドのなかで、彼女が口走ったことについて、話し合いたいと言い出さなきゃいいが。ジャックとしてはそんな話はしたくない。けれどフィオナにしてみれば、昨夜のセックスのあとより、こういう朝の雰囲気に紛れたほうが、ふたりの関係についての議論を切り出しやすいに違いない。

と、玄関の鍵が外れる音がし、彼は振り向いた。コートニーが戸口に立っている。ジャックもこのときばかりは彼女の姿を見て喜んだ。

「これはこれは」コートニーは大きな黒いバッグを床に落とし、トレンチコートをドアのそばのベンチに投げた。「おはよう、ジャック。うちのお姉ちゃん、ちゃんと見つかったみたいね」

「おはよう」ジャックは言った。

昨夜の謎が解けた。コートの下に、彼女は黒いミニのワンピースを着ていた。髪は乱れ、化粧はだいぶとれているが、本人は元気いっぱいの様子で、気どった足取りでキッチンまで来ると、コーヒーをカップに注いだ。

コートニーはカウンターにもたれ、マグカップの縁越しにジャックを見ている。その視線が、彼の胸板に落ちる。彼は恥ずかしさに身をよじりそうになるのをなんとかこらえた。

「あなたって、ネイサンの友達よね？」コートニーは言う。「つまり、わたしの秘密は、もうばれてるってこと？」

「秘密って？」フィオナが訊く。

「あなたから話してあげて、ジャック」

「おれにはなんの話か、さっぱりわからん」

コートニーが疑わしげな表情になる。「ネイサンから聞いてないの？」

「聞くって、何を？」

ジャックはフィオナに顔を向けた。彼女は彼を睨んでいる。

ジャックは両手を上げた。「おい、おれはなんにも知らないぞ」

「本当に？」コートニーはマグカップをカウンターに置いた。「ネイサンったら、本当に何も話さなかったの？」

「本当に聞いてないよ」

「だから聞くって何を？」フィオナは苛立ちはじめている。

「なんでもない」コートニーはそそくさとキッチンを出ていった。「物を取りに戻ってきただけだから。お邪魔しないように、またすぐ出かけるわね。

あ、そうだ、嬉しいニュースよ、フィー。明日、温暖前線が上がってくるんだって。もう少しでわたしを追い出せそうね」彼女は姉のクローゼットから服を出すと、バスルームにこもった。

「今妹が話してたこと、何か心当たりある？」フィオナが問いただす。「嘘はやめてね」

「さっぱりわからないよ。きみに嘘はつかない」

フィオナはいいかげんにしなさいと言いたげに眉を上げる。

「これからもずっと、きみに嘘をつくことはない」彼はきっぱり言った。

おいおい、おれはいったい何をやってるんだ？　どう考えても守りきれない約束をしちまったじゃないか。

まあ、大した意味はないか。いずれにせよ、フィオナに嘘はつけない。彼女は必ず見抜いてしまう。

ジャックはふやけたシリアルをさらに何口かかき込んでから、立ち上がってボウルを流しに持っていった。「そろそろ行くよ」

フィオナも彼のあとについて寝室のエリアへ来た。ジャックはそこで皺だらけのシャツを着、ボタンを留めた。

「今日は忙しいの？」フィオナが尋ねる。

「ああ」かれはにやりとした。「履歴書を書かなきゃな」

フィオナが不満げに口を尖らせる。

くそっ、まだ動いてもないのに。無職というやつは、思った以上にキツそうだ。

「それと、事件に関して、いくつかやることがある」靴下を履いた。「調べたいことがあるんだ」

ブーツを履き、玄関へ向かうと、彼女は先回りしてドアを開けた。甘えたい気持ちを隠そうとしているのがジャックにも伝わってきた。ゆうべ彼女が言った言葉が、突然、形あるもののように、はっきりとそこに浮かび上がった。

ジャックは廊下に出るとき、彼女の手を取って連れ出した。榛色の瞳が濡れている。ここは急いで逃げたほうがよさそうだ。

彼は革ジャンを着た。「オープニングに呼んでくれないのか?」

フィオナは唇を噛んでいる。

「アートについてはど素人だが、行ってみたいんだ」

「気軽に来られる距離じゃないわ」彼女が諭すように言う。「往復四時間だもの」

「わかってる」

「来なきゃいけないなんて、思わなくていいのよ」

フィオナの表情を見て、ジャックは自分の推測が当たっていたようだと確信した。彼女にとって、ふたりの関係は大ごとなのだ。ジャックがパーティーに顔を出せば、それはアート好きの通人たちと二、三時間交流する以上の意味を持つ。抜き差しならない領域に、一歩踏み入れることになる。

「場所と時間を教えてくれ。できるだけ行くようにする」

「五番街の〈フラー・ギャラリー〉」彼女は言った。「明日の五時よ」

「五番の〈フラー〉だな。了解」彼はフィオナを抱きしめ、キスをした。が、彼女はあまり乗り気でないようだ。また自衛モードに入ってしまったフィオナを、彼はすぐに解放した。

「それじゃ、気をつけて」彼は言った。「たぶん、明日会える」

コートニーはキッチンのカウンターに腰かけ、林檎をかじっていた。フィオナのお気に入りのフェス『オースティン・シティ・リミッツ』のTシャツを勝手に着込んでいる。フィオナは、妹が出ていくとき、彼女のダッフルバッグにこのTシャツが紛れ込んでしまわないよう目を光らせていなければと思った。

「ネイサンと何があったの？」フィオナは尋ね、マグカップを手に取った。ジャックの淹れたコーヒーは濃すぎるが、今はカフェインの力が必要だった。

「気にしなくていいよ」

「コートニー」

彼女は目を剝いた。「そうやってこだわる癖、やめたら?」

フィオナはじっと待った。

「わかった」コートニーはカウンターから飛び下りた。「先週、ちょっと警察のご厄介になることがあって、ネイサンに助けてもらったのよ」

ネイサンに助けてもらった? 穏やかな話ではなさそうだ。「それ、どういう意味? 〝警察のご厄介〟って?」

コートニーは林檎にかぶりつき、時間稼ぎをしている。

「本当のことを言いなさい」

彼女はごくりと吞み込んだ。「デイヴィッドの車を鉄クズにしちゃったの」

「なんですって? どうして?」

コートニーは林檎の芯を流しに放り込んだ。「彼の名前はデイヴィッドじゃなくて、おまけに既婚者だった」

「コートニー!」フィオナは啞然とした。「あなたいったい何を考えてるの?」

「知らなかったんだってば。それにもうさんざん最低の気分を味わったんだから、今さら傷口に塩を塗るのやめてよ。お説教は間に合ってます」

フィオナの胸に不安が込み上げた。「それで、ネイサンには何をしてもらったの?」

「逮捕されたあと——」

「逮捕？」

「もうっ！」コートニーが腰に手を当てる。「お説教はやめてって言ってるじゃない。もう、この件で嫌な思いをしたくないの。ネイサンがいろいろ手を回してくれて、最終的には、なかったみたいなことになったんだから」

フィオナは妹をまじまじと見た。一歩間違えばどれほど大変なことになっていたか、コートニーにはわかっているのだろうか？　逮捕となれば、たとえそれが微罪でも、大問題になる。もちろんお金だってかかる。

「本当にちゃんと解決したの？　弁護士さんとか、頼まなくていいの？」

コートニーはふんと鼻を鳴らした。「弁護士なんて、一生関わり合いたくないわ」彼女はスツールに座った。「わたしのことはこれくらいにして、そっちの話を聞かせてよ」

フィオナは妹の隣に腰を下ろした。ネイサンが処理してくれたのなら、きちんと片付いたのだろう。あの署内で、彼は多方面に顔が利く。それに、もしコートニーが面倒なことになっているのなら、ネイサンはちゃんと知らせてくれるはずだ。今までひと言も言ってくれなかったのは驚きだが、ひょっとしたらコートニーに口止めされているのかもしれない。

「それで？」コートニーが眉を上げて問いかける。「ジャックとは、どういうことになってるの？」

フィオナはカウンターに肘をつき、腕を組み合わせてその上に突っ伏した。「わたし、彼に愛してるって言っちゃった」

「え？」

ぎゅっと目を閉じる。「ベッドのなかで」

「やだ、嘘。どうかしちゃったの？　冗談だよね？　まさか本当にそんなこと言ってないよね？」

「冗談なんかじゃないわよ」

「で、彼はなんて？」

「何も」フィオナは顔を上げて妹を見た。「もうおしまいよね？」

コートニーは唇を噛んでいる。

「正直に言って」

「どうかな……」コートニーは小首を傾げて考えている。「彼、礼儀正しい感じに見えるけど」

「だから？」

「それに、なんとなく古風だし」

「そう。だからなんなの？」

「だからたぶん、一週間後くらいに、礼儀上の電話はあるんじゃないのかな」彼女は肩をすくめた。「それで、一応デートか何かに誘って、そのあとで何か理由をつけてキャンセルしてくるんじゃない？」

フィオナはがっくりうなだれた。「自分がこんなに馬鹿だったなんて、信じられない」

コートニーがその肩をぽんぽんと叩いた。「わたしも信じられないよ」


——それじゃ、気をつけて。

こっちは愛してるって言ったのに、彼ったら昨日、別れるときなんて言った？　それじゃ、気をつけて、よ。

フィオナはアパートメントの建物の入口のドアを押し開けた。眩い午後の太陽が照りつけている。外に出るのが気持ちいいと感じる天気は何週間ぶりだろう。ボタンを外してコートの前を開け、駐車場の前の通りを見やった。人々が外に繰り出し、自転車に乗ったり、ジョギングをしたり、犬の散歩をしたりして、土曜の午後を楽しんでいる。街全体が冬眠から覚めたかのようだった。ラマー・ストリートに大股に足を踏み出し、立ち止まって天をあおいだ。空気の澄んだ快晴の日だ。空は、チューブから出したまま何も混ぜずに塗ったような鮮やかな青だった。画廊はそう遠くないので、歩いていくことにした。

光沢のあるベルベットのドレスの裾が、歩くたびに揺れる。今日のために特別に買い求めた服だ。大きくくれたスクープネックと長い袖、身体にぴったり沿うシルエットで、深い菫《すみれ》色が彼女の髪の金色を際立たせてくれる。とても女らしい気分だ。美人になった気さえしてくる。ジャックは今日のオープニングに来るだろうかと考えたとたん、胸がどきどきしはじめた。

こんなときに彼のことを考えるなんてどうかしているが、自分でもどうしようもなかった。彼を愛してしまっている。彼のほうも愛してくれるかどうかはわからないけれど、その可能性はゼロではないと思った。口には出さなくても、愛を交わしたとき、彼の表情には何か特別なものが感じられた。それに、個展のオープニングに立ち会うためにわざわざ来るとも言ってくれている。それがフィオナにとって、どれほど大事なことか理解したうえで。

もちろん、単に親切にしてくれているだけということもある。

あるいは、〝あ〟から始まる言葉について気まずい会話をしたくない一心で、個展の話題を持ち出したということも考えられる。最初から来る気などまったくないのかもしれない。

フィオナは交差点で立ち止まり、信号が変わるのを待った。ひとつ深呼吸し、しっかりしなさいと自分に言い聞かせた。今日はわたしにとって大事な日。このわたしが主役なのよ。たとえジャックが来られなくても、なんとかやり遂げなくちゃ。他にも挨拶しなきゃならない人は大勢いる。それにコートニーも応援に来てくれる。奇抜なところのある子だけれど、ここぞというときには力になってくれる。

フィオナの電話の着信音が鳴った。ポケットから出したとき、信号が青に変わった。ディスプレイの番号に心当たりはない。

「もしもし?」

「フィオナ?」

車の音がうるさくて、相手の声がほとんど聞こえない。「そうですけど」

「おれさ――」声が雑音でかき消される。「どうしても――」またしても雑音。

「よく聞こえないんです」大声で言った。「大きな声で話していただけます?」

「ブレイディだよ」

「ブレイディ・コックス?」

「電話してもいいって言ったじゃん。番号の紙くれただろ」

携帯電話を握る手に、思わず力がこもった。「そう、いいんだよ、ブレイディ。何かあったの?」

「べつに」緊張しているような声だ。「ただちょっと思いついたことがあってさ。それで、あんたに電話したほうがいいかなって」

クラクションが鳴った。いつの間にか信号が変わり、自分が交差点の真ん中に取り残されていることに気づいた。慌てて横断歩道を渡りきる。「なんだろう? 何を思いついたのかな?」人の流れや車の騒音から逃れようと、フィオナは建物の戸口に身を寄せた。

「トラックを思い出したんだ」ブレイディは言う。「ママといっしょにスーパーに行ったときにさ、エンジンの音がしたんだ。なんか聞いたことがあるなと思って見たら、それだったんだよ。ディーゼルエンジンとか、全部同じでさ」

「トラック」フィオナの心臓は早鐘のように打ちはじめた。「わたしたちふたりで描いた似顔絵の男が運転していたやつ？　それを見たの？」

電話からはしばらく何も聞こえなかった。

「ブレイディ？」

「さあ、どうかな。まったく同じってわけじゃないかもしれない。でもすごくよく似てた。それで思い出したんだ。今は全部思い出せるよ。だからあんたが来てくれたら、ふたりでまた、絵を描いたりとか、できるんじゃないかと思ってさ」

鼓動がますます激しくなる。犯人が乗っていた車種がわかれば、突破口が開けるかもしれない。ジャックに伝えなければ。いや、ジャックはこの事件の捜査から外されてしまったから、サントス捜査官か……。

「ブレイディ、よく聞いて。電話してくれてよかった。すごく助かる。これから電話番号を教えるね。この事件を調べている人の番号。その人に電話して、今わたしに話してくれたことを全部話して、どんなトラックか、教えてあげてくれないかな？　知ってること全部教えてあげて」

彼は黙っている。

「ブレイディ？」

「あんたに教えたかったんだ。あんたに描いてほしかったのにさ」

フィオナは腕時計に目を落とした。苛立ちが込み上げてくる。すでに三時近い。あと二時間でオープニングパーティーが始まる。なんでよりによってこんなときに……。

「ブレイディ、聞いて。今、わたしどうしてもここを離れられないの。そっちへ行けるのは、いちばん早くて明日だと思う。だけど、きみがそのトラックについて、一刻も早く誰かに話すのは、すごく大事なことなの。だから、この捜査官の人のところに電話してほしいんだ。その人、とってもいい人だし――」

カチャッ。

「ブレイディ？」

電話は切れていた。

「んもうっ」フィオナは電話を見つめ、地団駄を踏んだ。ディスプレイをスクロールして、今かかってきた番号を見つけたものの、通話ボタンを押す寸前で手を止めた。かけたところで無意味だ。ブレイディは彼女がこれまで聞き取り調査をしてきた子供たちのなかで誰よりも頑なだった。フィオナ以外に話すつもりがないのなら、どう説得しても無駄だろう。

「ああ、もうっ！」

フィオナはビルの戸口から出て、通りの先を見た。遠くに〈フラー・ギャラリー〉の黒い日避《ひよ》けが見える。画廊へは昨日も足を運んだので、彼女の最高傑作が二枚、ショーウインドーに飾られているのを知っている。フィオナの写真は、イーゼルに立てられ、ロビーに置かれているはずだ。『ブランコ川』の連作は、壁を覆うようにずらりとかけられている。フィオナの心を何よりもよく映した一枚、ジャックと夕食をともにしたときに思いついた魚の絵は、連作のなかでも中央の壁に据えられ、スポットライトを当てられている。彼女の混乱に満ちた人生の証となる百二十センチ×百八十センチの大作だ。

そしてフィオナが画家としての一歩を踏み出すために骨を折ってくれた画廊のオーナーは、そうした作品のただなかで、彼女の記念すべきデビュー・イベントを前に、入念に最終確認をしていることだろう。

フィオナは震える手で電話をバッグに戻し、くるりと向きを変えた。

19

ネイサンはフィオナのアパートメントのドアを叩き、じっと待った。ステレオの音が聞こえてくるので、誰かしら家にいるはずだ。もう一度、今度はもっと大きくノックを響かせた。ようやくドアが引き開けられた。現れたのはコートニーだ。

「フィオナならいないわよ」

ネイサンは彼女の全身を見回した。「きみはいつもそんな格好でドアに出るのか?」

コートニーは着ている薄地の黒いガウンを見下ろし、肩をすくめた。彼女はくるりと背を向け、奥へ入っていった。

ネイサンはそのあとに続いた。「どこへ行ったかわかるか?」

「外」コートニーはベッドの横で屈み込み、その下からダッフルバッグを取り出した。ネイサンは彼女の脚に見とれて、言葉を失った。この状態に陥るのは今週二度目だ。彼は気まずくならない程度の距離を保ちつつ、コートニーがそのバッグをベッドの上に放り投げ、ファスナーを開けるのを眺めていた。

彼女は顔を上げた。「ねえ、そこの洗濯籠取ってくれる？」

コーヒーテーブルに、衣類が山積みになった籠が置かれていた。ネイサンはそれを手に取り、ベッドまで運んでいった。

「ありがと」コートニーは彼が腰に下げている銃に目を留めた。ネイサンはスラックスにネクタイというといういつもの格好で、ホルスターを身につけていた。「これから仕事なの？」

「いや、家に帰るところだ」

コートニーは籠を引っくり返し、中身をいくつかの山に分類していく。「携帯にかけてみた？」

「出ないんだ。どこへ行ったら会えるかな？　大事な用なんだが」

「個展の会場に行ったの。わたしも着替えたらすぐに行くつもり」コートニーは服の分類を終えた。彼女がレースのついた下着の山をすくい上げ、ダッフルバッグに入れるのを、ネイサンはつい凝視してしまっていた。コートニーがバッグから顔を上げ、彼と目が合った。ネイサンはなぜか不意に、彼女が今夜何を着るつもりなのか知りたくてたまらなくなった。

「伝言なら聞いておくわよ。画廊で会ったときに伝えておくから」

「いや、直接話したいんだ」ネイサンはポケットからポリ袋を取り出し、ため息をついた。フィオナから預かっていた手紙だ。数週間経って、ようやく鑑識から戻ってきた。彼はそれをドレッサーの上に置いた。

「何、それ?」

「短い手紙だ。分析してもらってた」

コートニーはドレッサーに歩み寄り、ポリ袋を手に取った。透明なので、書かれた文字が読める。彼女は顔面蒼白《そうはく》になった。

「役に立ちそうな指紋は採れなかったが、いろいろ調べた結果、消印から考えて、フィオナが以前担当して、世間的にも注目を集めた事件に関係しているんじゃないかと思う。連続強姦事件で、犯人は今ロサンジェルスで服役中だ。その男の家族が、ダラス近郊の町に住んでいて、この手紙はそこで投函《とうかん》されている」

「連続強姦魔からお手紙とは素敵だこと。この前は、ギャングの一員だった」コートニーはポリ袋をドレッサーの上に放り投げ、腕組みをした。「ねえ、知ってる？　フィオナはこういう嫌なことから逃れるために、住み慣れた街を出て、二千五百キロも離れた場所へ来たのよ」

「ああ」

「これじゃ、四六時中ストレスでぴりぴりするのも無理ないわ。少しは休ませてあげなきゃ。なんであなたたちはうちの姉貴を放っておいてくれないの？」

「それができればいいんだが」ネイサンは正直なところを言った。「事件は次から次へと起きる。フィオナは誰よりも頼りになるんだ」

ジャックはレジカウンターに財布を放り出し、二十ドル紙幣を数枚出して、ガソリンと〈ゲータレード〉の代金を支払った。レジ係のにきび面の若造は、彼をじろじろ見ている。なんなんだよ、まったく。スーツを着た男を見るのは生まれて初めてなのか？

ジャックは上着の内ポケットに手を伸ばし、似顔絵のコピーを取り出した。最近ではどこへ行くにも必ずこれを持って歩いている。

「この男に見覚えはないかな？」

若造はフィオナが描いた似顔絵にちらっと目をやり、肩をすくめた。

「それは〝ある〟ってことか？　それとも〝ない〟？」

彼はガムを二、三回音を立てて嚙んでから首を横に振った。「ないね」

ジャックは釣り銭を受け取り、カウンターのなかの壁に設えられた掲示板に目を留めた。蚤《のみ》の市や川下り《ラフティング》の案内のチラシが並んでいる。ジャックは似顔絵をカウンターに滑らせた。

「これもそこに貼っておいてくれないか」

若造は薄気味悪い顔の似顔絵を見下ろしている。「店長に訊いたほうがいいのかも。奥にいるんだけど」

ジャックは腕時計に目を落とした。すぐに出発しなければ、時間までにオースティンに着くのは難しくなりそうだ。だがこのガソリンスタンドは、交通量の多いインターチェンジの近くにある。なんとかして似顔絵を貼ってもらいたかった。

　そのとき、呼び出し音が鳴り、彼は携帯電話をポケットから取り出した。フィオナからだ。

　ジャックは名刺を出した。警察バッジを見せるほどかっこよくはないが、この際しかたがない。「店長を呼んでくれ。急いで」

　店員が奥に消え、ジャックは電話に出た。「やあ、悪いがすぐにかけ直す」

「待って。今どこ？」

「州間高速に乗ってる。オースティンまで、あと半分くらいだ」

「戻って」

「え？」

「戻って。わたしもそっちへ行く」

「どうして？」

「ブレイディ・コックスの話を聞かなきゃならないの」フィオナが言う。「木の上から見たトラックについて思い出したんですって」

「個展は？」

「わたしなしでなんとかしてもらうしかないわ」

　ジャックは少しのあいだ、フィオナは本気だろうかと考えた。「だけどきみにとっては大きなチャンスじゃないか。一生に一度の機会かもしれない」

電話の向こうのフィオナは黙ってしまった。そんなことはとっくにわかりきっていると言いたいのだろう。

「とにかく、ブレイディの話を聞かなきゃ」彼女は繰り返した。「何か重要なことを知っているみたい」

ジャックは間近に人の気配を感じた。肩越しに見やると、老人が彼のすぐ後ろに立ち、棒状のビーフジャーキーを噛んでいる。

「わかった、ブレイディの話を聞いてくれ」ジャックは言った。「だけど電話でもいいだろう？　でなきゃ、おれがあの子をきみのところへ連れて行く。きみはこっちへ来ちゃだめだ」

「ジャック、これはわたしの仕事なの。そのほうがあなたの気が休まるのなら、聞き取りは警察署でする。どうしても行かなきゃいけないのよ」

「フィオナ――」

「もう切るわね」

「待てよ」まったく。フィオナみたいに頑固な女には、会ったことがない。「町に着いたら、すぐに電話してくれ。銃を必ず持ち歩くんだぞ」

ジャックは電話を切った。白髪の老人は足を引きずりながらカウンターの前へ行った。彼はあいかわらずビーフジャーキーを噛みながら、似顔絵にじっと目を落としている。ジャックは入れ歯が落ちやしないかと冷や冷やした。

「やっぱりそうだ」老人は言う。「誰かに似てると思ったら、メルヴィンにそっくりだ」

ジャックはどきっとした。「メルヴィンとは、誰です？」

「えーっと、名字はなんだったかな……」彼は頭から野球帽を取り、額の染みをかいた。

「がっしりした男でね。猟のお役所で働いてる」

「メルヴィン・シェンクですか？　テキサス公園野生生物局《TPWB》の？」

潤んだようなグレーの瞳がぱっと輝いた。「そう、そいつだ。もちろん、今じゃすっかり太っちまったが」

ジャックもメルヴィンに会ったことはあるが、彼が犯人ということはあり得ない。目撃者の証言と照らし合わせても、二、三十歳は年上で、背もかなり高すぎる。しかしジャックの頭には、次々と新たな可能性が浮かんでいた。今にして思えば、ＴＰＷＢは、鹿狩りの免許申請者のリストを頼んだとき、なかなか渡そうとしなかった。おまけに彼らの支局はボロー郡にある。十一年前、監禁場所から逃げ出したルーシーが、ハンターたちに助けられた場所だ。

「メルヴィンに息子はいますか？」ジャックは尋ねた。「でなきゃ、甥っ子とか？」

老人は似顔絵を見つめながら眉をひそめ、さらに頭をかいた。「おれはそこまでよく知らないんだ。昔は家族がいたような気がするが、確か、奥さんが亡くなったんじゃないかな。

で、農地も失ったとかなんとか。いや、災難続きだったのは、また別の男だったかな。まあ、どっちにしても、はっきりしたことは言えんが」

ジャックは老人の連絡先を聞き出してガソリンのレシートの裏に書き留め、ポケットに入れた。

「ありがとうございます。おかげで突破口が開けそうだ」

彼はドアを開ける間ももどかしく外に出て、トラックに乗り込んだ。すぐにコンピュータの記録にアクセスしなければ。もちろん、この手掛かりを追うのを手伝ってくれる捜査チームも必要だ。

両方とも、今のジャックには手が届かないかもしれないが、とにかくやってみるしかなかった。

グレインジャーヴィルに到着して十五分も経たないうちに、フィオナにはふたつのことがわかった。ひとつ目は、ジャックは本当にこの事件から外されたのだということ。ふたつ目は、ランディ・ラッドは彼女が以前から思っていたよりも、さらに輪をかけた無能だということだ。この保安官は、ドアを閉めた保安官室にこもっていれば、事件は魔法のように解決し、殺人犯に正義の鉄槌《てっつい》が下されると思っているらしい。

おぼろげながら唯一見えた希望の光は、誰か——おそらくはサントス捜査官——が、この事件が裁判に付せられたとき、ブレイディ・コックスとルーシー・アレヤンドこそが、検察側にとって最も重要な――そしておそらくはわずかふたりだけの――証人となることに気づいたことだ。ふたりとも当面のあいだ、護衛のため監視下に置かれることになっていた。

だが、あいにくなことに、その仕事を任されたのはランディの保安官事務所だった。縄張り意識丸出しの保安官は、彼付きの事務官、マーナを通じて、ブレイディの事情聴取をグレインジャーヴィル警察で行うことは不可能だと言ってきた。ジャックはもういないのに、彼への敵対心はあいかわらずのようだ。

フィオナはしかたなく、ブレイディの自宅を訪ねることにした。ジャックには気をつけると約束したが、保安官代理が監視する場所に行くのなら、十分注意していることになるだろうと思った。

フィオナが車で到着したとき、保安官代理は、ブレイディの自宅前に駐めたパトカーのなかにいた。どうやら雑誌に夢中のようで、彼女が車から降り、玄関に向かっても、手のひとつも振る様子はない。

「ずいぶんと堅固な護衛だこと」彼女は吐き捨てるように言いながら、ドアベルを鳴らした。

誰も出てこない。もう一度鳴らしてみた。さらにもう一度。あきらめて保安官代理の車のところへ行き、窓をノックした。

彼は美女のグラビア満載の『スポーツ・イラストレイテッド――水着特集号』に没頭して

いたが、ノックに驚いて顔を上げ、窓を開けた。

「お楽しみのところ、お邪魔してごめんなさい」フィオナはわざと猫撫で声で言った。「目撃者がどこに行ったか、ご存じないかしら？」

保安官代理は眉をひそめた。「母親は出かけたよ。仕事に遅刻するって言ってたな」

「ブレイディは？　ご存じだとは思うけど、裁判になったら、証言台に立つのはお母さんじゃなくて子供のほうなのよ。どちらかと言えば、彼のほうを護衛したほうがいいんじゃないかしら」

彼は顔をしかめた。「おたく、いったい誰？」

「わたしは似顔絵画家です。事件について、ブレイディに話を聞きに来たの」

保安官代理はドアを開けて大儀そうに車を降り、ぶらぶらと歩道を進んでいった。そしてノックもせずに家のなかへ入っていった。彼は小さな家のなかを軽く一回りしてから玄関へ戻ってくると、腰に拳を当てた。「ちょっと前までいたんだけどな」

フィオナは腸《はらわた》が煮えくり返りそうになりながら携帯電話を出し、サントス捜査官にかけた。

「フィオナです」言いながらキッチンを横切り、裏口を開けてみた。木の上のブレイディの秘密基地を見上げたが、そこにもいない。「目撃者を見失ったみたいよ」

「見失ったって、どういうことだい？」

「わたし、ブレイディの事情聴取をしに、こっちへ来たんです。今日の午後、本人から電話があって、車両について思い出したからふたりでまた絵を描きたいと言われたの。今、ブレイディの自宅に来てるんだけど、姿が見えないのよ。保安官代理の見ていない隙にいなくなったようだわ」

サントスがスペイン語で何かつぶやいた。語調から察するに、あまりきれいな言葉ではなさそうだ。彼は続けて言った。「母親には連絡してみたのかい？」

「監視担当者の話では、仕事に出かけたようね。彼女、〈アイホップ〉でウエイトレスをしているらしいわ。ねえ、なんだか嫌な予感がするの。ルーシーのほうも確認したほうがいいんじゃないかしら」フィオナは裏のポーチについた泥の細いタイヤ痕に気がついた。ひょっとしたらブレイディは自転車に乗っていったのかもしれない。だとすると、少なくとも彼は自分の意思で出かけたことになる。

「ブレイディは前にも、行方をくらましたことがあるの」フィオナは言った。「だとしても、やっぱり心配だわ。早く見つけないと」

「おれが手配する」サントスは言い、電話を切った。

フィオナは急いで家のなかを見て回った。まさかとは思うが、あの保安官代理のことだ、何か見落としているかもしれない。やはりブレイディの姿はなかった。それでも彼のベッドに、円筒形に包装されたままの二十五セント玉の塊がいくつかあるのに気づいた。さらに硬貨の包装に使われる透明なラッピングの破れたものが六枚と、スポーツソックスの片方も散らばっている。ソックスのもう片方は見当たらなかった。

フィオナが家の正面に戻ったとき、保安官代理はパトカーにもたれ、電話で何やら話していた。折しも黒のSUVが現れ、すぐ前の縁石沿いに停まった。今日もテンガロンハットでぴしっと決めたランディ・ラッドが、その車から降りてきて、保安官代理に歩み寄った。かなりきつく叱りつけているようだ。フィオナは少し離れた場所に立ち、聞こえないふりをしながら、説教が終わるのを待った。

ようやくランディが彼女のほうに目を向けた。彼の視線はフィオナの胸の谷間にしばしとどまってから、遅まきながら顔に向けられた。「おたくは……？」

「フィオナ・グラスです。似顔絵画家の。さきほどおたくの事務の方とお話しした者です」

保安官の視線が、また胸元に落ちた。フィオナは腕組みをした。これが嫌だから普段はスーツを着ているのだ。

「自転車がなくなっているようです」険しい調子で言った。「母親に連絡して、彼が行きそうな場所について尋ねるべきだと思います。母親が知らなかったとしても、知っていそうな友達の名前を聞き出すことができるでしょうから」

保安官はうなずいた。「ご協力感謝しますよ、お嬢さん。だが、ここはわたしたちに任せてください」彼は保安官代理のほうを向いた。「運動場や公園を片っ端から見回ってこい。

他にもうひとり行かせる。ふたりで手分けして捜せば、すぐ見つかるだろう」

フィオナは唖然とした。「運動場や公園ですって？　保安官はブレイディにお会いになったことがないんですか？」会ったことがあるのは知っている。ブレイディが彼を〝能なしのおべんちゃら野郎〟と呼んだときだ。「どう考えても、あの子が公園の滑り台で遊ぶとは思えないいんですけど。二十五セント玉をいくつか持って出たようですから――」

ランディはガンベルトに親指を引っかけ、テンガロンハットの鍔がフィオナの顔に影を落とすほどすぐ近くまで迫ってきた。「お嬢さん、いいからもうお帰りください。これは法執行に関する問題だ。画家さんの出る幕じゃないんでね」

フィオナは怒りに頬が熱くなるのを感じた。バッグから車のキーを取り出す。「わかりました。あ、そうだわ、ブレイディが見つかったら伝えてください。保安官についてのわたしの感想も、彼とまったく同じだって」

ジャックはプリンターから吐き出された用紙の束をつかみ、急いで署長室をあとにした。警察署を出るとき、彼はシャロンにウインクした。彼女の心配そうな表情から察するに、ジャックが何かを企んでいるところまでは見抜かれているようだ。カルロスが夕食をとりに外に出ているあいだに署長室のコンピュータを使うのは、けっして褒められた行いとは言えない。だからって連中は、彼をどうすることもできないはずだ。もうとっくにクビになっているのだから。

ジャックは目立たないよう建物の横に駐めておいたトラックに戻った。エンジンをかけながら、膝に置いたプリンター用紙に目を走らせる。いい感じだ。決定的な証拠ではないが、手ごたえはあった。住所も手に入ったので、さらに詳しく調べられる。ジャックとしては、かなり引っかかる感じがある。

この〝引っかかる感じ〟とは、殺人課の刑事として、ネイサンとともにヒューストン警察で働いていたころに覚えたものだ。

仕組みは単純だった。書類の束でも、犯行現場でもなんでも、ある事実がどうしても気にかかり、それに繰り返し注意を引きつけられるようなら、たとえ理由はわからなくても、その引っかかる感じを頼りに進めば、何かしらの手掛かりが得られるのだ。

メルヴィン・カール・シェンクの確認できる限りの最後の住所には、まさにその引っかかる感じがあった。なぜかはわからないが、妙な胸騒ぎがする。とにかく行って調べたかった。と、助手席側のドアがいきなり開き、カルロスが乗り込んできた。

「よう、署長」

ジャックは顔をしかめた。「おれはもう署長じゃない。署長はおまえだろ」

カルロスは楊枝《ようじ》を口にくわえた。「何をつかんだんだ？」

「おまえのために言ってやる」ジャックは言った。「今すぐ職場に戻って、おれのことなんか見なかったことにするんだ」

　カルロスはまったく動じない。

「おい、これは冗談じゃないんだぞ。こんなことしてたら、おまえまでクビになりかねない。子供のことも考えろよ」

「例の事件の犯人を探してるんだろう？　そいつはおれの仕事だと思うがね」

「カルロス――」

「何を言っても無駄だよ、ＪＢ。おれはついていく。何をつかんだか教えてくれ」

　ジャックはプリントアウトをカルロスに渡し、トラックのギアを入れた。「メルヴィン・シェンクの前科記録だ。無免許運転。麻薬の影響下での運転も二回。自家製マリファナだ」

　ジャックはハイウェイに車を乗せた。カルロスは用紙に目を走らせている。

「これは全部、十年、二十年前のものだ。この男はまともになったように見えるがな」

「ああ、奥さんが亡くなったあとにね」

　カルロスが眉を上げた。

「狩猟中の事故。新聞に記事が載っていた。コピーはとってこなかったけどな」

「だけどこいつはもう六十代だろう」カルロスが指摘する。「歳を食いすぎてて、犯人像に一致しないじゃないか」

「昔の彼を知る人が、似顔絵にそっくりだったと言うんだ。だから若い男性の血縁者を探そ

にかく、ちょっとドライブがしてみたいだけだよ」

「そのつもりだ」ジャックは言った。「渡せるだけのものが見つかったらすぐにな。今はと

「なあ、こいつをランディに渡そうとは思わないのか？　でなきゃ、ＦＢＩに？」

うと思う」

ブレイディを見つけるあいだ、そこで大人しくしてろと言われるのがわかりきっているから

が、つい先延ばしにしてしまっていた。電話したところで、すぐに警察署に来て警官たちが

の一方で、ジャックにも連絡しなければならないだろう。町に着き次第連絡する約束だった

らひとつひとつの店を覗き込んだあと、〈デイリークイーン〉に行ってみようと決めた。そ

チュな商品が並んだギフトショップを通り抜け、軽食の売店が並ぶ通路を急ぎ足で歩きなが

ソックスいっぱいの二十五セント玉を下げた九歳の少年の姿など、影も形もなかった。キッ

フィオナは〈ドットのトラック・ストップ〉のゲームコーナーを大急ぎで探し回ったが、

だ。

そもそも、ランディが指揮をしているのでは、警察が捜索に加わること自体難しいだろう。

フィオナは足早に車へ戻った。すでに夕暮れが近づき、寒くなってきている。すでにオー

プニングパーティーは始まっているはずだ。それを考えただけで、胃がきりきりと締めつけ

られた。今日の午後、画廊の支配人に欠席の旨を知らせたことで、自らチャンスを潰してし

まったのはわかっていた。

フィオナが彼女のホンダに近づいたとき、巨大な駐車場の反対側の端にいる少年と彼の紫色の自転車が目に入った。少年は空気入れのそばにうずくまり、ホースを自転車の前輪に取りつけようとしている。

「ブレイディ！」フィオナは大声で呼びかけ、少年のほうへ歩いていった。彼に間違いない。「おーい、ブレイディ！」けれどトラックの急ブレーキの音とエンジンの唸りに遮られ、彼の耳には届かなかったようだ。

白いピックアップトラックが彼の手前に入ってきて、フィオナの視線を遮った。思わず足を速めた。

「ブレイディ！」彼女は駆け出した。あのトラックは、いったい何やってるの？

運転席から降りた男は、ブレイディの自転車を抱え上げ、荷台にのせると、ふたたび運転席に乗り込み、車を出した。

「ブレイディ！」

フィオナの心臓はどきんと大きく鳴った。ブレイディの姿がない。運転席側のドアからなかに押し込められたに違いない。

トラックはタイヤをきしませながら駐車場を出ていく。フィオナは全速力で彼女の車へ走った。

20

「この住所、おまえも怪しいと思うか？」ハイウェイを飛ばしながら、ジャックはカルロスに尋ねた。

グレインジャーヴィルの新任警察署長は、糊付きメモを受け取り、眉根を寄せた。

「ネットの〈マップ・クエスト〉で検索したんだが、メイヤーズバーグの郵便局が出た。それだけだ」ジャックは言った。

「ライヴ・オーク・トレース？　この道って、あの大きな油田のほうじゃないか？〈デル・トロ・ミネラルズ〉とかいう会社の」

「おれもそう思ったんだ」ジャックは言いながら、ハイウェイから横道へ入った。カリーチと呼ばれる土でできた道をしばらく進むと、予想どおり、硫化水素の臭いがしてきた。フィオナが腐った卵のようだと言っていた臭いだ。迫りはじめた宵闇のなかで、ジャックは有刺鉄線のフェンスの向こうを見やった。六機ほどの採油ポンプが動いている。そこから二キロと行かないうちに、錆びた鉄製の門が行く手に現れ、風雨にさらされた木製の表札が掲げられているのが目に入った。〝〈デル・トロ・ミネラルズ〉無断侵入者は通報します〟

ジャックはその脅しには屈しなかった。あたりの暗さにも、見渡す限り、郵便受けはおろか、人家の気配すらないことにもひるまなかった。その道をさらに数キロ進むと、金属の門があり、道はそこで途絶えていた。フェンスから五十メートルほど離れたところに、荒れ果てた小さな農家があった。家の西側は、生い茂った葛《くず》が占領している。窓は朽ちかけたベニヤ板で覆われている。

カルロスが携帯電話を取り出した。「メルヴィンはここには住んでいないようだな。少なくとも今はもう」

カルロスはジャックの指示をあおがずにサントスに電話した。考えてみれば、もうその必要はないのだとジャックは思った。ＦＢＩ捜査官に手短に状況を説明したあと、彼は電話を切った。

「調べてくれるそうだ」カルロスが言った。「さっきのプリントアウトをもう一度見せてくれ」

ジャックは彼にそれを渡し、トラックをＵターンさせてハイウェイに戻った。背筋が妙にぞくぞくする。この感覚を覚えるのは、ヒューストンでの最後の殺人事件を捜査して以来だ。彼は駆け出しの刑事のころ、どんな事件の捜査においても、「理由《なぜ》」＋「手口《どうやって》」＝「犯人《誰が》」の式が当てはまることを学んだ。そして今、単なる人種差別を超えた犯人の動機が、彼のなかで形を成しはじめていた。シェンク家は過去に農業を営んでいたが、ガソリンスタンドで会った老人が言っていたように〝災難続き〟で土地を石油会社に売らざるを得なくなった。石油会社は、シェンク家がかつて彼らの土地としていた場所を掘り、莫大《ばくだい》な利益を得た。農家が〝災難〟に陥るのは、どんな理由からだろう？　山ほど考えられる。たとえば、突然の寒波。何カ月も汗水垂らして働いた成果が、ほんの数日で、何エーカーにも広がる生ごみに変わってしまう。ひょっとしたらシェンク家のなかに、激昂《げきこう》する性格の者がいるのかもしれない。ある気候になると、かつて自分は何も悪くないのに辛い目に遭わされたことを思い出し、それが引き金になって凶行に走るのではないだろうか。

いや、このおれに犯人の何がわかるっていうんだ？　こんなものは心理学もどきのくだらないこじつけにすぎない。犯人はただ単に、女を痛めつけることで性的興奮を覚えているだけかもしれないじゃないか。

「こいつは面白いぞ」カルロスが用紙をめくりながら言った。「メルヴィンには刺青があるそうだ。ダブル・ライトニングボルト。ローウェルといっしょだな」

ジャックは眉をひそめた。「ローウェルは刺青を入れてるのか？　どこに？」

「胸だよ。ばかでかいやつ。たぶん縦二十センチくらいはあるだろうな。だけどシャツでも脱がない限り、ふだんは見えないんだ」

――ボディアートなんて虫酸が走る。どんなに金を積まれたって、どこかの変態野郎が針を持っておれの身体に近づくなんてことは絶対に耐えられませんね。

ジャックはまだ信じられずにカルロスを見た。「ローウェルがシャツを脱いだところを見たのか？」

カルロスは、くわえていた楊枝を手に取った。「ああ、二年前だったかな、独立記念日のピクニックでね。確か、フラッグフットボールをしてたときだ。うちの子供が気づいたんだよ。〝二本の稲妻って、ハリー・ポッターと何か関係があるの？〟って訊いてきた」

「児童文学とは無関係だ」ジャックは険しい顔で言った。

「それじゃ、どういう意味があるんだ？」

「ダブル・ライトニングは、SSのイニシャルから来てる。ナチスの親衛隊だよ」ジャックはハンドルを叩いた。「くそっ。なんで今まで気づかなかったんだろう」

「なにが？」

「ローウェル。やつはその筋だったんだ」

フィオナが電話したとき、ジャックは最初の呼び出し音で出た。「今どこだ？」彼は尋ねた。

「ブレイディが誘拐されたの」

「なんだって？」

「例の殺人犯だと思う」フィオナは内心パニックを起こしているのを声に出すまいと努めた。実際にはハイウェイを飛ばしながら、過呼吸を起こしそうになっている。「白いフォードのピックアップ。ナンバープレートは、C-C-Z-6-なんとか。プレートが汚れていて、残りは読めない」

「まさか、あとをつけてるのか？　きみは頭がどうかしちまったのか？」

議論している暇はなかった。「今、ドライ・クリーク・ロードを西へ向かってる」

「ドライ・クリーク・ロード。ヴァイパーの家がそのあたりだったな」

「そうなの」フィオナはハンドルを握る手に力を込めた。「気づかれないように、だいぶ後ろを走ってる。だけどこのあたりはほとんど車が通らないから、それも難しくなってきたわ」

「車を停めて緊急番号《911》に電話しろ。そのあと――」

「もうしたわ。サントスにも電話したんだけど、途中で切れちゃったのよ。彼は誘拐対策班を組織してるところだと思う。そのあと何度かけてもつながらないの。だからあなたに連絡しようと思ったのよ。あ、標識が見えた。たった今、ボロー郡に入ったわ」

「ボロー郡」ジャックが繰り返す。続いて、くぐもったやりとりが聞こえた。誰かと話しているようだ。「ああ、彼女が追跡中だ。そこの物入れに地図がある。フィオナ？」

「聞こえてるわ」だいぶ暗くなってきた。目印になるものも、ほとんど見えない。誘拐犯の注意を引きたくなかったので、ヘッドライトは点けていなかった。もう少ししたら、点けずに走るのは難しくなるだろう。

「今いるのがどこであれ、とにかく車を停めるんだ。おれがそっちへ向かう。すぐに駆けつけるよ」

「あ、曲がろうとしてる」フィオナは停まる寸前まで減速した。今やピックアップトラックの所在を示すのは、地平線に届きそうなくらいはるか遠くに見える一組のテールライトだけだ。この暗さのなかでトラックが曲がった角をなんとか確認できればいいがと、祈るような気持ちだった。

電話の向こうで、くぐもった話し声と、紙のがさがさいう音がする。ジャックは誰かと地図を見ているようだ。

フィオナは目を凝らして、前方にある横道を見ようとした。一瞬安堵感が込み上げ、続いて言い知れぬ不安が胸に広がった。「曲がり口がわかったわ」

「フィオナ、とにかくそこから動かないでくれ」

「オーケー、角のところまで来た。でも標識はない。右に曲がるわね。北の方角よ。砂利道だわ――おっと!」

「どうした?」

「道路のこぶに引っかかっただけ。ああ、なんか嫌な道だわ――ちょっと待って、流れ橋がある。ジャック？　聞いてる？」

電話の向こうでは声をひそめてなにやら言い合っている。声からしてカルロスのようだ。あるいは、ローウェルかもしれない。

「ジャック？　今の聞こえてた？　道路標識はないけど、水面近くに板を渡した流れ橋があるの」

「わかった」

「テールライトはもう見えないわ。この先が曲がりくねってるんだと思う。でなきゃ、私設車道とか門に入ったのかも――」

「フィオナ、頼むからおれの言うことを聞いてくれ」ジャックの口調は緊迫していた。フィオナはそれを聞かなかったことにしようとした。彼女自身の胃が不安に揉まれているのを無視してきたのと同じように。自分が、連続殺人犯をその住処《すみか》まで追跡してきたという事実に、気づかぬふりをしてきたように。「今すぐ方向を変えて引き返すんだ。ハイウェイのところまで戻れ。警告灯《ハザードランプ》を点けて――」

「ジャック、わたしの話、聞いてなかったの？　ブレイディが連れ去られたのよ！　どこへ行くのか、見届けなくちゃ」

「いいから、もうやめるんだ！」ジャックの声が一オクターブ高くなる。「きみは本当にどうかしてるぞ。その男は危険なんだ！　まったく。カルロス、その交差点の名前を読んでくれるか？　フィオナ。おれたちも間もなくそっちへ行く。とにかくじっとしてるんだ。役に立ちたいのなら、サントスに連絡しろ。今おれに話した情報を、彼にもそっくり伝えるんだ」

フィオナは路面に目を凝らそうとした。だがここは何もない田舎道で、あたりを真っ暗闇が包んでいる。月もまだ出ていなかった。川や倒木にでもタイヤをとられたら、なんの助けにもならない。

「わかった。サントスに電話する」彼女はアクセルから足を離した。ブレイディのことを思うと、胸が締めつけられた。「だから急いで」

電話を切ったころには、ジャックは玉のような汗をかいていた。「くそっ。まったく！」携帯電話をダッシュボードに放り出した。「彼女ときたら、横道に入ってまで追跡しようとしてる。下手すりゃ犯人の家の敷地に入っちまうところだ」

「どうしたらいいのかな、署長？」

「なんだ？　何が気になるんだ？」ハイウェイから視線を逸らし、カルロスのほうを横目で見た。彼は食い入るように地図を見ている。

「選択肢がふたつあるんだ。ヴァイパーの住処と、ローウェルのと」

「どうしてローウェルなんだ？」

カルロスがかぶりを振る。ジャックはここで不意に、心臓から肋骨を飛び出しそうなほど激しく打つのを感じた。ハイウェイを時速百五十キロで飛ばしながら、心臓発作を起こしそうだ。

フィオナのやつ、犯人を追跡するとは……。

「ドライ・クリーク・ロード。ローウェルもこのハイウェイ沿いに住んでるんだ。正確な住所は知らないが、あの方面に間違いない。やつはいつも、遠くて大変だってこぼしてるだろう?」

ジャックは歯茎が痛くなるほど奥歯をきつく嚙みしめた。「もう一度地図を見てくれ」しばらくして、彼は言った。「フィオナが、流れ橋があると言っていた。地図に載ってるか? 川とか、水路とか?」

「この地図には橋はないな」

「くそっ!」

「北のほうにメスキート・クリークってのがあるが、こいつはずっとハイウェイに沿って流れてる。このあたりでハイウェイを逸れる道は、全部この川を渡ることになるんじゃないかな」カルロスは顔を上げてジャックを見た。「やっぱり選択肢はふたつってことだ。ヴァイパーか、ローウェルか」

ジャックのハンドルを握る手に力がこもった。ヴァイパーという男がどんな顔をしているかは不明だ。自分で対応せず、よりによってローウェルを聞き込みに行かせたせいで……。しかしフィオナがヴァイパーが勤めている店で似顔絵を見せたとき、店員は皆、その顔に見覚えはないと言っていた。

一方のローウェルは、もちろん似顔絵にはまったく似ていない。しかし彼は、捜査が始まった当初から、ずっとジャックに嘘をついていた。ひょっとしたら彼は、何か別の目的のために、隠蔽《いんぺい》工作をしていたのかもしれない。ローウェルは初めからずっと積極的に協力を申し出て、こまめに動いていた。メルヴィンからようやく免許申請者リストを受け取ってきたのもローウェルだ。似顔絵が公開された夜、電話番を引き受けたのも彼だった。刺青屋のヴァイパーに会ったのも、タイヤ痕を確認したのもローウェルだったのだ。

そのとき、ルーシーの暴行事件の報告書に書かれていたローウェルの署名が目に浮かび、ジャックは腸が煮えくり返る思いだった。当時ローウェルは、まだ警官になって一年も経たない新米だった。にもかかわらず彼は、ジャックの恋人がどこかの人種差別主義のゲス野郎に襲われた件で、彼女の事情聴取をした。ローウェルのやつ、ルーシーの話を聞きながら、その場面を妄想して興奮していたのかもしれない。合成写真だって、意図的に使えないものにした可能性もある。適当にパーツを組み合わせ――フィオナが言っていたように――まるでミスター・ポテトヘッドの人形で遊ぶように、いいかげんに作ったのだろう。犯人がつかまろうがつかまるまいが、彼にとってはどうでもよかったのかもしれない。いや、あるいは、犯人とお友達という可能性だってある。

「ローウェルに電話しろ」ジャックはスピードメーターの針が上がるのを見ながら言った。時速百五十。百六十。ここまでスピードを出しながら電話で話すのは不可能だ。「やつがいったい何に関わってるのか、知る必要がある」

「同感だ。だけど、具体的に何を訊けばいい？　やつが殺害犯じゃないことはわかってる。似顔絵とは似ても似つかない。疑わしいのは刺青をしてるってことだけで――」

「ローウェルがナタリーの遺体を遺棄したんでも、ルーシーを襲ったんでもないことは、はっきりしてる。しかしだからといって、この事件になんの関わりもないということにはならない。やつは嘘をついていた。つまり、何かを隠そうとしていたってことだ。この事件の最初から、やつは捜査に密接に関わってきた」

カルロスが首を横に振る。「警官を疑うのは気が重いな」

ジャックもそれは同じだった。カルロスの意見が正しいということもあり得る。結論を急ぎすぎているのかもしれない。しかし、現実問題として、ここで決断を下さなくてはならない。今すぐに。ジャックは心苦しさを感じながらも、カルロスにゆだねることにした。

「署長はおまえだ」ジャックは言った。「おまえが決めてくれ」

猛スピードで走る車のなかで、カルロスはしばらくのあいだ、しきりに楊枝を噛んでいた。

〝ボロー郡へようこそ〟の看板を過ぎたところで、カルロスはふたたび地図に目を落とした。

彼は署に電話をかけた。そしてシャロンと短いやり取りをした後、電話を切った。

「ローウェルは無断欠勤してる」カルロスは言った。「住所がわかったよ」

フィオナはホンダの運転席にじっと座っていた。背筋を汗が伝い下りている。ベルベットに包まれた肌は火照り、心臓が激しく打っていた。サントスはまだ来ない。ジャックにもう一度連絡したところで意味はない。手首にはめたブレスレットを弄びながら、どうしようかと考えた。

遠くで犬の鳴き声がした。フロントガラスの向こうを見やると、木立の向こうがぼんやりと光っているのが目に入った。おそらくは民家があるのだ。ブレイディはそこに捕らえられている。

ヴァイパーの家だろうか？　フィオナにはわからなかった。彼女には何ひとつわからない。わかっているのはただひとつ、ここで何もせずにただじっとしていると、頭がどうかなってしまいそうだということだけだった。やはりこうしてはいられない。すぐ目と鼻の先で子供が危険な目に遭わされているというのに、こんなところでのんびり座っているわけにはいかない。

胸が痛みに締めつけられ、フィオナは目を閉じた。また子供のころに戻ったような気がした。彼女はロサンジェルスの小さなアパートメントの一室、けば立ったカーペットと薄い壁に囲まれた部屋にいた。あのときの暗闇も、物音も、乱れ打つ鼓動も、鮮明に覚えている。隣の部屋で何が起きているかは薄々わかっていた。ベッドに横たわりながら、起き上がって何かしなければならないと思っても、恐怖に身がすくんでいた。コートニーはもう何年も前に赦《ゆる》してくれたが、フィオナ自身は、死ぬまで自分を赦すことができないだろう。

ここでじっとしてはいられない。だけどわたしに何ができるの？

突然はっと閃《ひらめ》き、目を開けた。ふたたび車のエンジンをかけた。慎重に三点ターンをして向きを変え、じれったいほどのスローペースでハイウェイへ戻りはじめた。ヘッドライトは消している。車体が下降するのがわかったとき、タイヤが無事流れ橋に乗ってくれることを祈りつつ、運を天に任せた。フロントガラスの向こうはただ一面の闇だ。操作パネルのぼんやりした明かりだけでも、外に漏れないかとびくびくしていた。少なくともこのホンダは比較的音が静かだ。車体を揺らしながらゆっくり進んでいく。路面が土からアスファルトへ変わったのが感触でわかったところで右に向きを変え、路肩に乗り上げた。そして携帯電話を物入れから取り出し、車を降りた。

電話を懐中電灯代わりにして足元を照らし、ハイウェイと横道が接する地点まで戻った。つまずきながらしばらく歩き回った末、木の杭《くい》を見つけた。その上に明かりを向けると、まさに彼女が探していたものが見えた。

国旗の模様に塗られた郵便受け。

ローウェルは留守だった。家には誰もいないようだ。彼は羽目板の壁に囲まれた小さな平屋に住んでいた。ジャックの自宅とよく似ているが、ローウェルの家はゴミ屋敷だ。ポーチにはゴミ袋がいくつも転がり、玄関の網戸は、もう少しで剝がれ落ちそうなほど破れている。一昨年のクリスマスのころに離婚して以来、ろくに手入れもしていないらしい。ローウェルは離婚について、円満解決だと言っていた。

しかし、今にして思えばそれすら疑わしい。ほんの一時間前、ジャックはローウェルからの報告のすべてを信じ、把握しているつもりだった。それが完全に覆されてしまったのだ。

ジャックはあたりを見回し、耳をそばだてた。けれど周囲はしんと静まり返っていて、伸びすぎた芝が夜風にそよぐ音が聞こえるだけだ。車は見当たらない。家は厳重に戸締まりされている。

カルロスが裏のポーチから戻ってきた。手には署で支給された銃を構えている。「特に何もない。誰もいないようだな」

ジャックはすぐにもここを飛び出したかった。間違った場所に来てしまったことはわかっている。だが敷地内にある崩れかけた木造の納屋が、さっきから妙に気になってしかたなかった。黄色の裸電球がひとつ、扉の上に灯っている。納屋の大きさは、八メートル×十メートルくらいだろうか。ドアに取りつけられた錠前は、建物の古さにまったくそぐわないほどぴかぴかだった。

「ずいぶんといい錠前だ」ジャックは言い、庭を横切って納屋に歩み寄った。

カルロスが懐中電灯を腰から抜き、ジャックのあとに続いた。カルロスがその光を窓に向けたとき、ジャックの疑いは確信に変わった。窓ガラスは黒く塗られている。

「なかに何を隠してると思う？」

「令状もないんだぞ」カルロスが忠告する。

ジャックは腰に手を当て、さらに数秒間、納屋を見つめていたが、やがて石を拾い上げ――。

「ジャック！」

窓ガラスに力いっぱい投げつけた。それから小型の〈マグライト〉を出し、内部を照らした。

「こいつはたまげた」

カルロスが彼のすぐ後ろに立った。ふたりは納屋のなかの青いヒュンダイ・エラントラをじっと見つめた。

さらに驚いたのは、割れた窓から漂ってくる異様な臭いだった。

カルロスが咳をした。「この臭いには覚えがあるな」

「署長、先にトラックに戻っててくれ」

「なぜだ？」

ジャックは納屋の表に戻った。「おれがこのドアを蹴破るのを目撃させるわけにいかないからだよ」鋭いキックを浴びせると、割れた板が飛び散り、ドアが倒れた。

「あの野郎」ジャックはナンバープレートを見た。「間違いない、彼女の車だ。こんなところにあるとはな。ここ十日間、ずっと車両手配を頼んでいたのに」

ジャックは車の窓をひとつひとつ覗き込んでからトランクへ回った。「そこのタイヤレバーを取ってくれ」

だがカルロスのほうが冴えていた。彼はシャツの裾を出し、指紋を残さないようにして車のドアを開けると、頭を突っ込んでトランクのスイッチを操作した。

ジャックはトランクの内部をライトで照らした。「まいったな、こう来たか」

「何が出てきた？」

あまりの悪臭に気を失いそうだった。おまけにその姿……。額にふたつ並んだ銃創は、ぽっかり空いてきれいなものだった。だが上半身はかなり異様だ。まるで、巨大な蛇が腹を裂かれているように見えた。ジャックは吐き気をこらえながら後ろに下がった。

「ＪＢ？　なんだったんだよ？」

「ヴァイパーにやっと会えたようだ」

ジャックは砂煙を上げてローウェルの家を後にし、猛スピードでハイウェイに戻った。

「あとどれくらいだ？　三、四十キロくらいか？」

カルロスが地図を確認しているとき、彼の電話が鳴った。

「サントスだ」カルロスはジャックに言い、電話に出た。彼はFBI捜査官に、ローウェルの納屋で発見したものについてざっと説明した。ローウェルの納屋の窓がなぜ割れたのかについては、だいぶぼかしていた。その後二、三分相手の話に耳を傾けたあと、カルロスはジャックのほうを見た。「ええ、彼もここにいますよ」カルロスがジャックに電話を渡した。

ジャックはそれを受け取った、「何か？」

「サントスだ。フィオナに電話してくれ。あなたの言葉になら耳を貸すんじゃないかと思ってね。あの家には近づかないよう、彼女を説得してくれないか。シェンク一家について調べたよ。容疑者の目星がついた」

「手短に頼む」

「名前はスコット・シェンク、年齢三十八、職業不詳。テキサス州メイヤーズバーグで生まれて、地元のハイスクールを卒業。最後に確認された住所は、アリゾナ州マリコパ郡のオートキャンプ場だ。驚いたことに、うちにはこの男について薄めのファイルができるくらいの情報がすでにあったんだ。スコット・シェンクは、アリゾナで極右武装組織に志願しようとしていたようだが、組織のリーダーに入隊を断られた。記録によれば〝協調性がない〟という理由でね」

「そいつは意外だ」ジャックは皮肉った。

「数年前、ユタやアリゾナでアーリア民族軍の集会に出るようになったころには、複数の潜入捜査官の目に留まって、その記録が残ってる。だがその後はすっかりレーダーにかからなくなった。納税申告はもちろん、何ひとつない」

「模範的な市民だな」

「あともう一点。今、サンアントニオ警察から送られてきたファックスが手元にあるんだが、スコット・シェンクは以前そこで、女と暮らしていた。名前がなんと、ガブリエラ・ヴェガだ」サントスはヒスパニック系の名前を強調して告げた。「十二年前、彼女は接近禁止命令の申し立てを起こした。警察には、もう別れたのに、彼につきまとわれていると言ったそうだ。その半年後、ガブリエラ・ヴェガは額に銃弾を受けて死亡しているのが発見された。しかし検屍の結果、自殺と結論づけられたらしい」

「額に銃弾。ヴァイパーと同じだ」

「ああ、おれも今そう思った」サントスが言った。「警察は当初、シェンクにも事情聴取を行ったらしいが、どうやらアリバイがあったようだ。とにかく、やつはかなり激昂しやすくて危険極まりない人物だ。フィオナを現場から離れさせるためにできることがあるんなら、すぐにもどうにかしたほうがいい。さっきおれが話したときには、まだ単身で目撃者救出に向かう気のようだった」

「わかった」ジャックは通話を終え、携帯電話をカルロスに返した。それから彼自身の携帯を取り出し、フィオナにかけようとした。やたらと手が震えて、ボタンを押し損ね、もう一度やり直さなければならなかった。

呼び出し音を聞いているあいだ、不安のあまり胃が泳ぎまくっていた。ようやく彼女が電話に出た。

「今どこだ？　だいじょうぶか？」

「ちょうど電話しようと思っていたところよ」彼女は言った。「南部連合国旗の模様に塗られた郵便受けを見つけたの。ここはヴァイパーの家だったのね。彼がブレイディを連れ去ったんだわ。顔はよく見えなかったけど――」

「ヴァイパーは死んだ」強調するため、少し間をおいた。これがフィオナを怖気づかせ、正気に戻してくれたらと願っていた。「頭に二発銃弾を受けたうえに、胸を切り裂かれて内臓が飛び出していた。ナタリーの車のトランクに押し込められていたよ」

「ナタリー・フエンテス？」

「ああ、そうだ。いいか、フィオナ。もう議論の余地はない。カルロスとおれはあと十五分で着く。サントスも、誘拐対策班とそっちへ向かってる。きみがそこにいては邪魔なんだ。できるだけ離れててほしい」

電話の向こうから、鼻を鳴らすような声が聞こえた。

「フィオナ？」

「だって……ブレイディがいるんだもの。今、すぐそこに。もし手遅れになったら？」

「いいか、きみは世界中の子供を救うことはできないんだ」まったく、これだけ言ってもまだわからないのか？「面倒に巻き込まれた子供を片っ端から救うなんて、きみがそんな責任を感じる必要はない」

「感じてしまうときもあるのよ」フィオナの声は震えていた。泣いているのがジャックにもわかった。

「コートニーのことか？　なんだか知らんが、過去にあった出来事のせいなのか？　だったら言うが、きみが本当に妹を愛しているんなら、そんな無茶《むちゃ》はしないはずだぞ」——本当におれを愛しているなら、頼むから無茶をしないでくれ。

「ごめんね、ジャック」彼女は電話を切った。


フィオナはバッグからルーガーを取り出し、弾倉を確認した。弾は入っている。バッグは運転席に投げ、静かにドアを閉めた。銃を構えるために両手をあけておきたかったので、携帯電話はブラジャーのなかに突っ込んだ。いい感じに収まっている。ジャックがまた電話してくるかもしれないが、電源は切っておいた。いきなりヴィヴァルディの着信音が鳴り出して、そのせいで命を落とすようなことは避けたかった。

ひとつ深呼吸し、あたりを見回した。暗い。真っ暗だ。遠くからしつこく聞こえてくる犬の吠え声に気をとられ、背筋を冷たいものが走った。思わず首の傷痕に手を触れた。犬への恐怖は忘れ去ろうと努めながら、身を低くして道路沿いに茂る低木の陰へと近づいた。この服装を後悔したのは、これで今日何度目だろう？　フェラガモのパンプスの底が砂利を踏むたびに、硬い音が響く。かといって、脱ぐのもためらわれた。地面が棘《とげ》のある木の実で覆われていないとも限らない。ドレスが木の枝に引っかかり、立ち止まって外さなければならなかった。

ジャックがどう思っているかは知らないが、フィオナだって命は惜しい。できることなら、ブレイディの誘拐犯のそばになど行きたくなかった。サントスは特別に訓練された誘拐対策班を率いてくる。フィオナの目的は、状況を把握し、可能な限りブレイディの居場所を突き止めて、できるだけ早くサントスに報告することだった。

もちろん、誰かがブレイディに危害を加えようとしているなら、話は別だ。もしそうだとしたら……。どうすべきかは、正直なところよくわからない。彼女はルーガーを握る手に力を込め、足音を忍ばせて道を進んだ。

「銃を捨てろ」

はっと息を呑み、振り向いた。

「三秒やる」

フィオナはすくみ上がり、恐怖のあまり息をするのもままならなかった。声はどこからともなく聞こえてくる。どんなに目を凝らしても、この暗さでは何も見えない。

「二」

フィオナは胸でちらちら光っている鮮やかな赤い点を見下ろした。相手がどこにいるにせよ、その照準器は確実に彼女の胸に狙いを定めていた。

「一」

彼女は銃を落とした。

21

「いくらなんでも飛ばしすぎだよ、署長」

ハイウェイを爆走しながら、ジャックはカルロスのほうにちらりと目をやった。スピードメーターは百六十を超えそうだが、距離が埋まらないもどかしさは募るばかりだ。

「曲がり角はまだか？」

「十二、いや十五キロくらいかな」カルロスが答えた。手にした携帯電話が鳴り、彼は電話に出た。聞こえてくるやりとりから察するに、またサントスのようだ。経過を聞きにかけてきたらしい。

「誘拐対策班が現場に向かってる」カルロスは電話を切ってから言った。「ヘリで来るそうだが、サンアントニオからだと、まだだいぶかかるな。サントスもヴァイパーの家を目指してる。二十分ほどで着くそうだ」

ジャックは作戦行動を頭に思い描いた。フィオナがふくれっ面で家のなかを覗いていると
ころへ、ヘリにすし詰めになった特別機動隊《SWAT》が降り立つ。彼女はかなりの高確率で、銃撃戦

に巻き込まれることになるだろう。それも、彼女が現時点で犯人一味に見つかっていなければの話だ。いずれにせよ、修羅場になるのは間違いない。

「いくらなんでも、いきなり突入して銃をぶっ放すことはないだろう」カルロスがジャックの不安を察したかのように言った。「民間人を巻き込んだりはしないよ」

民間人か。ジャックはふんと鼻を鳴らした。ジャックの世界の天地を見事に引っくり返してくれたあの有能で完璧主義で融通の利かない女は、民間人なのだ。彼女は本来、こんな面倒に巻き込まれるべきではないのに、今はそのただなかにいる。なぜか？　このおれが彼女を引きずりこんだからだ。

もしもフィオナに万一のことがあったら、おれは一生彼自身を赦すことができないだろう。

「物入れを開けてくれ」彼は言った。「シグに弾が入ってるか、チェックしてほしい」

ジャックは目に流れ込む汗を瞬きしてこらえながら、運転に集中しようとした。カチッという音に続き、滑るような音が聞こえ、カルロスが彼の予備の銃を確認しているのがわかった。警察署から支給されていたグロックは、今は署内の武器収納庫で眠っている。考えてみればジャック自身も今は民間人だ。そう思うと、無性に苛立ちを覚えた。

「現場に着いたら、脇にどいていてくれよ」カルロスが言った。

ジャックは唸った。

「本気で言ってるんだ、ＪＢ。おまえにはもうなんの権限も――」

「逮捕はおまえに任せる。おれはただ、フィオナを連れ戻したいだけだ」

「逮捕の話をしてるんじゃない。おれの目の前で、おまえがケツに一発食らうなんてことになったら面倒だからだよ」

「そんなことにはならない」ジャックは手を差し出した。カルロスがその手に銃をのせる。ジャックはそれを、スーツのスラックスの後ろに突っ込んだ。黒い革のベルトが、ちょうどいい具合にそれを背骨に押しつけてくれる。ホルスターがあればいいのだが、今日の午後、一張羅を着込んだときには、今夜は画廊で過ごすものと思っていたのだ。

「阿呆《ロコーテ》」カルロスがスペイン語でつぶやいた。

「なんだ？」

「おまえのことだよ」カルロスは腹立たしげに言った。「あいかわらず下半身で考えやがって」


男が近づいてくる。フィオナの息は震え、耳障りな音がした。胸に浮かんだ赤い点が広がり、二十五セント玉ほどの大きさになる。炎のような赤は、もしも今動いて実際に撃たれたらこんな色の穴が空くのだと予言しているかのようだ。

しかしフィオナは動こうにも動けなかった。何も考えられなかった。男の姿が影のなかから現れるのを、ただじっと立ち尽くし、眺めていることしかできなかった。その姿はまだ、道路のまんなかに立つぼんやりした輪郭にすぎない。彼がかなり物々しい雰囲気の銃を肩に当てているのがわかった。大きさから見て、突撃銃《アソールトライフル》のようだ。

彼は地面からルーガーを拾い上げ、ライフルから手を離した。彼は銃を斜めがけのストラップに吊るしているのだと、今になってわかった、

男は小柄で、がっしりしている。ルーシーが言っていたとおり、肩幅が広い。他にもルーシーが彼を描写していた言葉をひとつ残らず思い出し、膝ががくがく震えた。

彼はルーガーをズボンの後ろに挟み込み、ポケットから何かを取り出した。「不法侵入だぞ」

「わたしはただ——」

いきなり腕を後ろにねじり上げられ、フィオナの全身に痛みが走った。彼はフィオナの両手首を合わせ、紐のようなもので縛っている。あまりにもきつく縛られ、手首に焼けつくような痛みを感じた。思わず息を呑むと、男は彼女の手をぐいと引き上げた。目に涙が浮かんだ。

「痛いか？」彼はフィオナの手を落とした。彼女は詰めていた息を吐いた。彼は銃で彼女の肩甲骨を突く。「強くなるんだな。先はまだ長いぞ」

男にまた背中を突かれ、彼女は砂利道を前のめりによろよろと進んだ。ふたりは家に向かって歩いていた。一歩近づくにつれ、吠え声も近くなる。皮肉な巡り合わせに、笑い泣きしそうだった。連続殺人鬼に突撃銃で小突き回されているのに、わたしが怖くて仕方がないのは、

犬の牙が肉に食い込むことだなんて……。首の傷痕が焼けつくように疼き、呼吸が浅くなった。なんとか足元に集中しなければ、転んでしまいそうだ。

小さな林の周りを巡ると、建物が見えてきた。煉瓦造りの牧場風家屋《ランチハウス》で、車庫がついている。雑草だらけの庭は家の両端にひとつずつ設えられた投光照明で照らされていた。アルミ製の車体のキャンピングカーのようなものが、敷地の端の木の下に駐められている。

そして、網戸の前に立っているのは、いかにも獰猛そうな犬だった。激しく吠え立てながら、網を爪で引っかいている。フィオナは足を止めた。

銃身が背中を突く。「階段をのぼれ」

「犬をどかして」

背後で嘲笑《あざわら》う声がした。「犬は嫌いか?」

フィオナは何も答えなかった。犬はあいかわらず吠えつづけている。少しして、男がようやく鋭い口笛を鳴らすと、犬は静かになった。

フィオナは肩越しに振り向き、息を呑んだ。投光照明のくっきりした明かりに照らされ、ここで初めて、男の顔がよく見えた。幅の広い鼻、奥まった目、四角い顎。あばたのある肌に至るまで、フィオナの似顔絵そっくりだ。まるで彼女が描いた絵に命が吹き込まれたかのようだった。そう、自ら彫刻した女人像ガラテアに恋をし、彼女に生命が宿ることを願ったピュグマリオンの神話のように。ただしこの場合、絵を描いたフィオナがその創作に恋をすることはあり得ない。

「さっさと歩け」男が言った。

フィオナはごくりと喉を鳴らし、玄関前の階段をのぼった。「あれはなんという犬?」

「ロットワイラーだ」彼はフィオナの背後から手を伸ばし、網戸を引き開けた。犬がとことこと寄ってきて、フィオナの股間に鼻をすり寄せる。

「つけ《ヒール》!」

男が自分と犬のどちらに命じたのか、フィオナにはわからなかった。ともあれ、犬がそれに従い、彼の横についた。また背中を突かれる。フィオナは家の敷居をまたいだ。犬は口を開けて、ずらりと並ぶ恐ろしげな歯を見せ、おびただしい量のよだれを垂らしている。男はフィオナのあとから家に入ってきた。

ドアがきしみとともに閉まる。男がポケットから〈ミルク・ボーン〉という骨型の犬用ビスケットを取り出し、ぱっくり開けた犬の口に放り込むのを、フィオナは驚愕の眼差しで眺めていた。

「奥の寝室だ」

フィオナの全身の血が凍りついた。

「さっさと行け」

彼女は何か助けてくれるものはないかと、必死に視線を走らせた。人でも、武器でも、男の気を逸らすものでもいい……。だが目に入ってきたのは、散らかったリビングと、汚れた皿やビールの空き缶がそこかしこに置かれたキッチンだけだ。室内は酸っぱくなったミルクとマリファナの臭いがした。

男は脇に抱えた銃の銃身を指先で叩きながら彼女を見ている。「二度も言わせるなよ」

フィオナはリビングの向こうに続く薄暗い廊下を見やった。ブレイディはこの奥のどこかにいるのだろうか。

リビングの床に積み上げられた刺青愛好家の雑誌『スキン&インク』や、転がったマリファナ用の水パイプを避けながら、廊下のほうへ進んだ。誘拐犯がマリファナでラリってくれていたほうが、わたしとブレイディが生き延びる可能性は高いだろうか、とふと思った。男の目は充血しているものの、それは単に、ここ数日の激しい行動のせいかもしれない。ジャックやサントスの言葉が正しければ、彼の凶行はエスカレートしている。ここ五日間でふたりの人間を殺害し、なんの罪もない少年を誘拐し、今度は警察の協力者まで捕らえた。あまり賢明な動きとは言えない。彼は興奮し、血に飢え、犯行の手口もずさんになっている。すっかり箍が外れてしまったようだ。

カーペットの敷かれた廊下を進んでいくあいだも、フィオナは背後に男の気配を感じていた。ドアが三つある。最初のひとつは閉じていた。ふたつ目は細めに開いている。室内にはスツールやビニールで覆われた寝台が所狭しと置かれている。ヴァイパーの仕事場だろうか？

「いちばん奥だ」

フィオナは三つ目のドアの前で足を止め、彼が背後から手を伸ばしてドアを開けるのを待った。なかは真っ暗だった。彼女は身をこわばらせた。

男のほうを振り向き、その瞳を覗き込んだ。――人として接するのよ。親しみを感じさせるの。その考えがどこから湧いてきたのかはわからないが、とにかくそれを心に留めなければと思った。

「紐を少し緩めてくださらない？　腕が痛くて」

男はじろりと彼女を見回した。その視線が首筋に留まる。あの太い指で首を絞めることを考えているのだろうか、とふと思った。フィオナは一歩下がった。

突然、目の前に銃の床尾が迫ってきた。フィオナは殴られて仰向けに倒れ込み、闇に包まれた。ドアがばたんと閉じた。

ジャックの電話が鳴った。ディスプレイの番号を見て驚いた。ブレイディが誘拐されたという知らせを受けたあと、ルーシーの様子をうかがってみようと思いつかなかったのが、我ながらショックだった。

「そっちは無事か？」

「わざわざお電話いただいてありがとう」ルーシーは皮肉たっぷりに言った。「ええ、わたしは無事よ」

「悪い、ルーシー。手いっぱいだったんだ。今も車で――」

「あなたがどこに向かってるかは知ってる。保安官代理がうちのキッチンに居座ってるもの。ここ十分は、ずっと電話でしゃべってた。山場を迎えてるみたいね」

ジャックは速度を上げたままカーブを曲がろうとして、ダイヤが横滑りした。カルロスはダッシュボードをつかんで身体を支えている。目的の曲がり角まで、あと少しのはずだ。

「ねえ、ジャック、友達として、ひとつアドバイスしたいの」

彼は曲がり角を見過ごしてしまわないよう、アクセルから足を離した。もう、いつ見えてもおかしくないところまで――。

「わたしたち今もまだ友達でしょ？」

まいったな。「今ちょっと話せないんだ、ルーシー。あとで電話する」

「〝あとで〟なんてないかもしれないじゃない。あなたがこれから、わたしが想像しているようなことをするつもりでいるなら」

「はあ？」

「自分の使命だと思ってるんでしょ？　あの女《ひと》を救うのが？　自分の命で、昔の借りを返そうってつもりじゃないの？　頭をぶち抜かれて？」

「ルーシー――」

「いいから黙って聞いて。わたしはあなたって男をよく知ってる。ひょっとしたら、他の誰よりもよく知ってるかもしれない。だからちゃんとわたしの言うことを聞いて。あの男には、そんな価値はないわ。ただでさえもう、職を失ったんだから、このうえ、命まで失わないでよね。あの男をつかまえるのは、FBIに任せて。いつか、やつが薬殺される日が来たら、わたしの隣に立って、いっしょに見届けてくれればそれでいい。今はとにかく、馬鹿な真似はやめて。そんなところでヒーローになる必要はないのよ」

「そこを左だ」カルロスが言った。

ジャックは思い切りブレーキを踏み込んだ。トラックがきしみとともに停まり、弾みで顎をハンドルに打ちつけた。「くそっ」

ルーシーがため息をつく。「まったく、人がせっかくアドバイスしてあげてるのに」

「ちゃんと聞いてるよ」ジャックは言い、急いでUターンすると、ヴァイパーの郵便受けから数メートルのところにトラックを停めた。

ジャックは自分自身に腹が立った。この手掛かりを自分の足で追っていれば、こんな面倒なことになる前に、事件を解決できたかもしれない。

「ねえ、ジャック、あなたにはたぶんわからないでしょうけど、わたし、本当にあなたのこと愛してるのよ。あなたには幸せになってほしい。わたしだって幸せになるつもり。あなたが他の女といっしょになるのは我慢できるけど、あなたのお葬式に行くのだけは耐えられないから」

ジャックはギアをパーキングに入れた。ルーシーのタイミングときたら、いつも最悪だ。

「それじゃ、切るぞ。おれの葬式の準備はしなくていいからな。何もかもうまくいくよ」

切にそう願っていた。

「そうかもね」ルーシーが苦々しげに言った。「でもわたしって悲観主義だから」

フィオナはカーペットの上に仰向けに倒れ、息を整えようとしていた。妙な姿勢で腕から倒れたので、打ったところが痛くなっていた。強烈な痛みだ。折れていることはないと思うが、明日は痣になるだろう。

明日も生きていればの話だが。

身体を起こし、周囲を見回した。またしても闇と手首の紐に阻まれ、思うように動けない。外の廊下も薄暗かったが、ドアの下に沿ってぼんやりと灰色の部分があるのはわかった。部屋の反対側にも、閉じたブラインドから差し込む細い光の線が見える。どこかに電灯のスイッチがあるはずだ。たぶん、ドアのそばに。カーペットの上を滑るようにしてドアのところまで行き、壁で身体を支えながら立ち上がった。痛くないほうの肩を石膏板の壁に押し当て、なんとかスイッチを探し出す。そして顎を使って、スイッチを入れた。

あいかわらず真っ暗だ。

と、近くでかすかにドンという音がした。

「ブレイディ？」声をひそめて呼びかけた。

もう一度、ドン。

「ブレイディ、どこなの？」鈍い音を頼りに進んでいくと、肩がまた別のドアの側柱に当たった。たぶんクローゼットだ。あるいは、バスルーム。フィオナは側柱に背中を押し当て、縛られた手でドアノブを探し出してひねった。

幸い、鍵はかかっていなかった。フィオナはドアを引き開けた。「ブレイディ、フィオナよ。そこにいるの？」

呻き声がした。何かが脚にぶつかってきた。

フィオナは腰を屈めた。「何かで口をふさがれてるの？」

ふたたびドンという音がして、フィオナはそれを〝イエス〟と解釈した。

「そのまま横になってて」ずっと小声で話していた。「なんとかしてみるけど、わたしの手も縛られてるの。だからちょっと我慢してね。いい？」

骨ばった腕を覆う柔らかな布を感じた。たぶんTシャツだ。そして肩、顎。顔の上につるつるした部分がある。ダクトテープだろうと思った。

「口にテープを貼られてるのね」フィオナはなんとかその角を剝がした。テープであることは間違いない。「ちょっと痛いよ、いい？　でも一気にいくから。じっとしてて。それから、もし痛くても、声を出さないでね」

　テープの端をできる限りしっかりと指でつかみ、いったん姿勢を安定させてから、せいいっぱい素早く引き剝がした。呻き声がし、手に熱い息がかかるのを感じた。

「ごめんね」彼女は囁いた。「だいじょうぶ？　小さな声でしゃべって」

　ブレイディはしばらく何も言わなかった。ぜいぜい言う呼吸の音が聞こえてくる。ブレイディは喘息《ぜんそく》なのだろうか？　この子の病歴については何も知らない。

「ブレイディ？　どこか痛い？　話せる？」

「うん」彼はかすれた声で答える。「ただちょっと……なんか、変な感じなんだ。やつに何か飲まされた」

「どんな味だった？」

「たぶん……葡萄《ぶどう》？　なんか、甘かった。ちょっと薬っぽかったかな」

　フィオナは必死に頭を働かせた。ルーシーも何か催眠効果のある薬を飲まされていて、たぶん咳止めだろうと言っていた。フルーツ味だったのなら、比較的安心かもしれない。子供用ならば、それほど強くないはずだ。

「頭がぼうっとしてると思うけど、なんとか思い出してみて。どこかに、明かりのスイッチとか、ランプがなかったかな？」

「ここは明かりが点くよ。最初におれをここに入れたとき、やつが点けてた。こんなかは服とかスポーツ用具とかでいっぱいなんだ」

フィオナは立ち上がった。

「スイッチは引っ張るやつ。鎖がついてる」

彼女はよろめきながらクローゼットのなかへ入り、頭をぐるぐる動かした。金属っぽいものが頬を撫でるのを感じたところで、それを歯で捕らえ、引っ張った。

そのとたんにぱっと明るくなった。

ブレイディは床で丸くなっている。彼は眩《まぶ》しそうに目を細め、フィオナを見上げた。Tシャツに紫色の染みがある。おそらく咳止め薬だろう。怪我をしている様子はないが、ブレイディも後ろ手に縛られていた。手首を銀色のダクトテープが取り巻いている。

ダクトテープならなんとか剥がせそうだ。フィオナの手首の縒り紐は、刃物で切るかしなければ、簡単にはほどけない。

家の玄関のほうで、犬が吠えている。ふたりは不安げな顔を見合わせた。あまり時間はないかもしれない。

「急がなきゃ」フィオナは言い、腰を落とした。「まず、きみの手のテープを取るね。そのあと、何か刃物を探して、わたしのを切ってもらう。うまくすれば、結び目からほどけるかもしれないし」

必死にテープを剝がそうとしているとき、網戸がバタンと閉まる音がした。続いて、人の声。

「誰か来た」ブレイディが言った。

声は次第に大きくなる。フィオナは耳をそばだて、内容を聞き取ろうとした。言い争っているような感じだ。犬は大人しくなっている。

白馬の騎士が助けに来てくれたわけではなさそうだ。訪問者は殺人鬼の知り合いのようだった。

ようやくテープのいちばん外側の一周が剝がれた。続いてもう一周。そしてついに、べたつくテープをすべて取り去り、床に落とした。

「うう……」ブレイディは顔をしかめ、腕を動かしている。

「痛いよね。でもがんばって。立てる？」

他の部屋から聞こえる言い争う声は、さらに激しさを増している。フィオナはなんとかそれを聞き取って、状況を把握したいと思った。

「刃物か何か、わたしの紐を切るものを探して。すぐ戻るから」よろよろと室内を進み、ベッドのようなものにつまずいてから、どうにかドアにたどり着いた。フィオナはドアに耳を押し当てた。

「あのふたりは白系《アングロ》じゃないか。いったいどういうつもりだ？」

フィオナには誰の声かわからなかった。

「おまえは大望を見失ってる」連続殺人犯の声は、もうひとりの男に比べて、不気味なほど落ち着いていた。

「大望っていったいなんだ？　おまえみたいに馬鹿をやらかすことか？」

フィオナはブレイディのほうを見た。「何か見つかった？」ひそひそ声で訊いた。

「まだ」

リビングから、さらに声が響いてくる。「——おれは子供に手をかけるために加わったわけじゃない。絶対お断りだからな」

「敵というのは、あらゆる姿で現れるものだ」

フィオナは身をすくませ、ドアから離れた。一刻も早くここを出なければ。視線を、ブラインドのかかった窓に向けた。犬はどうしよう？　外に出たら、どんなに静かに動き回っても、たちまち気づかれて、勢いよく吠え立てられる。

「おまえは完全にイカれてる。自分でわからないのか？」荒々しい声が響いた。「おれは下りる！　おまえんとこの親父さんにも、そこまでの義理はないからな。このうえ子供にまで……おい、何するんだ？」

ホンダのなかにフィオナの姿はなかった。ジャックは周辺を大急ぎでひととおり見て回ったが、手掛かりになるようなものは見つからなかった。

「家に行ったようだな」彼はカルロスに言った。「手分けしよう。おまえは――」

パン!

「今のはなんだ?」とっさに口走ったものの、それが銃声であることは、ジャックにもわかっていた。家のほうから聞こえてきたようだ。彼はカルロスに言った。「行こう」

ブレイディは恐怖に凍りついていた。フィオナは彼を見てからドアに目を向け、なんとか頭を働かせようとした。とにかく、ここから出なければ。

急いで窓に歩み寄った。「こっちよ。手伝って」

ブレイディは今にも吐きそうな顔をしていたが、よろよろと窓辺に来ると、ブラインドを開けた。ロックは簡単なもので、彼はすぐに外した。そして窓を引き上げようとしたが、まったく動かない。

「どうしたの?」

「わからない」ブレイディが言う。

「塗料で固定されてるのかもしれないわ」フィオナはおろおろ周囲を見回した。リビングのほうはすっかり静まり返っている。

「クローゼットにバットがあったよ」ブレイディが言った。

「取ってきて」

それから二分もしないうちに、寝室のドアが勢いよく開いた。真っ暗だった部屋に、廊下からの光が差し込む。

「立て」男がフィオナに近づいてきた。彼女の顔に、ルーガーの銃口がまっすぐに向けられている。「子供はどこだ?」

「子供って?」フィオナはもたれていたベッドに背中をつけて身体を支え、なんとか立ち上がろうとした。

男が彼女の腕を持って引き上げる。「子供だよ。おまえ、いったい何をした?」

「わたしは何も――」男が銃床で殴りつける。フィオナの額に焼けつくような痛みが走った。

「嘘をつくな、このアマ!」男はクローゼットに突進し、扉を開けて、電灯のスイッチを引いた。なかは服や箱やスポーツ用具でいっぱいだが、ブレイディの姿はない。男はフィオナを睨みつけてから、その視線を彼女の後ろの窓に向けた。寒風が吹き込み、ブラインドを揺らしている。

男は前に踏み出して、銃口をフィオナの額に当てた。銃身がまだ温かい。

「さっさとおまえを始末しなきゃな」

22

ジャックはカルロスを従え、灌木の茂みをかき分けて進んだ。カルロスは電話で応援を要請しているが、ジャックとしては、いつ来るかわからない応援を待つつもりはなかった。

ようやく家が見えてきた。ジャックはヒマラヤ杉の陰に隠れ、カルロスに静かにしろと仕草で伝えてから、あたりを見回した。

車両が二台。白のピックアップトラックと、ベージュのシボレー・サバーバン。そのサバーバンには見覚えがある。

「ローウェルが来てるようだな」カルロスが言った。

「面倒なことになったぞ。やつは武器を携帯してる。おそらく――」

そのとき、家の裏からエンジン音がとどろいてきた。「車が出るぞ！」ジャックはパニックを起こしそうになった。

「まだなかか、フィオナとブレイディは？」

「わからん。銃声は一発だった。どちらかはまだなかにいるかもしれない。怪我をしているか、あるいは……」

カルロスが首を伸ばし、家のほうを見やる。「でなきゃ、逃げたか」

ジャックの脳裏に、フィオナが床に倒れて血を流している光景が浮かんだ。今この瞬間にも、彼女は家のなかに横たわっているかもしれない。「おれは突入する」ジャックは言った。「おまえは車が見えるか、裏に行ってみてくれ。おそらくはヴァイパーのだろう」

カルロスは家の横を抜けていった。ジャックは前庭の芝生を全速力で横切り、サバーバンの陰に身を隠した。数秒置いて、今度はドアへ走った。ドアの横の壁にぴったりと身を寄せ、耳をそばだてた。

何も聞こえない。数分前まで犬が激しく吠え立てていたが、今は唸り声のひとつも聞こえてこない。木製の扉は開いたままだ。網戸もおそらく、鍵がかかっていないだろう。ジャックは銃を構えた。素早い動きで網戸を開け、撃ち合いに備え、身を低くしてなかへ入った。リビングに銃口を向け、百八十度回転する。

あたりはしんと静まり返っている。カーペットには、血まみれのローウェルが横たわっていた。

フィオナはSUVの助手席で縮こまり、壁に身を寄せた。犬と自分とのあいだに、できる限りの距離を保っておきたかった。ロットワイラーは鼻面を彼女のシートの横に押しつけ、喉の奥で低く唸っている。

「おまえが怖がってるのが、マックスにはわかるんだ」男が言った。「その点でこいつのほうが有利だってことだ」

この人、本気で言ってるの？ マックスは口いっぱいの鋭い歯を持っていて、おまけに彼のご主人様はわたしに銃を向けている。最初からそっちが有利に決まってるじゃないの。疾走するシボレー・タホから飛び降りようかとも思ったが、後ろ手に縛られていては、男の目を盗んでドアハンドルを操作するのは難しい。

──親しみを感じさせるの。喉に込み上げてくる苦いものを必死に呑み込み、深呼吸した。

「お名前は？」尋ねてみた。

男は彼女の問いかけを無視し、激しく上下に揺れる車で、ひたすら荒地を突っ切っていく。フィオナが見た限りでは、ここに道はない。それでも男は、どこかを目指して走っているらしい。そのためならサボテンや低木をなぎ倒すことも平気なようだ。

「どこへ向かってるのかしら？」フィオナは訊いた。

彼はその質問について考えているかのように首を傾げていた。「人間は、犬の知性を見くびってる。マックスを見てみろ。こいつのＩＱは、たぶんおまえより高いぞ」

ふむ。まったく会話が嚙み合わない。フィオナは尻を後部座席に乗せているマックスに目を向けた。耳をぴくりとそばだて、自分が話題になっていることがわかっているような顔つきをしている。さすが天才は違うわね。

「マックスはいつごろから飼ってるの？」

男はため息をつく。「まったく、魚をつかまえるのには免許がいるのに、どんな馬鹿でも犬が欲しけりゃ野犬収容所に行って自由に連れてきていいのか？」彼は首を横に振った。

「だからこの国はおかしいって言ってるんだよ。誰ひとりとして、確たる展望を持ってない」

なるほど。彼は頭のネジがちょっとばかり緩んでいるようだ。まあ、そのあたりは予想できたことだが。

「お名前はなんておっしゃるの？」フィオナはもう一度尋ねてみた。

男は冷ややかな目で彼女を見る。「どうだっていいだろ？」

どうだっていいなんてことはない。この事件の突破口を開くために、あれだけの苦労をしてきたのだ。しかしそれ以上に、今はこの男と、なんとか友好的な関係を築きたかった。

「わたしはフィオナ」

このあたりの土地には、家畜が逃げるのを防止するための浅い溝が掘られている。それを越えるとき、ＳＵＶの車体は大きく揺れた。彼は突然ブレーキを踏み、ギアをパーキングに入れた。「おい、フィオナ、いいから黙ってろ。おれたちはお友達じゃないんだからな」

後部座席のマックスが、同感だと言いたげに唸る。

「わたしはもう、降ろしていただけない？」

「それはどうかな」男は目を細めて彼女を見る。その表情は獰猛な肉食獣のようだ。彼の凶行の結果を間近で見たことがあるフィオナとしては、この男が言語に絶するほどの残忍さを備えているのを知っていた。そういう人間が、今隣にいる。汗の臭いがするくらいすぐそばに。

「どうしてわたしを連れてきたの？」返事を待つあいだ、彼女の心臓は、肋骨を突き破りそうなほど激しく打っていた。

「おまえさんのおかげでな、フィオナ、おれの似顔絵が、ガソリンスタンドやら警察署やら、この州のいたるところに貼られまくってるんだよ」彼はポケットに手を入れ、磨き上げた動物の骨のようなものを取り出した。そこからぱっと刃が出る。飛び出しナイフだ。フィオナは息を呑んだ。

「おれはこれから身を隠す。もし、面倒に巻き込まれそうになったら、おまえがおれの切り札だ。手を出せ」

彼女は刃を見やった。付着している黒っぽいものは、乾いた血液のようだ。

男は彼女の腕をつかんで背を向かせ、手首の紐を切りはじめた。紐が緩んだとたん、手首や腕の神経を痛みが波のように覆った。

男はコンソールボックスに尻をのせた。「おれの上をまたいで行け。おまえが運転するんだ」

「わたしが？　どうして？」

男は片手でナイフを畳み、もう一方の手でルーガーを彼女に向けた。「おれがそう言ってるからだよ」

これはチャンスかもしれない。なんとかしなければ。けれど銃をつかんでもみ合うのは自殺行為だ。いっそのこと外に出て――。

「早くしろ」

フィオナは彼に背を向けて上をまたいだ。その隙に左手を男から見えないように隠しつつ、ブラジャーのなかに入れる。そして携帯電話を指先で挟み、取り出した。

「オートマならいいんだけど」相手の気を逸らそうと、話しつづけた。「マニュアル車の運転って、一度もしたことがないのよね」フィオナは運転席に腰を下ろし、携帯をスカートのひだのあいだに隠した。大きくくれた胸元から黒いブラジャーの端が覗いていたが、男がこれに気づいて不審に思いませんようにと祈った。

「左へ曲がれ」男が命じた。「急げよ。さっさとしないと、夜が明けちまう」

フィオナはギアを入れ、慎重に車を左へ向けて、舗装道路に乗せた。標識は何も見えないが、ここはもう私有地ではなさそうだ。

「もっと速く」

フィオナはアクセルペダルを踏み込みながら、片手をスカートのひだのあいだに入れていることに気づかれないよう、悠然と運転するふりをしていた。携帯の電源を入れ、リダイヤルを押したいのだが、その際の操作音をごまかす方法を考えなければならない。ブレイディはまだあの家にいて、ベッドの下に隠れている。SWATチームが突入して、あの部屋を蜂の巣にする前に、誰かにそれを知らせなければ。誘拐対策班の作戦の手順が具体的にどういうものかは知らなくても、薬のせいで頭がぼうっとしている少年が巻き込まれたら危険であろうことは想像がついた。

「なんだか気持ち悪いわ」フィオナは言った。「ちょっと停めてもいい？」

「だめだ」

フィオナは車を走らせながら、気分が悪そうな演技をした。「お願い……だったらせめて、窓を開けてくれる？　新鮮な空気でも吸わなきゃ、今にも吐きそうなの」

男はうんざりしたような顔でフィオナを見てから、彼の側の窓を数センチ開けた。マックスが、彼の気を逸らすのを手伝ってくれた。犬は後部座席から前に出てきて男の膝に飛び乗り、窓から鼻を出した。

「ありがとう。ずっと楽になったわ」フィオナは嬉しそうに言った。「わたし、ときどき車酔いするのよね」

彼女は身をこわばらせ、まっすぐ前を見ていた。そして、男が携帯に電源が入ったときの操作音に気がついていませんようにとひたすら祈った。

ジャックとカルロスは全力疾走でトラックに戻った。

「容疑者が逃走した」カルロスが電話に向かって怒鳴った。「警官が一名負傷。繰り返す、警官が負傷。至急、搬送を手配してください」

ジャックは運転席に飛び乗り、エンジンをかけた。カルロスが助手席側のドアを閉めないうちに、彼はハイウェイを猛スピードで飛ばしはじめた。「９４６号線に至る抜け道を調べてくれ。やつがあの家の敷地から北へ向かったのなら、いずれ９４６に出るはずだ」

「もうすぐヘリも来るそうだ」カルロスはジャックに言ってから、また電話に向かって話しはじめた。「そうです。人質の確認はできていません。繰り返します、人質二名は依然として行方不明」カルロスは地図を床から拾い上げ、食い入るように見た。「このバック・ブリッジ・トレイルってやつがいい。次あたりだな。右に曲がるんだ」

標識が見えてきた。ジャックは急ハンドルで車を右に向け、またアクセルをいっぱいに踏み込んだ。彼の携帯電話が鳴っている。ポケットから取り出した。

「驚いたな、フィオナだ」通話ボタンを押した。「今どこだ？」

彼女は何も答えない。話せるような状況ではないのかもしれないとジャックは思った。

「シーッ」彼はカルロスに仕草で声を出すなと伝え、携帯を耳に押し当てた。

「……本当にこの道でいいのかしら」フィオナの声は辛うじて聞こえる程度だ。「これって本当に西へ向かう道？　なんか、北のような気がするけど。でなきゃ東とか」

フィオナは犯人といっしょにいる。今、この瞬間に。「犯人といっしょだ」ジャックは声を出さず、唇の動きでカルロスに伝えた。

カルロスがジェスチャーで、無音《ミュート》ボタンを押せと教える。なるほど、これを押せばこちらの音が相手に聞こえない。ジャックはその操作をし、道路と電話の両方に全神経を集中させた。犯人の声が聞こえないかと耳をそばだてたが、聞こえてくるのはフィオナの声だけで、それすらくぐもっていて完全には聞き取れない。

ともあれ、彼女は生きている。

ジャックはほっとし、ほんの少し肩の力を抜いた。

９６４号線の標識が見えると、右に曲がった。ジャックの考えが正しければ、この道路はヴァイパーの家の敷地の裏を、家の向きに対して平行に走っているはずだ。

「はいはい、わかったわ。だけど、取り締まりに引っかかったりしたくないもの」

「西へ向かってるようだな」ジャックはミュートになっているとは知りつつも、つい声をひそめた。

「くそっ、すれ違っちまうじゃないか」

カルロスがつぶやいたちょうどそのとき、一組のヘッドライトがハイウェイの前方に見えた。

「あれがそうかな」ジャックは言った。「サントスに電話して知らせてくれ。道路を封鎖してもらえるかもしれない」

しかしヘッドライトはあまりの高速で迫ってくる。速すぎる。ジャックは速度を緩め、聞き耳を立てた。

フィオナはブレイディについて何か話している。〝窓〟という言葉が聞こえた。おそらくは寝室の窓のことだろう。ジャックも窓が割れていることには気づいたが、開いた口は人がひとり通れるほどの大きさはなかった。

「だってしかたないじゃない」フィオナは言う。「子供っていうのは怖がりだもの。わたしだったら、怖くてベッドの下にでも隠れちゃうわ」

「フィオナは何か伝えようとしているんだ」ジャックは言った。「ブレイディがどこか、ベッドの下にでもいるんじゃないのかな。サントスに伝えてくれ。誰であれ、あの現場に突入する人物に、子供を探してもらうように。おそらく、まだどこかに隠れているんだろう」

そのとき、近づいてきた車はヘッドライトを一瞬ハイビームに切り替え、反対車線を走り去った。

ジャックは肩越しに振り返った。「今の車だ。フィオナが運転しているようだな。彼女がおれのトラックに気づいたんだ」

アクセルから足を離し、バックミラーのなかで車のテールライトが遠ざかっていくのを見守った。すぐにUターンして追いかけたいのはやまやまだったが、犯人には気づかれたくない。ＳＵＶが坂を上り、見えなくなったところで、ジャックは急ブレーキを踏んだ。トラックが尻を振って停まる。彼はすぐに方向を転じた。

「どうするつもりだ、ＪＢ？」

ジャックはヘッドライトを消し、アクセルをいっぱいに踏み込んだ。「あとを追う」

フィオナは男の視線がレーザーのように肌に焼けつくのを感じていた。ヘッドライトの操作に気づかれたのだ。やはり今のは、危険すぎる賭けだった。そのせいで彼を怒らせてしまった。

「このおれを出し抜けると思ったのか？　おまえの小細工に、このおれが気づかないとでも思ったか？　小賢《こざか》しいアマめ」

フィオナはまっすぐ前を向き、ハンドルを握りしめた。わたしは賭けに負けたのだ。今すれ違ったトラックは、ジャックのものだろうと思っていた。しかしバックミラーに映るテールライトはそのまま遠ざかり、見えなくなってしまった。

「おれをコケにしたんだ、その責任はとってもらうぞ。おまえにはちょっとお仕置きをする必要がありそうだな」男はコントロールパネルに人差し指を伸ばしている。フィオナはそれを見下ろし、いったい何をするつもりだろうかと思った。

シガーライター！　フィオナがはっとして彼の顔を見ると、男は口元を歪《ゆが》めて笑った。この笑みについては、事情聴取のときにルーシーが言っていた。やつは笑みを浮かべたあと、決まって何か恐ろしいことをするのだと。

フィオナは視線を道路に戻し、なんとか息をしようとした。逃げなければ……。

カチッ。ライターが飛び出し、男はそれを引き抜いて目の前に掲げた。彼はその先端にある赤々と熱せられた電熱線を、うっとりした表情で眺めている。

フィオナは大きくハンドルを切り、急ブレーキをかけた。ＳＵＶがハイウェイを逸れ、斜面を落ちて、また下がる。金属と金属がこすれ合う音がし、車は有刺鉄線のフェンスに突っ込んだ。吠え声と怒声が助手席からあがる。フィオナの身体は前につんのめってからまた後ろに引き戻された。

一瞬、すべてがしんと静まり返った。

アドレナリンがフィオナの血管を駆け巡った。彼女は運転席側のドアを押し開け、転がるように外に出て、地面に両手足をついた。よろめきながら立ち上がったとき、吠え声が耳に響いてきた。彼女は激しい鼓動に息を乱しつつ、必死に地面を蹴って走った。

ジャックは事故車のすぐ後ろにトラックを停め、シグをつかんで車外へ飛び降りた。フィオナはどこだ？　運転席側のドアは開いているようだが――。

パン！　パン！

「伏せろ！」カルロスが、助手席側のドアを盾にして怒鳴る。「どこから撃ってる？」

「わからん」フィオナはいったいどこなんだ？

「警察だ！　銃を捨てろ！」カルロスが大声で呼びかけた。

フロントガラスが粉々に砕けた。

「エンジンルームの陰に入れ！」ジャックは怒鳴った。カルロスは助手席側から車内に飛び込み、匍匐《ほふく》前進で運転席側へ抜けてきた。ふたりはボンネットの脇の地面にしゃがみ、三トンの金属の塊を隔てて、狙撃者と睨み合った。近くで猛《たけ》り狂う犬の声がする。

「やつは見えないな」カルロスは息を荒らげている。「まだ車内にいると思うか？」

「わからん。フィオナを見なかったか？」

カルロスが首を横に振る。彼は携帯を取り出し、応援要請の電話をかけた。

ジャックはゆっくりとフロントバンパーのほうへ進みながら、ボンネット越しに様子をうかがった。フィオナはどこなんだ？　真っ暗で何も見えない。

「なかに潜り込んで、この車のハイビームを点けてくれ」カルロスに言った。「光でやつの目を眩ませた隙に撃つ。合図したら頼むぞ」

ジャックは手をボンネットの端にかけて姿勢を保ち、間を置いた。百パーセント確実でなければ撃てない。もし的を誤ったら……。額を汗が伝い落ちる。ひとつ深呼吸し、カルロスに向かってうなずいた。

ヘッドライトが眩く光り、ＳＵＶの残骸のなかで人影が動くのが見えた。ジャックは引鉄《ひきがね》にかけた指をぴくっと動かしたものの、撃てなかった。確証がない。

パン！

ジャックは衝撃を受け、よろめいて後ずさった。「くそっ、あの野郎！」ふたたびボンネットの陰に入り、肩を押さえてタイヤにもたれた。

「撃たれたのか？」

「かすりやがった」ジャックはぎゅっと目を閉じた。

「本当にかすられただけか？」

そうでもなさそうだ。「ああ、大したことない」

「おい、血だらけじゃないか」

「だいじょうぶだよ」くそっ。なんでこういうことになるんだ？ こっちが断然有利だと思ったのに。ジャックはカルロスのほうを見た。「作戦を練り直さなきゃ。そうだ――」

「伏せろ！」

カルロスが彼をアスファルトに引き倒す。ライフルの銃声がふたりの周囲に響き渡った。

ジャックが音のするほうに銃を向けたとき、狙撃者はすでに倒れ、トラックの前の路上で大の字になっていた。

「すごいなおまえ、仕留めたじゃないか！」

「今の見たか？」カルロスが興奮気味に言う。「ＡＫ47だぞ！　危うくチーズみたいに穴だらけにされるところだ」

「まだ息があるようだ」ジャックは銃を狙撃者に向け、慎重に近づいていった。案の定、犯人は何かを手探りするかのように腕を動かしている。

カルロスが電光石火の早業で彼を腹這いにし、後ろ手に手錠をかけた。男の右脚からは血が吹き出ている。

ジャックは犯人の上を跳び越え、ＳＵＶのほうへ走った。

なかに人影はなく、半狂乱のロトワイラーが一頭いるだけだった。犬はドアハンドルにつながれている。おそらく、犯人が狙撃の邪魔にならないよう、つないでおいたのだろう。

「フィオナ！」ジャックは事故車の前方に回り、必死にあたりを見回した。トラックのハイビームが、雑草と岩に覆われた地面やフェンスの杭を白っぽく照らし、現実離れした雰囲気をかもし出している。フィオナの姿はどこにもない。いったいどこへ行ったんだ？　きっと事故の直後に逃げ出したに違いない。

銃撃戦が始まる前に。

「フィオナ！」ジャックは無我夢中であたりを探し回った。どこかに隠れているのかもしれない。あるいは、ハイウェイの先へ逃げていったのか。

そのとき、彼はフィオナを見つけた。溝の底に黒い影が見えたのだ。

ジャックは急いで駆け寄り、ひざまずいた。彼女は枯れ葉や泥にまみれ、横向きに倒れていた。「フィオナ？　おい、どうした？」彼女の瞼が震え、開くかと思いきや、また閉じた。

ジャックは後ろを振り返り、カルロスに向かって叫んだ。「救急車を呼んでくれ！」

彼女をそっと仰向けに寝かせた。髪が生温かく、べたべたする。「フィオナ？　聞こえるか？」彼女の頰を、頭を、首を撫で、出血している箇所を探そうとした。どうやら耳の上の皮膚が裂け、そこから血が出ているようだ。「フィオナ、しっかりしろ」

ジャックはすでに彼の血にまみれたシャツを裂き、それを丸めて彼女の傷口に押し当てた。そのあいだずっと、ろくに意味も成さない言葉をずっと口走っていた。自分でも何を言おうとしているのかわからなかった。ただとにかく彼女に訴えかけ、その耳に自分の声を届けたかった。

「フィオナ、がんばるんだ」

彼女は目を開けた。ジャックの心臓は、大きくどきんと鳴った。彼女が何かつぶやいている。

「なんだ？」その唇に耳を近づけた。

「こ……怖かった」

「もうだいじょうぶだ。すぐに助けが来る」遠くにサイレンが聞こえたが、その音はいっこうに近づかないように感じられた。

おい、フィオナの唇……ふっくらしたきれいな唇が、こんなに真っ青じゃないか。おまけにショックを受けたように目を見開いている。

「頼むから行かないでくれ」ジャックは彼女の手を取り、自分の胸に押しつけた。「もうすぐ助けが来るから。な？　いいか？　しっかりするんだぞ」

23

シェルビー・シャーウッドはお腹をすかせていた。

夕食を食べずに寝てしまったときのような、大人しい空腹ではない。この空腹はもっと獰猛で、彼女のお腹のなかで鋭い歯や爪を立ててもがく獣のようだった。

さらに二歩、重い足を運んだところで、倒れた丸太のそばに座り込んだ。頭がくらくらした。高層ビルのように高くそびえる松の枝を見上げながら、食べ物がぱっと目の前に現れたらいいのにと思った。

追加のチーズをのせた〈ダイノズ〉のピザ。お皿に取らずに、箱を全部ひとり占めして、コルターには一切れも分けてやらないんだ。

まあ、一切れだけならいいか。

新たな痛みが胃を締めつける。そして、ここ幾日も幾晩も、何週間も、ずっと忘れようと努めてきた言葉が頭に浮かんだ。

おうちに帰りたい。

けれど、家がどっちの方角かはわからない。わかっているのは、ここが家の近所じゃないということだけだった。

また顔を上げ、枝の隙間から降り注ぐ太陽の光を見つめた。白くくっきりした光の筋を見ていると、神様のことを思い出した。このところ、よく神様のことを考える。パパは今、天国の神様と一緒にいて、わたしのことを見ているだろうかと想像してみるのだ。

お祖母ちゃんがいつか言っていた。パパはお酒ばかり飲んで教会にも行ったことのない罪深い人だと。ママは反対していたけれど、シェルビーには、お祖母ちゃんの言うことが正しいのはわかっていた——少なくとも、お酒をたくさん飲んで、教会に行かないのは本当のことだから。

けれど今、シェルビーは思っている。ひょっとしたら神様って、そんなふうじゃないのかもしれない。ひょっとしたら神様は、パパがお酒を飲むこととか、わたしがときどきママに嘘をつくこととか、使っちゃいけない時間にパソコンをこっそり使うこととか、悪い行いを見てはいるけれど、そうしながら、ちゃんとわかってくれているのかも。シェルビーは、こうなったのは全部自分のせいだというのはわかっていた。でも神様にはそんなふうに見てほしくなかった。

シェルビーは目を閉じ、陽射しが顔を温めてくれるのを感じた。涙に濡れたほっぺたは冷たくなっていた。泣くまいと思っても、つい泣いてしまうのだ。また胃がきりきり痛み出した。

顔にかかった髪を払いのけ、立ち上がった。食べ物を探さなくちゃ。もう四日もろくに食べていない。あの男がいなくなってから三日になる。あいつは、ハンバーガーを買ってくると言って出ていった。そしてなかなか帰らなかった。そこまで長く出かけたきりだったのは初めてだった。だから、この隙に小屋から逃げようと思ったのだ。男は窓に釘を打ち、ドアにも鍵をかけて、面倒を起こすとあとで後悔するぞと言い残していた。

言うことを聞かずに後悔したことは前にもあったので、シェルビーは男の言葉を信じた。それでも、朝が来て、男がまだ帰らないとわかると、とにかく逃げてみようと思った。

そして今、シェルビーは、ブラックベリーやデューベリーが見つかればいいのにと思いながら、森のなかを歩いていた。前にお祖母ちゃんの家のそばで、コルターといっしょに木の実を摘んだのを思い出す。あいつのことは、もう思い出したくなかった。あの男の醜い手のことも、顔にかかるくさい息のことも、もう考えたくない。あいつの何もかもが大嫌いだった。

おうちへ帰りたい。

その考えをまた頭から払いのけ、歩きつづけた。〈スケッチャーズ〉のスニーカーで踏む地面は柔らかかった。足の感覚は鈍くなっていて、マメの痛みもほとんど感じなくなっている。

枝ががさがさっと音を立てた。シェルビーは小道の端に目を走らせた。栗鼠《りす》もチップマンクも何回か見たし、兎も一度見たけれど、小屋を出てから、人間には一度も会っていない。それでもかまわなかった。ひとりで苔《こけ》や枯れ葉をベッドに眠るほうが、あの小屋にいるよりずっとましだ。

足がふらふらしていたが、それでも前に進み続けた。まだ止まってはいけない。何か食べ物を見つけるまでは。ひょっとして、よく耳を澄ませていれば、小川の音くらいは聞こえるかもしれない。小川があれば、少なくとも水が飲める。そう思い、歩きながら耳を澄ませていた。だんだん木々がまばらになり、地面は前ほど柔らかくなくなってきた。前方にレースのような白くてふわふわしたものが見え、シェルビーははっと足を止めた。

山査子《さんざし》だ。お祖母ちゃんの庭にも山査子の木があった。お祖母ちゃんは毎年その実を集め、大きなスープ鍋でジャムを煮ている。シェルビーは、お祖母ちゃんが赤い果汁を〈Ｂａｌｌ《ボール》〉と書かれた瓶に注ぎ入れる様子を眺めているのが好きだった。

木のそばに近づいてみた。背の高い松の木に比べたらだいぶ小さく、木の子供のように見える。実はまだついていないようだった。花が咲いているだけだ。それでも一応両手で幹をつかみ、揺すってみた。何度も何度も揺さぶると、花が雪のようにはらはらと落ちてきた。

「ちょっと、あたしの木に何をしてるんだい？」

シェルビーは驚いて振り向いた。最初はその女の人の姿が見えなかった。褐色の細い身体とただぼっとした茶色の服が、立ち並ぶ木々の幹に溶け込んでしまっていたのだ。

「実はまだもうしばらくはならないよ。そんなことしても、花が落ちるだけだ」

女の人が近づいてきたので、シェルビーは後ずさった。その人は麦藁帽子の鍔の下で目を細め、シェルビーを見ている。

「ずいぶんひどい格好だね」

「わたしはただ……」シェルビーは木のほうを見た。「木の実がないかと思って」

女の人は口をもごもご動かしてから、顔をそむけ、地面に唾を吐いた。そしてまたしばらく細めた目でシェルビーを睨んでから、首をかしげた。「お腹がすいてるのかい?」

シェルビーはうなずいた。

「じゃ、こっちへおいで」

ほんの一瞬迷ってから、女の人のあとについて風の吹く小道を下っていった。やがて、小さな木だけが生えた明るい場所に出た。ブロックを積み上げた上に、小屋が立っている。その周りを、白い花をつけたたくさんの山査子が取り囲んでいた。

「そこのポーチに座ってなさい」

シェルビーはポーチの木の階段のいちばん下の段に腰を下ろし、掌をジーンズでこすった。手が汚れている。たぶん顔も汚れているのだろう。髪の毛は紐のように縒れて束になっている。歯ブラシがないので、歯も磨けない。

それでも、油がぱちぱちいう音が聞こえてきて、ベーコンの匂いが漂ってくると、シェルビーはそんなことは全部忘れてしまった。口のなかによだれが溢れてくる。歯が折れてできた隙間に、舌先で触れた。最初の日、あいつに殴られて折れたのだ。あの日のことはもう考えたくないけれど、舌がついついその隙間に触るものだから、そのたびに思い出してしまう。シェルビーは身をこわばらせた。小屋のなかを覗き込んでみた。こんなことしてちゃいけないのかもしれない。森に逃げ戻ったほうがいいのかも。

だけどお腹は容赦なくぐうぐう鳴っている。シェルビーはしかたなくここで待つことにした。やがて、女の人が青いブリキの皿とカップを持ってポーチに出てきた。

「気をつけて。コーヒーが熱いからね」女の人はカップとお皿をシェルビーの隣に置き、自分はいちばん上の段に腰を下ろした。

シェルビーは食べ物を見て、泣き出しそうになった。バターとジャムが塗られたパンが二切れ。ベーコンが三枚。ベーコンを一枚つまみ、丸ごとほおばった。二、三回嚙んですぐ呑み込み、今度はパンを手に取った。

女の人は帽子の陰からシェルビーを見ている。「サビーン郡でいちばん美味しい山査子ジャムだよ。〈ミス山査子〉と〈サザンベスト〉とを合わせたよりもたくさんの瓶が売れるんだ」

シェルビーはパンを嚙んだ。ちゃんとゆっくり味わえなくて、女の人に申し訳ない気がした。

女の人は庭のほうを見た。「みんなはこれを奇跡の木だって言うんだよ。ふつうはあと三週間しないと花が咲かないもんだからね。それにあの寒さのあとで、今年はひょっとしたらぜんぜん咲かないかもしれないと思ってた。だけどまだ二月だっていうのに、こうしてあたり一面花盛りだ」

女の人はしばらくじっとシェルビーを眺めていた。シェルビーはもっとゆっくり食べなければと思ったが、口が勝手に動いてしまって、止めることができなかった。

「おうちの人はどこなんだい？　ひとりで来たの？」

シェルビーはうつむいた。口のなかのものをごくりと呑み込んだ。なんと答えたらいいかわからなかったので、また一枚ベーコンをつまんだ。

女の人はまた庭のほうに目を向ける。

「奇跡の木だって。ふん！」女の人は短く笑ってから、唾を吐き出した。唾は弧を描いて土に落ちた。「このあたりじゃ、みんな自分で奇跡を起こすんだよ。干ばつもあったし、カイガラムシにやられたこともあった。カトリーナとリタ、ふたつも大きなハリケーンが来た。それでもあたしの商売がやってこれたのはね、発電機と、大きな冷凍庫と、洪水になったときにそれを全部運び出せる頑丈な腰のおかげなんだ」

シェルビーはコーヒーは嫌いだった。それでも口のなかがぱさぱさだったので、少し飲んでみた。温かいのはいいけれど、苦くて震えが来た。

「あんた、例のジョージアから来た子だね」

シェルビーは凍りついたように動けなくなった。

「大勢があんたのことを捜してるよ。つい昨日だって、ＦＢＩの人がそこのガソリンスタンドで、あんたのことを尋ねてた。あんたが乗った車を、その先のキャンプ場で見かけた人がいたんだって。町じゅうがその噂でもちきりだよ」

シェルビーは息ができなくなった。食べたものが油っぽい大きな塊になって、胃に重くのしかかっていた。今にも吐きそうだった。森のほうを見やった。

女の人が腕を伸ばしてきて、褐色の手をシェルビーの手に重ねた。「もう怖がらなくていいんだよ」その声は優しかった。「ここじゃ誰も、あんたのことをいじめたりしないから」

女の人は、あいているほうの手でポケットから携帯電話を取り出した。大きくて灰色の、まるでリモコンみたいな携帯だ。

「誰か、電話したい人はいるかい？　かけてほしいんならあたしが代わりにかけるよ」

女の人はシェルビーの掌を上に向けさせ、そこに携帯電話を置いた。シェルビーはそれを見下ろした。親指が番号を覚えていた。電話を耳に当てた。

大きなビーッという音に、驚いて跳び上がった。

「最初に一番を押すんだ。ルイジアナの松樹林にいるって言ってあげな」

シェルビーはもう一度番号を押し、呼び出し音が鳴っているあいだじっと待った。やがて、ママの声が聞こえてきた。シェルビーはまた頭がくらくらしはじめた。

「ママ、わたしよ」涙が一気に溢れ出てきた。「おうちに帰りたい」

フィオナの身体はどこもかしこも石のように重かった。最初に腕を動かそうとし、続いて脚を動かそうとしてみたが、四肢はことごとく、地面にセメントで固定されてしまったようだった。

いや、ここは地面じゃない。しっかりしているけれど、柔らかいものの上に寝ているらしい。頭は他の部分より少し高くなっている。〈バンドエイド〉の匂いがした。目を開けようとして、眩しすぎる光にひるんだ。頭蓋骨が脳を締めつけ、彼女は呻いた。

腕が持ち上げられ、手が何か温かいものに包まれた。前にもあった感触だ。少し前にも、この温もりを手に感じたことがある。いつだったろう？　そう、いくつもの明るい光が見えて、ちくっとした刺激を感じて、青いマスクの男の人が見えた直後のことだ。

「目が覚めたかい？」

フィオナはまた目を開けようとした。今回は、ジャックの大きくて黒い影がベッドサイドのランプの光を遮ってくれていた。

けれどそこはフィオナのベッドではなかった。周囲に視線を走らせ、パニックに陥りそうになった。身体を起こそうとした。激しい痛みに襲われ、息もできなくなった。

「動いちゃだめだ。じっとして」

「ここは……？」息が足りなくて、考えを口にすることができなかった。喉がからからに渇いている。

「病院だよ」彼の声が近くから聞こえる。「全部手当てしてもらったから、もうだいじょうぶだ。すぐに元気になる」

彼はフィオナの手をぎゅっと握った。その指から伝わってくる温もりを感じ、彼女は身体の他の部分がどれほど冷えきっていたかに気づいた。

「寒い」

ジャックが彼女の手を放してしまった。フィオナは混乱しそうになった。が次の瞬間、分厚い毛布が彼女の肩を包み込んだ。

「暖かくなった？」

フィオナはうなずこうとしたが、これが大きな間違いだった。額を小槌《こづち》でカチ割られたような痛みが走った。彼女は呻き、目を閉じた。

部屋のなかが不意に騒々しくなった。ジャックの声がした。女の声が聞こえた。別の男の話声もして、フィオナはふたたび闇に引き戻された。

　フィオナが次に目を開けたとき、室内は前よりも明るくなっていた。不思議なことに、前回のような痛みはほとんど感じない。視線をゆっくりと室内に巡らせた。水色の壁、閉じられた茶色のカーテン、いくつものコーヒーカップが並んだテーブル。ベージュのリクライニングチェアに、巨大な赤いバッグが置かれている。

「これは、これは！　ようやくお目覚めですか？」視界に、コートニーの顔が飛び込んできた。満面の笑みを浮かべ、目の下が黒く滲んでいる。

「おはよう」フィオナの喉は今まで感じたことがないほど渇ききっていた。「お水……ある？」

「特大《ベンティ》サイズの水おひとつですね。ただいまお持ちしまーす」コートニーは流しに急ぎ、ピンクのプラスチックのコップに水を注いだ。「またこの世でひと暴れしようって気になったのね。そろそろ薬が効かなくなってきた？　わたしももっとあげてって頼んでるんだけど、ここの人たちって、かなりしみったれてるのよ」

　コートニーは戻ってきて、フィオナの口にストローを差し込んだ。

　水はたまらなく美味しかった。ホースで飲みたいくらいだ。

「一度に飲みすぎちゃだめ」まだぜんぜん飲み足りないのに、コートニーがコップを遠ざけてしまう。妹は微笑んではいるものの、その顔には苦労の色が見てとれた。髪は妙に油っぽいし、今朝は口紅すら塗っていない。

今は朝よね？　前回見たとき、この部屋は暗かった。ここでジャックの手のことを思い出した。

「ジャックは？」

「ああ、このところわたしをずっと感動させてる人物のことね？　うちの姉貴を殺人鬼の魔手から救い出したうえに、ポーカーのテキサス・ホールデムがめちゃめちゃ強い男のことでしょ？」コートニーはプラスチックのコップをテーブルに戻した。「今、サンドイッチを買いに行かせてる。なんだか今にも死神に取りつかれそうな感じよ。ここ三日間、ほとんど病院を離れようとしないんだもの」

三日？　でも……。

「まあ、恋人が頭撃たれて、救命ヘリで搬送されたんじゃ、ぼろぼろにもなるわよね。わたしは、助かったんだからいいじゃないのって言ってるんだけど、彼ったらなんかぴりぴりしちゃって」

フィオナはなんとか妹の言葉を理解しようとしていた。頭を撃たれた？　頭蓋骨が二サイズ小さくなったみたいに締めつけられる感じがするのはそのせい？

コートニーは、フィオナの腕に刺された点滴の針を引っ張らないよう気をつけながらベッドの縁に腰かけた。点滴の管は、透明の液体が入ったビニール袋へとつながっている。頭がぼうっとしているのは、その薬のせいだろうと思われた。

コートニーが白く細い指でフィオナの手を取った。妹の手は小さくて冷たい。ジャックのとは大違いだ。それでも安らぎを与えるという点では、驚くほどの力を持っていた。

「フィオナったら」コートニーの声は震えている。「おかげで死ぬほど不安だったんだからね。もう二度とこんなことしないでよ、いい？　わたしのためにも、ジャックのためにも。あの晩の彼くらい茫然《ぼうぜん》自失の男は、いまだかつて見たことがないわ。わたしが病室に駆けつけたら、血だらけのジャックがそこに立っててね、本当は自分の怪我だって手当てしなきゃならないのに、フィオナの無事が確認できるまでは、誰もそばに近づけようとしなかったのよ」

フィオナの胃が不安に締めつけられた。「怪我って？」

「あのイカレ野郎が、ジャックの肩を撃ったの。筋肉を撃ち抜かれたらしいから、まあ、ラッキーと言えばラッキーよね。本人はだいじょうぶだって言ってるけど、本当はめちゃくちゃ痛いと思うよ」

ジャックが撃たれた。わたしのせいだ。罪悪感がフィオナの胸を刺した。それは頭の痛みよりも激しく彼女を苛《さいな》んだ。

「気分はどう？」

フィオナは目を閉じた。「あなたの二十一の誕生日のこと覚えてる？　テキーラの飲み比べをしたでしょ？　あのときの二日酔いの痛みを、十倍にした感じ」手を上げ、おそるおそる額の絆創膏に触れてみた。「具体的には、どうなってるの？」

「英語で説明してほしい？」コートニーの口調は、さっきに比べるとだいぶしっかりしていた。「医学用語満載のバージョンが聞きたいんなら、マク・ドリーミー先生を呼んでくるけど。フィオナもわたしと同じように、聞けば聞くほどイラつくんじゃないかな」

　看護師が戸口から顔を覗かせ、にっこりした。

「検温しますね」彼女は勢いよく入ってくると、ありとあらゆる器具でフィオナを突いたり挟んだりした。

「ぶっちゃけ、フィオナはものすごくラッキーだったってこと」コートニーが言った。「弾は左耳の上の頭皮をかすめただけだって。八針縫ったけどね。これからしばらくは、髪型が決まらない日が多くなると思うけど、だからって死ぬわけじゃないから。それよりもダメージが大きかったのは、つまずいて、岩に頭を打ちつけたことよ。脳震盪《のうしんとう》を起こしてたらしいけど、お医者様が言うには、今日の夕方には回復するって」看護師が点滴をチェックするあいだ、コートニーは腰を上げ、後ろに下がっていた。「他にも、胸にぎょっとするような紫色の痣ができてて、両方の手首が擦り切れてて、目の周りにも殴られた痣があって、って感じ。ジャックもわたしも、笑い飛ばす余裕もなかったんだから」

　コートニーは腕組みをし、フィオナを見下ろしていた。「だけど丁寧に頼めば、その髪型、どうにかしてあげようって気になるかもね。あと、顔もメイクでカバーしてあげる。正直、とても見られたもんじゃないわよ」

「それはどうも」

「お安いご用よ」

看護師は病室を出ていった。コートニーはバッグを床に下ろし、リクライニングチェアに腰かけた。「あとそれから、フィオナが寝てるあいだ、わたしが私設秘書になってあげてたから。ギャレット・サリヴァンって人から二回電話があって、ネイサンが一度お見舞いに来て、〝ブレイディのママ〟って人からカーネーションの花束が届いた。あ、それからサントス特別捜査官が二回顔を見せて、できるだけ早く事情聴取したいって言ってたわ。彼、ものすごくいい男じゃない？　フィオナの気が進まないんなら、わたしが代わりに事情聴取されてもいいけど」

フィオナは目を丸くした。「この子ときたら」

「それはこっちの台詞よ。フィオナがあんなに大勢の男に囲まれてるなんて知らなかった。わたしも警官にでもなろうかしら」廊下から男性の声がし、コートニーが振り返った。「あ、マク・ドリーミー先生だわ。ちゃんと、生きてる感じを出してよね？　さっさと退院させてもらいたいんだから」

24

フィオナとしては、これはおそらく陰謀だろうと踏んでいるのだが、コートニーはいざ姉が退院する段になって、いつの間にか姿を消した。つまり、彼女はジャックとふたりきり、気まずい雰囲気で車に乗らなければならないということだ。

ジャックになんと言えばいいのかわからなかった。彼のTシャツの下の絆創膏の膨らみを目にするたびに、泣きたい気持ちになる。彼は撃たれた。わたしのせいで。しかもどういう運命の皮肉か、使われた武器はわたしのルーガーだった。わたしがこの手で込めた弾で撃たれたのだ。

「だいじょうぶ?」ジャックが彼女のほうにヒーターの吹き出し口を向ける。「暑すぎたら言ってくれ。下げるから」

「ちょうどいいわ」

おまけにこの気の遣いよう。ここ二十四時間、彼はフィオナひとりでは何ひとつさせなかった。トイレに行くことさえも。誰にも見られず、ひとり平和に用を足すためには、頬を赤らめつつ、力ずくで彼を追い出さなければならなかった。ジャックは彼女のボディガード兼看護師役を自ら買って出たようだ。そして今度は、運転手まで。

車はアパートメントの駐車場に入った。ジャックがホンダを出入口のそばの駐車スペースに駐める。フィオナは周囲を見回した。

「あなたのトラックは？」

「修理屋だ」彼は答えた。「もうすぐ戻る。ちょっと車体の修理が必要でね」

車体？　これもまた、わたしだけが知らない衝撃の事実だろうか？　ジャックは土曜の晩についての詳細を、まだ教えてくれていない。近いうちにふたりでじっくり膝を突き合わせ、洗いざらい話してもらう必要がある。

少なくとも事件のあらましについては、事情聴取のあいだに、ひととおりサントスから聞くことができた。ナタリーとマリサを殺害し、ルーシーを襲った男は、今留置場のなかにいる。名前はスコット・シェンク。彼のＤＮＡは被害者の遺体から採取したサンプルと一致した。シェンクは今のところまだ取り調べに協力的ではないものの、捜査関係者はじっくり時間をかけ、本人の自供を引き出すとともに、ヴェロニカ・モラレスの所在についても追及していく構えだ。

ジャックはフィオナが車を降りるのに手を貸した。ふたりはなんの問題もなく彼女のアパートメントの部屋に着いたが、彼はフィオナが玄関に入るとき、か弱い老婦人でもエスコートするかのようにその肘を支えていた。ジャックは彼女のコートを脱がせて玄関にかけたあと、フィオナの小さな旅行鞄をベッドのところまで運び、さらにカーネーションの花束をドレッサーに置いた。ドレッサーの花瓶には茎の長い黄色い薔薇が飾られている。これもジャックの仕業に違いない。フィオナは唇を噛み、目を逸らした。

ひさしぶりに自宅に帰るのは、妙な気分だった。かすかに亜麻仁油とテレビン油の嗅ぎ慣れた匂いがして、気分を落ち着かせてくれる。それでも、なぜかすべてが以前とは違うように感じられた。フィオナの視線は、ドアのそばにかけられた革ジャンを捉えた。その下の床の上にきちんと並べて置かれているのは、一足のカウボーイブーツだ。

フィオナはまっすぐソファのところへ行き、腰を下ろした。なんとなく吐き気がし、これは〈バイコディン〉という鎮痛剤のせいだろうかと思った。頭を肘かけに預けた。

「だいじょうぶか？」ジャックが心配そうに眉根を寄せ、彼女を見下ろした。

「ちょっと疲れただけ」

「薬を飲むかい？」

「いいえ」フィオナはため息をついた。「少しこうして目を閉じていればだいじょうぶ」

次に目を開けたとき、彼女は目覚まし時計を見て驚いた。七時五十一分。いつの間にかベッドのなかにいて、ちゃんと上掛けをかけている。窓に目を向けた。外が明るい。

朝の七時五十一分？　がばっと跳ね起きた瞬間、頭が破裂しそうなほど痛んだ。しばらくじっと身をすくめ、痛みが遠のくのを待った。

十五時間も眠ってしまったの？　服を見下ろし、フィオナは気がついた。途中で一度起きてネグリジェに着替え、ベッドに入ったらしい。そのあたりの記憶がまったくない。処方された残りの〈バイコディン〉はさっさと捨ててしまおうと決意した。

バスルームの洗面台の水音がする。ベッドから下り、部屋を横切っていくと、シェービングクリームの匂いがしてきた。バスルームでは、見目麗しい男が上半身を露わにして鬚を剃っていた。彼は鏡のほうへ身を乗り出し、慣れた手つきで剃刀《かみそり》を顎に当てている。

「やあ、おはよう」彼は鏡越しにウインクした。

「こんなに長く眠ってたなんて、信じられないわ」鏡を覗き込み、自分の惨状を見て唖然とした。額の左半分は紫色で、その縁は緑色を帯びている。彼女の髪型に対するコートニーの評価は、かなり真綿にくるんだものだったのだと悟った。縫い目がはっきり見えているので、まるでフランケンシュタインだ。コートニーはカットの仕方でなんとかごまかせるものと考えているようだが、フィオナには、これをカバーするには鬘《かつら》をかぶる以外ないと思えた。

傷口を隠すように髪をかき寄せていると、鏡越しにジャックと目が合った。フィオナの注意は、彼の肩の真新しい白い絆創膏に引き寄せられた。昨日のものよりは小さくなっているが、それでもまだ見ていて胸が苦しくなる。かすり傷ですって？　かっこつけるのもいいかげんにしてよ。なぜ一から十までストイックじゃなきゃいけないの？

ジャックは剃刀を水洗いし、洗面台の縁で軽く水を切って、棚からタオルを一枚取った。「今日は約束があって出かけるんだ」彼は顔をタオルで拭いた。「コートニーが昼休みに様子を見に来てくれるそうだよ」

「その必要はないわ」フィオナは言い、彼のあとについて寝室エリアへ戻った。ジャックがクローゼットを開けたのを見て、彼女は驚愕した。何枚もの男物のシャツがラックにきちんと並んでいる。ジャックはハンガーから黒のスラックスを抜き取り、穿いた。それから糊の利いた白いシャツに袖を通した。フィオナは問いかけるように眉を上げたものの、すぐに後悔した。今はまだ、表情筋を極力使わないほうがよさそうだ。

「約束って？」フィオナは尋ねた。

ジャックがクローゼットの最上段の棚に手をかけた。フィオナ自身はスツールにのらなければ届かない場所だ。そこには、一週間前にはなかったはずの男物のスニーカーがあった。その隣には男物の黒のドレスシューズ。ジャックはそのドレスシューズを下ろし、さらに黒い革のベルトも取り出す。

「仕事の面接だ」彼は答えた。「午前中、検事局の人間と会う予定が二件ある。そのあと、グレインジャーヴィルに帰って、荷物を取ってくる。ファイルとか、パソコンとかね」

フィオナの停滞した脳はパソコンを取ってくるという情報をなんとか理解したあと、最初の情報に立ち戻った。「面接？　ここで就職するの？」

ジャックはドレッサーの引き出しを開けた。ついこの前までコートニーに占領されていた段だ。彼は黒い靴下を取り出した。引き出しが閉まるとき、フィオナはなかにボクサーブリーフがひと塊入っていることに気づいた。

ジャックはここに引っ越してきたのだ。彼女ははっとしてクローゼットに視線を戻し、なかを調べに行った。以前フィオナのセーターが並んでいた棚には、男物の下着のシャツが積み上げられている。

「ここに引っ越すつもり？　オースティンに？」

ジャックはベッドに腰を下ろし、彼女のほうをまっすぐ見ながら靴下を履いた。「そうだよ」

「だけど……あの家はどうするの？」

「売るつもりだ」彼は膝に足首をのせ、靴紐を結んでいる。

「だけど……ご家族は？　兎はどうするの？」

彼は口元を歪めて笑った。「家族のことなら大丈夫だ。ちゃんと会いに行く」

フィオナの頭のなかはすっかり混乱していた。展開があまりにも速すぎる。家を売ってここで就職するなんて、そんなことといきなり言い出さないでよ。そういう人生にとって大事なことは、何カ月も何年も考えて計画するものでしょう？

「だけど、その前にふたりで話し合ったほうがいいんじゃない？　だって、オースティンに越してくるって、一大事だわ。もしもわたしたちがうまくいかなかったら？　もしも――」フィオナは彼に向かって差し出した手を、ふたりのあいだで行ったり来たりさせた。「もしもお互い、顔を見るのも嫌になったら？」もしも、わたしのことを愛せなかったら？

ジャックは腰を上げ、彼女の両肩に手を置いた。そして、身を屈め、そっと彼女の唇にキスをした。「おれのこと、もう顔を見るのも嫌になったか？」

「それはないけど」

「よかった。しばらくこの街にいるつもりだからね」

フィオナは一歩下がり、腕組みをした。ああ……このネグリジェ大嫌い。こんなのどこにしまってあったの？　こんなひどい格好でこんな話し合いをしなきゃいけないなんて。「とにかく……とても大事なことだっていうのが言いたいの。あなたは、また殺人課の刑事になりたいんじゃないかと思っていたけど」

「そんなことはひと言も言ってない」

「そうよね。でもあなたは根っからの刑事だから」

ジャックの顎に力がこもった。「検事局で捜査官を募集してる。おれはその方面なら自信があるんだ」

「だけど……あなたはずっと――」ここでフィオナははっと気づき、口を手で覆った。「わたしのせいなのね？　わたしのせいで、もう警察の仕事ができなくなってしまったんだわ」

ジャックが眉間に皺を寄せる。「なんでそういうことになるんだ?」

「怪我よ」罪悪感が胸を締めつけた。「わたしの銃で撃たれたりしなければ、思いどおりの仕事に就けたのに……」

ジャックは腰に手を当てている。広い肩幅に比べれば、引き締まった細い腰だ。その腰の近くに銃が装着されていないのは、フィオナにとって見慣れない光景だった。ジャックはずっと刑事として生きてきたのに、わたしがそれを台無しにしてしまった。

「やめよう」ジャックが言った。「きみがどういう話をしようとしているかはわかったが、今はやめておこう。いいね? とにかく今日はゆっくり休むことだ。来週はまた、大学で講義をしなきゃならないんだろう? それまでにしっかり治しておかなきゃ。ソファでのんびり、テレビでも観てたらどうだ?」

「ソファでのんびり……」フィオナはその言葉を繰り返しながら、彼のあとについてキッチンへ行った。ジャックが冷蔵庫を開ける。中身がぎっしり詰まっているのを見て、彼女はショックを受けた。〈ダイエット・コーク〉は、おそらく彼女のために買ってくれたものだろう。それだけではない。オレンジジュース、〈ゲータレード〉、ミルク、卵、無脂肪ヨーグルト。それだけではない。サラダ用のカット野菜や、ラップをかけたキャセロールまである。

彼は〈ゲータレード〉をつかんだ。

「そのキャセロールは、誰が作ったの?」

ジャックがにんまりする。「うちのおふくろだよ。きみに一日も早く快復してほしいと、キング・ランチ・チキンを送ってきたんだ」

キング・ランチ・チキンといえば、鶏肉やトルティーヤ、サルサソースの入った、ボリュームたっぷりのキャセロールだ。

「お母様がわたしのために、キャセロールを作ってくださったなんて」

「おれたちのためだがね」彼は〈ゲータレード〉をぐいと飲んだ。

「お母様に、わたしと一緒に住むためにオースティンへ引っ越すって言ったってことよね。ご家族とも離れ、家も手放し、生まれてからずっと住んでいた町をあとにして……」

ジャックは〈ゲータレード〉をカウンターに置いた。「生まれてからずっとあそこに住んでいたわけじゃない。それに、家なんてただの箱だ。大した意味はない。あの家が売れたら、オースティンで買うことだってできる」

「オースティンの不動産は高いわよ」

「貯金だってある」

フィオナはなんと言ったらいいかわからなかった。言葉が見つからなかった。あまりにも多くのことがいっぺんに起こり過ぎている。オースティンに越してきて、一週間でわたしのことが嫌いになったらどうするの？　でなきゃ、ジャックがアーロンみたいに移り気だったら？

「この件については――」フィオナは指を組み合わせた。「あなたがそうした極端な行動に出る前に、もう一度じっくり話し合うべきだと思います」

ジャックがかぶりを振った。「また始まった。また例の弁護士みたいな口調だぞ」

「わたしはただ、論理的に話をしているだけよ」

彼はフィオナの身体にそっと腕を回し、静かに抱き寄せた。「今日はとにかく、そんなことで頭を悩ませないでくれ、いいね？　きみはまず、身体を快復させること。おれは仕事を見つけること。このふたつが実現したら、きみの望みどおり、じっくりふたりについて話し合おう。とにかく今はもう行くよ。遅刻しそうだ」

ジャックは彼女の唇に短いキスをし、ドアに向かった。

「そんなこと言ったたって……」

「あ、それから今日、荷物が届くけど、驚かないでくれ。取り寄せた品があるんだ」

ふたりについて話し合おうって、まだ愛してるとも言ってくれてないじゃない。それなのに、将来をともにするみたいな話になっている。おまけにフィオナ自身は、その想像を膨らませてはうっとりと幸せな気分になってしまうほど愚かだ。「そんなこと言ったたって……」

ジャックは部屋を出ていき、ドアが閉まった。

フィオナはリビングへ行き、ソファに腰を下ろした。

ジャックは彼女のアパートメントへ引っ越してきた。彼はオースティンで仕事を見つけ、家を買い、フィオナと付き合うつもりでいる。まるで、彼女が胸の奥に抱いてきた憧れが、すべて現実になったような展開だった。にもかかわらずフィオナは怖くてたまらなかった。

リモコンを手に取り、本棚の上に置かれたテレビを点けた。

こんなところにテレビ？

服や本、キング・ランチ・チキンのキャセロールとともに、ジャックはテレビも運び込んでいた。チャンネルはもちろん、スポーツ専門局に合わせてある。フィオナはかぶりを振り、ぼんやりとチャンネルを切り替えはじめた。

ジャックはわたしを愛している。今朝はそう言ってくれなかったけれど、フィオナの心ははっきりとそう感じていた。確かな記憶はないものの、彼女が溝に横たわり、血を流していたとき、彼がその言葉を何度も言ってくれたような気がしてならないのだ。病院でも彼がその言葉を繰り返していたのを、おぼろげに覚えている。闇のなか、ジャックが彼女の手に口づけるのがわかった。彼の伸びかけた鬚が、指先に触れるのを感じていた。そう、あれはやっぱりそうだった。ジャック・ボウマンは彼女の傍らで肩を落とし、愛している、きみはすぐによくなると言い続けていた。

そのとき、視線がテレビの画面に引き寄せられた。まっすぐな髪の若い女性が、記者会見場で演壇に立っている。彼女はすっかりやつれている。ろくに食事をしていなかったように見える。それでもその顔には、満面の笑みが浮かんでいた。

アニー・シャーウッド。

フィオナは身を乗り出し、音量を上げた。CNNのニュースキャスターが、〝奇跡〟という言葉を口にしていた。カメラは続いて、大真面目な顔をした茶色い髪の少女を捕らえた。その目はアニー・シャーウッドによく似ている。少女の隣にはコルターの姿があった。

「ああ、神様……」フィオナはつぶやき、電話に手を伸ばした。サリヴァンが土曜から四度も電話してきたのは、このことを知らせるためだったのだ。

シェルビー・シャーウッドは、統計の数字をものともせず、ついに家に帰り着いた。


ジャックがベッドにもぐり込んできて、フィオナは目を覚ました。彼は彼女を背後から抱き、温かくたくましい胸で包んだ。

「遅くなってごめん」彼は静かに言った。

「遅くないわ」フィオナは頭をすり寄せた。「まだ時間が早いもの。わたしがすぐに眠くなってしまうだけ。グレインジャーヴィルはどうだった？」

「順調だ」彼はシルクの黒いランジェリーのなかに手を滑り込ませてきた。昨日のネグリジェと比べると、大きな進歩だ。

「今日のニュース、見た？」

ジャックが彼女のうなじに口づける。「シェルビー・シャーウッドだろう？　ラジオで聞いたよ」

「FBIの知り合いと電話で話したの。また、仕事を引き受けることにしたわ」

彼が身をこわばらせるのがわかった。フィオナは反対されるものと覚悟し、彼の反応を待った。

「少しのんびりしたほうがいい」彼は言った。「一年か二年、創作に専念したらどうかな」

「そんなこと、してられないのはわかってるじゃない。いいえ、そんなこと、していい、したくないの」

ジャックがため息をついた。「知ってるよ。これでも理解してるつもりだ」

フィオナは彼のほうを向いた。薄明かりのなか、ふたりはしばらく、ただ見つめ合っていた。

「きみを驚かせるものがあるんだ」ジャックは肘をつき、頭を起こした。「なんでそんな、申し訳なさそうな顔をするんだ？」

フィオナは唇を嚙んだ。「ごめんなさい。開けたい欲求にどうしても勝てなくて」

「ああ、荷物のことか？〈フラー・ギャラリー〉からの？」

フィオナは首を伸ばし、彼にキスをした。「あれはわたしのいちばん好きな絵よ。どうしてわかったの？」

「見る目があるからな」

「けっこう高いのに。そこまでしてくれる必要ないのよ」フィオナは言ったものの、心のなかでは嬉しかった。あの魚の絵と別れるのは、正直なところ寂しかったのだ。

「初めて見たときから、おれもあれが欲しかったんだ」彼は掌でフィオナのお腹を撫でた。

「だけど驚かすものっていうのはあれじゃない」

「なあに?」彼の顔を見て、すぐにわかった。「仕事が決まったのね」

ジャックがにんまりする。

フィオナの半分は、天にものぼる気持ちだったが、残りの半分は不安でいっぱいだった。これで彼がオースティンへ越してくることが確実になった。「少し急ぎ過ぎてると思わない? わたしたちのことは、もう少し時間をかけたほうがいいんじゃないかしら。ふたりとも、精神的に辛いことがあったばかりだし——」

「そこまでだ」ジャックが真顔で彼女を見つめた。「おれは前に一度、大事な人が心を閉ざして遠ざかるのを許してしまったことがある。もう二度とそんな思いはしたくない。それだけ、きみのことを愛してるんだ」

フィオナはにっこりした。溢れ出る喜びが、不安をかき消した。「わたしも愛してる。本当に、これでいいのね?」

「ああ」彼は首を伸ばし、口づけた。「これがいいんだ」

訳者あとがき

本書は、ローラ・グリフィンが二〇〇八年に米国で出版した、彼女にとって二作目に当たる*Thread of Fear*の全訳である。デビューは二〇〇七年と比較的新しい作家だが、すでに数々の賞を受賞し、今や本国のロマンティックサスペンスの分野では、飛ぶ鳥を落とす勢いの人気作家となった。

日本ではすでに姉妹作である『危険な愛の訪れ』(二〇一〇年のRITA賞受賞作)が二見書房より出ている。しかしながら、本国での出版も、内容的な時系列も、実は本作のほうが先で、『危険な愛の訪れ』のヒロイン、自由奔放なコートニーは、この作品の主人公、フィオナの妹である。

『危険な愛の訪れ』のコートニーは、ロマンス小説のヒロインとしてはギリギリ(?)のとんがった魅力の持ち主だった。その妹とは対照的に、我らがヒロイン、フィオナは、かなり常識的で内向的な女性だ。職業は似顔絵画家。警察やFBIの要請で出向き、目撃者の証言をもとに容疑者の似顔絵を作成したり、身元不明の遺体から生前の姿を推測し、生き生きとした肖像を描いたりするのが彼女の仕事である。本来は風景画家志望で、大学の美術講師を務める傍ら、自ら個展を開くだけの腕もあるのだが、幸か不幸か似顔絵画家としての評価が高く、二十四時間、いつ捜査員から呼び出されるかわからない生活を強いられている。プライベートでは、元恋人に失望を感じ、もう男なんてこりごりと思っている。フィオナには、〝空の牛乳パックが冷蔵庫に入れっぱなしになってることが我慢ならない〟。そう、確かに男というのは、皿のラップをめくって料理を食べたあと、空の皿にラップを被せてまた冷蔵庫に入れておくような、信じられない生き物だ。そのあたりのストレスが積もってゆく感じは、多くの女性にとって心当たりがあるだろう。しかしフィオナの場合は、清潔な床の上さえ裸足で歩けないほどの極度の潔癖症が影響している面もある。アーロンという元彼からは、〝異常なほどの肛門性格〟と言われていた。ちなみに肛門性格というのは、フロイトの主張する性格分類のひとつで、トイレ習慣を教えられた幼児期に厳しくされたことなどが原因で、大人になってから几帳面で潔癖、融通が効かないなどの性格特徴が出たものだそうだ。

肛門性格の特徴のひとつに、責任感が強いというのもある。フィオナの仕事に対する姿勢を見ていると、アーロンの指摘は見事に当たっているような気もする。自分の創作活動に専念したいと思っていても、いざ捜査員から協力を求められると、なかなかノーと言えない。行方不明になったり、レイプ被害に遭ったりした女性たちのことを思い、尽力せずにはいられなくなるのだ。

ジャック・ボウマンと関わり合うようになったのも、彼女のそうした一面のせいだった。ジャックはグレインジャーヴィルというテキサスの小さな町の警察署長で、彼の町で身元不明の若い女性の他殺体が発見されたことから、手掛かりを求め、藁にもすがる思いで、フィオナに協力を要請してきた。その殺人事件はまた、ジャック自身も個人的なかかわりのある十一年前のレイプ事件と同一犯の仕業と思われた。ジャックは持ち前の使命感の強さで、地道にふたつの事件の解決の糸口を探りつづけているのだ。ジャックとフィオナ、ふたりを結びつけ、互いのあいだに共感を芽生えさせたのは、それぞれの職務に対する忠実さだった。

そして、ふたりが互いに惹かれ合いながら、もう一歩踏み込むことができないのも、その職業的な立場ゆえだった。すべてをかなぐり捨てて情熱に身を任せるには、ふたりとも背負うものが多すぎる。極めて常識的で、〝大人な〟ヒーロー、ヒロインなのである。こう書くと、なんだか退屈そうなお話と思われてしまいそうだが、とんでもない。本書を訳しながら、昔訳した本のなかにあった、「尼僧こそが情熱の真の意味を知っている」という一文を思い出した。つまり、情熱とは、抑えてこそ、その本当の威力、価値がわかるということだろうか。作者のローラ・グリフィンは、互いを意識しつつ、現実的な問題に阻まれて葛藤するふたりの心理を、細やかに、丁寧に描いている。

ジャック・ボウマンもまた、フィオナ同様、自分のことよりも周囲のことをつい優先してしまう真面目な男だ。ヒューストンで殺人課の刑事をしていたとき、父親が末期癌であることがわかったのを機に、家族を支えるために故郷のグレインジャーヴィルという小さな町に帰ってきた。そこで若くして警察署長に就任し、町の人々に愛されながらも、日々の雑事に忙殺されている。農夫のようながっしりした大きな手をしていて、傷だらけの革ジャンが似合う男。質実剛健で、気の利いた口説き文句など言えないところが、なんとも魅力的だ（すみません、かなり好みなもので……）。

この物語には、フィオナやジャック、フィオナの妹コートニー以外にも、魅力的な登場人物が数多く出てくる。訳者としては、本作のなかで、犯罪捜査にかかわる人々の献身にスポットが当てられ、じっくり描かれているのが、特に印象的だった。ローラ・グリフィンのホームページを見てみると、彼女がロサンジェルス警察の車両訓練に参加したり、ＦＢＩアカデミーを見学したりしている様子が伝えられている。ジャーナリストの経験を持つローラにとって、入念なリサーチは、物を書く際に欠くことのできない行程なのだろう。また、リサーチで得た知識が、単なる知識の羅列ではなく、登場人物に深みやリアリティを与える要素として、絶妙な形で折り込まれているのも、彼女の際立った点ではないかと思う。本書の謝辞からも似顔絵画家の協力があったことがうかがえるが、それがなかったとしても、フィオナが似顔絵を作成するシーンを読んだだけで、入念な取材に根差した作者の自信が伝わってくる。そのあたりを考えると、生真面目さにおいては、フィオナはローラ・グリフィンの分身ではないかとも思えるのだが、ローラはホームページに、〝(作家という職業は）毎日ジーンズと裸足で仕事ができて幸せ〃と書いているので、フィオナほど極端な〝肛門性格〃ではなさそうである。

蛇足ながら、ローラは現在、この物語の舞台ともなっているテキサス州オースティンに住んでいる。オースティンと言えば、近年〝世界のライブ音楽の中心〃と称され、カントリー・ミュージックのみならず、さまざまな音楽のライブスポットで賑わう都市だ。本書でもフィオナのお気に入りのTシャツにからめて登場する『オースティン・シティ・リミッツ』は、もともとはオースティン発のテレビの音楽番組だった。そこから派生した盛大なフェスが、年に一度ジルカー・パークという市内の公園で開催されている。フィオナの元彼アーロンは、オルト・カントリーのシンガーなのだが、この〝オルト・カントリー〃は、オルタナティヴ・カントリーの略で、かなり大雑把に解説するなら、メインストリームの商業的カントリー・ミュージックからは少し外れて、アメリカン・フォークやブルース、ブルーグラス、ロック、パンクなど、多様なスタイルを融合させた、比較的新しいジャンルの音楽である。

さて、ローラ・グリフィンはフィオナとコートニーの〝グラス姉妹シリーズ〃の後に、〝トレーサー・シリーズ〃という民間の科学捜査研究所を中心とした一連の作品を書いていて、本国ではすでに七作が出版されている。本作や『危険な愛の訪れ』に登場したジャックの先輩刑事ネイサン・デヴェローは、その一作目*Untraceable*でヒーローとして登場する。訳者を含め、ネイサンの包容力溢れる渋い魅力に注目していた読者には、なんとも嬉しい展開ではないか。もうひとつ欲を言えば、優秀で心優しいFBI捜査官ギャレット・サリヴァンにも、またどこかで出会いたい。味のある（？）外見から考えてロマンスのヒーローはちょっと無理としても、ぜひ名脇役として登場してほしいものだ。いずれにせよ、緻密さと豊かな情感を兼ね備えたローラ・グリフィンの作品が、続々邦訳紹介されることを、一ファンとして願ってやまない。

二〇一四年　三月　　厳しい冬を越え、鶯の歌を聴きながら

ザ・ミステリ・コレクション

危険《きけん》な夜《よる》の向《む》こうに

著者　ローラ・グリフィン

訳者　米山裕子《よねやまひろこ》

発行所　株式会社 二見書房
東京都千代田区三崎町2-18-11
電話 03(3515)2311［営業］
03(3515)2313［編集］
振替 00170-4-2639

印刷　株式会社 堀内印刷所
製本　株式会社 関川製本所

ISBN978-4-576-14048-3
http://www.futami.co.jp/

夜明けの夢のなかで
リンダ・ハワード
加藤洋子［訳］

ある朝鏡を見ると、別の人間になっていたリゼット。しかも過去の記憶がなく、誰かから見張られている気が……。さらにある男の人の夢を見るようになって…⁉

夜風のベールに包まれて
リンダ・ハワード
加藤洋子［訳］

美人ウェディング・プランナーのジャクリンはひょんなことからクライアント殺害の容疑者にされてしまう。しかも現われた担当刑事は〝一夜かぎりの恋人〟で…⁉

真夜中にふるえる心
リンダ・ハワード／リンダ・ジョーンズ
加藤洋子［訳］

ストーカーから逃れ、ワイオミングのとある町に流れ着いたカーリンは家政婦として働くことに。牧場主のジークの不器用な優しさに、彼女の心は癒されるが……

青の炎に焦がされて
ローラ・リー
桐谷知未［訳］
〔誘惑のシール隊員シリーズ〕

惹かれあいながらも距離を置いてきたふたりが再会した場所は、あやしいクラブのダンスフロア。それは甘くて危険なゲームの始まりだった。麻薬捜査官とシール隊員の燃えるような恋

誘惑の瞳はエメラルド
ローラ・リー
桐谷知未［訳］
〔誘惑のシール隊員シリーズ〕

政治家の娘エミリーとボディガードのシール隊員・ケル。狂おしいほどの恋心を秘めてきたふたりが〝恋人〟として同居することになり…。待望のシリーズ第二弾！

蜜色の愛におぼれて
ローラ・リー
桐谷知未［訳］
〔誘惑のシール隊員シリーズ〕

過酷な宿命を背負う元シール隊員イアンと明かせぬ使命を負った美貌の諜報員カイラ。カリブの島での再会は、甘く危険な関係の始まりだった……シリーズ第三弾！